COLIN FORBES

ENDSPURT

Roman

WILHELM HEYNE VERLAG
MÜNCHEN

HEYNE ALLGEMEINE REIHE
Nr. 01/6644

Titel der englischen Originalausgabe
DOUBLE JEOPARDY
Deutsche Übersetzung von Michael de Béziers

3. Auflage

Printed in Germany 1986
Umschlagfoto: Photodesign Mall, Stuttgart
Umschlaggestaltung: Atelier Ingrid Schütz, München
Gesamtherstellung: Ebner Ulm

ISBN 3-453-02240-8

1. Kapitel
Sonntag, 24. Mai

Nachdem der Mord geschehen war, nahm man an, daß Charles Warner – der doch immer so wachsam gewesen war – seine Unachtsamkeit der herrlichen Stimmung jenes Tages zu verdanken gehabt hatte. Als er sein Motorboot aus dem Hafen von Lindau auf den Bodensee hinaussteuerte, war es sonniger, friedlicher Nachmittag.

»Und es war ein teuflisch geschickter und tollkühn ausgeführter Mord«, bemerkte Tweed zwei Tage später in London Martel gegenüber.

Warner war der einzige Insasse des Motorboots. Es glitt jetzt langsam durch die Hafenausfahrt, die auf einer Seite von einer steinernen Figur des bayerischen Löwen und auf der anderen von dem emporragenden Leuchtturm flankiert war. Den Regeln entsprechend, ließ Warner sein Horn kurz auftuten.

Warner war ein schlanker, gelenkiger Mann von vierzig Jahren. Er trug einen Anzug deutscher Machart, und auf dem Sitz neben ihm lag ein Tirolerhut. Er wollte über den See hinüber und in der Schweiz heimlich an Land gehen. Dafür hatte er den Hut gegen eine seemännisch wirkende Schirmmütze ausgetauscht, die ausgezeichnet zu der allgemeinen Ferienszenerie paßte.

Die weite Fläche des Sees lag vor ihm, und nichts konnte seinen Verdacht erregen. Wie Spielzeug glitt eine Flotte von Jachten unter ihren bunten Segeln im glänzenden Licht der Nachmittagssonne dahin. Weit voraus stiegen die zerklüfteten, schneebedeckten Gipfel der Schweiz und von Liechtenstein in den Himmel. Weiter rechts sah er gerade einen der vielen weißen Dampfer, die den Bodensee befahren, in Richtung Konstanz verschwinden.

Links von ihm nutzte eine Gruppe von Windsurfern die leichte Brise aus und glitt über die glasige Wasserfläche. Als sie jetzt seinen Kurs kreuzten, zählte er sechs Surfer.

»Nun seid schon so gut und kommt mir nicht in die Quere«, murmelte Warner, als er das Gas zurücknahm.

Es waren alles junge, kräftige Leute, die nur mit Badehosen bekleidet waren und ihre merkwürdigen Gefährte jetzt zu einem Kreis formierten. Zwei der jungen Männer waren blond. Warner war etwa eine halbe Meile vom Ufer entfernt, und er merkte, daß die Surfer offenbar ihr Spielchen mit ihm treiben wollten, ihn einschlossen und ihm damit den Weg versperrten.

»Lauft und spielt woanders«, brummelte Warner.

Er hatte schon Lust, einfach Gas zu geben und denen ein bißchen Angst einzujagen – aber sie waren zu nah, und er hätte zu leicht mit einem von ihnen kollidieren können. Der Größere von den beiden Blonden winkte und brachte sein Surfbrett längsseits. Mit der linken Hand hielt er das Segel aufrecht, und mit der rechten griff er nach dem Messer, das er in einer Scheide um den Schenkel geschnallt trug. Die Beunruhigung, die nun in dem Engländer aufflackerte, kam zu spät. Der Windsurfer ließ das Segel los und sprang in das Motorboot hinüber. Er benutzte sein Messer blitzschnell und mit tödlicher Genauigkeit. Aus den verschiedensten Winkeln stach er immer wieder auf sein Opfer ein.

Die anderen fünf Windsurfer bildeten mit ihren Segeln eine Art Schirm und verbargen so das Motorboot vor allen, die vielleicht zufällig vom Ufer her mit einem Fernglas herüberschauten. Schließlich hatte auch die Wasserschutzpolizei eine Einheit und ein Boot in Lindau stationiert.

Die Windsurfer blieben in Position, während der große Blonde seine Schlächterei zu Ende brachte. Dann ließ er sich vom Motorboot ins Wasser gleiten und richtete sein Segel wieder auf. Die Surfer formierten sich neu und hielten auf das verlassene Ufer zwischen Lindau und der österreichischen Grenze am Ende des Sees zu.

»Lauter Stichwunden – sieht aus, als wäre ein Geisteskranker am Werk gewesen.«

Kommissar Dorner von der Wasserschutzpolizei richtete sich wieder auf, nachdem er die Leiche in dem steuerlos treibenden Motorboot untersucht hatte. Er sah zu dem Boot hinüber, das längsseits lag und auf dessen Rumpf in blauen Buchstaben ›Polizei‹ geschrieben stand. Der jüngste der Polizisten an Bord hatte Dorner bei seiner Untersuchung zugesehen und erbrach sich jetzt über die Reling. Feuertaufe, dachte Dorner.

Dorner runzelte die Stirn, als er etwas Glänzendes zu seinen Füßen bemerkte. Als er das Ding aufhob und sah, was er gefunden hatte, ließ er es schnell in seine Tasche gleiten. Es war eine dreieckig geformte Anstecknadel, die dem griechischen Buchstaben Delta sehr ähnlich sah. Dorner blickte zur Leiche hinunter; ein ekliger Anblick. Er schlug den Paß auf, den er zusammen mit einer Brieftasche aus dem Jackett der Leiche gezogen hatte.

»Ein Engländer. Und die Brieftasche strotzt ja von Geld . . .«

»Vielleicht sind diese Windsurfer in Panik geraten . . .« Von seinem Standort hoch über der Brücke der Barkasse schirmte Busch, Dorners Stellvertreter und gleichzeitig der dritte Mann in seinem Team, die Augen gegen das Sonnenlicht ab und blickte angestrengt nach Osten. »Nichts mehr zu sehen von den Schweinehunden. Die haben sich fix aus dem Staub gemacht . . .«

»Aber man braucht doch nur Sekunden, um jemandem die Brieftasche wegzunehmen«, sagte Dorner mit Nachdruck. »Das ist der seltsamste Mordfall, der mir je untergekommen ist ... Herrgott Sakrament!«

Er blätterte den Inhalt der Brieftasche weiter durch und fand ein kleines rechteckiges Plastikstück, fast wie eine Kreditkarte. Aber das ist keine Kreditkarte, dachte Dorner finster, während er die grünen und roten Streifen und die eingeprägte Nummer studierte – die Kenn-Nummer des Kartenbesitzers – und außerdem den Code aus fünf Buchstaben, der ›London‹ bedeutete.

»Was gibt's denn?« rief Busch hinunter.

Etwas im Gesichtsausdruck seines Vorgesetzten sagte ihm, daß es Ärger geben würde. Dorner steckte die Karte zurück in die Brieftasche und winkte Busch von der Brücke herunter zu sich ans Motorboot. Als Busch schließlich über den schmalen Wasserstreifen herübersah, hielt Dorner seine Stimme gesenkt.

»Die Sache darf kein Aufsehen erregen. Jetzt geben wir erst dem Bundesnachrichtendienst in Pullach Bescheid – sofort ...«

»Sie wollen damit sagen, daß er ...«

»Ich will gar nichts sagen. Aber ich glaube, da gibt's ein paar Leute in London, die noch vor Sonnenuntergang wissen sollten, was hier passiert ist ...«

Kommissar Dorner war sehr schweigsam, als er auf der Brücke der Polizeibarkasse stand. Während sie sich dem Hafen von Lindau näherten, überließ er das Ruder seinem Untergebenen. Das Motorboot mit seiner grausigen Fracht hing an einem starken Tau im Schlepp. Über die Leiche war sorgfältig ein Stück Segeltuch gezogen.

Was Dorner nicht einmal Busch gegenüber erwähnt hatte und was ihn beunruhigte, war der entsetzliche Zustand des Rückens der Leiche. Der Schock dieser Entdekkung stand in einem schwer faßbaren Kontrast zu der Ferienatmosphäre von Lindau, wo die Touristen im Sonnenschein die Uferstraße entlangspazierten.

»Achtung, Gruppe von sechs Windsurfern hält wahrscheinlich auf Ihren Uferbereich zu. Sofortige Festnahme erforderlich. Waffengebrauch ist zu befürchten.«

Dies war das Funksignal der höchsten Dringlichkeitsstufe, das der junge Funker auf Dorners Geheiß herausgegeben hatte, bevor sie sich darangemacht hatten, nach Lindau zurückzukehren. Bis dahin hatte sich das jüngste Mitglied seiner Crew von seiner Spuckerei erholt. Der Funkspruch war sowohl ans Polizeihauptquartier in Bregenz am österreichischen Seeufer wie auch an Dorners Heimatdienststelle gesendet worden.

»Ich glaube, ich habe da irgendwelche merkwürdigen Zeichen in den Rücken eingeritzt gesehen«, bemerkte Busch, als er die Sirene kurz vor der Einfahrt in den Hafen aufheulen ließ. »Irgend etwas wie ein Symbol – aber da war soviel Blut . . .«

»Bitte keine Ablenkung jetzt«, sagte Dorner barsch.

Mit der brennenden Sonne im Genick fuhren sie in den kleinen Hafen ein und wandten sich ostwärts zu dem Kai, wo die Barkasse immer anlegte. Dorner war in Sorge, wie er den Leichnam das kleine Stück vom Hafen bis zum Polizeigebäude schmuggeln konnte, ohne daß irgend jemand ihn zu Gesicht bekam. Diese Sorge hätte er sich nicht zu machen brauchen. Das rasche Auffinden von Charles Warners Leichnam war bereits beobachtet worden.

Die alte Stadt Lindau mit ihren mittelalterlichen Bauwerken und den engen, gepflasterten Straßen und noch engeren Seitengäßchen liegt auf einer Insel im östlichen Teil des Bodensees. Es gibt zwei recht unterschiedliche Möglichkeiten, diesen auffällig gelegenen Ort zu erreichen.

Wenn man mit dem Wagen kommt, überquert man die Seebrücke – das ist die Straßenverbindung. Wenn man aber mit dem internationalen Schnellzug von Zürich kommt, erreicht man Lindau über den Eisenbahndamm weiter westlich. Der Zug hält im Hauptbahnhof, direkt am

Ufer, und fährt dann über denselben Damm zurück auf der Strecke weiter nach München.

Der Pflastermaler hockte vor dem ›Bayerischen Hof‹, einem der luxuriösesten Hotels von Lindau, und gegenüber dem Ausgang des Hauptbahnhofs gelegen. Von hier konnte er jeden, der per Zug oder Schiff die Stadt erreichte, genau beobachten.

Er war ein magerer Bursche mit hagerem Gesicht, Anfang Zwanzig, in verblichenem Parka und Jeans. Seine Kleidung war aber fleckenlos sauber. In Deutschland gibt es nur wenige Bettler, und diese wenigen bemühen sich meist um ein respektables Äußeres. Nur so können sie hoffen, ein paar Münzen von den Passanten zu ergattern.

Das Bild stellte das Forum Romanum dar und war mit bunter Kreide auf die Steinplatten des Bürgersteigs gemalt. Eine kleine Pappdose für Münzen stand daneben. Häufig hielt der Maler inne, stand auf und ging langsam hin und her, die Hände hinter dem Rücken verschränkt.

Jetzt sah er gerade zu, wie die Polizeibarkasse in den Hafen einlief. Während das Schiff herumschwang und – die Breitseite ihm zugewandt – auf den Anlegeplatz zuhielt, sah der Maler das Motorboot, das im Kielwasser nachgeschleppt wurde. Der Maler drehte sich um, vergewisserte sich, daß niemand ihn beobachtete, und sah auf die Armbanduhr, die er ein Stück am Unterarm hochgeschoben trug. Dann schlenderte er quer über die Straße, drückte eine Tür auf und betrat die Halle des Hauptbahnhofs.

Bevor er in die Telefonzelle hineinging, sah er nach, ob auch niemand aus der Bürotür, die mit ›Polizei‹ markiert war, herauskam. In der Zelle warf er dann seine Münzen ein und wartete. Die Stimme des Mädchens, das sich dann meldete, kam aus einem Wohnblock in Stuttgart.

»Edgar Braun«, sagte der Maler.

»Hier ist Klara. Ich verlasse gerade das Haus und habe nur eine Minute . . .«

»Mehr als eine Minute wird es auch nicht dauern ...«
Der Maler schwieg. Das war die vereinbarte Eröffnungsformel gewesen, mit der sie sich beide gegenseitig ihre Identität bestätigten. »Ich dachte mir, Sie hätten gerne gewußt, daß die erwartete Sendung angekommen ist ...«

»So rasch?«

Die Frauenstimme klang unruhig. Der Mann, der sich selbst Braun nannte, runzelte die Stirn. Das Mädchen verlor sonst nie die Fassung. Was immer das für eine Leiche in dem Motorboot sein mochte, sie war offenbar viel früher entdeckt worden als erwartet.

»Sind Sie sich Ihrer Sache sicher?« fragte die Frau.

»Natürlich bin ich mir meiner Sache sicher.« Er brauste fast auf. »Oder soll ich mit Einzelheiten dienlich sein?« setzte er böse hinzu.

»Das ist wohl nicht nötig.« Die Frauenstimme hatte ihren üblichen kühlen Ton wiedergefunden. »Danke für Ihren Anruf ...«

»Und mein Geld?« Braun wollte noch nicht aufhängen.

»Liegt für Sie wie üblich übermorgen im Postamt bereit. Und – bleiben Sie bei Ihrer Aufgabe. Denken Sie daran, Jobs sind im Augenblick nicht so leicht zu finden ...«

Der Maler stand da und starrte den Hörer an. Hatte die Schlampe doch einfach aufgelegt! Er zuckte die Achseln, verließ die Telefonzelle und kehrte zu seinem Platz auf dem Bürgersteig zurück. Braun wußte genau, auf was er aufpassen sollte. Er hatte mit einem Mädchen namens Klara telefoniert, dem er noch nie begegnet war, und er wußte, daß er zu diesem Zweck eine Stuttgarter Nummer anwählen mußte. Sonst aber war ihm nichts über die Organisation bekannt, für die er spionierte.

In der luxuriösen Stuttgarter Penthouse-Wohnung stand Klara vor dem Spiegel. Sie war früher Fotomodell gewesen, war großartig gewachsen und jetzt siebenundzwanzig Jahre alt. Um ihre glatten, schwarzen Haare kümmerte sich der beste Coiffeur der Stadt einmal in der Woche, und in ihrer Garderobe steckte ein kleines Vermögen.

Sie hatte dunkle, schläfrig blickende Augen, einen zarten Knochenbau und war Kettenraucherin. Bevor sie das weiße Telefon noch einmal aufnahm und den Mann anrief, dem das Appartement gehörte, zögerte sie. Sie zündete sich eine Zigarette an und wählte dann die südbayerische Nummer.

In dem Schloß mit dem Wassergraben, viele Meilen nordöstlich von Lindau, griff eine feste, ledrige Hand nach dem Hörer. Am Ringfinger trug der Mann einen großen Diamanten. Unter seinem starken Kinn glänzte eine Krawattenklammer aus massivem Gold. An seinem linken Handgelenk trug er eine Armbanduhr von Philipe Patek.

»Ja!«

Kein Name, nur das einzelne, kurze Wort.

»Klara hier. Kann ich sprechen?«

»Ja! Haben Sie den Pelz bekommen, den ich abgeschickt habe? – Gut. Sonst noch etwas?«

Die Stimme polterte leicht, und es war ein Hauch von Ungeduld zu spüren, daß die beiden zur gegenseitigen Erkennung diesen Unsinn austauschen mußten, bevor man zur Sache kommen konnte. Wie vorher Klara, so klang er jetzt beunruhigt, als die junge Frau ihm die Botschaft von Braun durchgab.

»Sagten Sie, die Sendung ist jetzt schon eingetroffen?«

»Ja. Ich wußte, Sie würden erleichtert sein . . .«

Der Mann in den Sechzigern, mit dem Klara sprach, war keineswegs erleichtert. Er verbarg seine Reaktion, aber die Geschwindigkeit, mit der die Polizei die Leiche des Engländers gefunden hatte, alarmierte ihn.

Der Ausdruck ›Sendung‹ deutete darauf hin, daß Warner planmäßig liquidiert worden war. Und das ›ist eingetroffen‹ hieß, daß sich die Leiche bereits in der Obhut der Polizei befand. Er benutzte fast dieselben Worte, die Klara Braun gegenüber gebraucht hatte.

»Und Sie sind sich Ihrer Sache sicher? Das war sehr rasch ...«

»Ich selbst habe das Eintreffen nicht überwacht«, sagte sie, und ihre Stimme triefte vor Sarkasmus. »Ich berichte nur, was mir unser Beobachter vor weniger als fünf Minuten hinterbracht hat ...«

»Denken Sie daran, mit wem Sie reden«, sagte er. Er legte auf, entnahm dem Kästchen auf seinem Schreibtisch eine Havanna, schnitt sie an und zündete sie mit einem Goldfeuerzeug an.

In ihrer Stuttgarter Wohnung war Klara vorsichtig genug, erst den Hörer aufzulegen, bevor sie gotteslästerlich fluchte. Schön, er teilte das Bett mit ihr, bezahlte ihre Miete, kaufte ihre Kleidung – aber, verdammt noch mal, sie war nicht sein Eigentum.

Sie steckte sich eine neue Zigarette an, betrachtete sich im Spiegel und pinselte an ihrem Augen-Make-up herum. Die Schwierigkeit lag einfach darin, daß Reinhard Dietrich gleichzeitig ein millionenschwerer Industrieller, ein bedeutender Großgrundbesitzer und ein prominenter Politiker war. Und außerdem vergaß sie nie, daß sie sich mit einem der gefährlichsten Männer Westdeutschlands eingelassen hatte.

2. Kapitel
Dienstag, 26. Mai

Tweed saß hinter seinem Büroschreibtisch im ersten Stock eines Hauses, das eben noch in Sichtweite des Regent's Parks lag. Durch seine dicken Brillengläser blickte er das Häufchen von ›Effekten‹ an, das die Lindauer Wasserschutzpolizei dem toten Charles Warner abgenommen hatte.

Die Zentrale des britischen Geheimdienstes liegt nicht – wie mehrfach berichtet wurde – in einem Betonbau in der Nähe des Waterloo-Bahnhofs. Sie liegt vielmehr hinter einer der vielen Empire-Fassaden, die in einem Halbkreis zusammenstehen und sich meist im Besitz von Industriekonzernen befinden.

Diese Lage bietet eine Reihe von Vorteilen. Nach Verlassen des Gebäudes kann man die verschiedensten Richtungen einschlagen. Und wer nachprüfen will, ob er verfolgt wird, geht am einfachsten geradewegs in den Regent's Park hinein. In dem offenen Gelände wäre es jedem ›Schatten‹ unmöglich, seine Anwesenheit geheimzuhalten. Nur ein paar Schritte entfernt liegt der Eingang zur U-Bahn-Station Regent's Park. Das ist einer der wenigen U-Bahnhöfe, wo man sich per Aufzug zu den Bahnsteigen begeben muß. Wieder muß sich jeder Verfolger zu erkennen geben, da er notgedrungen denselben Lift benutzen muß.

»Trauriger Anblick, was ein Mann so alles mit sich herumträgt«, bemerkte Tweed.

Keith Martel, der einzige andere Anwesende im Raum, zündete eine Zigarette an und fragte sich, ob Tweed an den Sachen herumnörgelte, weil sie seinen Ordnungssinn beleidigten, oder ob er eine Bemerkung über die Armut des Verblichenen hatte machen wollen. Er entschied sich, es müsse das letztere gewesen sein.

Die beiden Männer lagen im Alter ungefähr zwanzig Jahre auseinander. Martel, großgewachsen, gutaussehend, dunkelhaarig und mit der Aura unbedingten Selbstvertrauens, war neunundzwanzig. Am auffallendsten war seine römische Nase. Und vom Charakter her neigte er dazu, sich nicht unterzuordnen.

Er war Kettenraucher und benutzte dabei eine schwarze Zigarettenspitze. Deutsch, Französisch und Spanisch sprach er fließend. Soweit es Sportflugzeuge und Hubschrauber betraf, war er ein erstklassiger Pilot. Er konnte schwimmen wie ein Fisch und haßte alle Mannschaftssportarten.

Tweeds Alter war niemandem bekannt. Etwa einsfünfundsiebzig groß, drahtig und mit einem Rücken, der so gerade war, als hätte Tweed einen Ladestock verschluckt, sah er genauso aus wie ein ehemaliger Armeemajor – und das war er auch. Sein grauer Schnurrbart entsprach in der Farbe seinem Haarschopf und war sauber gestutzt. Seine Augen hinter den Brillengläsern traten leicht hervor und gaben ihm den gepeinigten Blick eines Menschen, der immer nur das Schlimmste erwartet.

»Meistens tritt es ein – das Schlimmste. Damit sollte man rechnen«, war sein Lieblingsausspruch.

Es war direkt unangenehm, daß die Wirklichkeit ihm dauernd recht gab. Diese Tatsache – sein Ruf, daß er Probleme zu lösen vermochte – und seine sarkastische Art hatten den Leiter der Dienststelle davon überzeugt, daß Tweed auf einem Seitengleis besser aufgehoben war. So war er Leiter der Zentralregistratur geworden. Auch der neue Boß, Frederick Anthony Howard, war beim ersten Zusammentreffen der beiden, irgendwann in nebelhafter Vergangenheit, sofort von einem Widerwillen gegen Tweed erfaßt worden.

»Was reimen Sie sich aus all dem zusammen, Keith?«

Tweed machte eine Bewegung über die Warnerschen Besitztümer hin, die in einem Häufchen auf einer zwischen Aktenstapeln sorgsam freigemachten Stelle des Schreibtisches lagen. Martel griff nach ein paar Fahrscheinen und Papierstreifen, die man der Brieftasche des Toten entnommen hatte.

Wie ein Eichhörnchen hatte Warner seine Brieftasche mit merkwürdigen Zettelchen vollgestopft, die ein anderer weggeworfen haben würde. Aber Martel wußte, daß das nicht aus Gedankenlosigkeit geschehen war: Warner hatte nach dem Grundsatz gearbeitet, einem eventuellen Nachfolger Anhaltspunkte zu hinterlassen, wenn ihm selbst während eines Auftrages einmal etwas zustoßen sollte.

»Was hat er denn in Deutschland gemacht?« fragte Martel, während er die Sammlung betrachtete.

»Ich hatte ihn an Erich Stoller vom Bundesnachrichtendienst ausgeliehen. Ich habe bei Erich noch etwas gutzumachen, und er brauchte einen Außenstehenden, der notfalls für einen Deutschen durchgehen konnte, um an diesen Delta-Haufen da in Bayern ranzukommen – Neonazis, wie Sie ja wohl wissen. Halten sich gerade noch innerhalb der Legalität, so daß es keine rechtliche Handhabe gegen sie gibt.«

Bundesnachrichtendienst – BND –, so heißt der im Ausland kaum bekannte bundesdeutsche Geheimdienst, der sein diskretes Hauptquartier in der Nähe von München unterhält. Als Tweed jetzt etwas aus der Tasche zog und auf den Schreibtisch fallen ließ, gab es einen dumpfen Aufklang. Es war ein silberner, dreieckiger Anstecker, der wie der griechische Buchstabe Delta aussah.

»Das ist nun deren jüngste Variation des Hakenkreuzes«, bemerkte Tweed. »Der Anstecker ist unter Warners Leiche gefunden worden. Der Killer muß ihn unbemerkt fallengelassen haben . . .«

»Wie ist er denn nun umgebracht worden?«

»Brutal.« Tweed nahm die Brille ab, lehnte sich in seinem Drehstuhl zurück und machte es sich zu seiner Suada gemütlich. »Der Gerichtsmediziner des BND sagt aus, daß auf Warner mit einer Art Messer fünfundzwanzigmal eingestochen worden ist. Fünfundzwanzigmal! Und zum Abschluß haben sie ihm dann noch ihr Markenzeichen in den nackten Rücken geschnitten – das Delta.«

»Und daraus entnehmen wir, daß ›Delta‹ ihn umgebracht hat?«

»Nein, dabei verlassen wir uns auf einen unparteiischen Augenzeugen – Stoller nennt noch nicht einmal mir gegenüber den Namen. Irgendein deutscher Urlauber hat auf einer erhöhten Terrasse über dem Hafen von Lindau gesessen . . .«

»Hört sich an wie die Römerschanze«, warf Martel ein.

»Natürlich, ich hatte es vergessen. Sie kennen ja Lindau. Merkwürdiger Ort – habe mir das auf der Karte angesehen. Von oben muß es wie ein Floß aussehen, das durch zwei Planken mit dem ›bayerischen Festland‹ verbunden ist ...«

»Eine Straßenbrücke und ein eigener Bahndamm, auf dem auch ein Weg für Radfahrer und Fußgänger entlangführt.«

»Schön, wenn man ein Auge fürs Detail hat«, kommentierte Tweed mit einer Spur von Sarkasmus. Martel schien das nicht zu bemerken: Für ihn hieß das, daß Tweed einiges an Nervosität zu verbergen versuchte.

»Wie ich schon sagte«, fuhr Tweed fort. »Dieser Urlauber hat Warner durchs Fernglas beobachtet, als er im Motorboot auf den See hinausfuhr. Er hat auch die Gruppe von Windsurfern beobachtet – sechs waren es, um genau zu sein –, wie sie Warner quer vor den Bug fuhren und ihn so angehalten haben. Als sie wieder abgezogen waren, hat er gesehen, wie Warners Boot steuerlos trieb und er über dem Steuerrad zusammengesackt hing. Der Urlauber nahm an, da sei jemandem schlecht geworden, und hat der Wasserschutzpolizei Bescheid gesagt, die ihre Barkasse gleich unterhalb dieser Römer-Dingsbumsterrasse liegen hat ...« Tweed blickte in Stollers Bericht. »Ein Bursche namens Dorner ist dann rausgefahren und hat mal nachgesehen ...«

»Und der Rest ist dann unglücklicherweise bereits Geschichte.«

»Bis auf die Tatsache, daß ich möchte, daß Sie losziehen und Warner ersetzen«, sagte Tweed ruhig.

Frederick Anthony Howard kam ohne anzuklopfen in das Büro. Besser wäre vielleicht zu sagen, daß er hereinstürmte. Es machte geradezu Howards Persönlichkeit aus, daß er jeden Raum beherrschte, sowie er eintrat.

Er wurde von Mason, einem Neuling, begleitet. Mason hatte ruhelose Augen und wirkte mager und hungrig. Er sagte gar nichts, sondern blieb einfach aufmerksam hinter seinem Chef stehen.

»Tweed, Sie sind sich doch wohl darüber im klaren, daß wir all die aktiven Mitarbeiter, die dazu ausersehen sind, auf die Premierministerin während ihrer Reise zur Gipfelkonferenz in Wien aufzupassen, auch tatsächlich brauchen?«

Er gebrauchte das Wort ›aktiv‹ mit einer Betonung, die deutlich machte, daß Martel inbegriffen und Tweed ganz deutlich ausgeschlossen war. Howard war ein stattlicher Mann von fünfzig Jahren mit rotem Gesicht und cholerischem Temperament, einer ungekämmten Matte von grauem Haar und sehr dezidiertem Auftreten. Er stand in dem Ruf, bei Frauen äußerst erfolgreich zu sein, und diesen Ruf genoß er.

Der Umstand, daß Cynthia, seine Frau, in der ›Villa‹ auf dem Land lebte, während Howard selbst in Knightsbridge seine ›Bleibe‹ hatte, hätte nicht günstiger sein können. Tweeds eigener bei Gelegenheit privat abgegebener Kommentar dazu war eher desillusionierend gewesen.

»Bleibe? Ich war mal da. Wenn er da ein Mädchen bei sich hat, dann kann sich das Bleiben nur noch im Stehen abspielen . . .«

»Was ist denn das für'n Zeug?« fragte Howard, indem er die Brieftasche aufnahm. Martel hatte, als Howard den Raum betrat, die Papierstückchen, über denen er brütete, in der hohlen Hand verborgen und steckte sie jetzt in die Tasche.

»Das ›Zeug‹ da«, sagte Tweed grimmig, »das sind die persönlichen Effekten des verstorbenen Charles Warner. Der BND hat sie freundlicherweise von München nach London einfliegen lassen, damit wir unverzüglich mit unseren Nachforschungen beginnen können.«

Nachdem er diese Bemerkung mit kalter, ruhiger Stimme losgeworden war, setzte Tweed seine Brille wieder auf. Ohne sie fühlte er sich nackt – besonders in der Gegenwart von Menschen wie Howard. Und er wußte genau, daß es unmöglich war, seinen Gesichtsausdruck zu deuten, wenn er die dicken Gläser auf der Nase trug.

»Der Herr werden empfindlich im hohen Alter, was?« stichelte Howard leichthin und versuchte damit von seinem, wie er jetzt erkennen mußte, äußerst schlechten Benehmen abzulenken.

»Der Mann ist tot«, gab Tweed zurück. Er ließ nicht locker.

»Das gefällt mir genausowenig wie Ihnen.« Howard schlenderte zum Fenster hinüber, das mit einem schweren Netzstoff verhängt war, und blickte durch das Panzerglas hinaus. Bevor er wieder zum Sprechen ansetzte, legte er seine Hände in einer theatralischen Geste zusammen.

»Ich muß einfach darauf bestehen, daß wir alles dazu verfügbare aktive Personal in exakt einer Woche von heute an gerechnet an Bord des Gipfelexpreß von Paris nach Wien haben. Am Dienstag, dem zweiten Juni . . .«

»Ich besitze selbst einen Kalender«, gab Tweed zum besten.

Howard wandte seinen Blick betont von Tweed ab und sah Martel an, der gar nichts sagte und statt dessen seine Zigarettenspitze im Mund behielt – für Howard eindeutig dienstlicher Ungehorsam. Er hatte bereits deutlich klargemacht, daß diesem ekligen Laster in seiner Gegenwart nicht gefrönt werden durfte.

»Also?« drängte er.

Martel seinerseits blickte Howard an, paffte, und sein Gesichtsausdruck war hart und feindlich. »Ich bin anderweitig beschäftigt«, sagte er schließlich, immer noch die Zigarettenspitze zwischen den Zähnen. Howard wandte sich zu Tweed und explodierte.

»Verdammt noch mal, das reicht mir jetzt. Ich nehme mir Martel und stecke ihn in meine Bewachertruppe. Er spricht fließend Deutsch . . .«

»Und das ist genau der Grund, weshalb er nach Bayern soll«, fiel Tweed ein. »Wir hatten das Gefühl, daß etwas faul ist im Staate der Bavaria. Und es sieht so aus, als hätten wir recht gehabt. Oder warum wäre Warner sonst wohl umgebracht worden?«

Howard warf einen Blick zu Mason hinüber, der immer noch wie ein stummer Diener neben der Tür stand. Es war mal wieder Zeit, aufzutrumpfen. »Wir?« fragte er höhnisch. »Darf ich mich erkundigen, wer mit ›Wir‹ gemeint ist?«

»Erich Stoller vom BND und ich«, antwortete Tweed knapp.

Langsam war es Zeit, Howard wieder loszuwerden. »Der Minister hat mir eine Notiz geschickt – ich soll das bayerische Rätsel lösen und habe Vollmacht, meine Leute so einzusetzen, wie ich es für richtig halte. Und ich darf vielleicht noch darauf hinweisen, daß der Gipfelexpreß, der die vier wichtigsten westlichen Politiker nach Wien zu ihren Treffen mit dem Ersten sowjetischen Generalsekretär bringt, ebenfalls Bayern durchquert?«

Sie waren wieder allein. Howard war in dem Moment aus dem Büro hinausgestürmt, als er von der Existenz der speziellen ministeriellen Notiz erfahren hatte. Mason war auf dem Fuße gefolgt und hatte die Tür leise hinter sich geschlossen.

»Der hat sich eingeprägt, wie ich aussehe«, sagte Martel.

»So, dann machen wir weiter. Moment mal, wer hat was?«

»Dieser Neue, Mason. Wer hat denn den aufgelesen und wo?«

»Spezialeinheit, wenn ich das richtig verstanden habe«, antwortete Tweed. »Und Howard hat ihn selbst für uns rekrutiert – hat persönlich das Einstellungsgespräch mit ihm geführt, wie ich gehört habe. Ich glaube, der hat sich schon länger bemüht, bei uns Fuß zu fassen . . .«

»Wir nehmen aber doch niemanden, der sich bewirbt«, entfuhr es Martel.

»Diesmal aber wohl, augenscheinlich. Wie wollen Sie denn jetzt Warners Spur aufnehmen? Und da Sie ja jetzt Ihr Frühstück intus haben, sollte Ihr Magen widerstandsfähig genug sein, daß Sie sich mal die Fotos ansehen können, die Stollers Kollege da geschossen hat. Auf zweien davon sieht man deutlich das dreieckige Zeichen der Delta-Partei – in Warners Rücken eingeschnitten ...«

»Also, Delta, das sind die Neonazis«, murmelte Martel, während er die Hochglanzvergrößerungen studierte. »Und Delta wird von Reinhard Dietrich geleitet, diesem Millionär aus der Elektronikindustrie. Er hat sich doch auch für die bayerische Landtagswahl aufstellen lassen, die stattfindet am ...«

»Am Donnerstag, dem vierten Juni – einen Tag, nachdem der Gipfelexpreß Bayern durchquert hat«, warf Tweed ein. »Das hat Howard wohl auch wieder übersehen. Also wissen Sie, Keith, ich habe das verrückte Gefühl, daß das alles irgendwie zusammenpaßt – daß der Zug durch Bayern muß, dann die Landtagswahl und daß Warner umgebracht worden ist, bevor er mit uns reden konnte.«

Martel legte die Hochglanzfotos wieder auf den Schreibtisch zurück und holte die Papierchen aus der Tasche, die er in Howards Gegenwart versteckt gehalten hatte. Eins von den Papierstückchen zeigte er jetzt Tweed.

»Um herauszufinden, weshalb Warner ermordet worden ist, fange ich in Zürich an.«

»Warum Zürich? Mir ist der Erste-Klasse-Fahrschein von München nach Zürich aufgefallen – und die andere Fahrkarte von Lindau nach München, aber ...«

»Hier, das kleine Stück Papier. Sehen Sie sich das doch mal richtig an.«

Tweed betrachtete es durch ein Vergrößerungsglas. Es war auch irgendeine Art von Fahrschein mit dem Aufdruck VBZ ZURI...LINIE. Und die Worte RENNWEG/AUGUST waren in Violett auf den Fahrschein gestempelt, zusammen mit dem Preis: 0.80.

»Von meiner letzten Reise nach Zürich her bin ich mir sicher, daß Sie da einen Straßenbahnfahrschein in der Hand halten«, erklärte Martel. »Eine Straßenbahn, deren Strecke die Bahnhofstraße entlangführt – der Rennweg ist eine Seitenstraße der Bahnhofstraße. Warner ist also innerhalb der Stadt herumgefahren. Warum? Wohin? Er hat seine Zeit nie verschwendet.«

Tweed nickte sein Einverständnis, schloß eine Schublade auf und nahm eine Akte heraus. Den Aktendeckeln entnahm er ein kleines schwarzes Notizbuch, das er durchblätterte. Dann machte er eine Bewegung mit dem Schreibtischschlüssel.

»Ich nehme an, Sie wissen, daß Howard abends immer wartet, bis alle nach Hause gegangen sind – und dann schnüffelt er rum und hofft, irgend etwas herauszufinden, das man ihm nicht erzählt hat. Der verbringt mehr Zeit damit, seine eigenen Leute auszuspionieren als den Gegner. Aber so halten wir ihn wenigstens beschäftigt...«

»Und jetzt spielen Sie offenbar gerade Ihre stärkste Karte aus«, bemerkte Martel. »Sie spannen mich absichtlich auf die Folter. Dürfte ich denn mal sehen, was Sie so an Assen haben?«

»Das war bei Warners Hinterlassenschaft, die Stoller mir mit solch lobenswerter Eile hatte zukommen lassen.« Tweed blätterte die Seiten des kleinen Notizbuches mit dem Daumen durch. »Aber ich weiß, daß Warner immer zwei Notizbücher bei sich hatte – das große war in der Brusttasche, und das fehlt. Möglicherweise von dem Schwein geklaut, das auf ihn eingestochen hat. Das große war voll von bedeutungslosem Unsinn. Aber diesen kleinen Kameraden hier, den hatte er immer in einer Geheimtasche mit sich getragen. Erst Stoller hat es gefunden, nachdem er von der Wasserschutzpolizei benachrichtigt worden war und nach Lindau – oder jedenfalls zum nächstgelegenen Flugplatz – geflogen ist.«

»Wird es mir erlaubt sein, mal einen Blick da reinzuwerfen?«

»Sie werden ja richtig ätzend, Mr. Martel.« Tweed reichte das Notizbuch hinüber. »Der Kummer ist nur, daß man aus dem Gekritzel nicht schlau wird.«

Martel blätterte. Die Eintragungen schienen zusammenhanglos. Hauptbahnhof, München ... Hauptbahnhof, Zürich ... Delta ... Centralhof ... Bregenz ... Washington D.C., Clint Loomis ... Pullach, BND ... Operation Krokodil.

»Charles ...«

Sie hatten ihn immer Charles genannt. Bei einem Menschen wie Warner hätte man nicht im Traum daran gedacht, ihn Charly zu rufen – davor hätte er sich bestimmt verwahrt.

»Charles«, wiederholte Martel, »war ja regelrecht auf die Bahnstationen fixiert – die Hauptbahnhöfe in München und Zürich. Warum wohl? Und wenn die Reihenfolge der Notizen bedeutet, daß Delta irgendeine Verbindung zu Zürich hat, dann wäre das doch merkwürdig, oder was würden Sie sagen?«

»Delta ist die offizielle Partei von Neonazis, die ihre Kandidaten für die bayerischen Landtagswahlen aufgestellt hat«, bemerkte Tweed. »Aber gleichzeitig arbeitet Delta auch im Untergrund. Den Gerüchten nach operieren Zellen von Delta in der Nordostschweiz zwischen St. Gallen und der österreichischen Grenze. Ferdy Arnold von der Schweizer Spionageabwehr ist beunruhigt ...«

»Beunruhigt genug, um uns zu unterstützen?« wollte Martel wissen.

»Mit spitzen Fingern. Sie kennen doch die Schweizer – Neutralitätspolitik; da glauben sie immer, sie müßten besonders vorsichtig sein ...«

»Bei so einer Gangsterbande? Soll sich doch mal einer

ansehen, was die mit Warner gemacht haben. Und wer ist Clint Loomis – Washington, D.C.?«

»Daraus werde ich nicht schlau.« Tweed lehnte sich zurück und drehte sich auf seinem Stuhl hin und her. »Clint ist ein alter Freund von mir. Ex-CIA. Wurde einst rausgeworfen von Tim O'Meara, der jetzt die Geheimdienstabteilung leitet, die den US-Präsidenten im Gipfelexpreß auf dem Weg nach Wien beschützen wird. Da seh' ich keinen Zusammenhang . . .«

»Wer trägt denn die Kosten dieser Verbindung mit dem BND, falls Howard dagegen ist?«

»Erich Stoller vom BND – der hat eine Menge Geld zur Verfügung. Bonn macht sich wegen Delta Sorgen . . .«

»Dann hätte also Charles in seiner üblichen Geheimniskrämerei schnell mal von München nach Washington fliegen können, ohne daß Sie davon erfahren hätten?«

»Ja, das nehme ich schon an.« Tweed schien zu zweifeln. »Ich sehe bloß nicht ein, warum.«

»Aber hier ist doch überhaupt noch nichts, was wir einsehen können, oder? Und am wenigsten wissen wir, was Warner herausgefunden hat, das dann zu seiner kaltblütigen Ermordung führte.« Martel sah noch einmal in das Notizbuch. »Centralhof. Erinnert mich an irgendwas.«

Tweed regte sich in seinem Stuhl, und der Blick hinter seinen Brillengläsern wurde nichtssagend. Martel wußte aus Erfahrung, daß er jetzt etwas Unangenehmes zu hören bekommen würde. Er zündete eine neue Zigarette an und steckte sich die Spitze zwischen die Zähne.

»Na, wenigstens Sie können sich einen Reim daraus machen, Keith«, sagte Tweed fröhlich. »Ferdy Arnold hat Warner die beste Hilfe an die Seite gestellt, die er hatte. Und vielleicht kann Ihnen diese Beistandsperson etwas mehr erzählen. Von den Mördern mal abgesehen, war sie wahrscheinlich die letzte, die Warner lebend gesehen hat . . .«

»Sie?«

»Richtig, dieses Fürwort bezeichnet eine Frau. Claire

Hofer. Ihre Mutter war Engländerin, ihr Vater Schweizer – und obendrein einer von Ferdys besten Leuten; so ist sie dann auch zum Geheimdienst gekommen. Sie wohnt Centralhof fünfundvierzig in Zürich. Daher die Eintragung, wie ich vermute ...«

»Bleibt bloß zu bedenken, daß Warner das Geheimnotizbuch benutzt zu haben scheint, um Verdachtsmomente einzutragen ...«

»Sie werden jede Hilfe nötig haben, die Sie bekommen können ...«

»Vor allen Dingen Hilfe, der ich vertrauen kann ...«

»Die Frau könnte eine bedeutende Unterstützung darstellen«, beharrte Tweed.

»Aber dann denken Sie doch daran«, begann Martel mit Nachdruck, »daß Warner von jemandem verraten worden ist, der wußte, daß er mit dem Motorboot in die Schweiz wollte – von jemandem also, dem er vertraut hat. Und jetzt sagen Sie mir bitte noch einmal, warum Stoller Hilfe von draußen angefordert hat.«

»Weil er glaubt, daß sich jemand in den BND eingeschlichen hat. Überall wo sie hinkommen, werden Sie auf lauerndes Mißtrauen stoßen. Und da der Gipfelexpreß Paris am Dienstag, dem zweiten Juni, um dreiundzwanzig Uhr fünfunddreißig verläßt, bleiben Ihnen exakt sieben Tage, um hinter all diese Geheimnisse zu kommen.«

3. Kapitel
Mittwoch, 27. Mai

Mr. Keith Martel, Passagier nach Genf, wird dringend gebeten, sich am Swissair-Schalter zu melden ...

Im Flughafengebäude von Heathrow war Martel gerade auf dem Weg zum Flugsteig, als diese Durchsage über Lautsprecher kam. Langsam stieg er die Stufen wieder hinunter und hielt inne, als er den Swissair-Schalter überblicken konnte. Erst als noch zwei andere Passagiere am Schalter standen, schlenderte er hinüber.

Das Mädchen von der Swissair sagte ihm, er würde dringend am Telefon verlangt, und ließ ihn allein zurück, während er schäumend den Hörer aufnahm. Es war Tweed. Seine Stimme klang nach dieser mühsamen Beherrschung, die bei ihm ein Zeichen großer Aufregung war. Sie brachten die Erkennungsprozedur hinter sich, und dann explodierte Martel so leise wie möglich.

»Um Himmels willen, wie kommen Sie nur dazu, hier meinen Namen so ausposaunen zu lassen, daß jeder in diesem gottverdammten Flughafen . . .«

»Ich hab' Ihren Bestimmungsort geändert, Sie fliegen jetzt nach Genf. Haben die nicht . . .«

»Sie haben. Danke für die Art, wie Sie mich umsorgen. Jetzt bleiben mir gerade noch zehn Minuten, um an Bord zu gehen . . .«

»Mein Büro ist abgehört worden – gestern, während wir miteinander gesprochen haben. Über Delta und das alles . . .«

»Von wo rufen Sie jetzt an?«

»Von einer Telefonzelle am Bahnhof Baker Street natürlich. Sie glauben doch nicht, daß ich so dämlich bin, von einem anderen Apparat in unserem Gebäude anzurufen, oder? Ich habe die verdammte ›Wanze‹ ganz zufällig entdeckt. Die Putzfrau hatte mir einen Zettel hingelegt, daß die Birne in der Deckenlampe hinüber war. Ich hab' dann nachgesehen – die ›Wanze‹ klebte am Lampenschirm . . .«

»Dann könnte also irgend jemand unsere Unterhaltung abgehört haben, möglicherweise auf Tonband, und würde jetzt wissen, wohin ich fliege und warum?«

»Ich hatte mir gedacht, Sie sollten das wissen – noch bevor Sie an Bord gehen.«

Tweed klang ehrlich besorgt. Eigentlich ungewöhnlich für Tweed, soviel Gefühl zu zeigen.

»Danke«, sagte Martel kurz. »Ich werde die Augen offenhalten . . .«

»Vielleicht sollten Sie besonders in Zürich aufpassen. Könnte sein, daß Sie ein Empfangskomitee erwartet . . .«

»Nochmals tausend Dank. Ich muß jetzt los . . .«

Die Swissair-Maschine hob pünktlich um elf Uhr zehn ab. In London hatte die Temperatur etwa bei zehn Grad Celsius gelegen. Als das Flugzeug über der Schweiz an Höhe verlor, schaute Martel, der am Fenster saß, auf die Ketten des Juragebirges hinunter, die aussahen, als brauche man nur hinunterzufassen, um sie zu berühren. Die Maschine war über Basel gekommen und hielt nun östlich auf Zürich zu.

Als sich die Maschine in die Kurve legte, bot sich durch die Seitenfenster ein phantastisches Bild: das sonnenbeleuchtete Panorama der verschneiten Alpen. Martel erkannte das schroffe Dreieck des Matterhorns, das in der Form der Delta-Anstecknadel nicht unähnlich war. Dann landeten sie.

Am Flughafen Kloten, zehn Kilometer außerhalb von Zürich, wurde Martel beim Aussteigen von einer Hitzewelle regelrecht eingehüllt. Kaum zehn Grad in London, mehr als dreiundzwanzig Grad in Zürich. Nach Heathrow schien hier alles geradezu unnatürlich ruhig und ordentlich zu sein. Als er Zoll und Paßkontrolle hinter sich hatte, begann er, nach Schwierigkeiten Ausschau zu halten.

Er war versucht, von der unterirdischen Eisenbahnstation des Flughafens aus den Zug zum Hauptbahnhof zu nehmen, der zweiten Stelle, die in Warners Notizbuch verzeichnet war. Statt dessen nahm er ein Taxi zum Hotel Baur au Lac.

Damit würde er in einem der drei besten Schweizer Hotels wohnen; und der Zimmerpreis hätte bei Howard sicherlich einen Schlaganfall hervorgerufen. Aber Howard zahlte ja die Spesen nicht. Kurz bevor Martel London verlassen hatte, hatte Erich Stoller an Tweed per Telex einen dicken Stapel D-Mark überwiesen.

»Die Deutschen zahlen, also genießen Sie's«, hatte Tweed dazu bemerkt. »Sind offenbar betroffen von der Tatsache, daß der erste Agent, den ich ihnen zur Hilfe geschickt habe, nicht länger unter uns weilt . . .«

»Und daß ich möglicherweise der nächste bin?« gab Martel zurück. »Trotzdem ist es natürlich eine gute Tarnung – im besten Hotel der Stadt abzusteigen, statt in irgendeiner bemoosten kleinen Pension . . .«

Gute Tarnung? Er rief sich diese Bemerkung zynisch ins Gedächtnis, während das Taxi das Autobahnstück in Richtung Zürcher Innenstadt entlangsauste. Die Bemerkung war in Tweeds Büro gefallen, von dem sie nun wußten, daß es abgehört wurde. Natürlich könnte er das Hotel wechseln – aber umgekehrt, wenn die gegnerische Seite ihn im Baur au Lac ausfindig machte, dann konnte ihm damit vielleicht auch selbst eine überraschende Möglichkeit geboten werden.

Hauptsache, ich bemerke die anderen als erster, dachte er, während er sich eine neue Zigarette anzündete.

Es war schön, wieder in Zürich zu sein und die blauen Straßenbahnwagen ihre Schienen entlangrumpeln zu sehen. Die Route, die der Taxifahrer nahm, verlief durch die Unterführung, dann scharf rechts über die Limmat-Brücke zum Hauptbahnhof. Martel blickte auf das gewaltige Bahnhofsgebäude und fragte sich wieder, warum es in Warners Notizbuch erwähnt worden war.

Links erhaschte er gerade noch einen Blick auf die baumgesäumte Bahnhofstraße, seine Lieblingsstraße in seiner Lieblingsstadt auf dem europäischen Kontinent. Hier lagen die großen Banken mit ihren unglaublichen Sicherheitssystemen, ihren unterirdischen Stahlkammern, die mit Goldbarren vollgestapelt lagen. Aber dann fuhren sie schon die Talstraße hinunter, die Straße, an deren Ende das Baur au Lac zum See hin lag.

Eine dicke, graue Wolkendecke lastete über der Stadt, und die ganze Atmosphäre dampfte vor Feuchtigkeit – wie es so oft bei hohen Temperaturen der Fall ist. Das Taxi bog unter einem Tor hindurch ins Hotelgelände ein und hielt am Haupteingang. Der Oberportier hielt die Wagentür auf, und Martel zählte fünf Mercedeswagen und einen Rolls-Royce auf dem Hotelparkplatz. Gegenüber dem Hoteleingang erstreckten sich die grünen Wiesen des Miniparks bis zum See hinunter.

Vom Flughafen zum Hotel war ihm niemand gefolgt. Dessen war er sich ziemlich sicher. Aber irgendwie beruhigte ihn das nicht, während er jetzt hinter dem Portier her hineinging. Das Hotel war fast voll besetzt. Am Telefon war er mit einem Doppelzimmer, das zum Park hin lag, einverstanden gewesen. Als der Gepäckträger hinausgegangen war, überprüfte Martel Schlafraum und Badezimmer nach verborgenen Mikrofonen. Er fand nichts. Glücklich war er immer noch nicht.

Nach der Überprüfung des Raums ging er über die Treppe nach unten – den Lift vermied er, weil jeder Aufzug eine Falle sein konnte. Die Atmosphäre war luxuriös, friedvoll und beunruhigend normal. Er schlenderte durch das Hotelgelände zu der Stelle, wo unter einem Vordach in der Nähe des französischen Restaurants Tee und Drinks serviert wurden. Er bestellte Kaffee, zündete sich eine Zigarette an, wartete und sah zu, wie die Elite unserer Welt ankam und abfuhr. Er hielt nach einem ›Schatten‹ Ausschau.

Seine Verabredung in Claire Hofers Wohnung hatte er erst um acht Uhr abends, einem Zeitpunkt, den er als seltsam empfunden hatte. Normalerweise hätte er ja die Gegend vorher in Augenschein genommen, aber die Abhöranlage in Tweeds Büro hatte ihn seine Taktik ändern lassen. Er war immer schon gut gewesen, wenn es darum ging, zu warten, und er rechnete fest mit der Ungeduld der Gegenseite.

Gegen sieben Uhr dreißig war er von Kaffee geradezu durchweicht, und die Gäste fanden sich langsam zum Abendessen in dem nahegelegenen Restaurant ein. Auf einmal kritzelte Martel rasch seine Unterschrift und seine Zimmernummer auf die Rechnung, erhob sich und trat nach draußen unter den Torbogen. Er überquerte die Talstraße und ging dann nach links die Bahnhofstraße hoch, weg vom See. Er hatte zwar niemand Verdächtigen entdeckt, aber sein ungemütliches Gefühl war er auch nicht losgeworden.

Bei einem Fahrkartenautomaten auf der verlassenen Straße hielt er an, steckte vier Zwanzig-Centime-Münzen in den Schlitz, die er sich vom Kassierer des Baur au Lac hatte geben lassen, nahm seinen Fahrschein an sich und wartete auf eine von Zürichs ›Heiligen Kühen‹. Diese lackglänzenden Straßenbahnzüge hatten die absolute Vorfahrt vor dem gesamten übrigen Verkehr – daher die etwas despektierliche Bezeichnung durch die Zürcher.

Der Fahrschein ließ eine leichte Unruhe in ihm erwachen. In seiner Brusttasche war ein Umschlag, der den Inhalt von Warners Brieftasche enthielt – und darunter befand sich auch ein Straßenbahn-Fahrschein, auf dem »Rennweg/August« stand. Diese Haltestelle war nicht weit entfernt, und Warner könnte den Fahrschein benutzt haben, als er zu Claire Hofer fuhr. Eine Straßenbahn glitt die Straße entlang, stromlinienförmig und frisch lackiert. Martel kletterte hinein und setzte sich in die Nähe einer der Türen.

Vom Hotel aus hätte es ihn nur fünf Minuten gekostet, um zum Centralhof Nummer fünfundvierzig, der Adresse von Claire Hofer, zu Fuß zu laufen. Indem er die Straßenbahn benutzte und lediglich eine Haltestelle weit fuhr, hoffte er ans Licht zu bringen, ob ihm jemand folgte. An der nächsten Haltestelle wandte er ein Täuschungsmanöver an. Er stand auf und drückte den schwarzen Knopf, mit dem sich die Doppeltüren beim Halt des Wagens automatisch öffnen ließen.

Die Türen gingen auf, Martel sah auf seinen Fahrschein und blickte sich dann erstaunt um, so, als sei er sich auf einmal seines Fahrziels nicht mehr sicher. Andere Fahrgäste stiegen aus, neue stiegen ein. Immer noch wartete Martel. Die Türen begannen sich zu schließen. Und jetzt kam Bewegung in Martel ...

Er wußte genau, wie die Straßenbahn funktionierte. Er stieg genau in dem Moment auf das Trittbrett hinunter, als es sich langsam hochhob, während die Türen sich wieder schlossen. Infolge einer eingebauten Sicherung bleiben die Türen offen, solange das Trittbrett belastet ist – oder sie öffnen sich, wenn sie schon dabei waren, sich wieder zu schließen. Auf dem Bürgersteig hielt Martel inne, um sich eine Zigarette anzuzünden und um zu beobachten, ob sich noch jemand nach ihm nach draußen drängte. Die Türen schlossen sich, die Straßenbahn fuhr weiter.

Centralhof, das ist ein von Gebäuden umstandener Platz. Mit einer Seite grenzt er an die Bahnhofstraße. Es gibt vier überwölbte Eingänge – je einen an jeder Seite des Platzes, also auch einen von der Bahnhofstraße her –, und sämtliche vier Torbögen führen durch bis in den inneren Garten.

Martel überquerte die Straße, ging die Poststraße entlang, bog nach rechts ab und ging weiter, jetzt an der dritten Seite des Wohnblocks entlang. Als er im Eingangsgewölbe war, sah er die Bäume und den Brunnen, an die er sich erinnerte. Nichts hatte sich verändert. Er setzte sich auf eine Bank.

In dieser speziellen Wohnung im Centralhof war er noch nie zuvor gewesen – aber bei einem früheren Besuch hatte er genau dieselbe Taktik angewandt, um einen Schatten hervorzulocken. Und damals hatte es geklappt.

Das einzige Geräusch hier im Halbdunkel war das Zirpen unsichtbarer Spatzen im Blätterwerk der Bäume, das sanfte Plätschern des Brunnenwassers. Eine friedlichere Szenerie konnte man sich kaum vorstellen. Er blickte zu den gardinenverhangenen Fenstern hoch, und die Stille war fast durchdringend.

Niemand war ihm in diese Oase des Friedens gefolgt. Er wagte zu vermuten, daß er bisher jeder Entdeckung entgangen war. Er stand auf und ging auf den Bogengang zu, in dem der Eingang zu dem Appartement lag und den ihm Tweed auf einer Straßenkarte gezeigt hatte.

Er fand nur ein Namensschild mit einem Klingelknopf, daneben C. Hofer. Er drückte auf die Klingel, und fast im selben Augenblick hörte er die Stimme einer Frau durch das Metallgitter der Sprechanlage. Die Frau sprach deutsch – kein Schweizerdeutsch, was Martel nicht verstanden haben würde.

»Wer ist da?«

»Martel.«

Er sprach leise, den Mund dicht an dem Gitter. Die andere Stimme klang, durch die Elektrik verfremdet, fast körperlos.

»Ich habe geöffnet. Ich bin im ersten Stock . . .«

Martel trat in den kahlen Hausflur, und der Türschließer ließ die Haustür hinter ihm automatisch ins Schloß fallen. Martel sah sich einem altmodischen Aufzug mit offenem Gitterwerk gegenüber. Er beachtete ihn nicht, sondern rannte leichtfüßig die Treppe hinauf, um ein paar Sekunden, bevor Claire Hofer ihn erwartete, oben zu sein.

Größe: fünf Fuß, sechs Zoll. Gewicht: neun Stone, zwei Pfund. Alter: fünfundzwanzig. Haarfarbe: schwarz. Augenfarbe: tiefblau.

Das war die Beschreibung der Hofer, die Tweed Martel in London gegeben hatte. Es war typisch für die überlegte Art und die Tüchtigkeit von Ferdy Arnold, daß er seine Angaben über das äußere Erscheinungsbild des Mädchens in dieser Terminologie gegeben hatte: Er kannte Tweeds Abscheu gegenüber dem Europa des gemeinsamen Marktes und dem metrischen System.

Als er den ersten Stock erreichte, war Martel unbewaffnet. Er rechnete damit, daß die Hofer ihn mit einer Pistole versorgen würde. Auf dem verlassenen Treppenabsatz sah er sich einer geschlossenen Tür gegenüber, und er bemerkte – fast versteckt in dem hochglanzlackierten hölzernen Zierat der Tür – ein kleines Guckloch. Wenigstens eine Vorsichtsmaßnahme für den Fall, daß Fremde kamen.

»Willkommen in Zürich, Mr. Martel. Bitte, kommen Sie schnell herein . . .«

Die Tür war rasch geöffnet worden, und die junge Frau blickte Martel prüfend an, während sie ihn in die Wohnung winkte, die Tür wieder schloß und einen Riegel vorlegte. Martel hatte seine Zigarette ausgetreten, während er unten in dem Bogengang gestanden hatte. Er hielt die schwarze Zigarettenspitze zwischen den Fingern und musterte die junge Frau ohne besonderen Enthusiasmus.

Sie trug eine dunkle Sonnenbrille mit übergroßen, extravagant geformten Gläsern, wie junge Mädchen sie heute mögen. Ihr Haar war tatsächlich sehr schwarz, sie war auch ungefähr einssiebenundsechzig groß, und er nahm an, daß die Waage tatsächlich etwa achtundfünfzig Kilogramm anzeigen würde. Außerdem war die junge Frau sehr attraktiv, trug eine geblümte Bluse und einen pastellfarbenen Rock, der wohlgeformte Beine sehen ließ.

»Zufrieden?« fragte sie spitz.

»Man kann nie vorsichtig genug sein«, sagte er zu ihr und ging durch den kleinen Flur ins Wohnzimmer hinüber, dessen Fenster auf den Innengarten des Centralhofs hinaussahen. Er benahm sich leicht von oben herab, steckte eine Zigarette in die Spitze und zündete sie an, ohne die junge Frau um Erlaubnis zu bitten.

»Aber bitte sehr, Sie können rauchen«, sagte sie zu ihm.

»Gut. Es hilft mir, mich zu konzentrieren . . .«

Er blickte sich in dem Zimmer um, das mit schweren Ledersesseln und Sofas und dem üblichen gewichtigen Buffet vollgestellt war. Die deutschen Schweizer verwendeten gern solche Möbel, die wohl irgendwie die handfeste Persönlichkeit der Besitzer widerspiegelten. Martel glaubte zu wissen, was die Hofer im Augenblick dachte. Teufel auch, muß ich jetzt mit diesem ungehobelten Burschen zusammenarbeiten?

»Ich mach' uns eben mal einen Kaffee«, sagte sie in freundlicherem Ton.

»Nett von Ihnen ...«

Martel ging zum Fenster, aber er änderte die Richtung, als die junge Frau durch die Schwingtür in die Küche verschwand. Soweit er es so rasch erkennen konnte, schien die Küche hervorragend ausgerüstet zu sein. Leise drückte Martel die Klinke einer geschlossenen Tür nieder, öffnete sie und warf einen Blick in den Raum.

Das Schlafzimmer. Breites Doppelbett. Breiter Frisiertisch mit ein paar sorgfältig geordneten kosmetischen Artikeln. Breite Flügeltüren, die wahrscheinlich in einen großen eingebauten Wandschrank führten. Alles blitzsauber. Er ließ die Tür halb offenstehen.

Als Martel jetzt ohne Aufforderung die Küche betrat, blubberte die Kaffeemaschine schon. Auf einer Arbeitsplatte standen Teller mit Speiseresten, ein ungespültes Glas, ungespültes Besteck, und außerdem lag da eine Schere, die an der einen Schneide ein kleines Stück Heftpflaster kleben hatte. Die Hofer drehte sich rasch um. Ihre Lippen waren zusammengepreßt.

»Tun Sie sich keinen Zwang an, Martel ...«

»Tu ich nie ...« Er lächelte kurz, die Zigarettenspitze immer noch zwischen die Zähne geklemmt. »Hat Warner hier oft übernachtet?«

Sie war offensichtlich schockiert. Fast hätte sie die ganze Kaffeemaschine umgestoßen. Martel wartete, beobachtete sie und rauchte. Sie zog den Stecker der Kaffeemaschine, die zu blubbern aufgehört hatte, aus der Steckdose, ging zu einem Hängeschrank und öffnete ihn.

»Frühjahrsputz – da räume ich die Sachen immer ein bißchen um, damit das Leben nicht langweilig wird ...«

Sie nahm dann die Tassen aus einem anderen Hängeschrank neben dem, den sie zuerst geöffnet hatte, und Martel war erleichtert, als er sah, wie groß sie waren. Kaffee trank er literweise. Er sagte: »Danke, keine Milch«, und sie goß zwei Tassen schwarzen Kaffee ein, setzte sie auf Untertassen und blickte Martel an.

»Sie stehen mir im Weg ...«

»Darf ich ...«

Er nahm die beiden Tassen und trug sie ins Wohnzimmer, wo er sie auf Sets auf den Couchtisch stellte. Die Hofer folgte ihm durch die Schwingtüre und sprach dabei.

»Geschickt sind Sie – ich schaffe es nicht durch die Schwingtür mit zwei Tassen in der Hand. Ich muß immer eine nach der a ...«

Martel blickte auf, als sie mitten im Satz innehielt. Die Hofer blickte durch ihre dunkle Brille auf die halbgeöffnete Schlafzimmertür. Es war unmöglich, den Ausdruck ihrer Augen zu erkennen, aber ihr Mund war zu einem blassen Schlitz zusammengepreßt.

»Sie sind im Schlafzimmer gewesen ...«

»Ich sehe immer gern nach, ob sonst noch jemand da ist ...«

»Sie nehmen sich vielleicht Sachen heraus ...«

Sie bewegte sich in Richtung Schlafzimmer, aber Martel griff nach ihr, packte sie am Arm und zog sie auf das Sofa neben sich. Mit einer Hand hielt er sie immer noch fest, und mit der anderen versuchte er, ihre übergroße Sonnenbrille zu greifen. Sie wehrte sich mit ihrer freien Hand und hätte ihm mit ihren Fingernägeln, die wie Raubvogelkrallen aussahen, fast das Gesicht zerkratzt. Nur ein rascher Griff nach ihrem Handgelenk rettete ihn: Sie hatte sich schnell wie ein Peitschenhieb bewegt.

»Sie gehen mir auf die Nerven, Martel«, zischte sie durch ihre perfekt geformten Zähne. »Falls wir beide zusammenarbeiten sollten, dann müssen wir jetzt ein paar Dinge klären ...«

»Sie haben meine Frage über Warner und Sie nicht beantwortet . . .«

Er ließ sie los und nahm aus seiner Tasse Kaffee einen kleinen Schluck, während er sie beobachtete. Sie hatte sich sehr schnell wieder in der Gewalt, nahm ihre eigene Tasse auf und antwortete dann erst.

»Wie das eben ist. Erstens geht es Sie verdammt noch mal nichts an. Und zweitens ist die Antwort nein – seit ich ihn kenne, hat er mir nicht ein einziges Mal Avancen gemacht. Es war eine strikt dienstliche Beziehung – genau wie es unsere sein wird . . .«

»Darauf, Claire, können Sie sich verlassen. Wann haben Sie Warner vor seinem Tod zum letztenmal gesehen? Und übrigens, ich darf Sie doch Claire nennen?«

»Bitte sehr! Charly habe ich zuletzt drei Tage vor seiner Abreise nach Lindau gesehen. Er war völlig frustriert – hatte den Eindruck, daß er nirgendwo weiterkam . . .«

»Mit Delta?«

Sie machte eine Pause. Martel saß da und dachte daran, daß sie wohl sehr überrascht gewesen wäre, wenn sie jetzt seine Gedanken hätte lesen können. Er hatte sich Tweeds Bemerkung ins Gedächtnis gerufen, daß die Akten nie logen.

»Wenn die Fakten Ihren Erwartungen widersprechen, dann glauben Sie immer den Fakten« – diese Maxime hatte Tweed regelrecht in Martel hineingehämmert. Die Hofer hatte sich inzwischen ihre Antwort ausgedacht.

»Sie denken an diese Neonazigeschichte?«

»Ich denke an die Untergrundorganisation von Delta, der er auf der Spur war.«

Martel wirkte jetzt äußerlich völlig gelassen, aber innerlich war er äußerst angespannt, während er sich dazu zwang, sich zurückzulehnen und die Beine übereinanderzuschlagen. Die Hofer trank noch etwas Kaffee und stand dann auf. Als sie ihm aus der Küche gefolgt war, hatte sie eine Umhängetasche mitgebracht, die sie auf einem Stuhl hinter dem Sofa und dicht beim Fenster liegengelassen hatte. Während sie jetzt sprach, stand sie bereits hinter der Rücklehne des Sofas.

»Er hat ein Notizbuch bei mir zurückgelassen. Da steht eine Menge drin, aber der Name Delta wäre mir bestimmt aufgefallen . . .«

Martel war gespannt wie eine Stahlfeder. Ein schwaches, dumpfklopfendes Geräusch drang durch die halbgeöffnete Schlafzimmertür. Die Hofer redete weiter, während sie den Bügel der Handtasche öffnete.

»Diese Handwerker in der Nachbarwohnung bringen mich noch um. Die Wohnung wird von Grund auf renoviert. Bis alles fertig ist, ist die Familie nach Tanger in Urlaub gefahren . . .«

Martel hatte das Sofa als Sitzplatz gewählt, weil es dem großen Spiegel über dem Kamin gegenüberlag. Zwar standen Blumenvasen auf dem Kaminsims, aber zwischen den Pflanzen hindurch konnte er beobachten, wie sich die Hofer hinter ihm bewegte. Als er sich so sorgfältig vergewissert hatte, daß ihm niemand zum Centralhof gefolgt war, hatte er einen geradezu dämlichen Fehler gemacht. Genau anders herum wäre es richtig gewesen. Die Gefahr hatte vor ihm gelegen, nicht hinter ihm. Der Gegner hatte in der Wohnung auf ihn gewartet . . .

»Tut mir leid, daß ich eben so kurz angebunden war«, fuhr die Hofer fort. »Aber die Nachricht von Charlys Tod hat mir einen solchen Schock versetzt . . .«

Martel hörte das Klicken und beobachtete im Spiegel in einer Lücke zwischen den Blumen, wie die Hofer von hinten an ihn herantrat. Mit einem blitzartigen Schwung drehte er sich um und packte die Hofer am rechten Handgelenk. In der Hand hielt die Frau einen Gegenstand. Das klickende Geräusch war entstanden, als die Hofer irgend etwas gedrückt hatte und eine Klinge aus dem Gerät herausgeschnellt war. Eine Klinge, wie er sie noch nie gesehen hatte, fast wie ein winziges Stilett mit einer nadelscharfen Spitze. Die Frau war gerade dabeigewesen, ihm diese Spitze mitten ins Genick zu stechen.

Martel drehte das Handgelenk brutal um, die Hofer jaulte auf, ließ die Waffe fallen, und dann riß Martel die Frau über die Rücklehne der Länge nach zu sich aufs Sofa. Ihr Rock war bis über die Oberschenkel heraufgerutscht und enthüllte ein großartiges Paar Beine. Die Hofer wölbte ihm jetzt ihren geschmeidigen Körper in einer hocherotischen Bewegung entgegen und versuchte mit der freien Hand, Martel auf sich hinunterzuziehen.

»Blöde Kuh . . .«

Martel gab ihr einen Boxhieb seitlich an die Kinnlade, und sie erschlaffte. Martel stand auf, nahm seinen Hosengürtel ab und knöpfte den Hosenbund rechts und links an den Hüften fester. Als er sich über das Gesicht der Frau beugte, war sie auf einmal wieder wach und wollte ihm zwei steifgemachte Finger in die Augen stoßen. Martel gab ihr eine fürchterliche Backpfeife.

»Versuch dich zu wehren, und ich brech dir dein Genick, verdammt noch mal . . .«

Zum erstenmal sah er, daß sich ihre Miene vor Angst verzog, und sie wehrte sich nicht mehr, als er ihren Oberkörper zu sich heranzog und ihr dann mit seinem Gürtel Hand- und Fußgelenke zusammenschnürte. Es war eine äußerst unbequeme Körperstellung, in die er sie da gezwungen hatte. Wenn sie gegen die Fesseln ankämpfte, würde sie sich furchtbar weh tun. Er zog den Gürtel mit seiner ganzen Kraft stramm. Ihre Hände und Füße würden bald vom Blutkreislauf abgeschnitten sein. Nachdem er sein Taschentuch als Knebel benutzt hatte, ließ er sie auf dem Sofa liegen.

»Ist nicht besonders sauber«, versicherte er.

Dann ging Martel in das Schlafzimmer hinüber, von wo das dumpfe Klopfen noch immer zu hören war. Er öffnete beide Flügeltüren des eingebauten Kleiderschranks und blickte nach unten. Das dunkelhaarige Mädchen auf dem

Schrankboden war wie ein Brathähnchen verpackt. Ein Streifen Heftpflaster klebte über ihrem Mund.

»Tag, Claire Hofer«, sagte er. »Danke für die Warnung. Jetzt wollen wir's Ihnen mal etwas bequemer machen. Haben sich tapfer gehalten ...«

4. Kapitel
Mittwoch, 27. Mai

Claire Hofer erholte sich langsam von dem Schockzustand, der ihrem Aufenthalt im Schrank zuzuschreiben war. Sie hatte in der Küche aufgeräumt und machte jetzt Kaffee für sich selbst und Martel.

»Wie haben Sie rausgefunden, daß das Mädchen versucht hat, in meine Rolle zu schlüpfen?« fragte sie.

Ihre Gefangene lag auf dem Wohnzimmerfußboden. Martel hatte seinen Gürtel wieder an sich genommen und ihn durch die Stricke ersetzt, mit denen Claire Hofer gefesselt gewesen war. Ihr Mund war mit einem frischen Streifen von dem Heftpflaster verklebt, den Claire Hofer aus der Küche mitgebracht hatte.

»Sie hat eine ganze Menge Fehler gemacht«, erklärte Martel. »Obwohl sie äußerlich mit der Beschreibung übereinstimmte, die ich bekommen habe, fiel mir auf, daß sie eine dunkle Sonnenbrille trug. Und das in einem Raum, der halb im Dämmerlicht lag. Inzwischen wissen wir ja, warum – ihre Augen sind braun ...«

»Aber da ist wohl noch mehr gewesen ...«

»Als ich ins Schlafzimmer hineingesehen habe, da waren Ihre Kosmetikartikel sauber und ordentlich auf dem Frisiertisch aufgestellt – ein auffallender Kontrast zu den Essensresten und dem Schmutz hier drinnen. Das Stückchen Heftpflaster, das an der Schere klebte, hat mich auch neugierig gemacht. Sie hatte keine sichtbare Verletzung. Normal wäre es gewesen, wenn sie das Pflaster gebraucht hätte, um sich etwa einen kleinen Schnitt an der Hand zu verbinden. Und da waren noch andere Sachen . . .«

»Wie zum Beispiel?«

»Noch verräterischer war die Tatsache, daß sie offensichtlich nicht wußte, in welchem Hängeschrank die Tassen standen. Und sie hat auch abgestritten, daß Warner ihr Avancen gemacht habe. Ich kenne keine attraktive Frau, bei der er es nicht wenigstens einmal versucht hätte. Und sie hat ihn Charly genannt. Er hat immer darauf bestanden, Charles zu heißen.«

»Sie beobachten wirklich genau. Den Kaffee hier drinnen?«

»Nein, im Wohnzimmer. Wir müssen jetzt dringend Ferdy Arnold anrufen. Außerdem haben wir noch ein paar Fragen an unsere kleine Hochstaplerin.«

Claire Hofer schlug die Nummer in ihrem kleinen Notizbuch nach, und Martel telefonierte mit Bern. Während er mit Claire Hofers Boß, Ferdy Arnold, sprach, beobachtete er seine Kollegin im Spiegel.

Claire Hofer stimmte zwar mit Tweeds Beschreibung überein; aber Martel war verwirrt, weil sie so passiv wirkte. Sie war eine nette junge Frau mit langen, schwarzen Haaren, einer sanften Stimme und anmutigen Bewegungen. Er mochte sie, hatte aber jemand Dynamischeren erwartet.

Die Gefangene dagegen reagierte dann durchaus dynamisch, als Martel ihr das Pflaster vom Mund riß, sie packte und mit der nadelspitzen Waffe bedrohte, die ihn vorher selbst fast das Leben gekostet hätte. Sie schrie, er hielt ihr den Mund zu. »Ruhe – jetzt wird geantwortet! Name?«

»Hau ab . . .«

»Sollen wir das Ding mal testen?«

Voller Haß und Angst starrte sie ihn an. Er gab nicht

nach. So kam es schließlich heraus: Name – Gisela Zobel. Basis – München. Und der Auftraggeber – Reinhard Dietrich ...

Zwei Stunden später war der Chef der schweizerischen Gegenspionage mit einem Privatflugzeug nach Zürich gekommen. Die Atmosphäre änderte sich in dem Augenblick, als er eintrat. Ferdy Arnold war klein, hatte ein ernsthaftes Gesicht und trug randlose Brillengläser. Er ähnelte einem Bankier. Er traf seine Entscheidungen sehr rasch.

»Wir schmuggeln sie in einem Krankenwagen raus«, verkündete er und deutete auf Gisela Zobel, die jetzt halb in einem der tiefen Sessel lag. »Wir bringen sie in ein spezielles Hospital. Da bleibt sie unter schwerer Bewachung. Wir werden sie äußerst gründlich verhören.«

Er sah Martel an; Claire Hofer beachtete er nicht. »Rufen Sie mich morgen früh um zehn Uhr unter dieser Nummer an. Er kritzelte eine Nummer auf ein kleines Stück Papier und reichte es dem Engländer. »Für den Fall, daß Sie den Zettel verlieren, habe ich die Zürcher Vorwahl weggelassen ...«

Arnold, der mit seinem dunkelblauen Anzug tadellos gekleidet war, sah Martel mit einem etwas gepreßten Lächeln an. »Es ist ja nicht so, als ob ich Ihnen nicht trauen würde ...«

»Aber einen englischen Agenten, Warner, hat man entdeckt – selbst als er sich als Deutscher ausgegeben hat –, und so wollen Sie auf Nummer Sicher gehen. Und warum soll ich um zehn Uhr vormittags anrufen? Sie werden dann mit dem Verhör der Dame doch gerade erst begonnen haben. Sie heißt übrigens Gisela Zobel ...«

»Im Gegenteil, wir sind dann zu Ende. Wir werden sie nämlich die ganze Nacht ohne Unterbrechung verhören ...«

Martel war mit all dem nicht glücklich. Irgendwie stimmte die Atmosphäre nicht. Irgend etwas in der Beziehung zwischen Ferdy Arnold und seiner ›Topagentin‹ Claire Hofer. Zum Teufel noch mal, er wußte nicht, wo er da reingelegt wurde – aber sein Instinkt hatte ihn in dieser Beziehung noch nie im Stich gelassen.

»Kommen Sie mit ins Schlafzimmer«, schlug Arnold vor und warf einen Seitenblick auf Gisela Zobel, die bewegungslos dasaß und zuhörte. »Halten Sie sie im Auge«, befahl er der Hofer. Nachdem er die Schlafzimmertür hinter sich zugezogen hatte, nahm er eine Zigarette von Martel an.

»Alles, was ich im Nebenraum gesagt habe, war im Grunde für die Zobel bestimmt. Manchmal beschleunigt es den Zusammenbruch während eines Verhörs, wenn man diese Verbrecher darüber im unklaren läßt, was sie eigentlich erwartet.«

»Sie hat bereits zugegeben, daß sie für Reinhard Dietrich arbeitet«, erklärte Martel.

»Na gut.«

Arnold ging auf die Bemerkung weiter nicht ein. Und Martel erinnerte sich an das, was Tweed in London gesagt hatte. Auf Armeslänge ... Sie kennen ja die Schweizer Neutralitätspolitik ... Es war verständlich – schließlich wollte es die Schweizer Gegenspionage nicht zu einem offenen Krieg zwischen ihr und den westdeutschen Neonazis kommen lassen. Verständlich, aber wenig hilfreich. Martel hatte Grund zu der Annahme, daß Arnold sich erst einmal zurückhalten wollte.

Arnold fuhr fort: »In Bern ist man darüber beunruhigt, daß es Gerüchte gibt, nach denen eine gewisse Untergrundorganisation ihre Fühler in die Nordschweiz ausstreckt ...«

»St. Gallen?«

»Wieso nennen Sie ausgerechnet St. Gallen?« fragte Arnold.

»Weil es eine der wichtigeren Städte in der Nordostschweiz ist«, antwortete Martel leichthin. »Für mich ist interessant, daß sie die Bezeichnung Delta gewählt haben – das Rheindelta liegt schließlich gerade jenseits der Schweizer Grenze in Österreich. In Vorarlberg . . .«

Martel gab scharf auf Arnolds Reaktionen acht. Einer der Hinweise in Warners kleinem Notizbuch hatte Bregenz gelautet. Das war der einzige Hafen, den Österreich an seinem kleinen Stück Bodenseeufer besaß.

»Wir halten Fühlung mit der österreichischen Gegenspionage«, sagte Arnold, ohne näher darauf einzugehen. »Hat bisher nichts ergeben. In Bern macht man sich Sorgen wegen der kürzlichen Studentenunruhen in Zürich, die bisher ohne Beispiel sind. Es besteht der Verdacht, daß eine geheime Delta-Zelle da ihre Finger im Spiel hatte.« Er sah auf seine Armbanduhr und schien unwillig, sich noch länger aufzuhalten. »Ich muß jetzt weg.«

Er verließ ohne ein weiteres Wort die Wohnung. Lediglich an der Tür machte er eine kurze Bemerkung zu Claire Hofer. Martel runzelte die Stirn, während er sich im Wohnzimmer umsah. Gisela Zobel war verschwunden. Bevor er noch fragen konnte, begann Claire Hofer mit einer Erklärung.

»Ein paar Männer, die wie Sanitäter gekleidet waren, haben sie mitgenommen. Auf einer Tragbahre.«

»Arnold verliert nicht viel Zeit, was? Übrigens, beim Hinausgehen hat er zu Ihnen etwas gesagt. Haben Sie vielleicht Ihrerseits erwähnt, daß wir praktisch auf dem Weg nach St. Gallen sind?«

»Nein.« Sie schaute überrascht. »Stimmt etwas nicht? Ich fange an, etwas aus Ihrem Tonfall herauszuhören . . .«

Martel versuchte, darüber hinwegzugehen, während er die beiden bereits gepackten Reisetaschen in der Diele aufnahm. »Wenn Sie mich besser kennen, werden Sie merken, daß ich manchmal Fragen ins Blaue hinein stelle. Nehmen wir die Straßenbahn zum Hauptbahnhof?«

»Das wäre die rascheste Möglichkeit – die Straßenbahn

fährt geradewegs zum Bahnhof. Linie acht. Und es ist eine sehr unauffällige Art zu reisen . . .«

»Warner hat das auch gemeint . . .«

Der brutale Anschlag – der wahnsinnige Schock – nahm seinen Anfang, als sie die Haustür zuzogen und durch den Bogengang in die Bahnhofstraße hinaustraten. Zehn Uhr abends. Die Straßenlaternen brannten, und Schatten fielen auf das breite Pflaster einer der berühmtesten Straßen der Welt. Es war sehr ruhig, und nur wenige Menschen waren unterwegs.

Eine der wesentlichsten Bereicherungen von Martels Ausrüstung, seit er in der Wohnung im Centralhof angekommen war, bestand aus dem Fünfundvierzigercolt, den er nun in einem Schulterhalfter trug, das per Sprungfeder betätigt wurde. Claire Hofer hatte ihm die Waffe gegeben, nachdem sie sie aus einem Geheimfach unter dem Kleiderschrank, in dem sie selbst eingesperrt gewesen war, genommen hatte. Für Munition hatte sie auch gesorgt.

Natürlich war es völlig ungesetzlich, daß Martel die Waffe bei sich hatte, aber auf ihrem Weg nach St. Gallen würden sie wenigstens keine Grenzen überschreiten. Martel hatte sie gebeten, Ferdy Arnold gegenüber die Tatsache nicht zu erwähnen, daß er nun bewaffnet war. Er war sich selbst nicht sicher, weshalb er darum gebeten hatte.

»Der Fahrkartenautomat ist hier drüben«, sagte Claire Hofer, und Martel folgte ihr mit den beiden Reisetaschen. »Wenn wir in der Straßenbahn sind, nehme ich meine Tasche selbst.«

Er sah zu, wie sie die Münzen einwarf. Das Licht einer Straßenlaterne beleuchtete sie direkt von oben. Sie war wirklich eine äußerst hübsche junge Frau, und Martel fragte sich, warum sie überhaupt zum Geheimdienst gegangen war. Er würde es herauszufinden versuchen, wenn er sie einmal besser kannte . . .

Eine Straßenbahn näherte sich in einiger Entfernung vom See her; und falls es die Linie acht war, konnten sie direkt zum Hauptbahnhof fahren. Das war der Grund, weshalb er jetzt mit einer Reisetasche in jeder Hand dastand, bereit, sofort einzusteigen – natürlich war er so von Anfang an gleich im Nachteil.

Die Straßenbahn näherte sich, und Martel hörte das Rumpeln, das schwache Zischen der Fahrdrähte, und dann tauchte plötzlich ein großer sechssitziger Mercedes auf und griff mit der Wucht eines Panzerwagens an. Der Wagen war aus dem Nichts gekommen, kurvte ohne abzubremsen auf den Bürgersteig und stoppte dann mit einem Ruck – direkt neben dem Fahrkartenautomaten, direkt neben Claire Hofer . . .

Der Schock traf Martel wie ein körperlicher Schlag. Männer sprangen aus dem Mercedes, Männer, die wie smarte Geschäftsleute gekleidet waren und dunkle Sonnenbrillen trugen. Martel sah, wie zwei von ihnen Claire Hofer packten – einer preßte ihr dabei ein Tuch über das Gesicht. In der grellen Straßenbeleuchtung war ein anderes gemeinsames Zeichen zu erkennen – eine dreieckige silberne Anstecknadel mit dem griechischen Buchstaben Delta an den Jackettaufschlägen.

Martel hörte die Straßenbahn ihre Warnglocke läuten – der Mercedes stand diagonal, die Vorderräder auf dem Bürgersteig, das Heck immer noch auf der Straße, wo es die Straßenbahnschienen blockierte. Ein zweites Fahrzeug erschien, ein Rolls-Royce, stellte sich auf den Schienen quer und blockierte die Straßenbahn vollständig. Immer noch schrillte die Warnglocke, während der Straßenbahnfahrer hart auf die Bremse trat und seinen Zug kaum einen Meter vor dem Rolls-Royce zum Stehen brachte.

Martel hatte seine Reisetasche fallen lassen und sich in Bewegung gesetzt. Während der Rolls-Royce sich noch einmal leicht bewegte und nun seine beiden Scheinwerfer voll auf Martel richtete, hatte dieser bereits den Fünfundvierzigercolt in der Hand. Mit einer Hand schützte Martel seine Augen vor dem grellen Licht, und gleichzeitig feuerte er zweimal. Das Splittern von Glas war zu hören, und beide Scheinwerfer erloschen. Einer der Männer aus dem Mercedes zog seine Automatik und zielte direkt auf Martel. Der Engländer schoß auf ihn, und der Pistolero sackte gegen den Mercedes zurück, wobei ihm ein Blutstrom aus der Stirn quoll.

Martel rannte zu den beiden hinüber, die sich noch immer mit Claire Hofer abmühten. Sie hatte sich das Tuch vom Gesicht weggerissen, und in der feuchten Nachtluft spürte Martel eine Wolke von Chloroform. In dem Augenblick, als Martel zutrat, drehte sich der eine der beiden um. Der bösartige Tritt erreichte sein Ziel – die Kniescheibe des Angreifers. Der Mann schrie auf und brach zusammen. Jetzt tauchten noch andere Männer an der abgewandten Seite des Mercedes auf, und Claire Hofer schrie so laut sie konnte.

Martel war wie in einem Alptraum. Anarchie, Gewalt, Kidnapping mitten auf der Hauptstraße von Zürich. Ein weiterer Angreifer hielt eine Automatik auf Martel, und der feuerte wie im Reflex, während er immer noch versuchte, an Claire Hofer heranzukommen. Der Mann packte sich an die Brust, und als er die Hand wieder wegnahm, triefte sie bereits von Blut. Er stürzte vornüber auf das Pflaster.

Noch mehr Männer erschienen jetzt – aus dem Rolls-Royce. Martel duckte sich und schlug Haken; er war immer in Bewegung, schlug mit dem Colt um sich und erwischte einen von den Männern mit einem schrecklichen Schlag am Kopf. Mit dem Revolverlauf riß er ihm die Gesichtshälfte vom Ohr bis zur Kinnspitze auf.

Als neue Verstärkungen eintrafen, wurde Martel abgelenkt. Er kämpfte um sein Leben. Aber weiterhin benutzte er den Colt nur als Keule; die letzten Patronen sparte er sich auf. Er zog sich zurück, bis er mit dem Rücken gegen den Fahrkartenautomaten stand. So konnte die Bande ihn nur von vorne angreifen. Aber dann traf ihn etwas sehr hart am Kopf, und für einen Augenblick konnte er nichts mehr klar erkennen. Als sich der Nebel von seinen Augen wieder hob, bot sich ihm ein schrecklicher Anblick. Claire Hofer wurde eben mit dem Kopf zuerst in den Fond des Mercedes gezogen. Sie trat mit den Beinen aus, bis sie schließlich ein anderer Mann an den Fußgelenken packte und ihr fast die Knochen verdrehte. Es sah aus, als versuchte ein Haifisch Claire Hofer zwischen seine Kiefer zu ziehen.

Und nun war da auf einmal Rauch. Einer hatte eine Rauchbombe – und vielleicht auch mehrere – in Richtung der Straßenbahn geworfen. Die Straße füllte sich mit Dunst. Ein Auto wurde angelassen. Der Mann, der immer noch Martel packen wollte, versuchte auf einmal zu fliehen. Sie hatten die Hofer jetzt im Mercedes. Martel mußte unbedingt den Wagen erreichen! Als der Mann davonrannte, schoß Martel auf ihn, und er schlug schlaff und dumpf auf das Pflaster auf.

Der Mercedes setzte vom Bürgersteig zurück. Die Verletzten und die Toten waren eingesammelt worden, und die beiden Wagen hatten sie mitgenommen – ausgenommen den letzten Mann auf dem Pflaster. Der Rolls-Royce fuhr auch schon. Der Mercedes voran, rasten beide Wagen die Bahnhofstraße hinauf und bogen dann links in den Paradeplatz ein.

Plötzlich war es sehr ruhig, und die blockierte Straßenbahn war immer noch von Nebelschwaden verborgen. Martel rutschte in einer Blutpfütze aus. Er stolperte zu dem Mann zurück, den sie liegen gelassen hatten, den, der ihn zuletzt hatte packen wollen.

Der Körper lag mit dem Gesicht nach unten, und Martel fühlte rasch nach der Halsschlagader. Er fluchte, als er feststellen mußte, daß der Mann tatsächlich tot war. Genauso tot, wie er es jetzt selbst wäre, wenn Claire Hofer ihm nicht den Colt gegeben hätte. Er steckte die Waffe zurück in den Halfter, beugte sich nach vorn und wuchtete den Mann herum auf den Rücken. Ja, auch dieser trug sein silbernes Abzeichen am Mantelaufschlag. Martel riß es ab und steckte es in die Tasche.

Eine Zehnsekundendurchsuchung ergab, daß der Mann nichts in den Taschen hatte. Keine Möglichkeiten der Identifizierung – ausgenommen die Anstecknadel. Martel zweifelte nicht daran, daß auch von der Kleidung sämtliche Hinweise entfernt worden waren. Er richtete sich auf und blickte sich um. Er war enttäuscht und verwirrt.

Die Straßenbahn stand immer noch hinter den Schwaden, aber ihre Umrisse wurden jetzt klarer. Vom Fahrer keine Spur. Vernünftigerweise war er in seinem Führerstand geblieben. Martel war sich sicher, daß er zum Schutz seiner Fahrgäste auch die automatischen Türen geschlossen gehalten hatte. Neben der Straßenbahn bot sich ein kläglicher Anblick – zwei Reisetaschen, die auf dem Pflaster standen.

Jeden Moment mußte der Straßenbahnfahrer jetzt aussteigen. Martel kratzte mit seinen Schuhen auf der Bordsteinkante hin und her. Er wollte das Blut von den Sohlen loswerden. Dann nahm er die beiden Reisetaschen auf und verließ die Szene des Alptraums, während in der Ferne die Sirene eines Streifenwagens zu hören war.

Die Schockwelle einer Explosion kam die Bahnhofstraße entlang und traf Martel in den Rücken. Er bog in eine Seitenstraße in Richtung Altstadt ab, weil er einen Umweg zum Hauptbahnhof nehmen wollte. Er vermutete nicht, daß irgend jemand in der Straßenbahn ihn gesehen hatte, aber ein Mann mit zwei Reisetaschen konnte um diese Uhrzeit schon auffallen.

Er hatte keine Ahnung, was die Explosion verursacht hatte. Und er war auch nicht sehr daran interessiert. Im Augenblick mußte er sich um drei Dinge kümmern. Er wollte Claire Hofers Reisetasche im Bahnhof in einem Schließfach verstecken. Als nächstes mußte er sich selbst in einem Hotel in der Nähe des Bahnhofs einmieten – denn wenn er zum Baur au Lac zurückkehrte, würde er dem Gegner direkt in die Arme laufen. Und schließlich mußte er Ferdy Arnolds Dienststelle in Bern anrufen.

Martel fühlte sich wie am Rande eines Strudels. Er verstand nicht recht, was sich da in der Bahnhofstraße eigentlich abgespielt hatte. Die Schweizer Sicherheitsbehörden waren für ihre Härte und Kompetenz berühmt. Was war bloß so fürchterlich schiefgegangen?

Er rief die Berner Nummer an, die Arnold ihm gegeben hatte, und als er eine Frauenstimme hörte, gab er seinen Erkennungssatz zum besten. Die Frau reagierte nicht.

»Was haben Sie da gesagt? Wen wollen Sie sprechen? Wissen Sie eigentlich, wie spät es ist . . .«

»Ich bitte um Entschuldigung«, gab Martel zurück. »Ich wollte . . .« Er wiederholte noch einmal die Nummer, die Arnold ihm gegeben hatte, trotz des Risikos – schließlich war Arnold ein gebräuchlicher Name.

»Nein, so heißt hier niemand – Sie haben sich verwählt. Das ist hier zwar die Nummer, die Sie genannt haben – aber, um's noch mal zu sagen – hier heißt niemand so. Gute Nacht.«

Martel saß da, starrte den Hörer an und legte dann auf. Er war in dem Zimmer im dritten Stock, das er im Schweizerhof genommen hatte – das Hotel lag dem Hauptbahnhof gegenüber. Claire Hofers Reisetasche war in einem der Schließfächer abgestellt; und den Schlüssel dazu hatte Martel in seiner Tasche. Warum hatte Ferdy Arnold ihm in der Wohnung am Centralhof diese unsinnige Telefonnummer gegeben? Die offensichtliche Antwort war, daß es sich nicht um den echten Ferdy Arnold gehandelt hatte – mit dem war Martel nie zusammengekommen.

Wenn dieser Mann auch den brutalen Überfall auf ihn

und Claire Hofer organisiert hatte, dann erklärte das die Nervosität, mit der er die Wohnung so eilig verlassen hatte. Er hatte gewußt, was draußen auf sie wartete. Also wollte er auf jeden Fall aus der Schußlinie sein, wenn Martel mit seiner Begleiterin auf die Straße trat. Aber warum hatte Claire Hofer ihn dann als Arnold anerkannt? Martel hatte das Gefühl, als ob der Strudel in ihm wuchs.

Er verließ das Zimmer, ging über die Treppe nach unten und ließ dabei den Aufzug schon fast instinktiv links liegen. Auf der anderen Straßenseite fand er am Bahnhof zwei Reihen von Telefonzellen. Er betrat eine und wählte die Nummer, die ihm Tweed in London als die von Ferdy Arnold gegeben hatte.

Natürlich hatte er gemerkt, daß ›Arnold‹ ihm eine andere Telefonnummer angegeben hatte, aber er hatte dahinter eine Sicherheitsmaßnahme vermutet, und daß Tweed wohl von diesem Wechsel nicht mehr rechtzeitig informiert worden war. Diesmal war die Reaktion am Berner Ende der Leitung anders. Martel hatte seinen Codesatz benutzt, und eine Mädchenstimme forderte ihn auf, einen kleinen Moment zu warten.

»Wer ist da?«

Die Stimme klang knapp, fast unhöflich, klang dienstlich und kompetent. Martel gab sich zu erkennen.

»Von wo rufen Sie an?« fragte Arnold.

»Das spielt im Augenblick keine Rolle«, gab Martel zurück. »Ich muß Ihnen bedauerlicherweise mitteilen, daß Ihre Assistentin Claire Hofer von Delta gekidnappt worden ist . . .«

»Dann waren Sie bei diesem Massaker in der Zürcher Bahnhofstraße dabei?«

»Massaker?«

»Delta – wenn es tatsächlich Delta war – hat bei einem größeren Banküberfall Mist gebaut. Am Haupteingang einer wichtigen Bank hatten sie eine Haftmine befestigt. Die ist hochgegangen, und einige Fahrgäste einer Straßenbahn, die aufgehalten worden war, sind im Moment des Aussteigens schwer verletzt worden. Was war das für eine Geschichte mit Claire Hofer? Und ich wäre Ihnen auch sehr verbunden, wenn Sie mir sagen, von wo Sie anrufen ...«

»Das lassen wir jetzt mal. Dieser Anruf läuft über Ihre Vermittlung ...«

»Aber das ist doch Spinnerei.« Aus Ferdy Arnolds Stimme klang beleidigter Unglaube. »Unsere Sicherheitsmaßnahmen ...«

»Sie haben da was von einem Bankraub gesagt, der schiefgegangen ist.« Martel wußte überhaupt nicht mehr, wo er dran war. »Ich möchte diesen Anruf unter zwei Minuten halten – so reden Sie doch schon ...«

»Wie ich bereits sagte – eine Bombe, wahrscheinlich mit einem Kurzzeitzünder, war am Bankeingang angebracht. Die Türen sind in Trümmer gegangen, aber in die Bank ist niemand eingedrungen. Der Fahrer der Straßenbahn, die angehalten wurde, hat nichts gesehen, weil sie offenbar Rauchbomben benutzt haben ...«

»Und was soll mit dem Rolls-Royce gewesen sein, der sich quer auf die Schienen gestellt und die Straßenbahn gestoppt hat?«

»Davon weiß ich nichts. Auf der Straße haben wir eine kleine silberne Anstecknadel gefunden, die wie ein Dreieck aussah – oder wie ein Delta ...«

»Dann schicken Sie sofort eine Suchmeldung nach Claire Hofer aus.« Martel überprüfte die Dauer des Anrufs am Sekundenzeiger seiner Armbanduhr. »Ich mache mir große Sorgen um sie ...«

»Sie können aufhören, sich Sorgen zu machen.« Arnold machte eine Pause, und irgend etwas war in seinem Tonfall, das Martel nicht mochte. »Wir wissen, was ihr zugestoßen ist – wenigstens einen Teil der Geschichte.«

»Dann sagen Sie's mir um Gottes willen – und bitte schnell. In der kurzen Zeit, die wir zusammen waren, habe ich gelernt, die junge Frau, nun sagen wir mal, zu bewundern ...«

»Vor weniger als einer halben Stunde hat man ihre Leiche aus der Limmat gefischt. Und bevor man sie ins Wasser geworfen hat, hat jemand sie brutal gefoltert. Ich möchte, daß wir uns treffen, Martel. Ich möchte, daß Sie zu folgender Adresse in Bern ...«

Arnold hörte auf zu sprechen. Martel hatte die Verbindung unterbrochen.

5. Kapitel
Mittwoch, 27. Mai

Falls Arnold hatte nachforschen lassen, woher der Anruf kam, dann war Martel sicher, daß er zeitig genug abgebrochen hatte, um seine Spuren zu verwischen. Bei dem echten Arnold war es ihm keineswegs lieber, daß sein Aufenthalt bekannt wurde, als es ihm bei dem falschen gewesen wäre. Und die Neuigkeiten über Claire Hofer hatten ihn hart getroffen.

Er verließ die Telefonzelle, ging über das ausgedehnte Hauptbahnhofsgelände, machte an der Abfahrtstafel halt und sah aus wie jemand, der auf seinen Zug wartet. Dieser große Bahnhof – genau wie sein Gegenstück in München – hatte den ermordeten Warner fasziniert. Warum nur?

Martel sah sich rasch einmal um. Gleis eins bis sechzehn: sechzehn Bahnsteige für alle Schienen, die hier endeten. Die lange Reihe der Telefonzellen und – er bemerkte das, während er durch die bevölkerte Halle schlenderte – zahlreiche Ausgänge.

Es gab auch ein Kino – das Cine-Rex – und ein Schnellrestaurant.

Martel ging einen der breiten Gänge hinunter, die von

den Bahnsteigen an einem breiten Gepäckaufbewahrungsschalter vorbeiführten. Gegenüber lag eine Tür, auf der Kantonspolizei stand. Zwei Männer kamen heraus, die in blaue Uniformen mit flachen Mützen gekleidet waren. Ihre Hosen hatten sie in die Stiefel gesteckt. Sie sahen aus wie Fallschirmjäger.

Martel kam am ›Quick‹ vorbei, einem Erste-Klasse-Restaurant, wo zwei weitere Ausgänge lagen. Dann trat er hinaus auf die Straße. Wenn man wollte, konnte man aus dem Hauptbahnhof sehr schnell wieder draußen sein – man konnte aber auch sehr lange drinnen bleiben, ohne aufzufallen. Martel spürte, wie ihm ein Gedanke kam, ohne aber Konturen anzunehmen. Er kreuzte zwei Straßen und blickte dann auf das schwarze Wasser der Limmat hinunter. Verwirrende Spiegelungen von Straßenlaternen tanzten in der Nacht.

In diesem Gewässer hatte noch während der letzten Stunde der verstümmelte Körper der armen Claire Hofer getrieben. Martel war nicht sentimental, aber er beschloß doch, daß irgend jemand für diesen barbarischen Akt würde bezahlen müssen.

Martel blickte sich um und entdeckte rechts am Bahnhofskai ein gewaltiges vierstöckiges Quadergebäude. Die Stadtpolizei. Hier arbeitete ein Freund von ihm, David Nagel, Chefinspektor beim Geheimdienst. Martel sah auf die Uhr. Es war zweiundzwanzig Uhr fünfundvierzig.

Noch im Hotel Schweizerhof hatte er sich einen Fahrplan ausgeborgt und herausgefunden, daß der letzte Zug vom Hauptbahnhof um dreiundzwanzig Uhr neununddreißig abfuhr. Um null Uhr neunundvierzig würde er in St. Gallen sein. Es blieb ihm also weniger als eine Stunde, um aus Zürich herauszukommen, das immer mehr zu einer Todesfalle wurde.

Er betrat das Polizeihauptquartier durch die doppelten Eingangstüren an der Lindenhofstraße. Am Empfang bestätigte ihm ein vierschrötiger Polizist in Hemdsärmeln, daß Chefinspektor Nagel in seinem Büro war. Martel wurde aufgefordert, einen Vordruck auszufüllen.

»Zum Kuckuck noch mal, sagen Sie ihm einfach, daß ich da bin.« Martel wurde ärgerlich. »Sie werden sich nicht gerade beliebt machen, wenn Sie mich hier warten lassen. Hier handelt es sich um einen Notfall.«

»Selbst unter diesen Umständen ...«

»Und außerdem werde ich erwartet«, log der Engländer. »Er braucht nur meinen Namen zu hören ...«

Kurz darauf stand Martel in Nagels Büro, das im dritten Stock auf die Limmat hinaussah. Die Fenster waren weit offen und ließen die dicke, feuchte Nachtluft herein. Es gab die üblichen schweren Bürovorhänge, das übliche Neonlicht, hart und ungemütlich, die üblichen Aktenschränke an einer Wand.

»Ich hatte gehofft, daß Sie mich aufsuchen würden«, sagte Nagel, nachdem sie sich die Hand gegeben hatten. »Tweed hat mich von London aus angerufen und mir Bescheid gesagt, daß Sie kommen würden. Er meinte, daß Sie vielleicht Hilfe brauchen ...«

»Und ich glaube, das tu ich auch ...«

David Nagel war ein gutaussehender Schweizer mit einem dichten Schnurrbart, humorvollen Augen und dichtem, gut gebürstetem schwarzen Haar. Einige seiner Kollegen taten ihn ein wenig als einen Playboy ab, dessen größtes Interesse im Leben die Frauen waren.

»Nein, das ist mir nur das Zweitliebste auf der Welt«, berichtete er jedesmal, wenn jemand eine Andeutung fallen ließ. »Zuerst kommt bei mir die Arbeit – und das ist der Grund, weshalb ich nicht verheiratet bin. Welche Ehefrau könnte sich schon mit meinen Arbeitsstunden abfinden? Tja, und weil ich im übrigen normal bin, ist also mein Zweitliebstes auf der Welt ... Aber jetzt raus mit Ihnen.«

Martel mochte ihn. Tweed behauptete, Nagels Hirn sei eines der fähigsten im gesamten Schweizer Sicherheitssystem – den Geheimdienst eingeschlossen. Wie immer kam Nagel gleich zur Sache.

»Ich hoffe doch, Sie haben nicht etwa ein Formblatt ausgefüllt, bevor Sie zu mir heraufgekommen sind, oder?« Er wirkte nervös, während er diese Frage stellte, und Nervosität zeigte er eigentlich selten – gleich, wie kritisch die Situation war. »Und so sind Sie also gekleidet?« fuhr der Schweizer rasch fort. »Und Sie haben nicht etwa die verdammte Zigarettenspitze in der Hand gehalten . . .«

»Auf alle Fragen: Nein! Und die Brille hier hatte ich auf.« Martel nahm die Hornbrille mit Fensterglas ab. »Um zu Ihnen durchzukommen, mußte ich aber sagen, wer ich bin. Wenn Sie sich deshalb beschweren wollen . . .«

»Bitte, bitte, Keith . . .!« Nagel hob beschwichtigend die Hand. »Aber aus Ihrer Sicht wäre es besser, wenn niemand weiß, wo Sie sind. Ferdy Arnolds Bande kehrt das Unterste zuoberst, um Sie ausfindig zu machen.«

Martel zündete sich eine Zigarette an und leistete sich den Luxus, seine Spitze zu benutzen. Er wußte, daß Nagel Arnold nicht mochte und daß er Tweed einmal gesagt hatte, es handele sich »um ein rein politisches Arrangement«. Der Schweizer redete weiter.

»Ihr Name ist nicht so wichtig. Wenn Sie wieder weg sind, gehe ich zu dem Mann am Empfang und sage ihm, Sie wären einer meiner wichtigsten Informanten und daß Sie einen Codenamen benutzt hätten – und daß Sie offiziell nie dieses Gebäude betreten haben. Ohne einen schriftlichen Vermerk werden Sie auch vor Arnolds zähen Burschen sicher sein.«

»Das klingt ja sehr beruhigend . . .« Martel wollte gerade von dem Debakel in der Bahnhofstraße berichten, aber da redete Nagel schon weiter.

»Ich habe hier eine Telefonnummer, die Sie unbedingt anwählen müssen. Die Frau hat vor noch nicht einmal zehn Minuten angerufen – sie wußte, daß wir beide befreundet sind. Und obwohl ich meine Vorbehalte gegen ihren Chef habe, mag ich Claire Hofer einfach . . .«

Martel wurde schwindelig. Der Strudel in ihm drehte sich schneller.

6. Kapitel
Mittwoch, 27. Mai

In völliger Verblüffung hielt Martel die Zigarettenspitze zwischen die Zähne geklemmt. Um zu verbergen, was er fühlte, nahm er die Spitze aus dem Mund und korrigierte den Sitz der Zigarette. Vor zehn Minuten hatte sie angerufen!

Da stimmte doch irgend etwas mit den Zeitangaben nicht. Vor dreißig Minuten hatte Arnold ihm am Telefon gesagt, daß man die Leiche vor weniger als einer halben Stunde aus der Limmat geborgen habe. Das bedeutete doch, daß Claire Hofer von nun an gerechnet vor etwa einer Stunde gefunden worden war. Und jetzt hatte Nagel – dieser absolut in allem präzise Mensch – behauptet, ein Anruf von Claire Hofer sei »vor zehn Minuten« durchgestellt worden. Auf dem Zettel, den Nagel ihm gab, stand eine St. Gallener Telefonnummer.

Nagel würde die Stimme der jungen Frau ja wohl erkannt haben. Wenn er selbst Nagel gewesen wäre, dann hätte er auf irgendeine Weise über die Identität der Anruferin im klaren sein wollen. Und das ohne den Schatten eines Zweifels. Martel überlegte schon, ob er nicht langsam dabei war, verrückt zu werden.

»Stimmt irgend etwas nicht?« fragte Nagel leise.

»Ach, ich bin müde.« Martel faltete den Zettel und steckte ihn in seine Brieftasche. »Wie läuft es denn so heute nacht?«

»Bis jetzt alles Routine.«

Wieder war Martel wie vom Donner gerührt. David Nagel, Chef der Geheimabteilung der Polizei, hatte keine Ahnung davon, was sich in der Bahnhofstraße Schreckliches zugetragen hatte. Und es gab keinen Grund für ihn, etwas zu verheimlichen – dessen war sich Martel sicher. Jetzt hieß es, sehr vorsichtig zu sein.

»Warum mißtrauen Sie Ferdy Arnold?« fragte er.

»Er hat seinen Posten aus politischen Gründen bekommen – das war keine verdiente Beförderung ...«

»Und warum ruft Claire Hofer – die doch immerhin für Arnold arbeitet – ausgerechnet Sie an, wenn sie für mich eine Botschaft hat?«

»Weil sie weiß, daß Sie und ich eng befreundet sind.« Der Schweizer machte eine Pause. »Und sie hat für mich gearbeitet, bevor sie zur Gegenspionage versetzt wurde ...«

»Und bisher war heute abend also alles Routine«, tastete Martel weiter.

»Bis auf die Explosion auf einem Touristenboot draußen auf dem See. Da hat irgendein armer Idiot offenbar weder etwas von Motoren noch von Booten verstanden – und da hat es dann gebumst, und er ist dabei umgekommen. Wir haben den Explosionsknall sogar noch ganz schwach gehört ...« Er deutete auf die offenen Fenster, deren Vorhänge bewegungslos in der windstillen Nachtluft hingen. »Der Knall ist vom See her über die Limmat gekommen ...«

Nein, so war es nicht, dachte Martel. Der Knall ist von der Bahnhofstraße und dann die Uraniastraße entlanggekommen – die Seitenstraße, die direkt zum Polizeipräsidium führt. Er beobachtete Nagel, und das ungewöhnliche war, daß er überzeugt war, daß der Geheimagent nicht log. Irgend jemand versuchte, den Vorfall zu vertuschen; so zu tun, als sei nie etwas geschehen.

»Schön, Sie mal wiederzusehen, David«, sagte Martel und stand auf. »Ich rufe Claire Hofer gleich an, aber vorher muß ich noch etwas anderes erledigen, etwas, das Sie wahrscheinlich nicht interessieren wird ...«

»Da ist eine direkte Leitung, die nicht über die Telefonvermittlung läuft«, schlug Nagel vor und zeigte auf eins der drei Telefone auf seinem Schreibtisch. »Dann laß ich Sie jetzt allein ...«

»Das muß nicht sein, David. Aber ich bin einfach knapp mit der Zeit.«

»Wünsche angenehmen Aufenthalt in Zürich ...«

Als Martel das Polizeipräsidium verließ, war es dreiundzwanzig Uhr zehn. Er hatte zwar noch eine halbe Stunde bis zur Abfahrt des Zuges nach St. Gallen um dreiundzwanzig Uhr neununddreißig, aber er hatte auch noch etwas zu erledigen. Er ging an einem Streifenwagen vorbei, der draußen geparkt stand, einem Volvo in den Farben Beige und Rot. Zwei Uniformierte saßen hinter den heruntergedrehten Seitenscheiben. Wo zum Teufel waren die geblieben, als ganz in der Nähe in der Bahnhofstraße die Hölle los gewesen war?

Während er jetzt zum Hauptbahnhof zurücklief, rief sich Martel ins Bewußtsein, daß er Nagel angelogen hatte. Er war sich sicher, daß er dem Schweizer vertrauen konnte, aber das Telefon, dessen Leitung nicht mit der Zentrale verbunden war, war ihm verdächtig vorgekommen. Das unsichere Gefühl hatte sich nun einmal bei ihm eingenistet, und er wollte kein Risiko mehr eingehen.

»Vielleicht habe ich schon Wahnvorstellungen«, murmelte er vor sich hin, während er in eine der leeren Telefonzellen am Bahnhof schlüpfte. Diese Anschlüsse waren sicher. Wieder erinnerte er sich an den toten Warner, der sich auch dauernd in Hauptbahnhöfen herumgetrieben hatte. Während er die Nummer wählte, die Nagel ihm gegeben hatte, fing er langsam an, Sympathie für Charles Warner zu entwickeln. Martel selbst fühlte sich inzwischen regelrecht gejagt.

Die Dame am Empfang des Hotel Hecht in St. Gallen bestätigte, daß Claire Hofer dort abgestiegen war. Dann bat sie ihn, einen Moment dranzubleiben, während sie es im Zimmer von Fräulein Hofer versuchen wollte. Dann war plötzlich die Stimme einer jungen Frau zu hören – entschieden, scharf und auf der Hut.

»Wer ist da?«

»Unser gemeinsamer Freund, Nagel, hat mir Ihre Botschaft übermittelt, und ich will, daß Sie sich sofort in Bewegung setzen. Können Sie nach draußen in eine Telefonzelle gehen? – Gut. Laufen Sie sofort, und rufen Sie mich unter dieser Nummer an.« Er las die Nummer der Telefonzelle von der Wählscheibe ab. »Mit Zürcher Vorwahl«, fügte er gepreßt hinzu. »Die Zeit läuft mir davon ...«

»Bis dann!«

Martel merkte, daß er schwitzte. Die Luft in der Telefonzelle war drückend. Er fühlte sich gefangen in dem kleinen Raum und gleichzeitig wie auf dem Präsentierteller. Das Telefon klingelte in erstaunlich kurzer Zeit. Rasch griff er nach dem Hörer. Dieselbe Stimme wie vorhin stellte eine knappe Frage.

»Ist dort ...? Bitte nennen Sie den Namen unseres gemeinsamen Freundes ...«

»Nagel. David Nagel ...«

»Hier ist Claire Hofer ...«

»Dann los, tun Sie weiterhin, was ich Ihnen jetzt sage, ohne zu fragen – und so schnell Sie können. Bezahlen Sie Ihre Rechnung im Hotel Hecht – und denken Sie sich etwas Vernünftiges aus, warum es so schnell gehen muß ...«

»In Ordnung, ich bin nicht blöde! Und dann?«

»Nehmen Sie ein Zimmer in einem anderen Hotel in St. Gallen. Reservieren Sie ein Zimmer für mich. Sagen Sie, daß ich etwa gegen ein Uhr in der Nacht eintreffen werde ...«

»Brauchen Sie einen Parkplatz für einen Wagen?«

»Nein. Ich komme mit dem Zug ...«

»Ich rufe in ein paar Minuten zurück. Ich suche mir jetzt die neue Unterkunft und gebe Ihnen dann durch, wohin Sie kommen müssen. Bis dann!«

Martel stand da und starrte den Telefonhörer an. Wieder war kostbare Zeit vergangen. Aber Claire Hofer hatte gut reagiert, verdammt gut. Das mußte er ihr zugestehen. Der Strudel drehte sich wieder einmal schneller. Ihm war zumute, als hätte er mit einem Gespenst geredet. Claire Hofer war doch eben erst aus der Limmat gezogen worden – jedenfalls Arnold zufolge ...

Obwohl die Hitze in dem Häuschen immer stärker wurde, steckte er eine Zigarette in die Spitze, fluchte, nahm die Zigarette wieder heraus und steckte sie sich ohne die Spitze zwischen die Zähne. Noch während des Gesprächs hatte er sich herumgedreht, stand jetzt mit dem Rücken zum Apparat und konnte so das verlassene Gelände überblicken. Er nahm mehrere tiefe Züge, und dann klingelte das Telefon zum zweitenmal. Ihre Stimme ...

»Spreche ich mit ...? – Gut. Unser gemeinsamer Freund ...«

»Nagel. Martel hier ...«

»Ich hatte Glück. Zwei Doppelzimmer im ersten Stock. Hotel Metropol. Gegenüber dem Bahnhofseingang. Sie sehen es gleich, wenn Sie da rauskommen. Ich lasse einen verschlossenen Umschlag mit meiner Zimmernummer am Empfang zurück. Okay?«

»Sehr ...«

»Bis dann!«

In den nächsten Minuten ging Martel sehr rasch vor. Er kaufte sich seine Fahrkarte nach St. Gallen. Im Hotel Schweizerhof bezahlte er das Zimmer, das er jetzt nicht länger benötigte. Er tat sein Bestes, um die rasche Abreise normal erscheinen zu lassen.

»Ich bin Fachberater – Medizin –, und in Basel verlangt ein Patient dringend nach mir...« Fachberater, das war der Begriff, den er unter der Sparte »Beruf« ins Anmeldeformular eingetragen hatte. Das war eindrucksvoll, und man konnte sich alles mögliche dabei denken.

Er hatte seine Reisetasche nicht ausgepackt – eine Vorsichtsmaßnahme, an die er sich immer hielt, wenn er irgendwo neu ankam –, und so mußte er bloß Rasierzeug und Zahnbürste wieder hineinstecken und die Verschlüsse zuschnappen lassen. Er rannte die Treppen hinunter – der Nachtportier würde an seiner Eile jetzt nichts Verdächtiges mehr finden – und eilte zu dem ersten Wagen in der Taxischlange hinüber, die vor dem Bahnhof wartete.

»Ich möchte, daß Sie mich zum Paradeplatz bringen. Können Sie dann an der Straßenbahnhaltestelle ein paar Minuten warten, während ich etwas abliefere? Und dann bitte gleich hierher zurück.«

»Bitte steigen Sie ein...«

Die letzten Minuten vor der Abfahrt des Zuges nach St. Gallen verstrichen jetzt – aber Martel kannte Zürich und wußte, wie ruhig die Straßen um diese Tageszeit waren – und so glaubte er, daß er es noch schaffen würde. Schließlich *mußte* er einfach in der Bahnhofstraße nachsehen, wo immerhin Schüsse gefallen waren, Blut auf den Bürgersteig geflossen war und es eine Explosion vor einer Bank gegeben hatte.

Martel fing ein Gespräch mit dem Taxifahrer an. Auf der ganzen Welt sind die Taxifahrer direkt ans Gerüchtenetz der Städte angeschlossen.

»Haben Sie denn diese fürchterliche Explosion vorhin gehört? Hat sich angehört wie eine Bombe.«

»Ich hab's gehört.« Der Fahrer hielt inne, so, als ob er seine Worte sehr sorgfältig wählte. »Es heißt, irgendein dämlicher Tourist hätte sich zusammen mit seinem Boot auf dem See in die Luft gejagt...«

»Hat sich aber näher angehört...«

Martel ließ das Fragezeichen in der Luft hängen und wunderte sich, daß sich der Fahrer so vorsichtig ausdrückte. Sie waren schon dicht am Paradeplatz: Bald würde dieses Gespräch sein Ende finden.

»Für mich hat es sich auch näher angehört«, stimmte der Fahrer zu. »Ich hatte gerade eine Fuhre in der Talstraße, und dann kam dieser Mordsknall. Immerhin, es wäre möglich, daß das Geräusch vom See her gekommen ist...« Er machte wieder eine Pause. »So hat's uns schließlich die Polizei erzählt.«

»Die Polizei?«

»Ein Streifenwagen hat neben uns am Hauptbahnhof angehalten. Der Fahrer hat ein bißchen mit uns geschwätzt. Er hat uns von dem blöden Touristen erzählt, der sich auf dem See in die Luft gesprengt hat.«

»Haben Sie den gekannt? Den Polizisten?« fragte Martel beiläufig.

»Witzig, daß Sie das fragen.« Die Blicke der beiden Männer begegneten sich im Rückspiegel. »Ich hätte gedacht, ich kenne jeden Polizisten in der ganzen Stadt. Schließlich fahre ich das Taxi hier seit zwanzig Jahren – aber den Mann hatte ich noch nie vorher getroffen...«

»Vielleicht so ein Neuer, ganz frisch von der Polizeischule.«

»Der war aber mindestens fünfzig. Soll ich jetzt hier warten?«

Die Stelle war Martel sehr recht. Der Fahrer hatte ein Stück weit auf dem Paradeplatz angehalten. Das bedeutete, er würde nicht sehen können, wohin sich Martel auf der Bahnhofstraße wandte. Martel zündete sich eine neue Zigarette an und ging rasch. Es würde jetzt eine Sache von Sekunden sein, ob er den Zug noch erwischte oder nicht.

Die Straße war verlassen, und das einzige Geräusch waren seine Schritte auf den Platten des Bürgersteigs. Er ging hinüber auf die andere Straßenseite und blieb dann völlig verblüfft stehen. Der Strudel drehte sich wieder.

Kein Anzeichen deutete auf den blutigen Zwischenfall hin, den Martel vor zwei Stunden miterlebt hatte und an dem er beteiligt gewesen war. Es gab überhaupt keinen Zweifel daran, daß er an der richtigen Stelle stand. Er konnte den Bogen sehen, durch den er und die junge Frau auf die Bahnhofstraße hinausgetreten waren. Und da war tatsächlich ein bedeutend aussehendes Bankgebäude, exakt an der richtigen Stelle – gegenüber von dem Fleck, an dem die Straßenbahn angehalten hatte, eine Bank mit doppelten Glastüren. Aber das Glas war völlig intakt.

Martel konnte auf der Straße noch nicht einmal einen einzigen Glassplitter entdecken. Die Schweizer waren zwar gut im Aufräumen – schließlich hielten sie ihr Land immer tadellos und sauber –, aber das hier war reiner Wahnsinn.

Jetzt suchte Martel auf dem Bürgersteig nach Blut, nach dem Blut, in dem er ausgerutscht war und das immer noch an den Sohlen seiner Schuhe trocknete. Der Bürgersteig war ohne ein Fleckchen. Er wollte schon fast aufgeben, als er dann etwas sah. Die frischen Narben an dem Stamm, wo die Explosion Stücke von Baumrinde weggerissen hatte. Selbst die Schweizer konnten einen Baum nicht in zwei Stunden nachwachsen lassen.

7. Kapitel
Donnerstag, 28. Mai

In dem einsamen Schloß im Allgäu war es gerade kurz nach Mitternacht. Reinhard Dietrich stand am Fenster seiner Bibliothek und sah auf die Lichtreflexe im Schloßgraben hinaus. In der einen Hand hielt er ein Glas Napoleon-Cognac, in der anderen eine Havanna-Zigarre. Ein Summer tönte aufdringlich.

Dietrich setzte sich hinter einen breiten Schreibtisch,

schloß eine Schublade auf, nahm das Telefon heraus, das darin verborgen gewesen war, und hob ab. Als Erwin Vinz sich zu erkennen gab, war Dietrichs Ton kurz angebunden.

»Blau hier«, bellte Dietrich. »Irgendwas Neues?«

»Der Engländer hat Zürich verlassen. Er hat den Zug um dreiundzwanzig Uhr neununddreißig vom Hauptbahnhof genommen.« Der Mann drückte sich präzise aus, die Stimme war rauh. »Unsere Leute haben es nicht geschafft, mitzukommen, so schnell ist er eingestiegen ...«

»Hat Zürich verlassen! Was zum Teufel meinen Sie damit? Was ist in der Wohnung im Centralhof passiert?«

»Die Operation war nicht in allem erfolgreich ...« Vinz war nervös. Dietrichs Lippen wurden schmal. Irgend etwas war fürchterlich schiefgegangen.

»Erzählen Sie mir genau, was passiert ist«, sagte er kalt.

»Das Mädchen ist für dauernd in Urlaub, und sie hat uns nichts über ihren Job sagen können. Wir mußten den Eindruck gewinnen, daß sie einfach keine Informationen hatte. Wegen ihr brauchen Sie sich keine Sorgen zu machen ...«

»Aber wegen Martel muß ich mir Sorgen machen! Verdammt nochmal, wo steckt er jetzt? Was war das für ein Zug?«

»Der Bestimmungsbahnhof war St. Gallen ...«

Mit wütendem Gesicht packte Dietrich den Hörer fester. In knappen, gepreßten Sätzen gab er seine Anweisungen, knallte den Hörer auf die Gabel und stellte den Apparat wieder in die Schublade. Er leerte sein Glas und drückte auf einen Klingelknopf. Ein Buckliger betrat den Raum. Seine spitzen Ohren lagen eng am Kopf an, so daß sie fast eins mit dem Schädel waren. Er trug einen beigen Overall und roch nach Reinigungsmitteln. Sein Herr und Meister reichte ihm das Glas.

»Noch Cognac! Hör zu, Oskar. Vinz und sein ganz spezieller Haufen haben die Sache versaubeutelt. Sieht aus, als hätte es Martel bis nach St. Gallen geschafft, verflucht noch mal...«

»Mit dem ersten Engländer sind wir fertiggeworden«, erinnerte ihn Oskar.

Reinhard Dietrich war ein Mann von etwa sechzig Jahren, hatte eine dicke Matte von silbernem Haar auf dem Kopf und trug einen dazu passenden Schnurrbart. Er war einsachtzig groß, sah gut aus und hatte kein Gramm Fett zuviel an sich. Er war so gekleidet, wie er es in seinem Schloß bevorzugte – ein in London geschneidertes Lederjackett und Kavallerie-Reithosen, die in maßgefertigten Reitstiefeln steckten. Während er dastand und seine Havanna genoß, sah Dietrich genau nach dem aus, was er auch tatsächlich war – einer der reichsten und mächtigsten Industriellen Nachkriegsdeutschlands.

Bereits ganz zu Anfang hatte er sich auf die Elektronikentwicklung geworfen und geschäftstüchtig abgeschätzt, daß hier das Gebiet industrieller Produktion mit den größten Zuwachsraten zu finden war. Seine Unternehmenszentrale war in Stuttgart, und einen weiteren, großen Komplex besaß er in Phoenix in Arizona. Er nahm einen kleinen Schluck aus seinem wieder aufgefüllten Glas und blickte in Oskars starr geöffnete Augen.

»Wir werden mit diesem neuen Störenfried aus London schon fertig werden. Vinz wird St. Gallen mit unseren Leuten regelrecht überschwemmen. Bis zum Abend werden wir wissen, wo Martel steckt. Diese Claire Hofer, das Schweizer Flittchen, haben sie schon aus dem Weg geräumt.« Seine Stimme wurde lauter, das Gesicht färbte sich rot. »Nichts darf der Operation Krokodil entgegenstehen! Am dritten Juni fährt der Gipfelexpreß durch Deutschland. Am vierten Juni finden die bayerischen Wahlen statt – und Delta wird mit einem Ruck an der Macht sein!«

»Und Martel...«

»Mein Befehl lautet: Bringt ihn um!«

Als Martel aus dem Nachtzug in St. Gallen ausstieg, war er sich sicher, daß ihm niemand gefolgt war. In Zürich hatte er den Zug noch Sekunden vor der Abfahrt erwischt. Einmal an Bord, hatte er sich ans Fenster gestellt, um zu sehen, ob da im letzten Augenblick noch andere Fahrgäste kamen. Aber niemand war aufgetaucht, und so war Martel durch den beinahe leeren Zug gegangen und hatte sich ein Erste-Klasse-Abteil gesucht. Mit einem überwältigenden Gefühl der Erleichterung hatte er sich in die Ecke gesetzt.

In St. Gallen ließ er sich mit dem Aussteigen Zeit. Während er seinen Koffer langsam zum Ausgang trug, war der Bahnsteig verlassen. Es gibt kaum einen bedrückenderen Anblick als einen Bahnhof in den späten Nachtstunden. Genau wie Claire Hofer es ihm gesagt hatte, lag das Hotel Metropol dem Bahnhof gegenüber.

Der Nachtportier bestätigte die Reservierung, und Martel fragte nach dem Zimmerpreis. Er zählte die Geldscheine ab, redete währenddessen weiter, um den Mann abzulenken, und legte ein reichhaltiges Trinkgeld dazu, das die Aufmerksamkeit des Nachtportiers weiter in Anspruch nahm.

»Das hier ist für zwei Nächte – und das hier ist für Sie. Ich bin so müde, daß ich mich kaum noch auf den Beinen halte. Morgen früh trage ich mich ein. Hat jemand irgend etwas für mich hinterlassen?« fragte er rasch.

»Nur dieser Umschlag . . .«

Es hatte geklappt – er hatte das Registrierungsformular nicht ausgefüllt, das jeder Gast eines Schweizer Hotels unmittelbar nach der Ankunft auszufüllen hat. Das Formular hat zwei Durchschläge. Während der Nacht fährt die Polizei die Hotels ab und sammelt die für sie bestimmten Zettel ein. Indem er das Formular nun nicht sofort ausfüllte, hatte Martel die allgemeine Kenntnis seiner Ankunft in St. Gallen um vierundzwanzig Stunden hinausgezögert.

In seinem Doppelzimmer öffnete er den zugeklebten Umschlag. In säuberlicher, weiblicher Handschrift stand da ›Zimmer zwölf‹. Das war das Zimmer neben seinem. Er klopfte sehr leise an die Tür, und sie öffnete ihm sofort. Sie sagte nichts, bis er die Tür zugezogen und abgeschlossen hatte. Über ihrer rechten Hand hing ein Handtuch.

»Der gemeinsame Freund?«

»David Nagel, zum Kuckuck noch mal . . .«

»Ich habe Sie von meinem Fenster aus aus dem Bahnhof kommen sehen – aber Sie werden es mir nicht übelnehmen, wenn ich auf Nummer Sicher gehe . . .«

»Tut mir leid. Ich möchte ja, daß Sie vorsichtig sind. Aber ich habe heute morgen im Flugzeug den letzten Bissen zu mir genommen, und ich bin müde . . .«

»Sie sehen erschöpft aus.« Sie nahm das Handtuch weg und ließ die Neunmillimeterpistole sehen, die sie darunter verborgen gehalten hatte und die sie jetzt unter ihr Kopfkissen steckte. »Sie müssen durstig sein. Es ist eine warme Nacht. Tut mir leid, daß ich nur Perrier-Wasser habe . . .«

»Ich trink's gleich aus der Flasche.«

Er ließ sich auf das Bett nieder, das weiter vom Fenster weg stand, und zwang sich, sie anzusehen, während er trank. Sie hatte die richtige Größe, das korrekte Gewicht, und ihr dunkles Haar fiel ihr in einem Pony über die Stirn und war hinten schulterlang. Im Licht der Nachttischlampe glänzten ihre Augen tiefblau. »Wenn ich beweisen soll, wer ich bin . . .« Er zog seinen Paß, reichte ihn ihr hinüber und trank das Mineralwasser aus.

Sie wollte ihm ihre eigene Kennkarte zeigen, aber er war so fertig, daß er abwinkte. Was zum Teufel machte es noch für einen Unterschied? In Zürich hatte ihm Delta jemanden untergeschoben – Gisela Zobel. Dann hatte er ein anderes Mädchen gerettet – auf das die Beschreibung zutraf und das er gefesselt in einem Schrank in der Wohnung am Centralhof gefunden hatte. In seinem Kopf drehte sich mal wieder der Strudel . . .

Aber bei dieser jungen Dame hier hatte er das Gefühl, daß alles stimmte. Das war sein letzter Gedanke, bevor er sich auf das Kissen zurückfallen ließ und einschlief.

Mit einem beunruhigenden Gefühl wachte er auf. Es war dunkel, und die Luft lag schwer auf ihm wie eine Decke. Er war sich nicht sicher, wo er sich befand – so viel war in so kurzer Zeit geschehen. Er lag auf dem Rücken auf einem Bett. Und dann erinnerte er sich.

Er entspannte sich gerade wieder, als ihn ein zweiter Schreck durchfuhr. Er versuchte, seine Atmung regelmäßig zu halten. Jemand hatte ihm die Krawatte gelöst, das Hemd aufgeknöpft und die Schuhe ausgezogen. Was ihn aber munter machte, war das leere Gefühl unter seiner linken Achsel. Das Schulterhalfter hatte er immer noch an, aber jemand hatte seinen Colt fortgenommen. Vorsichtig, ohne ein Geräusch, wandte er den Kopf und streckte seine rechte Hand aus. Eine andere Hand berührte ihn, hielt ihn fest. Noch bevor die Nachttischlampe anging, hörte er eine junge Frau flüstern.

»Alles in Ordnung. Sie sind in St. Gallen im Hotel Metropol. Ich bin Claire Hofer. Es ist vier Uhr in der Früh, und das bedeutet, daß Sie bisher nur zwei Stunden Schlaf gehabt haben . . .«

»Damit kann ich leben.«

Martel war jetzt hellwach. Seine Kehle fühlte sich an wie Sandpapier. Er setzte sich auf und stellte das Kopfkissen hinter seinem Rücken hoch. Claire Hofer trug immer noch das blaßgraue Kostüm und saß ebenfalls gegen ihr Kopfkissen gelehnt. In dem schwachen Licht bemerkte Martel, daß sie neues Make-up aufgelegt hatte. Kein blutroter Nagellack dabei, Gott sei Dank!

»Ihr Colt liegt auf Ihrem Nachttisch«, sagte sie ihm. »Nicht sehr bequem, wenn man damit schläft. Die Tür ist zweimal gesichert – und wie Sie sehen, habe ich noch einen Stuhl unter die Klinke gestellt . . .«

»Sie haben aber auch an alles gedacht . . .«

Martel, der erst einmal jedem gegenüber mißtrauisch war, machte sich daran, Claire Hofer einzuordnen. Sie war der zweiten jungen Frau, die er in der Züricher Wohnung getroffen hatte, erstaunlich ähnlich; der, die er gerettet hatte – nur damit sie dann gekidnappt wurde und schließlich . . . Martel hatte Schwierigkeiten, die scheußlichen Geschehnisse zu verdrängen.

»Woran denken Sie gerade?« fragte sie.

»Dies hier . . .«

Aus der Jackentasche zog er die silberne Delta-Ansecknadel, die er dem Mann vom Aufschlag gerissen hatte, der ihn in der Bahnhofstraße hatte ermorden wollen. Nachlässig warf er sie auf ihr Bett hinüber. Die junge Frau zuckte wie vor etwas Lebendigem zurück und starrte Martel mit vor Furcht weit aufgerissenen Augen an.

»Wo haben Sie das her?«

Sie war schnell und geschickt. Während der wenigen Sekunden, in denen sie ihre Frage stellte, griff sie mit ihrer rechten Hand, die auf der Martel abgewandten Seite im Schatten lag, unter ihr Kissen, zog die Neunmillimeterpistole heraus und zielte Martel jetzt genau in den Magen.

»Macht Ihnen die Nadel angst?« fragte er.

»Sie machen mir angst. Ich werde sofort schießen . . .«

»Ich glaube Ihnen ja.«

Er paßte auf, daß er seine Hände zusammengelegt im Schoß hielt, in sicherer Entfernung von der Nachttischschublade. Da war nichts Weiches mehr in ihrer Stimme, in ihrem Gesichtsausdruck, in der Haltung ihres wohlentwickelten Körpers. Wenn er sich jetzt verrechnete, würde die junge Schweizerin abdrücken.

»Ich habe das Delta-Zeichen einem Mann abgenommen, den ich letzte Nacht in der Bahnhofstraße erschossen habe. Die Delta-Bande hat auf uns gewartet, als wir die Wohnung verließen. Nicht solche Burschen mit Strumpfmasken und Kapuzen. Männer in Geschäftsanzügen! Und jeder hatte die Nadel an seinem Aufschlag. Eine Menge Blut ist da geflossen – aber eine Stunde später war alles wieder adrett und sauber für die Touristen von morgen ...«

»Sie sagen, Blut ist geflossen. Sie haben gesagt, ›wir‹ ...«

»Warum haben Sie die Verabredung im Centralhof nicht eingehalten?« fragte er scharf.

»Arnold wollte mich nach Warners Ermordung von den Delta-Nachforschungen abziehen – und da bin ich in den Untergrund gegangen. Lisbeth sollte Sie eigentlich hierherbringen und sicherstellen, daß Ihnen niemand folgt. Im Gegensatz zu Ihnen kennt sie ein paar von Arnolds Spürhunden ...«

»Und kennt sie auch Ferdy Arnold selbst?«

»Nein, dem ist sie nie begegnet. Warum?«

»Lassen Sie mich Arnold beschreiben«, schlug er vor. »Dünn, drahtig, in den späten Dreißigern. Braunes Haar, ohne Scheitel, zurückgekämmt. Schiefergraue Augen ...«

»So sieht er überhaupt nicht aus ...«

»Dachte ich mir. Jemand, der in seine Rolle schlüpfen wollte, ist aufgetaucht, während wir in der Wohnung waren. Ich hatte sogar Lisbeth im Verdacht, weil sie seine Telefonnummer in ihrem Notizbuch nachschlagen mußte – wenn sie die richtige Claire Hofer gewesen wäre, dann hätte sie die doch auswendig gewußt. Der falsche Arnold muß sie noch vor meiner Ankunft angerufen haben und sich irgend etwas ausgedacht haben, warum sie, falls nötig, diese bestimmte Nummer anrufen sollte. Es ist ...« Er war, was die grammatische Zeitenfolge anbetraf, sehr vorsichtig. »... das Mädchen, das Sie dargestellt hat?«

»Bevor sie geheiratet hat, haben wir beide bei der Geheimabteilung der Polizei unter David Nagel gearbeitet. Wir haben ihm mal einen Streich gespielt – wir haben dieselben Sachen angezogen und sind nacheinander zu ihm ins Büro gegangen. Mit einem Abstand von vielleicht zehn

Minuten. Er hat überhaupt nichts gemerkt und war sehr böse, als wir es ihm erzählt haben. Kein Wunder, daß auch Sie sich haben täuschen lassen.«

Sie zeigte, daß ihr Vertrauen zu ihm wiederhergestellt war, indem sie die Pistole wieder unter das Kopfkissen schob. Sie lächelte entschuldigend, beugte sich vor und stellte die Frage, vor der sich Martel gefürchtet hatte.

»Wo ist Lisbeth? Ist sie gleich im Bahnhof geblieben und hat den Zug zurück nach Zürich genommen? Sie haben ja mitbekommen, daß sie mir furchtbar ähnlich sieht – so, als wären wir Zwillinge. Haben Sie schon gemerkt, daß sie tatsächlich meine Schwester ist?«

In London saß Tweed immer noch an seinem Schreibtisch und las in einer Akte, als er die beängstigende Neuigkeit erfuhr. Er rieb sich die Augen und warf einen Seitenblick auf das Feldbett, das er »für alle Fälle«, wie er es nannte, aufgestellt hatte. Miß McNeil, seine treue Assistentin, brachte den Funkspruch. Sie war eine gutaussehende, grauhaarige Frau, die sich aufrecht hielt – die Männer auf der Straße drehten sich um, wenn sie vorbeiging –, und niemand kannte ihr Alter oder ihren Vornamen, mit Ausnahme von Tweed, der beides vergessen hatte. Sie war schlicht McNeil – immer zur Hand, wenn man sie brauchte, zu jeder Tages- oder Nachtzeit. Sie hatte einen schlauen Kopf, eine scharfe Zunge und ein enzyklopädisches Gedächtnis.

»Das hier ist gerade aus Bayreuth gekommen . . .«

Bayreuth. Das hieß Alarm. Tweed schloß die Stahlschublade auf, die sein Codebuch enthielt. Fürs erste las sich der Funkspruch wie eine völlig normale geschäftliche Nachfrage wegen des Abgangs eines Warentransports.

Bayreuth lag in Bayern. Lindau, wo Charles Warner gewesen war, kurz bevor er ermordet wurde, lag in Bayern. Delta, die Neonazipartei, hatte ihre Zentrale in Bayern. Er machte sich an die Entzifferung, wobei er dickes Papier benutzte, das auf eine Metallunterlage geheftet war, so daß sich sein Schreibstift nirgendwo durchdrücken konnte.

»Wäre es Ihnen lieber, wenn ich hinausgehe?« schlug NcNeil vor.

»Natürlich nicht! Muß mich nur eben konzentrieren . . .«

Das war ein Kompliment – daß sie bleiben durfte –, und Tweed ahnte, daß er nach dem Entzifferungsprozeß Gesellschaft würde gebrauchen können. Miß McNeil setzte sich, schlug die hübschen Beine übereinander und sah zu. Es war ein glücklicher Umstand, daß sie – genau wie Martel – mit zwei oder drei Stunden Schlaf täglich auskommen konnte. Als er fertig war, bekam Tweed auf einmal einen nichtssagenden Gesichtsausdruck – und das sagte wiederum McNeil eine große Menge.

»Schlechte Nachrichten?«

»Die übelsten, die allerübelsten.«

»Damit werden Sie schon fertig. Sie schaffen es immer . . .«

»Ich bin's gar nicht, der damit fertigwerden muß. Manfred hat gerade die Grenze von der DDR nach Bayern überschritten. Heiliger Himmel . . .«

Manfred!

Tweed war geschockt, als er den Funkspruch noch einmal durchlas. Er hatte ihn auf Umwegen erreicht, die sich Tweed genau vorstellen konnte. Zuerst hatte sein Agent, der für ihn in einer Abteilung des Ministeriums für Staatssicherheit in Leipzig, DDR, tätig war, die Botschaft auf seinem tragbaren Funkgerät abgesetzt. Dann war der Spruch von Tweeds Stützpunkt in Bayreuth aufgefangen worden.

Von Bayreuth war dann ein Kurier in halsbrecherischer Fahrt zur Britischen Botschaft nach Bonn gerast. Dort war der Funkspruch dem Sicherheitsoffizier Hand zu Hand übergeben worden. Der wiederum hatte nach Prag Crescent gefunkt. Der entzifferte Funkspruch war in seinen Schlußfolgerungen tödlich und entnervend:

»Heute, Mittwoch, 27. Mai, Manfred Grenzüberschreitung von DDR in die Bundesrepublik, Nähe Hof. Ziel unbekannt.«

Er reichte den Funkspruch wortlos zu Miß McNeil hinüber, stand auf und sah sich die Wandkarte von Zentraleuropa an, die er aufgehängt hatte, als Martel zum Flughafen gefahren war. Tweed kannte sich auf dieser Karte ziemlich gut aus. Er hatte ein klares Bild der Geographie Westeuropas im Kopf. Aber er wollte doch sichergehen, welche Route Manfred da genommen hatte.

Aus der Gegend um Hof führte eine Autobahn exakt südlich über Nürnberg bis zur bayerischen Hauptstadt München. Das war die wahrscheinlichste Strecke. Und Warner hatte eine Menge Zeit in München zugebracht, wobei er aus einem nicht bekannten Grund den Hauptbahnhof besonders im Auge behalten hatte. Tweed ging zu seinem Drehstuhl zurück, korrigierte den Sitz seiner Brille und ließ sich in das Polster sinken.

»Viel wissen wir über Manfred nicht, oder?« versuchte McNeil den Faden aufzunehmen.

»Wir wissen nichts – und wir wissen auch wieder zuviel«, brummte Tweed. Er klopfte auf einen Aktendeckel. »Mit fortschreitendem Alter bekomme ich offenbar einen sechsten Sinn – ich habe mir gerade sein Dossier angesehen, als Sie mit dem Funkspruch kamen.«

»Er ist Topagent der Ostdeutschen, nicht wahr? Und bei seiner Herkunft und Nationalität gibt es Unstimmigkeiten. Ein erstklassiger Berufskiller – und ein hervorragender Organisator. Sehr ungewöhnlich, diese Kombination ...«

»Aber Carlos ist ein ungewöhnlicher Mann«, sagte Tweed und schob sich die Brille hoch in die Stirn.

»Glauben Sie wirklich, daß er mit Carlos identisch ist? Von dem hat man doch ewig nichts mehr gehört ...«

»So glauben es die Amerikaner, Aber da gibt's etwas sehr Merkwürdiges, das ich nicht verstehe. Delta, das sind die Neonazis. Manfred ist ein freischaffender kommunistischer Experte für Untergrund-Operationen. Wer steckt also hinter diesem Unternehmen Krokodil – was immer das auch sein mag? Und überhaupt, Krokodil – das erinnert mich an etwas, das ich einmal gesehen habe . . .«

»Sie sehen wirklich besorgt aus. Soll ich einen Kaffee machen?«

Tweed blickte das stumme Telefon auf seinem Schreibtisch an. Er sprach halb zu sich selbst. »Melden Sie sich, Martel, um Gottes willen! Ich muß Sie warnen – bevor es zu spät ist. Sie haben's jetzt mit den Nazis und mit den Kommunisten gleichzeitig zu tun. Das heißt: Gefahr von zwei Seiten . . .«

In einer abgedunkelten Wohnung in einem großen Gebäude nahe dem Münchener Polizeipräsidium in der Ettstraße hob eine behandschuhte Hand einen Telefonhörer ab. Der Mann, der da Nylonhandschuhe trug, war der einzige Anwesende. Die Beleuchtung kam von einer verhängten Schreibtischlampe. Er wählte eine Nummer. Es war vier Uhr morgens.

»Wer zum Teufel ist das? Wissen Sie nicht, wie spät es ist . . .«

Reinhard Dietrich war in seinem Schloß aus tiefem Schlummer geweckt worden, und seine Stimme ließ seine Wut erkennen. Wenn das schon wieder Erwin Vinz war, dann würde er ihn . . .

»Manfred hier.« Der Ton der Stimme war fast unheimlich sanft und beherrscht. »Wir hören, Sie haben ein Problem, und das hat uns sehr beunruhigt.«

Dietrich erwachte schlagartig. Die Person des Anrufers hatte ihn aus dem Gleichgewicht gebracht, und aus den Worten konnte er entnehmen, daß Manfred von der Zürcher Katastrophe wußte. Dietrich setzte sich in seinem

Bett auf, und er klang auf einmal sehr höflich und zur Zusammenarbeit bereit.

»Nichts, womit wir nicht fertigwerden könnten, versichere ich Ihnen.«

»Aber in Zürich sind nun einmal Fehler gemacht worden; was steht denn nun in St. Gallen zu erwarten?«

Dietrich, der seit eh und je daran gewöhnt war, Befehle zu erteilen, fürchtete sich vor dem schläfrigen Ton von Manfreds Stimme. Als Manfred damals in seinem Stuttgarter Büro aufgetaucht war und ihm Waffen und Uniformen mit Rabatt angeboten hatte, da hatte er sofort zugepackt. Inzwischen bedauerte er seine Entscheidung schon halb – aber jetzt war es zu spät.

»Machen Sie sich wegen St. Gallen keine Sorgen.« Er ließ seine Stimme betont zuversichtlich klingen. »Nach dem, was ich in die Wege geleitet habe, behalten wir die Situation im Griff . . .«

»Wir sind erfreut, das zu hören. Waffen und weitere Uniformen liegen im selben Lagerhaus zur Abholung bereit. Wo und wann werden Sie diese Sendung unterbringen?«

Dietrich sagte es ihm. Es gab ein klickendes Geräusch, und der Industrielle merkte, daß Manfred eingehängt hatte. Arroganter Schweinehund! Und was Dietrich auch verabscheute, war dieses andauernde ›Wir‹ – als ob er, Dietrich, Befehle von irgendeinem allmächtigen Komitee entgegennehmen würde. Wenigstens waren weitere Waffen auf dem Weg – verloren hatten sie ja auch schließlich genug. Wie Erich Stoller vom BND das Lager aufgespürt hatte, konnte er sich nicht vorstellen.

In München knipste Manfred die Schreibtischlampe aus. Wo immer er sich auch im Westen aufhielt, jedesmal trug er Handschuhe – wenn er ging, würden von ihm keine Fingerabdrücke in der Wohnung zurückbleiben. Ein dünnes Lächeln huschte über sein Gesicht. Unternehmen Krokodil lief nach Plan.

In dem Zimmer im Hotel Metropol durchlitt Claire Hofer gerade einen nachhaltigen Schockzustand, nachdem Martel ihr von der Ermordung Lisbeths berichtet hatte. Einen Hinweis darauf, daß sie auch gefoltert worden war, verbiß er sich. Als sie schließlich reagierte, traf ihn das unerwartet.

»Und du Schweinekerl hast zugelassen, daß sie Lisbeth gefaßt haben?« Claire Hofer schlug Martel mit der flachen Hand an den Kopf. Als sie die Hand zum zweitenmal hob, packte er ihr Gelenk und drückte sie aufs Bett hinunter. Sein Gesicht war nur Zentimeter von ihrem entfernt, während sie ihn voll Wut anstarrte. Diese Haltung erinnerte ihn daran, wie er Gisela Zobel auf das Sofa im Centralhof gedrückt hatte, als sie ihn ermorden wollte, und wie sie dabei versucht hatte, ihn mit ihren erotischen Spielchen abzulenken.

Aber diese junge Frau hier war anders. Zäh wie Leder, aber verletzlich – eine Verletzlichkeit, die sie mit erzwungener äußerer Ruhe überdeckte. Die tiefblauen Augen schienen im Licht der Nachttischlampe größer denn je. Martel küßte Claire Hofer zärtlich auf die Stirn und fühlte, wie sich ihre lederharten Muskeln entspannten.

»An dem Überfall haben wenigstens ein Dutzend bewaffnete Soldaten von Delta teilgenommen«, sagte er sanft, während er ihr immer noch das Handgelenk festhielt. »Aus zwei Autos kamen sie nur so herausgeströmt. Drei habe ich erschossen. Ich habe gesehen, wie sie Lisbeth in den großen Mercedes gezerrt haben, der dann auf der Stelle losfuhr. Ich habe es verpatzt ...«

»Ein Dutzend Bewaffnete!« Ihre Augen suchten seinen Blick. »Aber wie hätten Sie dann für Lisbeth etwas tun können? Und warum haben die das überhaupt gemacht – sie mitzunehmen?« Claire Hofer war völlig erschlafft. Martel lockerte seinen Griff um ihr Handgelenk.

»Die haben angenommen, sie hätten Sie geschnappt ...«

»Mich? Warum denn mich?«

»Irgend etwas Großes braut sich da zusammen.« Martel hockte auf der Bettkante und steckte sich eine Zigarette an. »Deshalb räumt Delta jeden Agenten aus dem Weg, der ihnen irgendwie in die Quere kommen könnte. Zuerst Warner, dann der Anschlag auf Sie. Ich soll dann als nächster drankommen. Ganz nebenbei, warum hat Warner denn nicht den Zug genommen, um von Lindau in die Schweiz zu kommen – warum diese Geschichte mit dem Boot?«

»Er war früher bei der Marine und mißtraute engen Räumen – er meinte immer, ein Zugabteil könne eine Falle sein. Nichts, wohin man fliehen könnte. Können wir denn gegen diese Leute nicht zurückschlagen?«

»Doch, und wir werden es auch. Deshalb bin ich in St. Gallen. Hier ist doch ein Museum für antike Spitzenklöppeleien, oder? Der Empfangschef im Baur au Lac hat es behauptet . . .«

»Ja, hier gibt es eins.« Sie hatte sich jetzt aufgesetzt, hielt einen Handspiegel und versuchte mit einer Bürste, ihre durcheinandergebrachte Frisur wieder in Ordnung zu bringen. »Und dort hat Charles sich mit seinem Kontaktmann von Delta getroffen. Wieso haben Sie das gewußt?«

»Darauf komme ich noch. Wissen Sie, wieweit es Warner gelungen ist, Delta zu infiltrieren?«

»Er hatte seinen Kontaktmann, den ich gerade erwähnt habe. Ich habe keine Ahnung, wie der aussieht. Charles hat sich ganz besondere Mühe gegeben, seine Identität geheimzuhalten, aber sein Codename ist Stahl. Haben Sie übrigens das Neueste über Delta gelesen?«

Sie griff nach einer Zeitung und reichte sie ihm. Sie stammte von gestern. Die Schlagzeile sprang ihm in die Augen, und darunter war der Hauptartikel der Titelseite zu lesen:

»Waffen- und Uniformlager der Neonazis im Allgäu entdeckt.«

Im Text wurde das noch etwas umschrieben, aber die

Meldung war eigentlich einfach. Nachdem ihr eine Information zugespielt worden war, hatte die bayerische Polizei kurz vor Morgengrauen ein einsames Bauernhaus umstellt und das Waffenlager entdeckt. Es gab Spuren, die darauf hinwiesen, daß sich vor kurzem jemand in dem Bauernhaus aufgehalten hatte, aber zur Zeit der polizeilichen Suchaktion war es verlassen gewesen ...

»Das ist das siebente Waffenlager von Delta, das man in den letzten vier Wochen entdeckt hat«, bemerkte Claire. »Allzuviel scheinen die ja nicht zu können ...«

»Tja, merkwürdig, nicht wahr?«

»Woran denken Sie?« fragte sie. »Sie haben wieder diesen Gesichtsausdruck ...«

Martel starrte die Wand an und rief sich sein Gespräch mit Tweed in Erinnerung. Bruchstücke dieser Unterhaltung gingen ihm einfach nicht aus dem Kopf.

Die Anstecknadel wurde unter Warners Leichnam gefunden. Der Mörder muß sie verloren haben, ohne es zu bemerken ... und am Schluß haben sie ihm ihr Markenzeichen in den nackten Rücken geschnitten – das Delta-Symbol ...

»Ich glaube, wir übersehen da etwas – einfach, weil es zu augenfällig ist.« Er blickte auf seine Armbanduhr. Vier Uhr dreißig. »Wir können die Schweine hereinlegen. Im Spitzenmuseum hier in St. Gallen. In weniger als acht Stunden, von jetzt an gerechnet.«

8. Kapitel
Donnerstag, 28. Mai

»Ich hoffe doch, wir sprechen von dem hier ...«

Sie saßen an einem abseitsstehenden Frühstückstisch im Speiseraum des Hotels. Martel hatte aus seiner Brieftasche eine orangefarbene Eintrittskarte gezogen und sie

Claire gereicht. Die Karte trug eine Nummer, einige aufgedruckte deutsche Worte, aber keinen Hinweis auf eine bestimmte Stadt. Industrie- und Gewerbemuseum ... Eintritt: FR. 2.50.

»Als er umgebracht wurde, hatte Warner diese Eintrittskarte in seiner eigenen Brieftasche«, fuhr Martel fort. »Ich drück' uns jetzt mal selbst die Daumen ...«

»Brauchen Sie nicht«, sagte Claire Hofer fröhlich. »Das ist tatsächlich eine Eintrittskarte für das Spitzenmuseum St. Gallen. Es liegt in der Vadianstraße – in der Nähe der Altstadt. Keine zehn Minuten zu Fuß von hier ...«

»Sehen Sie mal hinten drauf.«

Claire drehte die Eintrittskarte um und sah Worte in einer Handschrift, die sie wiedererkannte. Die von Charles Warner. Möglicherweise blickte sie gerade auf die letzten Worte, die er geschrieben hatte, bevor er sich auf seine tödliche Bootsreise vom Lindauer Hafen aus machte.

St. 11.50. Mai 28.

Sie blickte Martel an, und er entdeckte in ihrem Gesichtsausdruck eine Andeutung von Erregung, während er selbst gerade seine achte Tasse Kaffee trank. Er hatte schon sieben Croissants konsumiert, drei Scheiben Schinken und ein großes Stück Käse. Jetzt fühlte er sich schon etwas besser.

»Achtundzwanzigster Mai – das ist heute«, sagte sie und blickte auf die Uhr. »Punkt neun. St. bedeutet wahrscheinlich Stahl. In weniger als drei Stunden werden wir mit ihm reden ...«

»Ich werde mit ihm reden«, korrigierte Martel sie.

»Ich denke, ich gehöre zum Team ...«

»Sie haben mir doch gesagt, Warner hat Sie an solchen Treffen nie teilnehmen lassen. Und wer da auch immer auftaucht, er könnte Angst bekommen, wenn er Sie sieht ...«

»Aber Sie wird er nicht erkennen«, ließ Claire Hofer nicht locker.

Martel beherrschte sich, aber es wurde ihm zuviel. »Jetzt hören Sie mir mal zu, Claire Hofer. Auch wenn es Ihnen keinen Spaß macht, es gibt offenbar keine Art, Ihnen das höflich beizubringen. Ich arbeite allein – weil ich dann der einzige bin, um den ich mir Sorgen machen muß. Und ich selbst bin alles, was ich habe – und deshalb sorge ich mich um mich eine ganze Menge.«

»Aber ich müßte doch gar nicht mit ins Museum hinein . . .«

»Ich bin noch nicht zu Ende, also halten Sie freundlicherweise den Mund! Seit ich in Zürich gelandet bin, ist nichts so gewesen, wie es zuerst den Anschein hatte. In die Wohnung am Centralhof hatte Delta ein Mädchen gesetzt, das mich auspusten sollte. Und dann finde ich eine andere junge Dame in einem Schrank – tut mir leid, daß ich das noch einmal erwähnen muß, aber es ist nötig –, und wieder einmal soll ich denken, daß es sich um Claire Hofer handelt . . .«

»Verdammt noch mal, ich habe Ihnen doch gesagt, warum wir das so gemacht haben!«

Ihr Gesicht wurde rot vor Ärger, und ihre Augen blitzten. Er bewunderte ihren Widerstandsgeist – vielleicht konnte er ihn sich sogar einmal nützlich machen –, aber er mußte ihr trotzdem seinen Standpunkt klarmachen.

»Das nächste«, fuhr er geduldig fort, »ist dann das Massaker in der Bahnhofstraße – und innerhalb einer Stunde ist nichts mehr davon zu entdecken . . .«

»Ferdy Arnolds Reinigungstruppe«, sagte sie kurz angebunden.

»Wie bitte?«

»Sie haben doch selbst vermutet, daß die das Schlachthaus aufgeräumt haben, um alles unter den Teppich zu kehren – damit sich die lieben Touristen nicht beunruhigen müssen. Arnold hat tatsächlich ein Spezialistenteam von Ingenieuren, Glasern, Maurern – alles, was Sie wollen –, die für den Fall in Bereitschaft stehen, daß durch

Terroristen oder Demonstranten irgendwas zu Bruch geht. Die sperren dann kurz die ganze Gegend ab, und ihr Motto lautet: ›So gut wie neu in dreißig Minuten‹. Die haben sogar Experten, die der Presse jedesmal einen Bären aufbinden, falls es nötig sein sollte . . .«

»Das meine ich ja gerade«, sagte Martel, während er sich Butter auf ein neues Croissant strich. »Nichts ist, was es zu sein scheint. Delta – und zwar aus irgendeinem Grund, den ich noch herausbekommen muß – tritt ganz offen auf. Arnold tut so, als wäre überhaupt nichts passiert. Er erzählt sogar eine Lügengeschichte, die ausgerechnet Nagel von der Geheimabteilung aufs Glatteis führt. Glauben Sie denn wirklich, daß meine Begegnung mit Stahl so einfach wird? Verdammt noch mal, ich glaube das jedenfalls nicht.«

»Und trotzdem laufen Sie da einfach so rein?«

»Ich werde exakt um elf Uhr fünfundvierzig eintreffen. Nach dem Frühstück zeigen Sie mir, wo das ist . . .«

»Aber das Rendezvous soll doch um elf Uhr fünfzig stattfinden«, erinnerte sie ihn.

»Und ich komme fünf Minuten früher, damit ich sehen kann, wer da hinter mir reinkommt. Könnte ja sein, daß Warner beschattet worden ist.«

»Er war da immer äußerst vorsichtig«, bemerkte Claire Hofer.

»Und jetzt ist er äußerst tot . . .«

In München führt die breite Maximilianstraße geradewegs wie ein Lineal vom Max-Joseph-Platz zum Bayerischen Landtag, der auf einer Anhöhe die Isar überragt. Zum Ostufer hinüber führt die Straße über zwei Brücken, die eine größere Insel überqueren. Die Leiche hatte sich in einer der gewaltigen Schleusen unter der ersten Brücke verfangen. Dort wurde sie gefunden.

Und gefunden wurde sie zwei Stunden bevor Martel sich niedersetzte, um sich im Metropol in St. Gallen an seinem beachtlichen Frühstück zu stärken. Ein Rechtsanwalt auf dem Weg zur Arbeit hatte zufällig über das Brükkengeländer gesehen. Im Fluß bremst eine Serie von gewaltigen Stufen wie vier große Wehre die rasche Strömung des Wassers. An jedem Wehr steht eine Reihe von viereckigen Zementsäulen. Die Leiche hatte sich zufällig um eine dieser Säulen gelegt.

Die Kriminalpolizei erschien mit einem Arzt und war dabei, Beweise sicherzustellen, als ein Froschmann auftauchte und meldete, daß der Mann durch den Kopf geschossen worden war. In einem Krankenwagen am Flußufer wurde bereits eine erste Untersuchung vorgenommen. Nach ein paar Minuten blickte Hauptkommissar Krüger den Arzt an.

»Nun sagen Sie schon was. Auf meinem Schreibtisch stapelt sich die Arbeit meterhoch, und wenn ich nach Hause komme, fängt meine Frau schon an, sich über meine Sekretärin zu erkundigen.«

»Schaffen Sie sich eine weniger attraktive Sekretärin an«, schlug der Arzt vor. »Dreimal durch den Kopf geschossen. Schmauchspuren sichtbar. Todeszeitpunkt – aber nageln Sie mich nicht fest – innerhalb der letzten zwölf Stunden. Und keine Fesselungsspuren an den Gelenken; die haben ihn also nicht festgebunden, bevor sie ihn ermordet haben . . .«

»Dann kann ich jetzt wenigstens seine Sachen nach irgendwelchen Identifikationsmerkmalen durchsuchen? Sehr freundlich von Ihnen, Herr Doktor . . .«

Krüger durchsuchte die Leiche mit geübten Fingern, während Weil, sein Stellvertreter, sich vorsichtig zurückhielt. Er sah seinem Chef an, daß dieser nicht gerade erfreut war. Die Suche förderte aus den Taschen der durchweichten Leiche keinen einzigen Gegenstand zutage.

»Keine Möglichkeiten der Identifikation«, verkündete Krüger. »Das ist genau, was ich brauche. Ich seh' schon, was das für ein Tag wird . . .«

»Seine Uhr«, wandte Weil ein.

Er hob den linken Arm der Leiche an, der furchtbar schwer zu sein schien, und nahm die Armbanduhr vom Handgelenk. Sie hatte exakt um zwei Uhr aufgehört zu laufen. Er zeigte Krüger die Bodenplatte der Uhr, die aus Stahl gefertigt war und ein einziges eingraviertes Wort trug.

»Das hilft uns ja wirklich eine Menge«, kommentierte Krüger.

Das eingravierte Wort auf der Bodenplatte der Uhr war ›Stahl‹.

Auf ihrem Weg zum Spitzenmuseum gingen Martel und Claire Arm in Arm. Martel hatte das vorgeschlagen.

»Ein Pärchen fällt viel weniger auf«, sagte er dazu.

»Wenn Sie meinen . . .«

Er wurde zornig. »Gebrauchen Sie doch Ihren Kopf. Zwei Gruppen sind vielleicht auf der Jagd nach uns. Delta hat's auf mich abgesehen – also suchen sie nach einem einzelnen Mann. Arnolds Haufen ist hinter Ihnen her – und dementsprechend suchen die nach einer einzelnen jungen Frau . . .«

»Scheint ja ganz logisch«, sagte Claire Hofer unbeeindruckt.

»Und lassen Sie Ihre Gefühle aus dem Spiel, wenn's um Entscheidungen geht. Jetzt ist es elf Uhr dreißig; ich habe also noch fünfzehn Minuten, bevor ich in das Museum hinein muß. Auf dem Schild da steht Vadianstraße . . .«

»Das Spitzenmuseum ist am anderen Ende der Straße links – und ich bin nun mal entschlossen, mit Ihnen zu gehen . . .«

»Nicht hinein. Ich werde schon ein Plätzchen finden, wo ich Sie solange abstellen kann.«

»Ich bin doch kein dämliches Auto!« brauste sie auf. Sie spielte ihre Rolle gut, hielt seinen Arm eng umfaßt und blickte verliebt zu ihm auf, während sie die Worte zischte.

»Sie erwarten doch deutlich Schwierigkeiten – Sie haben den Schalldämpfer für Ihren Colt mitgenommen.«

»Ich hab' Ihnen doch gesagt – bisher war nichts so, wie es anfangs zu sein schien, und ich habe die Vermutung, daß sich dieser Trend fortsetzen wird.«

Während ihres Spazierganges hatte Martel bemerkt, daß St. Gallen in einer Art engem Tal oder Schlucht lag. An beiden Seiten stiegen die Hänge fast senkrecht auf, und auf dem engen Talgrund hatten sich die Einkaufsstraßen ausgebreitet. Höher an den Berghängen standen in Reihen übereinander solide aussehende Villen aus dem neunzehnten Jahrhundert.

Die Luft war wieder feucht, die Bewölkung dick, und irgendwie lag ein Gewitter in der Luft. Martel ging langsamer, als sie sich jetzt dem Eingang näherten, und seine Blicke schweiften hin und her auf der Suche nach einem Anzeichen von Gefahr. Wieder einmal hielt er vor einem Schaufenster an, aber niemand folgte seinem Beispiel. Augenscheinlich war die Gegend sauber – lediglich hübsch angezogene Hausfrauen auf Einkaufstour schlenderten die Bürgersteige entlang.

»Ein Polizeirevier gibt's hier wohl nicht in der Nähe?« murmelte Martel.

»Doch. In der Neugasse fünf gibt's die Stadtpolizei – die erste links von der Straße da drüben . . .«

»Großartig! Wie weit weg ist denn das zu Fuß – wenn man schnell geht? Die Schweizer Polizei kann ziemlich schnell laufen.«

»Kaum fünf Minuten – zwei mit dem Auto. Warum?«

»Ich möchte schon wissen, wo überall die Figuren auf dem Brett stehen – für alle Fälle.«

Sie liefen weiter und gingen das Gebäude, in dem sich das Museum befand, ganz entlang. Claire zeigte ihm, wo die Altstadt begann, und Martel sah sich nach einem geeigneten Café um, wo er Claire ›parken‹ konnte. Sie hätten sich mehr Zeit nehmen sollen.

»Na, schauen Sie sich um, wo Sie das Auto abstellen können?« fragte sie. »Ich für meinen Teil habe die ideale Stelle gefunden – und ich könnte den Eingang des Museums beobachten, ohne daß mich jemand sieht . . .«

Sie zeigte über die Straße hinüber zu einem orangefarbenen Häuschen, vor dessen Eingang ein schwarzer Vorhang weggezogen war. Man konnte einen Metallhocker erkennen. In großen Buchstaben standen über dem Häuschen die Worte PRONTOFOT PASSFOTOS.

»Ich setz' mich besser auf das Stühlchen, bevor jemand anders auf die Idee kommt, daß er Paßfotos gebrauchen könnte«, sagte sie. »Viel Glück. Und vergessen Sie nicht, mich abzuholen, wenn Sie wieder gehen. Ich möchte da nicht den ganzen Tag sitzen und Fotos von mir machen – die Ergebnisse sind meist sehr dürftig . . .«

Martel blickte sich noch ein letztes Mal um. Er wurde einfach das Gefühl nicht los, daß hier irgend etwas nicht stimmte. Schließlich zuckte er mit den Schultern, ging quer über die Vadianstraße, öffnete die Tür und trat ein.

Alles war genauso, wie Claire es ihm beschrieben hatte: eine breite Treppe, die in eine große Eingangshalle führte. Am Schalter gab er der Frau zwei Franken fünfzig für sein Kärtchen, und das war genau die Summe, die auf der Eintrittskarte stand, die Warner seinerzeit gekauft hatte. Während er das Kärtchen kaufte, hielt er sich ein Taschentuch vors Gesicht und putzte sich umständlich die Nase. Die Frau hinter dem Schalter würde niemals in der Lage sein, ihn später zu identifizieren.

Ein Schild verwies darauf, daß sich das Museum im ersten Stock befand. Martel mußte zwei längere Treppen hochsteigen. Sonst war niemand zu sehen, und die Atmosphäre war gedämpft. Er verstand jetzt, warum Warner diesen Ort und Zeitpunkt für sein Treffen mit dem Delta-Kontaktmann gewählt hatte. Draußen vor dem Eingang hatten die Öffnungszeiten gestanden. Zehn Uhr – zwölf und vierzehn Uhr – siebzehn Uhr. Wenn hier Punkt zwölf Uhr geschlossen wurde, wer würde dann schon um elf Uhr fünfzig hineingehen?

Linker Hand auf einem breiten Treppenabsatz führten Doppeltüren in die Bibliothek. Sehr leise und ohne daß seine weichbesohlten Schuhe irgendein Geräusch machten, ging Martel zur Bibliothek hinüber und drehte den Türgriff. Verschlossen. Er ging quer über den Treppenabsatz zurück und probierte es rasch an der Tür zum Spitzenmuseum. Die gab dem Druck seiner Hand nach. Er trat hinein, schloß die Türe hinter sich und sah sich in dem stillen Raum um.

Die Ausstellungsstücke befanden sich in gläsernen Vitrinen, die unregelmäßig in dem großen Raum verteilt waren, dessen Fenster auf die Vadianstraße hinaussahen. Martel untersuchte mehrere Nischen und war dann überzeugt, daß er sich allein in dem Raum befand. Jetzt nahm er den Colt aus dem Schulterhalfter und schraubte den Schalldämpfer auf. Seine Armbanduhr zeigte exakt elf Uhr fünfzig, als er sah, wie sich der Türgriff langsam drehte.

Den Colt hinter dem Rücken, schaute er fasziniert zu, wie der Türgriff seine Umdrehung vollendete und dann in seiner Position verblieb, ohne daß sich die Tür öffnete. Gut zehn Sekunden verstrichen, bevor die Tür langsam nach innen aufging. Martel trat zurück, so daß er nicht mehr gesehen werden konnte.

Da sein Hörvermögen ausgezeichnet war, vernahm er ein leises Klicken – offenbar war die Tür wieder geschlossen und der Türgriff losgelassen worden. Martel paßte auf seinen Atem auf. Die Stille in dem Museumsraum war so vollständig, daß eine Maus auf dem Parkettfußboden zu hören gewesen wäre.

Bald würde Stahl, der Ankömmling, in Sicht kommen. Überprüfte er gerade, ob er allein war? Oder spürte er –

wie Martel es an seiner Stelle gespürt haben würde –, daß noch jemand anderes da war, in diesem stillen Archiv der Zeitalter, diesem endgültigen Ruheplatz der Kunstfertigkeit von Menschen, die vor Jahrhunderten gestorben waren ...

Es war ein Mann in einem leichten Regenmantel und einem schicken Filzhut. Ganz geschäftsmäßig sah er aus. Genau wie die Männer, die der Rolls und der Mercedes in der Bahnhofstraße ausgespien hatten. Unter dem Hut ein bleiches, knochiges Gesicht. Am Aufschlag das silberne Dreieck, das Symbol von Delta.

In seiner rechten Hand hielt er einen Gegenstand, der aussah wie ein Filzschreiber – die nadelscharfe Lanzette war schon für den tödlichen Angriff vorgeschoben. Das Klicken, von dem Martel angenommen hatte, daß es vom Türgriff kam, war der Druck auf den Knopf gewesen, der die Klinge vorschnellen ließ.

Als er in Martels Gesichtsfeld trat, war der knochengesichtige Mann nur noch ein paar Fuß entfernt. Jetzt packte er sein Instrument fester, warf sich nach vorn und zielte mit dem spitzen Mordgerät auf Martels Magen. Der Engländer blieb genau, wo er war, riß den Colt hoch und feuerte in rascher Folge zweimal. Das leise Zischen der schallgedämpften Waffe klang in der Stille fast unnatürlich laut.

Das Knochengesicht ließ seine Waffe fallen und taumelte nach hinten. Der Mann krachte gegen eine der Vitrinen, prallte seitwärts ab, und sein Kopf brach durch eine der gläsernen Scheiben. Seine Beine gaben jetzt nach, und als er zu Boden sank, kratzten seine Absätze zwei parallele Spuren über das polierte Parkett. Ein Strom von Blut brach aus seinem zerrissenen Gesicht.

Martel konnte das Museum verlassen, ohne daß ihn jemand bemerkte. Als er am Schalter in der Eingangshalle vorbeihuschte, sah er kurz den Rücken einer Frau. Sie trank etwas aus einer Tasse. Den Colt hatte Martel sich in den Gürtel gesteckt. In weniger als fünf Minuten würde man schließen. Er mußte raus auf die Straße. Aber da draußen, da wurde er erwartet. Delta.

Sie hatten einen einzelnen zum Morden hineingeschickt, aber draußen würde Verstärkung bereitstehen. Die waren nun einmal gut organisiert. Martel hatte den Alptraum in der Bahnhofstraße nicht vergessen. Diese bösartige Tollkühnheit. Er öffnete die Tür und trat auf die Vadianstraße hinaus.

Alles schien normal. Die Hausfrauen kauften ein – einzeln oder zu zweit. Ein Mann in gelbem Ölzeug und mit einer Mütze, der irgendeine Art Sack hielt, stand auf der gegenüberliegenden Straßenseite an eine Wand gelehnt. Er versuchte, sich eine Zigarette anzuzünden, aber das Feuerzeug schien defekt zu sein.

Claire! Er mußte Claire schützen; mußte den Gegner von ihr weglocken. Eine Hofer – Lisbeth – war schließlich schon tot. Und da draußen waren die Burschen – irgendwo. Er konnte Claires Beine unter dem geschlossenen Vorhang in dem Fotohäuschen erkennen. Martel ging los.

Er teilte es sich sorgfältig ein. Damit er so auffällig wie möglich wirkte, nahm er zuerst seine Spitze heraus und steckte eine Zigarette hinein. Dann hielt er neben dem Fotohäuschen an und tat so, als ob er mit der Hand das Feuerzeug abschirmte, damit niemand sah, daß er redete. Der Vorhang war gerade einen Zentimeter zurückgezogen. Martel sah nicht hinein, während er sprach.

»Die haben einen Delta-Agenten geschickt. Liegt tot im Museum. Ich gebe Ihnen jetzt einen Befehl. Bleiben Sie, wo Sie sind, und geben Sie mir zwei Minuten, damit ich jeden, der sonst noch hier ist, weglocken kann. Und dann so schnell wie möglich zurück zum Metropol mit Ihnen, und warten Sie da, bis ich mit Ihnen Kontakt aufnehme . . .«

Dann ging Martel schon wieder weiter in Richtung Altstadt, wo die Straßen gepflastert, die Häuser alt und die

Läden neu waren. Er bog in die Neugasse ein und folgte deren Biegung.

Neugasse fünf, hatte Claire gesagt. Polizeirevier. Fünf Minuten zu Fuß; zwei oder weniger mit dem Auto. Er mußte den Gegner an sich binden; und das hier würde ihm mehr Zeit dazu geben. Direkt draußen vor dem Polizeigebäude würde die Schweinebande ja wohl schwerlich etwas unternehmen können. Martel hielt an und sah in ein Schaufenster.

Er hätte nicht sagen können, was da verkauft wurde. Sein ganzes Interesse galt den Spiegelbildern in der Scheibe. Der Mann im gelben Ölzeug hatte auf der anderen Seite der schmalen Straße angehalten. Er schaute sich ebenfalls ein Schaufenster an, hielt dabei seinen großen Tragebeutel und zog an seiner Zigarette. Das Feuerzeug hatte sofort wieder funktioniert, als Martel seinen Weg aufgenommen hatte.

Der Engländer sog an seiner Zigarettenspitze. Irgend etwas stimmte nicht. Und zwar nicht nur, daß es so aussah, als würde der Ölzeugbursche da drüben ihn beschatten. Martel nahm seinen Gang wieder auf. Stadtpolizei. Die Wände schmutziggrauer Putz, graue Fensterläden, die sich fast nicht von der Hauswand abhoben. Ein Torbogen, der gerade breit genug für ein einzelnes Auto war. Martel ging weiter.

Martel näherte sich jetzt einer etwas geräumigeren Kreuzung. Hier war, wie er sich von der Straßenkarte her, die ihm Claire gezeigt hatte, erinnerte, die Marktgasse. Er bog nach links ab und hielt inne, um seine halbgerauchte Zigarette mit dem Absatz auszutreten. Ein Zufall kam jetzt nicht mehr in Frage. Der Ölzeugmann stand wieder einmal vor einem Schaufenster. Etwas stimmte hier tatsächlich nicht.

Dabei war es eigentlich nicht zu übersehen: als Schatten ausgerechnet ein Mann, der so gekleidet war, daß man ihn auf Hunderten von Metern erkennen konnte. Es war, als ob er so verdächtig wie irgend möglich aussehen wollte – um Martels Aufmerksamkeit von jemand anderem abzulenken. Die Gefahr würde aus einer ganz anderen Richtung kommen.

Martel stand am Bordstein und sah einem merkwürdigen Spektakel zu. In der Straßenmitte stand ein kleiner Zug für Kinder, der aus hölzernen, seitlich offenen Wagen mit Stoffdächern bestand. Eine schwarze, goldbemalte Lokomotive war vorgespannt, und der Fahrer ließ gerade eine Pfeife ertönen und gab so das Abfahrtssignal. In jedem der Wagen saßen vier Kinder, jeweils zwei einander gegenüber. Einige Abteile waren auch von Müttern mit ihrem Nachwuchs besetzt. Dieser Spielstraßenbahnzug war eigentlich groß genug, um auch Erwachsene zu befördern.

Gelbes Ölzeug stand immer noch vor dem Schaufenster – ausgerechnet Damenunterwäsche, Himmel noch mal! Martel bewegte sich schnell, während der Zug mit den Kindern immer noch stand. Wenn es hier wieder nach dem Muster von Zürich rundgehen sollte, dann bitte nicht ausgerechnet in der Nähe der Kinder. Weiter vorn sah er ein buntbemaltes Gebäude, das Hotel Hecht – da, wo Claire ursprünglich abgestiegen war. Martel überquerte die Straße und konzentrierte seine Aufmerksamkeit auf alles und jedes, mit Ausnahme des Gelben Ölzeugs.

Der Angriff kam dann aus der Richtung, aus der er ihn am wenigsten erwartet hatte; und ausgerechnet in dem Moment, wo seine Aufmerksamkeit kurz durch einen erstaunlichen Anblick abgelenkt war. Martel ging gerade am Hotel Hecht vorbei, als er ein durchdringendes Kreischen hörte, die Pfeife des Kinderzuges. Der Zug war ihm treulich mitten durch den Verkehr gefolgt und wollte ebenfalls am Hotel Hecht vorbei. Im letzten Wagen an der ihm zugewandten Seite saß Claire Hofer.

Auf dem Sitz neben ihr saß ein kleines Mädchen, und zwei weitere Kinder saßen den beiden gegenüber. Alle guckten vom Hotel Hecht weg, und Claire blickte geradewegs in Martels Richtung. Unter ihrer Handtasche, die sie als Sichtschutz benutzte, hielt sie ihre Pistole. Der Lauf war auf Martel gerichtet.

Martel glaubte, jemanden links von sich zu spüren. Er wandte seinen Blick von dem Zug ab und sah eine großgewachsene Frau, die einen schwarzen Hut trug, von dem ein Schleier über ihr Gesicht herabfiel. Den linken Arm stützte sie auf ihrer Umhängetasche ab. Und in ihrer rechten Hand hielt sie einen nun schon vertrauten Gegenstand – die Waffe mit dem Nadelskalpell.

Das also war die Hintergrundfigur, von der Gelbes Ölzeug ihn so mühevoll abzulenken versucht hatte. Martel erinnerte sich undeutlich daran, daß er diese verschleierte, elegant gekleidete Dame in der Neugasse gesehen hatte, und für eine Sekunde war er verwirrt. Fast hätte er die Hand ausgestreckt, um sie abzuwehren – aber das hätte sehr leicht seine letzte Bewegung sein können, denn dann hätte sie ihm die Waffe in die Hand gestochen und ihm so das Gift in den Körper gejagt.

Irgendwo in der Nähe hatte ein Wagen eine Fehlzündung; ein Geräusch, das sofort von einer plärrenden Autohupe übertönt wurde. Die elegante Dame trug ein Kleid mit einem tiefen V-Ausschnitt, der einen üppigen Busen preisgab. Ein neues Ablenkungsmanöver? Da lehnte sie sich auf einmal zurück gegen die Hotelwand. Ein kleines Loch erschien mitten in dem V ihres Ausschnitts, so, als ob ein Chirurg es sorgfältig hineingebohrt hätte. Rot verbreitete sich aus dem Loch, während die Dame zu Boden sackte.

Im Fallen verrutschte ihr Hut, und der Schleier gab ihr Gesicht frei. Martel zwang sich dazu, weiterzugehen und sich seinen Pfad durch die verschiedenen Kauflustigen zu bahnen. Das Gesicht, das nun frei zu sehen war, war ihm keineswegs unbekannt. Es war die Totenmaske von Gisela Zobel.

Er sah, wie sich der Kinderzug weiter auf das Tor in der alten Stadtmauer zu bewegte, die irgendwann einmal dem Schutz der Bewohner gedient hatte. Claire war immer noch an Bord und hielt ihre geschlossene Handtasche umklammert, während sie mit dem Mädchen neben ihr plauderte. Die junge Schweizerin hatte Martels Möchtegern-Attentäterin von einem fahrenden Fahrzeug aus erschossen. Eine solche Treffsicherheit war Martel noch nie untergekommen. Gelbes Ölzeug aber war jetzt nicht mehr zu sehen, als sich vor dem Hotel Hecht langsam eine Menschengruppe um etwas versammelte, das da am Boden lag.

9. Kapitel
Donnerstag, 28. Mai

In ihrem Zimmer im Hotel Metropol saß Claire und zitterte vor Angst. Sie hielt sich in der Gewalt, bis Martel ein paar Minuten nach ihr eintraf. Jetzt setzte die Reaktion ein, und sie brach zusammen. Martel setzte sich auf die Bettkante neben sie, und Claire preßte ihr Gesicht an seine Brust und schluchzte leise. Martel streichelte ihr weiches, schwarzes Haar; er sagte nichts, bis er fühlte, daß das Zittern nachließ.

»Sie haben meine Befehle mißachtet«, meinte er herrisch. »Als Sie in der Fotokabine saßen, habe ich Ihnen doch gesagt, Sie sollten schleunigst hierher zurückkehren. Und das nächste, was ich dann sehe, ist, daß Sie in diesem Kinderzug da sitzen . . .«

»Habe ich Sie denn anschließend nicht da rausgepaukt, verdammt noch mal?« Sie wollte auffahren, aber dann hatte sie plötzlich einen bestürzten Gesichtsausdruck.

»Oh, mein Gott – wollen Sie damit sagen, daß die Frau überhaupt nicht versucht hat, Sie umzubringen – ich hab' doch das Messer in ihrer Hand gesehen . . .«

»Das war kein Messer – es war eine von diesen Giftspritzen, die Delta bevorzugt. Sie haben mir das Leben gerettet«, fuhr er in seinem normalen, ausdruckslosen Ton fort, der sie beruhigen sollte. »Wie zum Teufel sind Sie mir denn gefolgt? Ich hab' Sie überhaupt nicht gesehen . . .«

»Das wäre auch nicht im Sinne des Erfinders gewesen«, fuhr sie dazwischen und putzte sich die Nase. »Tut mir leid, wenn ich was verdorben habe.«

»Falls es ›etwas verderben‹ heißt, wenn man einen Mörder aus der Bewegung heraus präzise mit der Pistole locht, dann nur weiter so.«

»Habe ich sie getötet?«

»Sie haben das Schweinebiest getötet«, sagte er kurz. »Es war Gisela Zobel, das Mädchen, das sich im Centralhof für Lisbeth ausgegeben hat. Dem skrupellosen Einfallsreichtum von Delta scheint kein Ende gesetzt. Erst schicken sie einen Agenten zur Verabredung ins Museum – einen Mann, der das Delta-Zeichen an seinem Aufschlag trägt . . .«

»Sie haben ihn da liegen lassen – etwa mit dem Abzeichen?«

»Ja. Ist das nicht merkwürdig, die Art, wie die ihr Abzeichen herzeigen? Als ob irgend jemand wollte, daß sie ihre Rolle als Mörder laut ausposaunen. Langsam fange ich an, mir meinen Reim darauf zu machen. Und dann diese Reservemannschaft. Ein sehr auffälliger Mensch in gelber Segeljacke folgt mir, während eine sehr unauffällige Dame in Hut und Schleier auf ihre Chance wartet, mich zu erledigen . . .«

»Ich hab' die beiden durch den Ritz in meinem Vorhang entdeckt. Deshalb bin ich Ihnen nachgekommen . . .«

»Dem Himmel sei Dank, daß Sie's getan haben«, gab Martel zurück und stand auf. »Sie haben doch Ihren Koffer noch nicht ausgepackt?«

»Sie haben mir gesagt, ich sollte das nicht – bloß mein Kosmetikkram liegt jetzt im Badezimmer ...«

»Packen Sie's wieder ein. Wir nehmen den ersten Zug raus aus St. Gallen.«

»Warum denn? Ich bin völlig erschöpft ...« protestierte sie.

»Dann können Sie sich im Zug erholen. Wir fahren nach Osten, nach Bayern ...«

»Wozu denn die blödsinnige Hast?«

»Dann sollten Sie erst mal sehen, wie blödsinnig die Polizei hasten wird. Das dauert doch nicht mehr lange, dann merken die, daß sie's mit zwei Mordfällen zu tun haben. Zwei! Ich hab' den Mann im Museum auf dem Gewissen, und Sie haben die Frau vor dem Hotel Hecht umgelegt. Die werden dann jeden Zug, der St. Gallen verläßt, unter die Lupe nehmen ...«

Als sie dann in dem Erste-Klasse-Abteil saßen, das sie im Expreß nach München für sich alleine hatten, da gab es etwas, was Martel vor Claire verbarg. Er war nämlich überzeugt, daß sie sich jetzt erst in die wirklich gefährliche Gegend begaben – nach Bayern. Irgendwo in diesem landschaftlich so wunderschönen Teil Deutschlands hatte Delta sein Hauptquartier.

Die Schweiz, das neutralste, stabilste Staatengebilde Europas, war schon fast zur Todesfalle geworden. Aber die Gefahren, die in Zürich und St. Gallen gelauert hatten, waren gar nichts im Vergleich zu dem, was jetzt noch vor ihnen lag.

Als sie im Bahnhof von St. Gallen auf den Zug warteten, hatte Martel zweimal Tweed in London angerufen. Das war wieder einmal ein Vorteil der Schweiz: das vorzügliche Fernmeldesystem, das einem erlaubte, von jeder Telefonzelle aus ins Ausland anzurufen. Da war es so gut wie ausgeschlossen, daß jemand mithörte.

Martel hatte bei seinem Gespräch mit Tweed seine übliche Technik benutzt – er wußte ja, daß das Telefonat aufgezeichnet werden würde. Er hatte in einer Art Steno gesprochen – hatte einfach alles an Fakten durcheinander auf Tweed abgefeuert, jedes bißchen an Information, das er inzwischen aufgeschnappt hatte. Später würde Tweed, weit weg vom Schlachtfeld, die Informationsbrocken schon zu einer Art Muster zusammensetzen.

»Donnerstag hier«, sagte er, als er Tweed in der Leitung hatte und dieser auf Martels Identifizierung wartete.

»Zwei-acht spricht ...«

Es war Donnerstag, der achtundzwanzigste Mai. Martel benutzte den Wochentag, während Tweed damit antwortete, der wievielte Tag des Monats es war. Martel begann, seine Fakten herunterzuspulen.

»Delta sehr aktiv in der Schweiz ... Agenten tragen Bürokleidung ... Delta-Zeichen immer offen an den Aufschlägen ... Merkwürdig wenig Zusammenarbeit seitens der örtlichen Behörden ... Falsche Claire wartet im Centralhof; versucht mich umzubringen ... Verhaftet von falschem Arnold ... Hofer im Schrank gefesselt = Lisbeth Hofer ... Claires verblüffend ähnliche Schwester ... Lisbeth während Blutbad in der Bahnhofstraße gekidnappt ... Wiederhole, in der Bahnhofstraße ... Ferdy Arnold berichtet später, Leiche in der Limmat gefunden ... Nagel streitet jede Kenntnis der Ereignisse in der Bahnhofstraße ab ... Jetzt mit echter Claire Hofer in St. Gallen ... Fahre sofort mit ihr weiter, um Tatort von Warners Ermordung auszukundschaften ... Claire berichtet, Warner hat dreimal Unternehmen Krokodil genannt ... Irgendwas stimmt mit diesen Delta-Neonazis nicht ... Muß jetzt gehen ...«

»Moment mal!« Tweeds Stimme hatte einen dringlichen Klang. »Bayreuth meldet, daß Manfred bei Hof über die Grenze in die Bundesrepublik eingereist ist. Manfred – haben Sie das mitbekommen?«

»Um Gottes willen!«

Martel knallte den Hörer auf die Gabel, griff seine Reisetasche und rannte über den Bahnsteig zu der offenen Eisenbahnwagentür, von wo Claire ihn schon mit wilden Gesten heranwinkte. Er stieg ein, schlug die Tür hinter sich zu, als der Zug sich bereits bewegte, ließ die Reisetasche auf einen Sitz fallen und setzte sich.

Sogar am frühen Nachmittag war die Wohnung im dritten Stock der finsteren Münchener Mietskaserne so dämmrig, daß der Bewohner die Schreibtischlampe angeknipst hatte. Als er die Wohnung betreten hatte, klingelte gerade das Telefon. Seine behandschuhte Hand nahm den Hörer ab.

»Vinz – ich bin in Lindau ...«

»Wir sind hier«, antwortete Manfred in seiner sanften, ruhigen Stimme. »Rufen Sie an, um zu bestätigen, daß die Sache in St. Gallen einen befriedigenden Abschluß gefunden hat?«

»Bedauerlicherweise ist die Sache nicht zum Abschluß gekommen ...« Erwin Vinz mußte sich dazu zwingen, weiterzureden. »Kohler hat von dort aus berichtet ...«

»Und warum ist die Angelegenheit nicht zu Ende gebracht worden?«

»Der Mann von der Gegenseite war nicht zur Zusammenarbeit bereit ...« Vinz schwitzte, seine Achselhöhlen fühlten sich feucht an. »Und über zwei unserer Leute können wir nicht länger verfügen ...«

»Nicht länger verfügen?«

Manfred stellte seine Frage überdeutlich und gedehnt, so als habe er sich tatsächlich verhört. Eine Pause entstand. Das Licht der Schreibtischlampe wurde von den dunklen Gläsern von Manfreds Sonnenbrille reflektiert. In

Lindau nahm Vinz sich zusammen und setzte das Gespräch fort.

»Der Engländer sitzt inzwischen in einem Schnellzug nach München. Er muß etwa in einer halben Stunde hier eintreffen . . .«

»Das heißt also«, warf Manfred ganz sanft ein, »daß Sie alle Vorbereitungen getroffen haben, um in Lindau zu dem Herrn in den Zug zu steigen und die Angelegenheit voranzutreiben.« Jetzt war es an Manfred, zu zögern. »Ich hoffe doch, daß Sie sich darüber im klaren sind, daß die Sache endgültig abgewickelt sein muß, bevor der Zug München erreicht?«

»Ich habe alles persönlich in die Wege geleitet. Dachte mir nur, ich sollte mich mit Ihnen abstimmen . . .«

»Stimmen Sie alles mit mir ab, Vinz. Immer. Und danach wäre es eine Sache der Höflichkeit, daß Sie Herrn Reinhard Dietrich auf dem laufenden halten . . .«

»Ich werde über den weiteren Fortgang berichten . . .«

»Nun, man hat ja schon davon gehört, daß ein Fahrgast auch mal aus einem Zug gefallen ist«, schnurrte Manfred. »Den Erfolg werden Sie melden.«

Eingezwängt in seinem bayerischen Telefonhäuschen, wurde Erwin Vinz klar, daß Manfred die Verbindung unterbrochen hatte. Fluchend drückte er die Tür der Telefonzelle auf und eilte durch die grauen Nebelschwaden davon.

Die mittelalterliche Stadt Lindau – einstmals freie Reichsstadt – war im Nebel, der vom See heraufstieg, wie weggewischt. Die Altstadt ist ein Netz von kopfsteingepflasterten Straßen und Gäßchen, in das sich nachts nur die unerschrockensten Naturen begeben. Nicht, daß es dort normalerweise gefährlich wäre – Lindau hat fast nur gesetzestreue Bürger.

Kurz nach dem Telefonanruf bei Manfred kamen drei Wagen über die Straßenbrücke und hielten auf den Hauptbahnhof zu. Der Bahnhof gehört ja zu den Merkwürdigkeiten von Lindau. Die großen Schnellzüge von Zürich nach München machen hier den bewußten kleinen Umweg: Die Schienen führen über den Bahndamm zum Westteil der Insel. Die Züge halten dann am Hauptbahnhof, direkt neben dem Hafen.

Wer dort aus einem D-Zug aussteigt, muß durch den Zoll – hier werden auch die Pässe kontrolliert –, weil soeben die österreichisch-deutsche Grenze überschritten wurde. Wer aber einfach von Lindau nach München fahren will, muß nicht durch den Zoll – schließlich befindet er sich ja schon in Deutschland.

Diese Tatsache war bedeutungsvoll für die acht Männer, die jetzt unter der Führung von Vinz aus den Wagen stiegen und zum Hauptbahnhof hinübergingen. Die Chauffeure fuhren augenblicklich weiter. Alle waren wie Geschäftsleute angezogen, aber zwei von den acht Fahrgästen hatten Koffer in der Hand, in denen sich Uniformen befanden. Die würde man im Zug anziehen, sobald er sich aus Lindau heraus in Bewegung setzte.

Die Uniformen waren die eines Bundesbahn-Fahrkartenkontrolleurs und die eines deutschen Paßbeamten. Der letztere der Herren, der sich so rasch wie möglich durch den Zug bewegen würde und dabei zu erklären hatte, daß die Pässe kurz noch ein zweitesmal überprüft werden müßten, erwartete, Keith Martel ausfindig zu machen. Der Plan war einfach. Erwin Vinz, achtunddreißig Jahre alt, kleingewachsen, dünn und mit ständig etwas herabhängenden Augenlidern, leitete das ganze Exekutionskommando.

Vinz selbst würde die Uniform des Paßkontrolleurs tragen. Er würde das ›Ziel‹ ausmachen. Falls Martel allein in einem Abteil saß, würden vier Männer dort bei ihm eindringen, sobald der Zug seine volle Geschwindigkeit erreicht hatte. Dann würde Martel zur Tür geschleppt werden, und man würde ihn an die frische Luft befördern.

Die ganze Angelegenheit, so rechnete Vinz, würde weniger als zwanzig Sekunden in Anspruch nehmen.

Falls in Martels Abteil noch andere Mitreisende saßen, würde Vinz ihn bitten, in einer Paßangelegenheit kurz mit hinaus auf den Gang zu kommen. Und von da an würde alles weitergehen wie im ersten Fall. Vinz wußte, daß der fragliche Schnellzug an diesem Wochentag immer halb leer war.

Der Bahnsteig, an dem der Zug fällig war, lag verlassen, als die acht Männer einzeln auf ihn hinaustraten. Der Nebel ließ alles schemenhaft erscheinen, und die Männer wirkten wie Gespenster. Vinz sah auf die Uhr. Sie waren rechtzeitig zur Stelle. Der D-Zug war erst in zwanzig Minuten fällig.

10. Kapitel
Donnerstag, 28. Mai

»Lindau wird Ihnen gefallen, Keith«, sagte Claire, während Martel aus dem Abteilfenster des dahinsausenden Zuges hinaussah. »Eine der hübschesten Städte in ganz Deutschland . . .«

»Weiß ich doch.« Er war in Gedanken woanders. »Sobald wir können, möchte ich mit Erich Stoller von BND Kontakt aufnehmen – möchte ihn mal einen Blick hier draufwerfen lassen . . .«

Er schloß seine Reisetasche auf und nahm etwas heraus, das in ein Taschentuch eingewickelt war. Ein blaues glänzendes Röhrchen, fast wie ein Filzschreiber. Das Röhrchen hatte zwei Knöpfe: einen am oberen, einen am unteren Ende.

»Ich habe dieses kleine Spielzeug der Delta-Leute vom Boden des Spitzenmuseums aufgelesen, wo der Killer es fallen gelassen hat. Der eine Knopf läßt das Ministilett mit der Giftkanüle vorschnellen und zieht es bei Bedarf auch wieder zurück. Ich glaube, mit dem anderen Knopf wird dann das Gift injiziert. Genial ausgedacht – der Injektionsmechanismus kann mit der vollen Kraft der Handfläche bedient werden. Stollers Gerichtsmediziner werden uns erzählen können, was für eine Flüssigkeit die damit spritzen ...«

»Die Frau, die ich vor dem Hotel Hecht erschossen habe ...«

»Die hätte auch eins von diesen Dingern benutzt. Witzig in dem Zusammenhang, daß Reinhard Dietrich ausgerechnet ein Elektronikwerk besitzt – da hat er ja auch eine feinmechanische Abteilung ...«

»Wollen Sie damit sagen, er stellt diese scheußlichen Dinger her?«

»Worauf Sie sich verlassen können.« Martel legte die Waffe wieder in seine Reisetasche zurück und blickte wieder aus dem Fenster. Bis jetzt hatten da draußen grüne Äkker und die sanften Hügel der Schweiz gelegen – in einer der reizvollsten und am wenigsten bekannten Gegenden dieses Landes. Völlig abseits vom Touristenstrom.

Jetzt änderte sich die Landschaft. Sie rollten durch das flache Gelände dicht am Bodensee, das im kreisenden Nebel kaum zu erkennen war. Sie sahen wenig Anzeichen menschlicher Siedlungen, und die Gegend wirkte hier kahl und verlassen. Martel blickte hinaus, als könne ihm sonst irgend etwas Bedeutungsvolles entgehen.

»Das ist doch das Rheindelta hier?« fragte er.

»Ja. Wir überqueren den Rhein auf einer Brücke, kurz bevor er in den See fließt.«

Delta. Lag irgendeine Bedeutung in der geographischen Besonderheit des äußersten Ostende des Sees? Das Südufer gehörte mit Ausnahme der Enklave Konstanz zur Schweiz. Das Nordufer war deutsch. Aber ein Uferstreifen am östlichen Ende des Sees war österreichisch.

Martel korrigierte den Sitz seiner Hornbrille mit den

Fenstergläsern, die sein Aussehen verändern sollte. Er steckte sich eine Zigarette an, wobei er darauf achtgab, die Zigarettenspitze in der Tasche zu lassen. Wieder schien er in seine Gedankenwelt versunken.

»Bald sind wir in Lindau«, meinte Claire fröhlich und versuchte, Martel aus einer finsteren Stimmung zu holen. »Irgendwas müssen wir da doch entdecken – schließlich war es ...« Ihre Stimme schwankte, aber dann hatte sie sich wieder unter Kontrolle. »Warner ist hier zum letztenmal lebendig gesehen worden.«

»Außer, daß wir eine Station vorher aussteigen werden – in Bregenz in Österreich.«

»Warum denn?«

»Bregenz könnte wichtig sein. Und Delta wird bestimmt nicht vermuten, daß wir ausgerechnet dort aussteigen ...«

Hauptbahnhof, München ... Hauptbahnhof, Zürich ... Delta ... Centralhof ... Bregenz ... Washington, D.C., Clint Loomis ... Pullach, BND, Unternehmen Krokodil.

Das alles hatte Charles Warner in das kleine schwarze Notizbuch geschrieben, das er in seiner Geheimtasche verborgen gehalten hatte und das Erich Stoller vom BND bei der Leiche entdeckt und nach London geschickt hatte.

Bregenz.

Der D-Zug fuhr jetzt langsamer, und durch die Fenster im Gang erhaschte Claire einen Blick auf den Bodensee – eine weite Fläche von grauem, ruhigem Wasser. Der D-Zug hielt, aber als Martel am Ende des Wagens die Tür öffnete, sah er keinen Bahnsteig – also stiegen sie einfach auf den Schotter hinunter. Martel stellte die Reisetasche ab, nahm Claires Koffer an sich und hielt ihren Ellbogen, während die junge Frau die steile Stufe hinunterkletterte.

Sie zitterte leicht, als sie ihren Koffer wieder aufnahm, und dann machten sich die beiden auf den Weg über den Bahndamm zum Stationsgebäude, einem alten, einstöckigen Häuschen.

»Sie zittern ja . . .«

»Kommt vom Nebel«, sagte sie kurz.

Eine klamme Kälte schlug ihr feucht ins Gesicht, und Claire fühlte, wie sie durch ihren leichten Mantel drang. Sie hatte gelogen. Teilweise kam's vom Nebel – aber hauptsächlich war es die ganze Atmosphäre, die durch die grauen Schwaden nur noch verstärkt wurde. Nur hier und da war in dem Dunst etwas zu erkennen.

Direkt hinter Bregenz ragt der Pfänder auf, ein Gebirgszug mit dichtbewaldeten Hängen. Während sie zum Bahnhof hinübergingen, sah Claire, als der Nebel gerade zurückwich, Felswände aus Kalkstein, dann waren sie wieder verschwunden. Eine Bahnsteigsperre gab es nicht – die Fahrkarten waren schon im Zug kontrolliert worden. Die beiden stellten ihr Gepäck in einem Schließfach ab und gingen dann in die Stadt.

Bregenz schien verlassen wie an einem Sonntag. Eine Reihe von alten, kastenförmigen Gebäuden lag dem Bahnhof gegenüber. Martel hielt an, zog an seiner Zigarette und blickte sich um. Er wartete darauf, daß ihm etwas ungewöhnlich vorkam. Claire sah ihn an.

»Mit dieser Brille sehen Sie so gelehrt aus – die verändert tatsächlich Ihre ganze Erscheinung. Und Sie wirken beim Gehen auch irgendwie gewichtiger. Sie können sich verwandeln wie ein Chamäleon. Übrigens, was machen wir eigentlich hier?«

Er nahm zwei Fotos von Charles Warner aus der Tasche, die ihm Tweed gegeben hatte, bevor er das Gebäude am Park Crescent verlassen hatte. Eins davon reichte er Claire Hofer. Die blickte jetzt auf das Bild des Mannes, mit dem sie mehr als sechs Monate zusammen gearbeitet hatte; des Mannes, der auf dem See hinter ihnen so brutal ermordet worden war – nur eine kurze Strecke von dort entfernt, wo sie jetzt gerade standen.

»Wir sagen, daß wir nach einem Freund suchen – Warner«, sagte Martel. »Seine Frau ist schwer erkrankt, und wir vermuten, daß er hier irgendwo steckt. Wir kaufen uns einen Stadtplan, teilen uns die Stadt ein – und in zwei Stunden treffen wir uns dann wieder an einem vereinbarten Platz...«

»Klingt aber ziemlich hoffnungslos«, gab sie zum besten, während sie den Stadtplan ansahen, den sie an einem Kiosk gekauft hatten.

»Warner ist hiergewesen – schließlich hat er die Stadt in seinem Notizbuch erwähnt. Konzentrieren Sie sich auf alle Geschäfte, wo Zigaretten verkauft werden – Warner hat gequalmt wie ein Schlot. Er hatte eine starke Persönlichkeit und hat auf alle, mit denen er je gesprochen hat, einen starken Eindruck gemacht. So, und jetzt wollen wir mal sehen, wer von uns beiden wohin zu gehen hat. Zur Hälfte geht's hier um Beinarbeit...«

In der Münchener Wohnung klingelte das Telefon, und Manfred, der schon auf den Anruf wartete, nahm mit seiner behandschuhten Hand den Hörer ab. Es war Erwin Vinz. Manfred, der Risiken, die er einging, stets sorgfältig abschätzte, goß sich Mineralwasser ein, während er intensiv zuhörte.

»Ich bin hier im Münchener Hauptbahnhof«, begann Vinz, nachdem er sich identifiziert hatte. »Vor ein paar Minuten bin ich aus dem Zug gestiegen...«

Manfred wußte sofort, daß wieder mal etwas nicht stimmte. Vinz druckste herum, wollte nicht zur Sache kommen. Manfred spielte mal wieder sein altes Spielchen.

»Ausgezeichnet! Dann dürfen wir ja annehmen, daß alles geklappt hat. Verabredung eingehalten und Angelegenheit besiegelt?«

»Der Engländer war nicht im Zug. Daran besteht kein Zweifel – ich stehe selbst dafür gerade. Falls er tatsächlich in St. Gallen eingestiegen ist, dann muß er noch in der Schweiz, in Romanshorn oder St. Margarethen, wieder ausgestiegen sein.«

»Kohler hat gesehen, wie er in St. Gallen nach dem Einsteigen die Tür hinter sich zugezogen hat ...«

Manfreds Stimme klang sanft und höflich, er verbarg seinen wütenden Zorn. Unverschämt, wie Vinz mit seinem ›Falls‹ Zweifel an Kohlers Kompetenz geweckt hatte. Nicht daß der verdammte Kohler Manfred irgendwie am Herzen gelegen hätte – aber Vinz versuchte die Schuld von sich abzuwälzen, und das würde er nicht tolerieren.

»Kohler würde gewußt haben«, fuhr Manfred fort, »wenn unser Freund den Zug noch in der Schweiz wieder verlassen hätte ...« Manfred hielt es für unnötig, zu erklären, daß Kohler an jedem Schweizer Bahnhof Leute mit einer genauen Beschreibung von Martel gehabt haben würde. Er ließ Vinz weiter schwitzen.

»Ihr Bereich hat an der Schweizer Grenze angefangen. In Lindau sind Sie in den Zug gestiegen ...«

»Der Schweinekerl muß in Bregenz ausgestiegen sein«, warf Vinz ein. »Das war der einzige Bahnhof, den wir nicht abgedeckt hatten ...«

»Aha, den Sie nicht abgedeckt hatten ...«

Bregenz! Manfred packte den Hörer fester. Ihm paßte überhaupt nicht, daß Martel in Bregenz herumschnüffelte. Am liebsten hätte er Vinz angebrüllt, aber er mußte um jeden Preis verheimlichen, wie empfindlich die ganze Situation auf einmal geworden war.

»Innerhalb einer Stunde kann ich meine Leute in Bregenz haben«, erbot sich Vinz, den das Schweigen am anderen Ende der Leitung beunruhigte.

»Uns wäre es lieb, wenn Ihr Team die Verabredung mit dem Kunden bereits in einer halben Stunde halten könnte. Ich mache Sie persönlich dafür verantwortlich, daß Sie die Transaktion diesmal erfolgreich zu Ende bringen ...«

In der Telefonzelle im Münchener Hauptbahnhof wurde wieder geflucht. Wieder einmal hatte Manfred das Gespräch abrupt beendet. Und nun mußte Vinz seine Mannschaft rasch von München zum nächstgelegenen

Flugplatz bei Bregenz fliegen. Diesmal mußte es dem Engländer an den Kragen gehen.

Nachdem er den Anruf von Martel aus St. Gallen bekommen hatte, verließ Tweed in London das Büro und machte sich auf den Weg zu seiner Wohnung in Maida Vale. Mason, Howards neuer Stellvertreter, hatte versucht, ihn aufzuhalten. Hagerer und mit einem hungrigeren Ausdruck denn je, kam er gerade, als Tweed gehen wollte.

»Der Chef möchte gerne, daß Sie in sein Büro kommen, Sir. Er sagt, es ist äußerst wichtig ...«

»Ist es bei ihm doch immer. Ich spreche mit ihm, wenn ich zurückkomme.«

Tweed nahm dann ein Taxi zu seiner Wohnung. Er hatte Miß McNeil bei sich, und sie hatte in ihrem großen Umhängesack das Tonband mit Martels Telefongespräch versteckt. Im Taxi stellte Tweed seine Frage.

»Dieser Neue, Mason – taugt der was?«

»Als Leibwächter wäre er hervorragend«, gab die McNeil in ihrem schottischen Akzent zurück. »Er ist Experte in Judo und Karate. Ein hervorragender Schütze mit der Pistole. Die Spezialabteilung war glücklich, daß Howard ihn genommen hat.«

»Warum?«

Miß McNeil hatte ein feines Ohr für die Gerüchteküche. Vielleicht erfuhr sie soviel, weil sie stets konzentriert und mit anscheinend unendlicher Geduld zuhören konnte.

»Der war ihnen zu gewalttätig – hat jedem Verdächtigen gleich ein paar Beulen verpaßt. Und ich fürchte, es hat dann ein paar Beulen zuviel gegeben.«

In der Wohnung spielte Miß McNeil dann das Tonband mit Martels Telefongespräch ab. Das Abspielgerät stand hier immer zur Verfügung, und McNeil saß daneben und machte in einer säuberlichen runden Handschrift Notizen. Sie hatte sich erboten, Tee zu machen, aber Tweed bestand darauf, daß nur er selbst ihn so machen könne, wie er ihn haben wolle. Typisch der ewige Junggeselle, dachte Miß McNeil, während sie weiter ihre Notizen machte. Tweed kam mit dem Teetablett, als das Band gerade abgelaufen war.

In der Wohnung, in der er lebte, mußte Tweed selbst für Sauberkeit sorgen. Er hatte eine Sizilianerin als Zugehfrau, die sich oft darüber beklagte, daß sie ›eine Analphabetin in drei Sprachen‹ sei. Im Erdgeschoß gab es ein Restaurant. In diesem Gebäude führte Tweed, der nun allein stand, seine selbstgenügsame Existenz. Er goß den Tee ein und fragte Miß McNeil: »Haben Sie etwas Interessantes in Martels Angaben gefunden?«

»Zwei Dinge. Delta scheint in furchtbarer Eile zu sein – so, als ob es da einen äußersten Termin gäbe. Blutbad. Das ist für einen Bericht von Martel eine starke Wortwahl. Und dann noch etwas – irgendwas stimmt nicht mit den Delta-Neonazis. Ich verstehe nicht genau, worauf er da hinaus will . . .«

»McNeil, Sie sind ein Schatz. Sie legen den Finger immer genau in die Wunde. Ich fühl' mich direkt überflüssig. Ich bin mir ziemlich sicher, daß es sich bei dem Termin um den zweiten Juni handelt, wenn der Gipfelexpreß von Paris abfährt – denn morgens wird er dann durch Bayern fahren . . .«

»Sie denken dabei an die bayerischen Landtagswahlen?«

»Genau. Drei große Parteien, die den Ministerpräsidenten stellen wollen. Dietrichs Delta – die Neonazis –, die Regierungspartei unter Kanzler Kurt Langer und der linke Verein unter Tofler, dem angeblichen Exkommunisten. Wenn irgend etwas Dramatisches am dritten Juni, dem Tag vor den Wahlen, passiert, dann könnte das einen Linksrutsch zu Toflers Gunsten bedeuten. Für die westliche Welt wäre das ein böser Schlag.«

»Was könnte sich denn Dramatisches ereignen?«

»Wenn ich das nur wüßte.« Tweed schlürfte seinen Tee.

»Ich bin überzeugt, Delta hat da einen geheimen Plan – deshalb diese außerordentliche Hektik, mit der sie jeden aus dem Weg befördern wollen, der sich mit ihnen befaßt.«

»Und was soll es bedeuten, daß mit denen ›irgend etwas nicht stimmt‹?«

Miß McNeil saß ruhig da, und Tweed blickte wie eine Eule durch seine Brillengläser ins Weite. Er war, das wußte Miß McNeil, durchaus zu plötzlichen Eingebungen fähig – aus diesem Durcheinander, das Martel da angeliefert hatte, war Tweed imstande, einen regelrechten Blick in die Zukunft zu tun.

»Für mich fühlt es sich so an, als ob noch innerhalb von Delta eine wiederum abgesonderte Zelle operiert«, sagte Tweed langsam. »Das ist das einzige, was erklären könnte, warum sie sich in letzter Zeit so verhalten, als ob sie die Wahlen absichtlich verlieren wollten . . .«

»Also da komme ich jetzt nicht mehr mit«, bemerkte Miß McNeil schroff.

»Wo sind Sie beide gewesen?«

Howard wartete bereits, als Miß McNeil und Tweed schließlich zu ihm ins Büro kamen. Er stand steif aufgerichtet vor dem Fenster – sein eigenes Gesicht lag so im Schatten, während die Neuankömmlinge von dem vollen Sonnenlicht getroffen wurden, das durch die geschwungenen Fenster hereindrang. Howard hielt seine Hände über dem Bauch verschränkt, der obendrein mit einer doppelten, goldenen Uhrkette verziert war.

Aha, zu kämpfen aufgelegt, dachte sich Tweed, als Howard sich dann hinter seinen Schreibtisch setzte. Dieser Typ Mensch war ihm nur zu gut bekannt. Ein Minderwertigkeitskomplex, riesig wie der Mount Everest – und da mußte dann immer fleißig Autorität hervorgekehrt werden, damit der Betreffende sicher war, daß er überhaupt welche besaß.

»Sind im Regent's Park spazierengegangen«, log Tweed leichthin.

»Arbeiten Sie an einem Problem?« beharrte Howard.

Der Chef der SIS war nervös, stellte Miß McNeil fest. Sie hatte die leere Tasche umgehängt, in der sie Martels Tonband in die Wohnung in Maida Vale geschmuggelt hatte.

»Was haben Sie denn da in Ihrer Tasche?« wollte Howard wissen.

»Käsebrote – Quark, wenn Sie es genau wissen wollen«, warf Tweed dazwischen. »Ist besser als dieser künstliche Weißkäse – mehr Geschmack, wissen Sie ...«

»Ob Sie sich freundlicherweise irgendwo anders nützlich machen könnten?« wandte sich Howard an Miß McNeil, die auf dem Absatz kehrtmachte und das Zimmer verließ. Die Tasche behielt sie bei sich.

»Haben Sie etwas von Keith Martel gehört?« bellte Howard, sobald die beiden allein waren.

»Ich dachte, Sie hätten genug damit zu tun, für die Sicherheit der Premierministerin während der Reise zur Gipfelkonferenz in Wien zu sorgen. Warum fragen Sie dann nach Martel ...«

»Weil es eine Verschwendung von Personal ist. Gerade jetzt, wo ich jeden einzelnen Mann gebrauchen könnte ...«

»Das sagten Sie bereits. Wenn Sie's ganz amtlich machen wollen, dann senden Sie mir doch eine Aktennotiz, und die zeige ich dann dem Minister.« Tweed ließ seine Brille auf die Nasenspitze hinuntergleiten und sah seinen Besucher über den Brillenrand hinweg an – eine Geste, die, wie er wußte, Howard zur Weißglut trieb. »Ganz nebenbei, ich nehme doch an, daß sich die üblichen Leute um die Sicherheit der anderen Teilnehmer kümmern – die Präsidenten von Amerika und Frankreich und den deutschen Bundeskanzler?«

»Tim O'Meara in Washington, Alan Flandres in Paris

und Erich Stoller in Bonn. Waren Sie darüber tatsächlich im Zweifel?«

»Eigentlich nicht. Ich wollte nur wissen, ob all meine alten Freunde ihre Jobs noch haben.« Tweed sah seinen Vorgesetzten an. »So viele beißen jetzt neuerdings ins Gras, von denen man es am wenigsten erwartet . . .«

Mit zusammengekniffenem Mund verließ Howard das Büro, seine Bewegungen waren so steif wie bei einem Offizier während der Parade. Noch tagelang würde er wegen des Wortwechsels schäumen, der gerade stattgefunden hatte, und Tweed aus dem Weg gehen; und genau dies hatte Tweed bezweckt.

Miß McNeil steckte ihren Kopf durch die Tür. »Ist er weg?«

»Ja, meine Gute, der britische Löwe hat gebrüllt. Die Luft ist wieder rein.« Er schlug sein Exemplar des Times-Atlas auf. »Krokodil – ich befürchte, ich habe die Auflösung zu diesem Codewort direkt vor der Nase . . .«

Erwin Vinz holte seine Mörderbande auf dem schnellsten Weg in das Operationsgebiet – Bregenz. Von einem kleinen privaten Flugplatz außerhalb von München brachte er seine Männer zu einem anderen Flugplatz in der Nähe von Lindau. Hier setzten sich die acht Männer in drei bereitstehende Autos und wurden in voller Fahrt zur Grenze und dann weiter nach Bregenz gebracht. Es war drei Uhr nachts, als sie alle vor dem Bahnhof hielten.

»Ich denke, Martel ist hier aus dem Zug gestiegen«, sagte Vinz zu den beiden, die hinten bei ihm im Wagen saßen. »Könnte gut sein, daß er noch hier in Bregenz ist. Sie bleiben also hier. Wir anderen werden uns die Stadt aufteilen und einfach so lange herumfahren, bis wir ihn gefunden haben . . .«

»Und wenn wir sehen, wie er wieder in einen Zug will?« fragte einer der beiden Männer, während sie alle aus dem Wagen stiegen.

»Dann hat er eben einen tödlichen Unfall!« Vinz war wütend über die Blödheit des Mannes. »Was auch immer passiert, er darf nicht in München ankommen . . .«

Vinz hielt mit den übrigen fünf Männern eine kurze Konferenz ab. »Für den, der Martel entdeckt, liegen zwanzigtausend Mark bereit. Sie alle haben die Beschreibung. Sagen Sie den Leuten, daß er aus einer Heilanstalt ausgebrochen ist und daß er eine Waffe hat. In zwei Stunden von jetzt an treffen wir uns wieder hier. Und jetzt kehrt das Unterste zuoberst!«

Bei seinem zwölften Versuch nahm Martel die Spur wieder auf, die Charles Warner in Bregenz hinterlassen hatte. Der Kontaktmann war ein Buchhändler, ein Österreicher Anfang der Vierzig, der seinen Laden am Ende der Kaiserstraße hatte. Draußen vor dem Laden befand sich die Fußgängerunterführung, wo Martel Claire in einer halben Stunde treffen wollte. Er sagte sein Sprüchlein, zeigte Warners Fotografie und wurde mit einer positiven Reaktion belohnt.

»Ihren Freund da kenne ich. Die Trauer scheint sein ständiger Begleiter zu sein . . .«

»Trauer?« fragte Martel vorsichtig und wartete.

»Ja. Sein engster Freund ist während seines Aufenthaltes hier gestorben. Es war in der Zeit, als die Franzosen Vorarlberg und Tirol besetzt hielten – gleich nach dem Krieg. Sein Freund liegt hier, und er wollte das Grab besuchen.«

»Ich verstehe.«

Martel verstand überhaupt nichts und war vorsichtig genug, so wenig wie möglich zu sagen. Der Buchhändler unterbrach sich, um einen Kunden zu bedienen, und fuhr dann fort.

»In Bregenz gibt es zwei katholische und einen protestantischen Friedhof. Der Freund dieses Mannes hier hat seinen Glauben auf merkwürdige Weise gewechselt. Als

Protestant geboren, ist er zum katholischen Glauben konvertiert. Und später ist er dann wohl zum Atheisten geworden. Wegen dieser merkwürdigen Umstände ist der Mann auf dem Foto damals in meinen Laden gekommen und hat nach allen drei Friedhöfen gefragt. Ich hab' sie ihm auf dem Stadtplan gezeigt.«

»Wie lange ist das her, daß er sie besucht hat?«

»Weniger als eine Woche. Letzten Samstag...«

»Können Sie mir einen Stadtplan verkaufen und die drei Friedhöfe noch mal ankreuzen?«

Der Buchhändler nahm einen Plan heraus und kreiste die Stellen ein. »Da haben wir die Blumenstraße, das Vorkloster – beide katholisch. Und das hier, das ist der protestantische Friedhof...«

Claire wartete schon, als Martel die Stufen in die verlassene Fußgängerunterführung hinunterstieg. Claire Hofer stand da und blickte durch ein beleuchtetes Fenster, das in die Mauer eingelassen war. Ausgestellt waren die Ergebnisse einer archäologischen Grabung, welche die römische Stadt zeigten, die einmal an der Stelle des heutigen Bregenz gestanden hatte.

»Gespenstisch, nicht wahr?« bemerkte Claire und schauderte scherzhaft. »All die unendlichen Jahrhunderte. Und heute, bei dem Nebel, kommt mir die ganze Stadt gespenstisch vor – und obendrein hab' ich nicht einmal eine Spur von Warner gefunden...«

»Letzten Samstag ist er keine dreißig Meter von hier entfernt gewesen...«

Claire hörte zu, während Martel von seinem Gespräch mit dem hilfreichen Buchhändler erzählte. Als er zu Ende war, runzelte Claire die Stirn. »Ich verstehe nicht, was das soll...«

»Ich doch auch nicht – bis auf das eine, das nun wohl unverrückbar feststeht. Letzten Samstag ist er hiergewesen. Am Sonntag ist er dann draußen auf dem See ermordet worden. Was auch immer er in Bregenz herausgefunden hat, möglicherweise hat es den Mord ausgelöst ...«

»Aber, zum Kuckuck noch mal, wann war denn Österreich von den Franzosen besetzt? Das muß doch schon fast vierzig Jahre her sein ...«

»Nicht unbedingt. Die alliierte Besetzung Österreichs endete am 15. Mai 1955 – dann kann also alles, was Warner ausgegraben hat, noch mit diesem späten Datum zu tun haben ...«

»Trotzdem, ein gutes Vierteljahrhundert ist auch das schon her«, beharrte Claire. »Was kann denn damals passiert sein, das heute noch so wichtig ist?«

»Ich schwöre drauf, daß ich's nicht weiß – und deshalb müssen wir's ja herausfinden. Mit dieser Geschichte von seinem engsten Freund, der da gestorben sein soll, da hat er dem Buchhändler ja wohl etwas vorgesponnen; aber irgend etwas Konkretes muß dahinterstecken. Die Zeit der französischen Besetzung – irgendeine Bedeutung muß das haben ...«

»Aber wie finden wir das heraus, wo fangen wir an?«

»Ich hab' eine Autovermietung gesehen, da mieten wir uns erst einmal einen Wagen. Dann fahren wir die drei Friedhöfe ab, nach denen Warner gefragt hat. Da muß das Geheimnis begraben sein, ganz wörtlich ...«

Erwin Vinz betrat den Buchladen in der Kaiserstraße. Obwohl er später in Bregenz eingetroffen war, hatte er, ohne es zu wissen, einen Vorteil vor Martel: Sechs Männer suchten die Stadt ab. Er sprach zuerst mit einer jungen Verkäuferin und fragte dann nach dem Geschäftsinhaber. Das Mädchen ging nach oben, um den Buchhändler zu holen, der vorher mit Martel gesprochen hatte.

»Ich komme besser mal runter und sehe mir den Burschen an«, entschloß sich der Buchhändler.

Im Erdgeschoß hörte er genau zu, während Vinz seine Geschichte erzählte. Die Beschreibung, die Vinz gab, war deutlich genug. Dachte man sich die Brille weg und fügte eine Zigarettenspitze hinzu, dann erkannte der Buchhändler in der Beschreibung exakt seinen Besucher von vorhin. Der Österreicher sah Vinz an und ließ ihn weiterreden.

»Und Sie behaupten, der Kerl ist aus einer Irrenanstalt ausgebrochen?« fragte er schließlich.

»Ja. Ein gewalttätiger Geisteskranker. Bedauerlicherweise ist er in der Lage, ganz normal und sanft wie ein Lamm zu erscheinen, und das macht ihn nur noch gefährlicher. Haben Sie den Mann gesehen?«

11. Kapitel
Donnerstag, 28. Mai

REQUIESCAT IN PACE· ALOIS STOHR 1930/1953
MÖGE ER IN FRIEDEN RUHEN ...

Auf dem nebelverhangenen Friedhof an der Blumenstraße starrten drei Menschen auf den Grabstein. Martel und Claire waren verblüfft. Alois Stohr? Der Name bedeutete ihnen beiden nichts. Martel drehte sich zu dem Totengräber um, der sie an diese Stelle geführt hatte. Noch einmal zeigte er ihm die Fotografie von Warner.

»Sehen Sie noch mal hin, sind Sie sich ganz sicher, daß dies hier der Mann war, der genau das Grab hier sehen wollte?«

Der alte Totengräber trug eine uralte Mütze, und von seinem Schnurrbart tropfte die Feuchtigkeit, die aus den grauen Nebelschwaden kondensiert war, welche um die Gräber wirbelten. Soweit Martel es sehen konnte – und weit sehen konnte er keineswegs –, waren sie die einzigen Besucher. Es war kein Tag, der zu solchen Besuchen ermutigte.

»Das ist er.«

Der Totengräber, bemerkte Martel, war sich genauso sicher wie der Buchhändler, nachdem er das Foto gesehen hatte. Und er hatte Warner schon erkannt, bevor Martel ihm das kleine Bündel Schillingnoten gegeben hatte.

»Wann ist er hiergewesen?« fragte Martel.

»Letzte Woche. Samstag.«

Das hatte der Buchhändler auch gesagt. Es war zum Wahnsinnigwerden. Martel hatte keinen Zweifel mehr daran, daß Charles Warner kurz vor seiner Ermordung dieses spezielle Grab besucht hatte. Aber wo war das verbindende Glied – was machte Alois Stohr so wichtig, daß seine Ruhe unter keinen Umständen gestört werden durfte?

»Hat er etwas gesagt, irgend etwas?« wollte Martel wissen.

»Hat mich einfach nur gefragt, ob ich ihm das Grab von Alois Stohr zeigen könnte . . .«

Von ihrem Platz neben dem Grab her hatte Claire den Eindruck, daß sich der Totengräber vor Martels drängenden Fragen in sein Schneckenhaus zurückzog. Der Engländer fuhr fort.

»Hat er Stohrs Sterbetag angegeben?«

»Er hat nur gesagt, daß es gegen Ende der französischen Besatzungszeit gewesen ist . . .«

Warner hatte sich dem Buchhändler in der Kaiserstraße gegenüber ähnlich ausgedrückt. Es war während der Zeit der Besatzung durch das französische Militär . . . Warum hatte er den Zeitpunkt so umschrieben, anstatt ein ungefähres Datum anzugeben?

Claire verhielt sich ruhig, sah den Totengräber an, und als sie dann plötzlich sprach, klang ihre Stimme so zuversichtlich, als wisse sie die Antwort bereits im voraus.

»Wer besucht das Grab denn sonst?«

»Weiß nicht, ob ich über so was überhaupt reden sollte«, sagte der alte Bursche nach einer langen Pause. Martel hielt fast den Atem an. Claire hatte mit weiblicher

Intuition ihren Finger auf etwas gelegt, von dem der Mann sonst nichts erzählt haben würde. Sie drängte weiter nach.

»Mein Bekannter hier hat Ihnen ein großzügiges Trinkgeld gegeben, und da möchten wir, daß Sie offen mit uns sind. Wer kommt sonst noch her?«

»Ihren Namen kenne ich nicht. Sie kommt jede Woche. Immer am Mittwoch und immer um acht Uhr morgens. Sie bringt einen Blumenstrauß, steht ein paar Minuten lang da, und dann geht sie wieder...«

»Wie kommt sie denn her?« insistierte Claire. »Mit dem Auto? Mit dem Taxi?«

»Sie kommt mit dem Taxi – und das wartet, bis sie wieder abfährt...«

»Und wie sieht sie aus? Haarfarbe? Ihr Alter – wenigstens ungefähr. Wie ist sie gekleidet? Eher bescheiden? Oder teuer?«

Der Schwall von Fragen provozierte erneut den Widerstand des Totengräbers gegen weitere Auskünfte. Er gab Martel Warners Fotografie zurück und nahm seine Schaufel vom Boden auf; er wollte gehen.

»Teuer – ihre Sachen...«

»Haarfarbe?« fuhr Claire unerbittlich fort.

»Kann ich nicht sagen – sie hat immer ein Kopftuch an...«

»Und dasselbe haben Sie dem Mann hier auf dem Foto bei seinem Besuch auch gesagt?« fragte Martel.

Der Totengräber, der seine Schaufel über die Schulter gelegt hatte wie ein Soldat sein Gewehr, ging bereits. Er verschwand im Nebel zwischen den Grabsteinen. Seine Stimme klang geisterhaft aus dem Dunst.

»Ja. Und ich glaube auch, er hat herausgefunden, wo sie wohnt. Während sie am Grab stand, habe ich gesehen, wie er mit dem Taxifahrer gesprochen hat. Hat ihm Geld gegeben...«

»Haben Sie diesen Mann schon einmal gesehen?«

Der Buchhändler, der mit Martel gesprochen hatte, berichtigte den Sitz seiner Brille und blickte Erwin Vinz an. Er ließ sich Zeit mit seiner Antwort.

»Haben Sie irgendeine Art Ausweis dabei?« wollte er wissen.

»Dann haben Sie also den ausgebrochenen Patienten gesehen?« drängte Vinz begierig nach. »Und was den Ausweis angeht – wir sind nicht von der Polizei, wir tragen keine Dienstmarke mit uns herum ...«

»Die Beschreibung, die Sie da gegeben haben, sagt mir gar nichts. Ich habe niemals jemanden hier im Laden gehabt, der diesem Mann auch nur entfernt ähnlich sah. Und wenn Sie mich jetzt entschuldigen wollen, ich muß mich um mein Geschäft kümmern ...«

Der Buchhändler sah zu, wie Vinz mit hängenden Schultern und zusammengepreßtem Mund hinausging. Draußen stieg der Besucher in einen Wagen, sagte etwas zu dem Fahrer, und das Fahrzeug verschwand. Die Verkäuferin sagte zögernd: »Also, ich glaube, der Mann war heute morgen hier ...«

»Aber Sie glauben doch nicht, daß der Bursche, der eben da war, irgend etwas mit einer Irrenanstalt zu tun hat?« In der Stimme des Österreichers lag ein Vorwurf.

»Und außerdem war er Deutscher. Und wenn seine Geschichte gestimmt hätte, dann hätte er sich doch an die Behörden gewandt ...«

»Dann glauben Sie, er war ...«

»Er hat das Blaue vom Himmel heruntergelogen. Sie haben soeben einen Neonazi kennengelernt – ich kenne die Sorte, der hätte sein Abzeichen am Aufschlag überhaupt nicht gebraucht. Wenn er nochmal wiederkommt, dann sagen Sie mir Bescheid, und ich rufe die Polizei ...«

Die Sonne hatte inzwischen den Nebel weggebrannt, und es war klarer Nachmittag geworden. Bei seiner Ankunft hatte Vinz zwei Männer zur Überwachung des Bahnhofs zurückgelassen; und so war eine Mannschaft von sechs geblieben – ihn selbst eingeschlossen. Die hatte er dann zu zwei und zwei aufgeteilt. Jedes Pärchen hatte einen der drei Wagen genommen und war den ihm zugewiesenen Sektor abgefahren.

Eines der Zweierteams fuhr gerade die Gallusstraße entlang, eine reiche Wohngegend – genau in dem Moment, als Vinz seinen vergeblichen Besuch im Buchladen machte. Vinz' Männer hatten gerade wieder einmal in einem Hotel nachgefragt und sich erneut eine Abfuhr geholt. Der Wagen, der ihnen jetzt auf der Gallusstraße entgegenkam, war mit Martel und Claire besetzt. Beide Wagen fuhren mit mäßiger Geschwindigkeit, und der Abstand zwischen beiden wurde immer enger.

Vinz' Leute, in einem BMW, hielten ihre Geschwindigkeit niedrig, so daß sie die Bürgersteige nach irgendeinem Anzeichen von Martel absuchen konnten. Claire steuerte den gemieteten Audi langsam durch die ihr unbekannte Gegend, während Martel vom Beifahrersitz her ihr mit Hilfe eines Stadtplanes Anweisungen gab.

»Damit wir nicht am Bahnhof vorbei müssen, biegen wir am Ende der Straße . . .«

»O Gott, Keith! Da, in dem BMW, der uns entgegenkommt. Ich habe am Aufschlag des Mannes auf dem Beifahrersitz etwas blitzen sehen. Ich bin sicher, daß es ein Abzeichen war. Delta . . .«

»Bleib weg vom Gas, schau nicht hin. Mach genau weiter wie bisher – fahr einfach geradeaus.«

»Die wissen bestimmt, wie Sie aussehen.«

»Ja, dann viel Glück!«

Der Mann auf dem Beifahrersitz des BMW hatte eine Nullacht-Pistole in seinem Schulterhalfter stecken. Er sah sich die beiden in dem vorüberfahrenden Audi an. Es war ihm zur zweiten Natur geworden, möglichst nichts zu übersehen. In sein Gehirn eingebrannt hatte er Martels genaue Beschreibung, so wie sie jedem einzelnen Mann des Kommandos gegeben worden war.

In der Gallusstraße war es ungewöhnlich ruhig für die Tageszeit. Claire merkte auf einmal, wie krampfhaft sie das Steuerrad festhielt, und sie zwang sich, sich zu entspannen – vor allen Dingen wollte sie es vermeiden, den Fahrer des BMW anzusehen, der inzwischen seine Scheibe heruntergelassen hatte, damit der Beifahrer freies Schußfeld hatte.

»Ganz ruhig jetzt . . .!«

Martel sprach leise – seine Lippen bewegten sich kaum, während er den Kopf immer noch auf den Stadtplan vor sich heruntergebeugt hielt. Die beiden Wagen waren jetzt auf gleicher Höhe. Der Beifahrer in dem BMW blickte den Mann neben der jungen Fahrerin fest an. Und dann entfernten sich die beiden Autos wieder voneinander. –

»War irgend etwas mit dem Audi?« fragte der Mann hinter dem Steuer.

»Nein, ich wollt's nur genau wissen. Sah ihm überhaupt nicht ähnlich . . .« –

Am Ende der Gallusstraße dirigierte Martel Claire so, daß sie sich sowohl vom See als auch vom Bahnhof fernhielten. Claire stieß einen erleichterten Seufzer aus.

»Das hätten wir geschafft«, bemerkte er. »Ich frage mich, wie die so schnell hierhergekommen sind . . .«

»Dann waren die also von Delta . . .«

»Ich habe die Anstecknadeln aus dem Augenwinkel erkannt, als sie neben uns waren. Und für alle Fälle war ich vorbereitet . . .« Er hob eine Ecke des Stadtplanes an, und Claire sah, wie er mit der rechten Hand den Griff seines Fünfundvierzigercolts umklammert hielt. »Eine falsche Bewegung, und ich hätte die beiden weggepustet. Ich hätte ja schießen können, ohne andere zu gefährden. Aber wie sind Sie darauf gekommen, daß die mich erkennen könnten?«

Claire blickte zu ihm hinüber. Er trug einen Tirolerhut mit angesteckter Hahnenfeder, den er gekauft hatte, während sie den Audi gemietet hatte. Zwischen die Zähne geklemmt hielt er eine große scheußliche Pfeife, die er in einem anderen Laden erstanden hatte. Hoch auf seiner Nase saß eine dicke Hornbrille. Der Gegensatz zu seinem normalen Aussehen mit der keß im Mundwinkel gehaltenen Zigarettenspitze war vollständig.

»Eigentlich«, sagte sie, »bin ich ja dämlich, daß ich nicht Ihre Zuversicht besitze ...«

»Sie haben sich völlig korrekt verhalten«, sagte Martel schnell. »An dem Tag, an dem Sie in so einer Situation nicht mehr nervös werden, hat wahrscheinlich Ihr letztes Stündlein geschlagen. So, aber jetzt los in Richtung Grenze und zum nächsten Hexenkessel – nach Lindau.«

Im Laufe des Spätnachmittags rief Vinz von Bregenz aus Reinhard Dietrich an. Der Mann war erschöpft. Und seine Leute genauso. Indem er das Schloß anrief, vermied er es wenigstens, mit dem Mann zu sprechen, den er am meisten fürchtete: Manfred.

»Hier Vinz. Wir sollten eine Angelegenheit erledigen ...«

»Weiß ich.« Dietrich klang irritiert. »Der Herr, der den Auftrag herausgegeben hat, hat mich informiert. Ich nehme an, daß Sie Ihren Lohn diesmal verdient haben?«

In der Telefonzelle am Bregenzer Bahnhof schaute Vinz in den Nebel hinaus, der wieder vom See heraufzog. »Das war von Anfang an eine unmögliche Aufgabe«, sagte er. »Wir stecken völlig fest. Der Engländer ist einfach nicht hier ...«

»Was soll das heißen? Der muß doch in Bregenz aus dem Zug gestiegen sein. Kapieren Sie das denn nicht – das hat er doch gemacht, weil er befürchtet hat, daß in Lindau die Konkurrenz auf ihn wartet. Und Bregenz ist schließlich nur eine kleine Stadt ...«

»So klein auch wieder nicht«, sagte Vinz böse. Er war so müde, daß er aufsässig wurde. »Die Straßen hier sind ein Labyrinth – und wir haben schon wieder Nebel. Man erkennt doch die Hand nicht mehr vor den Augen . . .«

»Dann kommen Sie sofort wieder her! Sie alle! Wir werden unseren nächsten Schachzug dann nach Ihrer Ankunft besprechen. Und unterstehen Sie sich, irgendwo zum Essen oder Trinken anzuhalten . . .«

»Aber wir haben doch seit heute morgen nichts mehr im Magen . . .«

»Das will ich aber auch schwer hoffen! Auf der Stelle kommen Sie zurück! Verstehen Sie mich?«

Dietrich knallte den Hörer auf die Gabel. Er war hochrot im Gesicht. Er fuhr sich mit der Hand durch sein silbernes Haar und blickte sich in der Bibliothek um. Vinz würde nie erfahren, daß er soeben nicht vor Zorn, sondern vor Furcht laut geworden war. Er klingelte nach Oskar, und als der Bucklige kam, befahl er ihm, einen großen Cognac einzugießen.

»Die haben den Engländer wieder nicht erwischt.« Er schrie fast.

»Muß der aber schlau sein. Der erste von den Spionen, Warner, war auch schlau – aber schließlich hat er sich zu erkennen gegeben. Der zweite Engländer jetzt wird genau denselben Fehler machen . . .« Oskar reichte Dietrich den Cognac. Dieser nahm einen großen Schluck und schüttelte den Kopf.

»Der Mann ist doch einfach nicht zu packen. Der ist jetzt fast zwei Tage da, und mit jeder Sekunde kommt er Bayern und dem Unternehmen Krokodil immer näher. In sechs Tagen von heute an kommt der Gipfelexpreß hier durch!«

»Dann bleiben uns also sechs Tage, um ihn aufzustöbern«, meinte Oskar beschwichtigend. Er füllte das Glas seines Herrn und Meisters nach.

»Aber Himmel noch mal, Oskar! Merken Sie denn

nicht, daß das auch andersherum funktioniert? Er hat noch sechs Tage, um uns am Schlafittchen zu packen!«

Nahe dem Haupteingang zu Dietrichs ummauertem Besitztum zog sich neben der Straße ein kleines Wäldchen hin. Der Eingang war mit einem schmiedeeisernen Gittertor verrammelt. Daneben stand ein Wachhäuschen. Es war früher Abend; ein großer Vogel strich gerade über das Tor hin, und da brach die Hölle los.

Hinter dem Gitter tauchten auf einmal bösartige Schäferhunde auf – brutale Biester, die an dem Gittertor hochsprangen, bellten, knurrten und bereit waren, jeden Eindringling in Stücke zu reißen.

In einem Mercedes, der außer Sichtweite an den Bäumen geparkt war, hörte Erich Stoller, der Chef des BND, die Hunde. Er trommelte mit den Fingern auf das Lenkrad. Stoller war dreiundvierzig Jahre alt, einen Meter achtzig groß und sehr dünn. Sein Gesicht war hager und ausdrucksvoll.

Sein erster Assistent, Otto Wilde, saß neben ihm. Er hielt eine Schmalfilmkamera mit Teleobjektiv in den Händen. Wilde war klein und dick; er fürchtete sich vor bösartigen Hunden. Er blickte seinen Chef von der Seite an.

»Und wenn die jetzt das Tor öffnen ...«

»Ach, damit werden wir fertig.« Stoller öffnete das Handschuhfach, nahm eine Gaspistole heraus und gab sie seinem Begleiter. »Ein bißchen Tränengas in die Nasen gepustet, und dann werden die Tierchen schon zahm werden ...«

»Aber die wissen doch, wo wir sind – die riechen uns doch ...«

»Unsinn! Der große Vogel, der da über das Gitter geflogen ist, der hat die aufgeregt. Wenn wir Ihren Film entwikkelt haben, dann bin ich gespannt, ob ein paar alte Freunde drauf sind. Ich glaube, einen habe ich erkannt – den Fahrer des ersten Wagens ...«

Von ihrem Platz außer Sichtweite hatten sie zugesehen, wie drei Fahrzeuge zum Schloß zurückgekehrt waren. Erwin Vinz hatte in dem ersten Auto gesessen. Während die Wagen vor dem Eingang halten mußten, hatte Vinz natürlich nicht bemerkt, daß in der Zeit, in der erst einmal die Hunde eingesperrt werden mußten, Otto Wilde mit seiner Kamera fleißig am Werk gewesen war.

Stoller war zum erstenmal in der Nähe des Grundstükkes, auf dem sich das Schloß von Dietrich befand. Und genau in diesem Augenblick kam zufälligerweise die Mannschaft von Vinz von ihrer vergeblichen Suche nach Martel zurück, als Stoller sich die Gegend einmal ansehen wollte. Stoller war immer noch dabei, das Hauptquartier von Delta ausfindig zu machen.

»Ich bin überzeugt, Otto«, bemerkte er, während er nach dem Zündschlüssel tastete, »daß Delta seinen Hauptstützpunkt genau hier hat.«

»Warum?«

»Weil es nun mal das Zuhause von Reinhard Dietrich ist. Von hier aus will er Ministerpräsident von Bayern werden. Und außerdem ist das Grundstück riesig ...«

»Wie ich Ihnen auf der Karte gezeigt habe. Schauen Sie sich bloß die Strecke an, die wir um die Mauer herumfahren mußten, um zum Haupteingang zu kommen ...«

»Ja, dann paßt doch eigentlich alles zusammen. Das Schloß ist von keiner Seite der Straße her einsehbar. Es liegt abseits und unerreichbar – ideal, um ganze Horden von Störenfrieden unterzubringen. Und wer weiß, was die noch alles vorhaben – man sehe sich nur die Krawalle der letzten Zeit an. Fast so schlimm wie in England ...«

»Da, die machen das Tor auf!«

Stoller hatte den Motor angelassen und fuhr jetzt zwischen den Bäumen hinaus auf die Straße, die am Eingangstor zum Schloß vorbeiführte. Das war der direkte Weg nach München, und Stoller hatte keineswegs die Absicht, einen Umweg zu machen, bloß weil ein millionenschwerer Gangster seine menschenfressenden Hunde losließ.

»Drehen Sie Ihr Fenster hoch«, befahl er Wilde. Er selbst drehte sein eigenes hoch. Die Hunde liefen jetzt tatsächlich frei auf der Straße und galoppierten auf den unauffälligen Polizeiwagen zu. Ihre Köpfe tauchten an den Seitenfenstern auf. Die Reißzähne blitzten, Geifer tropfte, hornige Krallen kratzten böse auf dem Lack bei dem Versuch der Hunde, an die beiden Männer heranzukommen. Stoller trat aufs Gas.

Der Wagen schoß vorwärts. Zwei der Biester tauchten blitzartig vor dem Kühler auf. Die beiden Männer fühlten den dumpfen Aufschlag, als vorwärtsschießendes Metall auf tierische Körper traf. Dann sauste der Wagen schon an dem geöffneten Gittertor vorbei, aus dem unter Führung eines großen Blonden soeben mehrere Männer herausströmten. Wilde drehte sich um.

»Die wollen uns mit dem Auto nach . . .«

»Diesem dämlichen Vogel haben wir das zu verdanken«, sagte Stoller ruhig. »Die Hunde werden wild, und dann wird die Wachmannschaft munter – und wir haben die Viecher auf dem Hals. Haben Sie diesen blonden Adonis bemerkt, der der Anführer zu sein scheint? Das war Werner Hagen – geschickter Windsurfer übrigens. Wir müssen sehen, daß wir wegkommen – die dürfen unter keinen Umständen merken, daß wir sie beobachtet haben . . .«

»Wegkommen? Wie denn?«

In halsbrecherischer Fahrt fuhren sie die gewundene Landstraße entlang. Wilde saß verkrampft da. Vor Stollers Fahrweise fürchtete er sich fast genauso wie vor bösartigen Hunden: Sein Chef stand in dem Ruf, der fixeste Fahrer in ganz Bayern zu sein. Stoller gab eine neue Anweisung.

»Wenn ich jetzt an der nächsten Kreuzung anhalte, dann bleiben Sie im Wagen – und ducken Sie sich. Ich brauch' jetzt die Gaspistole – ich werde versuchen, die Straße abzusperren. Wird schon irgendwie klappen . . .«

Wilde blickte über die Schulter zurück und sah nur die leere Landstraße. Stoller hatte einen Vorsprung herausgefahren – aber Wilde wußte, daß die Straße vor ihnen leer sein würde. Und kilometerweit kamen jetzt nur lange, gerade Abschnitte. Es konnte ja nicht klappen . . .

Weiter voraus führte ein Feldweg nach rechts ab. Stoller stieg auf die Bremsen; er bog von der Straße ab und blieb nach einer kurzen Strecke auf dem Feldweg ruckartig stehen. Nur weil Stoller wie immer darauf bestanden hatte, daß Wilde sich anschnallte, flog der Assistent nicht durch die Windschutzscheibe. Es war noch nichts ausgestanden.

In rasender Eile setzte Stoller jetzt zurück, bis sein Fahrzeug wieder quer auf der Landstraße stand und sie blokkierte. Wilde duckte sich tief in den Fußraum, und Stoller schnappte sich die Gaspistole, die sein Assistent ihm gegeben hatte, stieg aus und knallte die Tür wieder zu. Er rannte hinüber zu einem dicken Baum neben der Straße und versteckte sich hinter dem mächtigen Stamm.

Das Verfolgerfahrzeug – gesteuert von Werner Hagen, der noch zwei Männer bei sich hatte – kam um die nächste Kurve. Hagen sah sich plötzlich einem querstehenden und offensichtlich leeren Mercedes gegenüber. Er bremste, hielt an, zog die Pistole unter seiner Achselhöhle hervor und befahl seinen beiden Kumpanen, im Wagen sitzen zu bleiben.

Hagen öffnete die Wagentür und blickte sich vorsichtig um, während einer der beiden Männer auf dem Rücksitz sein Seitenfenster herunterdrehte, damit er sehen konnte, was vor sich ging. Stoller legte am Baumstamm entlang an, zielte sorgfältig und zog durch. Das Geschoß explodierte auf dem Fahrersitz – ein Gasexplosionsgeschoß, das sofort eine Wolke von Qualm verbreitete. Hagen krümmte sich, ließ seine Pistole fallen, hustete und konnte auf einmal nichts mehr sehen.

Ähnlich ging es dem Mann auf dem Beifahrersitz. Innerhalb von Sekunden hatte Stoller neu durchgeladen und gezielt. Das zweite Geschoß ging durch das geöffnete hintere Seitenfenster und explodierte im Fond des Wagens. Stoller rannte zu seinem eigenen Fahrzeug zurück.

Nur Minuten später war er schon viele Kilometer weit weg und fuhr alleine die endlosen, geraden Landstraßenabschnitte entlang. Kein Anzeichen eines anderen Fahrzeuges war im Rückspiegel zu sehen. Wilde merkte, daß sein Chef die Stirn runzelte.

»Das haben Sie doch prima gemacht. Warum der Mißmut?«

»Ich dachte gerade an Martel. Tweed hat mir gesagt, daß er kommt – aber das ist ein Einzelgänger ...«

»Dann wird er wohl genausowenig zur Zusammenarbeit bereit sein wie Warner?«

»Im Gegenteil, der spricht mich schon an, wenn er mich braucht. Hat ein tadelloses Urteilsvermögen. Ich frage mich nur, wo er sich jetzt gerade befindet ...«

12. Kapitel
Donnerstag, 28. Mai

Martel fuhr den gemieteten Audi über die Straßenbrücke, die das bayerische Festland mit der Inselstadt Lindau verband. Den Tirolerhut, den er in Bregenz als Verkleidung benutzt hatte, trug er nicht mehr auf dem Kopf, und die Pfeife hatte er auch nicht mehr im Mund.

Ohne Hut war das Profil mit der starken römischen Nase wieder deutlich zu erkennen, auch hatte der Engländer wieder seine Zigarettenspitze schräg im Mundwinkel stecken. Es sah fast so aus, als wollte er irgendwelchen Aufpassern, die es vielleicht in Lindau gab, seine Ankunft deutlich zeigen.

»Was soll denn das?« hatte Claire gefragt, als Martel kurz nach ihrem Grenzübertritt nach Deutschland seine Verkleidung weggeworfen hatte.

»Ich zeige Flagge«, gab Martel zurück. »Wenn ich einen Union Jack hätte, dann würde ich ihn jetzt am Mast hochgehen lassen . . .«

»Aber früher oder später wird uns Delta so entdekken . . .«

»Früher, wie ich hoffe.«

»Sie bieten sich selbst als Ziel dar?« protestierte sie. »Sie müssen ja verrückt geworden sein – haben Sie denn Zürich oder St. Gallen vergessen . . .«

»Im Gegenteil, ich erinnere mich nur zu deutlich – aber ich denke auch daran, daß die Zeit gegen uns arbeitet. Wie sagten Sie doch, der Bayerische Hof ist hier das beste Hotel?«

»Ja, und es liegt gleich beim Hauptbahnhof . . .«

»Dann müssen wir es so aussehen lassen, als wären Sie ganz allein mit dem Zug angekommen. Jeder trägt sich einzeln ein; und wir sitzen auch im Speiseraum nicht zusammen. Wir kennen uns gar nicht. Auf diese Weise können Sie mir den Rücken freihalten. Und setzen Sie die dunkle Sonnenbrille auf – die macht Sie so schön unkenntlich . . .«

»Wünschen der Herr sonst noch was?«

»Ja, zeigen Sie mir, wo das Hotel ist«, sagte er. »Die Stadt hier ist ja ein regelrechter Kaninchenbau, und ich weiß nicht mehr, wo es langgeht. Nehmen Sie den Stadtplan.«

Als sie über die Brücke fuhren und dann an dem grünen Park vorbei, der bis zum See hinunterführte, da hatten sie beide einen Eindruck von der Schönheit dieser Insel. Der Nebel hatte sich für den Augenblick gehoben, und die Sonne glühte durch den Dunst. Claire sah auf den Stadtplan und gab die Richtungen an. Schon kurz danach legte sie die Hand auf Martels Arm.

»Wir sind fast da. Lassen Sie mich besser hier aussteigen. Am Ende der Straße fahren Sie nach links. Der Bayerische Hof ist dann auf der linken Seite, der Hauptbahnhof rechts und der Hafen geradeaus. Wo treffen wir uns?«

»Auf der Terrasse über dem Hafen, der Römerschanze – das ist die Stelle, von wo ein Tourist durch sein Fernglas dem Mord an Warner zugeschaut hat, ohne zu wissen, was da eigentlich vor sich ging . . .«

Claire stieg mit ihrem Koffer aus. Es war ein ruhiger Straßenabschnitt, und nur zwei oder drei Touristen schlenderten herum, aber Claire ging kein Risiko ein. Laut rief sie auf deutsch: »Danke, daß Sie mich mitgenommen haben. Jetzt erwische ich meinen Zug ja noch.«

»War mir ein Vergnügen . . .«

Braun, der Pflastermaler, entdeckte Martel, sobald der Wagen um die Ecke bog.

Das Bild, das Braun heute mit seinen Kreidestiften auf das Pflaster gemalt hatte, war eine Ansicht des Amphitheaters von Verona. Der kleine Karton für die Münzen stand neben dem Gemälde. Wieder trug er Parka und Jeans, patrouillierte auf und ab und hielt dabei die Hände hinter dem Rücken verschränkt, als wolle er gerade einmal eine Pause von seiner anstrengenden Arbeit machen.

In Wirklichkeit hielt er natürlich das Portal des Hauptbahnhofs im Auge. Der Schnellzug aus der Schweiz war fällig. In dem Moment, als Keith Martel erschien, drehte er sich gerade einmal um, und augenblicklich wußte er, wen er vor sich hatte. Viel Beobachtungsgabe war dazu auch wirklich nicht nötig.

Dichtes schwarzes Haar, Anfang der Dreißig, groß gewachsen, gutaussehend, glatt rasiert, vorstehende, semitisch wirkende Nase, üblicherweise eine Zigarettenspitze im Mundwinkel . . .

Der Pflastermaler war bei Martels plötzlichem Auftauchen so überrascht, und so genau traf die Beschreibung zu, daß er beinahe wie festgefroren stehengeblieben wäre. Aber das wäre natürlich ein grober Fehler gewesen, denn damit hätte er die Aufmerksamkeit auf sich lenken können. Er schlenderte also weiter, während der Audi an ihm vorbeifuhr, und hörte dann, wie der Wagen hielt. Er warf einen verstohlenen Blick über die Schulter, nur für den Fall, daß er den Engländer später einmal von hinten erkennen mußte.

»Na, schöne Aussicht, du Blödmann . . .?«

Martel murmelte die Worte vor sich hin, während er, immer noch im Auto, in den Rückspiegel sah. Das war bei ihm wie ein Reflex – noch einmal einen prüfenden Blick um sich zu werfen, bevor er mit seinem Koffer aus dem Wagen stieg. Die Art, wie der Pflastermaler sich über die Schulter umsah, war im Rückspiegel deutlich zu erkennen.

Martel stieg aus dem Wagen und sah, wie der Nebel vom See in den Hafen hineinkroch. Er betrat die geräumige, gut möblierte Hotelhalle und ging die paar Schritte zur Rezeption hinüber. Das Mädchen hinter dem Schalter war flink und hilfreich. Ja, sie hatten ein wunderbares Doppelzimmer im dritten Stock mit Blick auf den See. Aber gewiß, er könne selbstverständlich im voraus zahlen, für den Fall, daß er überstürzt abreisen müsse.

»Und würden Sie sich bitte eintragen, Sir?«

Die Unterhaltung wurde auf englisch geführt – Martel trug sich mit richtigem Namen und Nationalität ein. In der Sparte Beruf schrieb er Fachberater.

Ein Hotelboy brachte ihn im Lift nach oben und zeigte ihm das geräumige Zimmer und das Bad. Martel reiste gern komfortabel, und Erich Stoller zahlte ja. Sobald er allein war, ging Martel zu dem seitlichen Fenster hinüber, das, wie er erwartet hatte, sowohl den Blick auf den Hauptbahnhof als auch auf den Eingang des Hotels freigab. Er sah, wie Claire aus dem Bahnhof heraustrat.

Ihr ganzes Vorgehen war ein Modellfall geschickter Tarnung gewesen. Mit ihrer dunklen Sonnenbrille und dem

Kopftuch hatte sie die Straße bereits überquert gehabt, noch bevor Martel um die Kurve herum war. Der Pflastermaler hatte sie überhaupt nicht bemerkt. Schließlich hielt er ja auch nicht nach einer jungen Frau Ausschau, sondern nach einem Mann, Martel ...

Einmal in der Halle des Hauptbahnhofs, hatte Claire dann gewartet, bis sonst noch jemand wieder auf den Vorplatz hinauswollte. Ein Pärchen, das in dem Hotel wohnte, war herübergekommen, um sich den Fahrplan anzusehen. Mit ihnen zusammen trat Claire dann wieder hinaus, wobei sie ein wenig von der auf deutsch geführten Unterhaltung mitbekam.

»Ich suche den Bayerischen Hof«, sagte sie zu dem älteren Herrn, der jetzt neben ihr stand. Es war aber die Frau, die Antwort gab.

»Gleich da drüben auf der anderen Straßenseite, Kindchen. Wir wohnen auch da. Sie werden feststellen, es ist ausgezeichnet ...«

»Lassen Sie mich Ihren Koffer tragen«, sagte der Deutsche und hatte den Griff schon gepackt.

Falls überhaupt jemand herüberschaute, würde das eine wunderbare Tarnung abgeben. Es sah so aus, als hätte das ältere Paar Claire vom Zug abgeholt. Aber der Pflastermaler schaute gar nicht hin, als das Trio im Hoteleingang verschwand.

Vom Fenster seines Zimmers im dritten Stock aus konnte Martel den Bürgersteig genau unter sich sehen, wo noch immer sein Wagen geparkt stand. Der Pflastermaler hielt einen kleinen Notizblock in der Handfläche verborgen und schrieb sich gerade die Autonummer auf.

Der Künstler war dabei so geschickt, daß aus dem Blickwinkel der Passanten niemand erkannt hätte, was er da gerade tat. Natürlich dachte er nicht im Traum daran, daß jemand ihm von oben zuschaute.

»Schweinekerl ...«

Martel murmelte vor sich hin, während er zu seiner Reisetasche ging. Er öffnete das Schloß und nahm zwischen seinen säuberlich gefalteten Sachen ein kleines Instrument heraus. Das steckte er in die Jackentasche, verließ das Zimmer und fuhr mit dem wartenden Lift nach unten.

Unten würdigte er Claire, die sich gerade eintrug, nachdem sie sich ein Einzelzimmer mit Bad genommen hatte, keines Blickes. Martel ging zur Tür, schaute hinaus und schlenderte dann auf die Straße. Wie er vermutet hatte, überquerte der Pflastermaler bereits gelassenen Schrittes die Straße in Richtung Hauptbahnhof.

Irgendwie mußte der Beobachter ja rasch Verbindung mit seinen Auftraggebern aufnehmen können – was wäre dazu geeigneter als die Telefonzellen, die es ja mit Sicherheit in der Bahnhofshalle geben würde. Die Flügel der Doppeltür wären Martel fast ins Gesicht geschlagen, als der Pflastermaler vor ihm den Bahnhof betrat. Der Engländer drückte einen der Flügel langsam wieder auf und war jetzt in der weiten Halle mit den Fahrkartenschaltern. Die Telefonzellen standen in einer Reihe links.

Der Pflastermaler hatte eine der mittleren Zellen betreten – die einzige, die jetzt besetzt war. Martel wartete. Er steckte die Hand in die Jackentasche und sah zu, wie sein ›Schützling‹ den Hörer abnahm und wählte. Dann ging Martel in die nächste Telefonzelle rechts und zog knallend die Tür hinter sich zu.

Der Radau machte den Pflastermaler neugierig. Den Kopf über das Notizbuch gebeugt, in dem er nachzulesen schien, wagte er einen Blick aus dem Augenwinkel. Martel spürte regelrecht den ungläubigen Schreck. Für die nächsten paar Sekunden hielt er den Atem an. Alles war jetzt eine Frage der Psychologie.

Der Pflastermaler wandte Martel jetzt den Rücken zu und wollte mit seinem Anruf fertig werden. Das war genau die Reaktion, um die Martel gebetet hatte. Der Mann war wirklich kein erstklassiger Professioneller. Wäre Martel an seiner Stelle gewesen, dann hätte er jetzt einfach

Zahlen gewählt, die ihm gerade in den Sinn kamen, dann für einen Moment am Hörer gelauscht, so getan, als habe er das Besetztzeichen bekommen, den Hörer aufgeknallt und dann die Zelle verlassen.

Martel wußte genau, was statt dessen geschehen war. Der Mann war überrascht, seine Zielperson in der nächsten Telefonzelle vor sich zu sehen, und sekundenlang war er unentschlossen gewesen. Aber weil er nun einmal mit Wählen angefangen hatte – und weil er sich sicher war, daß Martel ihn nicht im Verdacht hatte –, setzte er seinen Anruf einfach ganz normal fort.

Martel hielt den Telefonhörer in der einen Hand, während er mit der anderen etwas ganz anderes tat. Er nahm das Instrument, das er aus seiner Reisetasche genommen hatte, und drückte einen kleinen Gummisauger in Hüfthöhe auf die Glasscheibe, die die beiden Telefonzellen trennte. Dann steckte er sich die Hörhilfe an und benutzte dabei den linken Unterarm, um den Draht zu kaschieren, der von dem Saugnapf zum Ohrhörer führte.

Der Engländer vertraute dabei darauf, daß der Pflastermaler eben nur zweite Wahl war – daß er Martel weiter den Rücken zuwenden würde, damit man ihm nicht ins Gesicht sehen konnte. Das kleine Gerät arbeitete perfekt. Jedes Wort von dem Telefongespräch in der Nachbarzelle kam klar und deutlich zu Martel herüber.

»Ist das Stuttgart ...?«

Martel prägte sich die Nummer ein. Natürlich war er nicht in der Lage zu hören, was der Mann am anderen Ende der Leitung sagte.

»Hier spricht Edgar Braun«, sagte der Pflastermaler förmlich. »Ist dort Klara ...«

»Idiot! Das ist jetzt schon Ihr zweiter Fehler!« sagte die junge Frau in bösartigem Ton. »Telefonnummern oder Namen dürfen einfach nicht genannt werden. Oder haben Sie Lust auf eine kleine Verabredung?«

»Tu-tut mir leid ...« murmelte Braun. Martels plötzliches Auftauchen in der nächsten Telefonzelle hatte ihn einfach aus dem Konzept gebracht. Er wünschte sich jetzt dringend, er hätte gar nicht erst angerufen – aber jetzt traute er sich nicht mehr, das Gespräch zu unterbrechen, denn Klara hätte sonst gemerkt, daß irgend etwas nicht stimmte – daß er wieder einmal etwas verpatzt hatte. Seine einzige Möglichkeit war, weiterzumachen.

»Die zweite Lieferung, die Sie erwartet haben, ist eingetroffen«, fuhr Braun fort. »Sie ist vor ein paar Minuten sicher im Hotel Bayerischer Hof angekommen . . .«

»Wo genau ist das?« wollte Klara wissen. Ihr Ton war eisig.

»Liegt genau dem Hauptbahnhof und dem Hafen gegenüber. Die Lieferung steht im Zusammenhang mit der folgenden Autonummer . . . Soll ich bei meiner Aufgabe bleiben?«

»Ja! Wir werden sofort etwas unternehmen. Und außerdem werde ich Ihre Unvorsichtigkeiten melden . . .«

»Bitte . . .«

Aber in Stuttgart war die Verbindung schon unterbrochen worden. Hinter Brauns Rücken hatte Martel den Saugnapf wieder vom Glas abgezogen, den Ohrhörer herausgenommen und die ganze Apparatur wieder in seiner Jackentasche verstaut. Brauns plötzlich veränderter Tonfall hatte ihm angedeutet, daß die Unterhaltung zu Ende war.

Während Braun sich ohne einen Blick in seine Richtung aus der Telefonzelle stahl, gab Martel eine Vorstellung als Pantomime. Laut redete er auf englisch sinnloses Zeug in den Hörer. Als Braun durch die Bahnhofstüren hinausgegangen war, verließ auch Martel die Zelle. Jetzt besaß er solides Material, das Stoller überprüfen konnte.

Die luxuriöse Wohnung lag im zehnten Stock eines Gebäudes, das sich nur gut einen Kilometer von der Hauptverwaltung der Dietrich GmbH entfernt befand. Klara schmiß den Hörer auf die Gabel. Mit ihren langen Fingernägeln, die wie rote Krallen wirkten, riß sie ein neues Päckchen auf und steckte sich die einundvierzigste Zigarette dieses Tages an.

»Der Braun hat ja wohl nicht mehr alle Tassen im Schrank«, sagte sie zu sich selbst.

Sie brauchte die Zigarette, um ihre Nerven zu beruhigen – und auch ihre Stimme –, bevor sie mit Reinhard Dietrich sprach. Obwohl sie in erotischer Hinsicht eine hochattraktive Frau war, wußte sie, daß der bayerische Millionär am meisten von ihrer äußeren Kühle angezogen wurde. Dietrich hatte sie zu seiner Geliebten gemacht. Ihre scheinbare Ruhe in allen Situationen stand in äußerstem Kontrast zu Dietrichs cholerischem Temperament – und auch im Kontrast zu seiner ewig greinenden Ehefrau.

Sie nahm einige tiefe Züge und blies den Rauch jedesmal wieder kräftig aus. Ihre Brüste hoben und senkten sich merkbar, als jetzt die beruhigende Wirkung des Nikotins einsetzte. Nun war es Zeit für den Anruf. Sie wählte das Schloß an. Dietrich hob selbst ab.

»Ja!«

Nur dieses eine knappe Wort.

»Klara hier. Kann ich reden?«

»Ja! Haben Sie den Smaragdring bekommen? – Gut!«

Das war die gegenseitige Identifizierungsprozedur. Bei den verschiedenen Telefonaten würde Dietrich sie immer fragen, ob sie einen Pelzmantel oder irgendein teures Schmuckstück bekommen hatte – und jedesmal wurde Klara wütend, denn in Wirklichkeit bekam sie so etwas kaum jemals geschenkt. Rasch redete sie weiter.

»Die zweite Lieferung ist eingetroffen. Ich habe es gerade gehört – befindet sich jetzt im Hotel Bayerischer Hof in Lindau . . .«

»Wir sehen uns da heute abend!« antwortete Dietrich ohne zu zögern. »Nehmen Sie den Direktions-Jet, und fliegen Sie zum nächstgelegenen Flugplatz bei Lindau.

Dann mieten Sie sich einen Wagen. Ich lasse ein Zimmer für Sie reservieren. Kann sein, daß ich Sie brauche . . .«

»Da gibt's noch eine Autonummer. Lautet folgendermaßen . . .«

Dietrich wiederholte die Nummer und unterbrach die Verbindung mit einem ›Auf Wiedersehen‹. Klara legte den Hörer langsam wieder auf. Sie hatte sich immer noch unter Kontrolle. Trotz ihrer Verstimmung war sie beeindruckt. Eben noch hatte sie Dietrich durch die Blume gesagt, daß Keith Martel – der Bursche, den sie immerhin in der Schweiz, in Österreich und in Bayern zu finden versucht hatten – aufgetaucht war. Und ohne zu zögern hatte Dietrich die Neuigkeit verarbeitet und nur Sekunden gebraucht, um seine nächsten Schritte zu planen.

Ein Satz hatte sie neugierig gemacht. Kann sein, daß ich Sie brauche . . . Wer weiß, was sich da anbahnte – vielleicht wollte Dietrich, daß sie mit Martel ins Bett ging. Sie ging ins Schlafzimmer, schlüpfte aus ihrem Kleid – sonst hatte sie nichts an bei der hohen Luftfeuchtigkeit – und betrachtete ihren wohlproportionierten, nackten Körper in dem deckenhohen Spiegel.

Könnte schon ein Vergnügen werden – mit dem Engländer herumzuspielen. Und schließlich – genau im richtigen Moment – würde sie ihm dann die Nadel zwischen die Rippen jagen und dabei auf den Knopf drücken, der die tödliche Injektion freisetzte.

Im Schloß hatte Dietrich Oskar beauftragt, den kleinen Reisekoffer mit Sachen für eine Nacht zu packen. Der aufmerksame Oskar packte jeden Tag eine ganze Reihe von Koffern ein und wieder aus.

Es gab Koffer für kurze Trips, Koffer für längere Reisen, Koffer für heißes Klima und Koffer für Länder wie Norwegen im tiefsten Winter. Sinn des Ganzen war es, daß Dietrich jederzeit überallhin aufbrechen konnte. Durch die Sprechanlage rief der Millionär Erwin Vinz zu sich. Vinz war gerade mit seiner Mannschaft aus Bregenz eingetroffen. Dietrich legte seine Worte nicht auf die Goldwaage.

»Jetzt muß jemand anderes die Arbeit für Sie erledigen! Und dazu noch eine Frau! Ich fahre sofort in den Bayerischen Hof nach Lindau – Martel ist da eben angekommen. Nehmen Sie Ihre besten Leute, folgen Sie mir, und nehmen Sie sich da ebenfalls Zimmer . . .«

»Jetzt müßten wir ihn aber schnappen . . .« begann Vinz.

»Diesmal werden Sie ihn schnappen, Kreuzdonnerwetter noch mal! Und zwar noch vor morgen – bis dahin wird er todmüde sein von dem, was heute abend noch auf ihn wartet . . .«

»Der Wagen ist vorgefahren«, berichtete Oskar, der mit einem Gucci-Koffer zurückgekommen war.

In seinem Tweedanzug aus der Gegend von Savile Row verließ Dietrich die Bibliothek, ging quer durch die gewaltige Eingangshalle des Schlosses, und Oskar hielt ihm einen der Flügel der Doppeltür auf. Dietrich lief rasch die Stufen hinunter und setzte sich in den Fond seines schwarzen Mercedes 600. Der uniformierte Chauffeur hatte kaum den Schlag zugeworfen, als sein Meister schon per Knopfdruck das Fenster hinuntergleiten ließ und einen Befehl gab.

»Lindau. Und drücken Sie auf die Tube . . .«

In der Hauptbahnhofshalle von Lindau blieb Martel vor der Telefonzelle stehen, steckte eine Zigarette in seine Spitze und zündete sie sich an. Braun war durch den Ausgang verschwunden, aber Martel wartete noch ab, um herauszufinden, ob der Deutsche vielleicht doch schlauer war, als es den Anschein hatte – ob er seinen Kopf noch einmal rasch durch die Bahnhofstür stecken würde, um nach dem Engländer zu sehen. Das tat er jedoch nicht.

Martel schlenderte zum Ausgang, öffnete eine der Türen einen Spaltbreit und lugte hinaus. Auf dem Bürgersteig vor dem Bayerischen Hof hockte Braun auf den Knien – den Rücken Martel zugekehrt – und strichelte an seinem Gemälde. Der Engländer trat aus dem Bahnhof hinaus und bestieg eines der Taxis, die unter einem gewaltigen Baum warteten.

»Zur Post«, sagte er. »Und bitte rasch – die machen gleich zu.«

»Aber das ist doch nicht weit ...«

»Wenn Sie mich hinbringen, bekommen Sie ein gutes Trinkgeld ...«

In der Hauptpost erklärte Martel, er wolle London anrufen, und gab dem Mädchen hinter dem Schalter die Nummer am Park Crescent. Er vertraute darauf, daß Tweed seinen Anruf erwartete. Kaum zwei Minuten später wies ihn das Mädchen zu einer Telefonzelle.

»Donnerstag hier«, sagte er rasch, sobald Tweed sich meldete.

»Hier spricht zwei-acht ...« gab die vertraute Stimme zurück.

Martel begann wieder seinen Redeschwall, der für das Bandgerät bestimmt war.

»Warner in Bregenz gesehen worden ... Hat Friedhof besucht, Grab eines Alois Stohr ... Inschrift 1930–1953 ... Hinweis auf französische Besatzungszeit ... Teuer gekleidete Frau, Identität nicht bekannt, besucht Grab jeden Mittwochmorgen ... Warner hatte mit ihr Kontakt ... Delta überall aktiv ... Zwei Männer im Auto in Bregenz ...«

»Haben die einen von Ihnen beiden erkannt?« unterbrach Tweed in dringlichem Ton.

»Wir haben sie gesehen ... umgekehrt keine Identifizierung ... jetzt abgestiegen im Bayerischen Hof Lindau ... ein Pflastermaler namens Braun hat für Delta aufgepaßt und meine Ankunft gemeldet – wiederhole meine ... Stoller sollte eine Stuttgarter Telefonnummer überprüfen ...

Kontaktperson in Stuttgart heißt Klara ... Hier wird jetzt geschlossen ...«

»Moment! Moment mal! Verdammt! Hat eingehängt ...«

Tweed legte den Hörer auf und sah Miß McNeil an, die gerade das Bandgerät abstellte. Fixe, drahtige Schottin, diese Miß McNeil. Tweed war sich sicher, daß sie nie in ihrem Leben ein Taxi benutzt hatte. Busse und U-Bahn, das waren ihre einzigen Beförderungsmittel.

»Dieser Wahnsinnige bietet sich selbst als Köder an, damit sich Delta endlich einmal zeigt«, sagte Tweed wütend. »Ich kenne ihn doch.«

»Ein Einzelkämpfer. Aber er bringt Resultate«, sagte Miß McNeil beruhigend.

»Er befindet sich in äußerster Gefahr«, gab Tweed grimmig zurück. »Verbinden Sie mich mit Stoller. Und bitte rasch. Ich glaube, wir haben einen Notfall.«

13. Kapitel
Donnerstag, 28. Mai

Das Zeichen war zwischen Martel und Claire ausgemacht worden, bevor sie getrennt und als seien sie einander völlig fremd den großartigen Speisesaal betraten. Der Engländer hatte einen Einzeltisch an dem großen Aussichtsfenster, von dem aus man den Hafen im Nebel liegen sehen konnte.

Das Zeichen sollte eine Zigarette sein, die sich Claire anzünden würde, sobald jemand Wichtiges den Speisesaal betrat, in dem sie beide ihre getrennten Mahlzeiten einnahmen. Und mitten beim Nachtisch tat sie dann genau das; sie zündete sich eine Zigarette an.

Eine äußerst eindrucksvolle Gestalt hatte den Raum betreten, und genauso wie der Mann wirkte, war er auch hereingekommen, fast wie ein selbstsicherer Bühnenschauspieler. Überall verstummten die Gespräche: Köpfe drehten sich, und die Blicke gingen in die Richtung des Eingangs. Der Neuankömmling hielt inne und betrachtete die Menschen an ihren Tischen.

Er fuhr sich mit der Hand durch das dichte silberne Haar, zupfte gelassen an seinem Schnurrbart, und der Blick aus seinen eisblauen Augen schweifte über die versammelten Menschen hin. Wer diesem Blick begegnete, senkte den Kopf. Die Haut des Mannes war ledrig und sonnengebräunt. Er trug einen untadelig eleganten blauen Anzug.

Der Oberkellner geleitete Reinhard Dietrich zu seinem Tisch. Der stand auch am Fenster, aber von Martel aus gesehen am anderen Ende des Raumes. Seit der Mann eingetreten war, hatte sich die Atmosphäre im Speisesaal geändert. Die Unterhaltung wurde jetzt in gemurmeltem Ton weitergeführt. Die besseraussehenden Frauen warfen verstohlene Blicke zu dem Millionär hinüber. Martel amüsierte das.

»Am Golde hängt, zum Golde drängt doch alles, ach, ihr Armen«, dachte er.

Zwei oder drei Minuten, nachdem Claire aufgestanden war, verließ auch Martel seinen Tisch. Er ging den breiten Korridor entlang und fand sie schließlich am Empfang, wo sie hinter einem Neuankömmling, der gerade das Anmeldeformular ausfüllte, Schlange stand. Der Neuankömmling war eine attraktive Brünette Ende der Zwanzig mit vollschlanker, aber tadelloser Figur.

Der Empfangsbereich öffnete sich in die geräumige und tadellos möblierte eigentliche Hotelhalle. Bequeme Sessel standen dort. In einem davon machte es sich Martel gemütlich und griff nach einer Illustrierten. Er steckte eine Zigarette in die Spitze, zündete sie an und wartete.

Der attraktive neue Gast war zusammen mit einem Hotelboy in einem Lift nach oben gefahren. Claire fragte die junge Frau am Empfang nach der Abfahrt der Züge nach Kempten – etwas anderes war ihr so rasch nicht eingefallen. Die junge Frau war sehr zuvorkommend, schlug im Fahrplan nach und notierte die Abfahrtszeiten auf einem Zettel.

»Danke sehr.« Claire wandte sich ab und drehte sich dann noch einmal um. »Die junge Frau, die eben hier abgestiegen ist, ich glaube, die kenne ich. Wohnt die hier oft?«

»Soviel ich weiß, ist sie das erste Mal hier, Madam ...«

Claire hatte ihre Handtasche geöffnet und den Zettel hineingesteckt. Jetzt schlenderte sie durch die Hotelhalle. Als sie an Martels Sessel vorbeikam, ließ sie die Tasche absichtlich fallen, und der Inhalt verstreute sich über den Boden. Ihre Neunmillimeterpistole blieb in dem speziellen, mit Reißverschluß gesicherten Geheimfach gut aufgehoben.

»Darf ich Ihnen helfen«, sagte Martel und fing an, die Sachen einzusammeln.

»Tut mir so leid.«

Die Köpfe der beiden waren dicht zusammengesteckt. Bis zum Empfangstresen war es von hier aus eine ganze Strecke. Flüsternd unterhielten sich die beiden.

»Das Mädchen, das da gerade gekommen ist«, sagte Claire. »Ich hab' den Namen auf dem Anmeldeformular lesen können. Klara Beck – aus Stuttgart ...«

»Aha. Die Hyänen kommen aus den Löchern. Und der Mann, der da gerade in den Speisesaal hereingekommen ist, als ob ihm die ganze Welt gehörte – war das Reinhard Dietrich?«

»Ja – er war in der Zeitung abgebildet ...«

Der Handtascheninhalt war jetzt wieder eingesammelt. Claire, die sich mit dem Rücken zum Empfang halb auf die Knie gelassen hatte, stand jetzt auf und hob die Stimme: »Das war aber sehr freundlich von Ihnen – und sehr tölpelhaft von mir ...«

Claire wanderte zur gegenüberliegenden Seite des Raumes und wählte einen Sessel, von dem aus sie alles überblicken konnte, ihren Rücken aber zur Wand hatte. Sie öffnete ihre Handtasche, zog den Reißverschluß ihres Geheimfaches auf, fischte die Pistole heraus und ließ sie so in der Handtasche liegen, daß sie sie jederzeit rasch greifen konnte. Kaum war sie mit dieser Vorsichtsmaßnahme fertig, als Erwin Vinz und sein Kumpan Rolf Groß, jeder mit einem kleinen Koffer bewaffnet, in die Halle traten.

Claire erstarrte – dann zog sie die Pistole aus der Tasche und bedeckte sie in ihrem Schoß mit einer Zeitung. Rolf Groß war der Fahrer des Delta-Fahrzeuges gewesen, dem sie in der Gallusstraße in Bregenz begegnet waren.

Beide sahen seitwärts in die Hotelhalle, während sie zum Empfang hinübergingen. Claire hatte das Gefühl, daß Groß Martel genau ansah. Der las inzwischen in seiner Zeitschrift und rauchte. Vinz schien keine Notiz davon zu nehmen, und erst recht bemerkte keiner der beiden Männer die junge Frau im hinteren Teil des Raumes.

Claire steckte ihre Waffe wieder in die Handtasche, schloß sie, stand auf und ging zum Empfang hinüber, wo die beiden Männer gerade ihre Formulare ausfüllten. Sie wartete geduldig und schaute sich währenddessen ein Ölgemälde an der Wand an.

»Wir brauchen zwei Einzelzimmer mit Bad«, sagte Vinz in einem Tonfall, wie man ihn nur Leibeigenen gegenüber benutzte. »Wenn Sie keine mehr haben – Doppelzimmer tun's auch. Und wir wollen Essen . . .«

»Hier habe ich zwei Einzelzimmer . . .« Der Empfangschef sah Vinz nicht an; sein Ton blieb aber höflich. »Und ich möchte vorschlagen, daß Sie sich rasch in den Speisesaal begeben, denn er schließt um . . .«

»Sagen Sie denen, daß wir kommen! Für uns beide Steaks, reichlich Kartoffeln. Die Steaks blutig – und eine sehr gute Flasche Rotwein. Wir kommen nach unten, sobald wir soweit sind . . .«

»Aber gewiß, die Herren. Der Boy wird Ihnen Ihre Zimmer zeigen.«

Deutlich erleichtert wandte sich der Mann lächelnd an Claire. Sie fragte nach einem Stadtplan von Lindau, und der Empfangschef erklärte ihr, welcher Teil der Altstadt jetzt Fußgängerzone war. In diesem Augenblick kam Reinhard Dietrich, eine dicke Zigarre zwischen den Zähnen, vom Speisesaal her durch den Korridor. Am Empfang vorbei ging er direkt in die Halle und ließ seinen gewichtigen Körper in den Sessel neben Martel sinken.

»Darf ich mich vorstellen – Reinhard Dietrich. Sie sind Engländer?«

Martel sah die dargebotene ledrige Hand, machte eine Bewegung, als ob er sie ergreifen wollte – und ließ sie dann in der Luft hängen, als er sich statt dessen eine neue Zigarette in die Spitze steckte.

Dietrich ging auf diese Beleidigung nicht ein. Er faßte einfach mit der ausgestreckten Hand nach dem Cognacglas, das der Kellner soeben auf den Tisch gestellt hatte, und ließ es so aussehen, als habe er von Anfang an nichts anderes gewollt. Er hob das Glas.

»Ja«, sagte Martel.

»Wie bitte?«

»Ja, ich bin Engländer.«

»Ach, ja, natürlich! Machen Sie Urlaub in unserem schönen Bayern?«

Martel drehte sich um und wandte sich dem Industriellen direkt zu. Er sprach jetzt Deutsch, was sein Gegenüber für einen Augenblick deutlich überraschte.

»Sie sind ein Nazi. Die gehören alle vom Erdboden vertilgt.«

»Außer, der Erdboden gehört eines Tages uns«, gab Dietrich barsch zurück. »Bei den Landtagswahlen demnächst muß doch jemand sicherstellen, daß dieser Tofler nicht gewinnt. Was würden Sie denn davon halten, wenn so ein Sozialist seine Hand auf eins der größten Bundesländer Deutschlands legte? Das wichtigste Bollwerk des Westens gegen die Sowjets wäre damit angeknackst ...«

»Also da sehe ich keinen Unterschied. Beide sind unmenschliche Diktatoren. Und beide regieren nur mit der Geheimpolizei – KGB oder Gestapo. Die beiden Systeme sind doch austauschbar. Ich für meinen Teil ziehe die Partei von Kanzler Langer vor. Und wenn Sie mich jetzt bitte entschuldigen wollen ...«

»'ne Zigarre gefällig? Echte Havanna ...«

»Aus Kuba?« Martel stand jetzt mit ironischem Gesichtsausdruck da und blickte auf den Deutschen hinunter. »Vielen Dank – aber ich rauche nur Zigaretten. War sehr aufschlußreich, Sie kennenzulernen. Gute Nacht.«

War sehr aufschlußreich, Sie kennenzulernen ... Der Satz hatte Dietrich in Unruhe versetzt, weil er dahinter nach einer verborgenen Bedeutung suchte. Er sah zu, wie der Engländer zum Lift hinüberging, und seine Augen wurden schmal, während er sich die Unterhaltung Wort für Wort ins Gedächtnis rief. Dietrich versuchte herauszufinden, ob er irgendwo einen Fehler begangen hatte.

Die junge Frau, die mit dem Empfangschef gesprochen hatte, hatte den Lift vor dem Engländer erreicht und wollte ihn gerade betreten, als Martel ihr auf deutsch zurief, ob sie den Aufzug wohl noch eine Sekunde festhalten könnte. Mit seinen beiden Fahrgästen verschwand der Lift dann aus Dietrichs Gesichtskreis.

Als Martel und Claire aus dem Fahrstuhl stiegen, lag der Flur im dritten Stock verlassen da. Martel schloß die Tür zu seinem Zimmer auf, schob Claire rasch hinein, schloß die Tür wieder und packte Claire Hofer am Arm. Claire blieb in der Dunkelheit ganz ruhig, während Martel jetzt das Badezimmer überprüfte. Dann zog er alle Vorhänge zu und drehte die Nachttischlampen an, die nur ein mattes Licht gaben. Claire begann sofort mit ihrem Bericht.

»Als die beiden Werwölfe kamen, habe ich denselben Trick angewandt. Ich habe ihre Anmeldeformulare gesehen, und der eine, der der Boß zu sein scheint, heißt Erwin Vinz. Sein Adlatus – der Fahrer des Wagens in Bregenz...«

»Ich weiß...«

»Der läuft unter dem Namen Rolf Groß. Beide haben angegeben, daß sie aus München kommen...«

»Was möglicherweise gelogen ist. Das sind trainierte Killer. Die Dinge entwickeln sich genau, wie ich's gehofft habe – aber ein bißchen schneller, als ich es erwarten konnte. Der Feind ist zuhauf erschienen. Ich vermute, daß Dietrich dabei ist, weil er aufpassen will, daß die den Mord an mir nicht wieder so verpatzen wie in Zürich, St. Gallen und Bregenz. Vinz und Groß werden dann zuschlagen. Klara Beck stellt die Nachhut...«

»Die ist doch eine falsche Schlange«, gab Claire böse zu bedenken. »Auf die sollten Sie aufpassen – könnte sein, daß die beiden anderen nur zur Ablenkung da sind. Und warum haben Sie Dietrich so provoziert? Ich konnte jedes Wort verstehen – das war ja wie ein Duell...«

»Sollte es auch sein. Er hat einfach mal bei mir Maß genommen – und ich bei ihm. Ich hatte geglaubt, er wäre so ein verkalkter Ewiggestriger, aber der Mann ist nicht dumm. Und er glaubt an das, was er tut. Er ist rücksichtslos, und er weiß, was er will. Wir müssen beide sehr vorsichtig sein...«

»Ob er heute nacht losschlägt?«

»Nein – er wohnt ja auch hier im Hotel. Das wird er nicht riskieren, daß er dabei ist, wenn seine Schlächter in Aktion treten. Trotzdem werden wir unsere Vorsichtsmaßnahmen treffen. Sie bleiben die Nacht hier drin, und wir beide wechseln uns ab – einer schläft, und der andere sitzt im Sessel mit der Pistole in der Hand.«

»Und morgen?«

»Dann gehen wir erst mal zu Kommissar Dorner von

der Wasserschutzpolizei Lindau – der Mann, der damals Warners Leiche aufgefischt hat.«

»Und des weiteren?« fragte sie und blickte Martel genau an.

»Und dann stellen wir Delta eine Falle.«

»Trotzdem gefällt mir das nicht mit heute nacht«, ließ Claire nicht locker. »Hier im Hotel haben wir es mit zwei Burschen zu tun, die mit größter Wahrscheinlichkeit Berufsmörder sind – und mit dieser weiblichen Giftschlange. Sie sagten doch, Dietrich weiß, was er will – ich habe das ungute Gefühl, daß er schneller etwas unternimmt, als Sie es erwarten . . .«

14. Kapitel
Donnerstag, 28. Mai

Gegen elf Uhr in der Nacht wurde Martel klar, daß Claire recht gehabt hatte. Er hatte Reinhard Dietrich unterschätzt. Es war dunkel in dem Zimmer, und Martel hatte die erste Wache, während Claire fest eingeschlafen auf dem Bett lag. Da hörte Martel vom Hoteleingang her Geräusche.

Martel spähte durch den Vorhang des Seitenfensters nach unten. Dort, vor dem Hoteleingang, war ein schwarzer Mercedes 600 am Bordstein geparkt. Der Motor blubberte sanft. Ein uniformierter Chauffeur stand neben dem Wagenschlag im Nebel – einem Nebel, der das Licht der Straßenlaternen dämpfte, die jetzt nur noch verwaschene Kreise in den treibenden Dünsten bildeten. Eine vertraute Gestalt tauchte aus dem Hotel auf. Der Wagenschlag wurde aufgerissen, und Reinhard Dietrich kletterte hinein.

Sekunden später war die gewichtige Limousine davongefahren, und die Straße lag wieder schweigend da. Vom Hafen her kamen die klagenden Schreie der Möwen. Sie hörten sich an wie die Sirenen von Schiffen, die vergeblich nach einem Hafen suchten. Weit entfernt stöhnte ein Nebelhorn. Und auf einmal gab es da noch ein Geräusch – das Quietschen einer Tür des Hauptbahnhofs.

Martel ging zu seinem Koffer hinüber, tastete darin herum, zog einen leichten Regenmantel heraus und warf ihn sich über. Bettfedern knarrten, und Claire rief etwas; es war nicht mehr als ein Flüstern.

»Ist irgendwas los, Keith?«

Martel ging zu dem Bett hinüber, wo Claire voll angezogen lag, und legte ihr eine Hand beruhigend auf die Schulter. Ganz schwach konnte er den Duft ihres Parfüms wahrnehmen. Wie brachten es die Frauen nur fertig, immer daran zu denken, wie sie auf andere wirkten – selbst, wenn sie völlig erschöpft und am Ende ihrer Nervenkraft waren?

»Sie haben recht gehabt«, sagte er, »Dietrich hat uns ausgetrickst. Hat so getan, als würde er die Nacht über hierbleiben; und gerade hat er sich von seinem Chauffeur wieder wegfahren lassen. Irgendwas ist da im Busch ...«

»Und was machen wir dagegen?« fragte Claire ruhig.

»Nun, eine Trumpfkarte haben wir ja. Die wissen nicht, daß wir zwei sind – die glauben doch, ich versuch's ganz alleine ...«

»Und weiter?«

»Gehen Sie schnell in ihr eigenes Zimmer zurück – und passen Sie auf, daß niemand Sie sieht.«

»Und was wollen Sie dann machen?«

»Ich werde mit der Polizei Kontakt aufnehmen. Es ist zwar schon spät, aber ich möchte mit Kommissar Dorner sprechen. Ich glaube, das ist der einzige hier in Lindau, dem wir trauen können ...«

»In den Nebel da wollen Sie hinaus? Es ist doch noch neblig, oder?«

»Wird sogar immer dichter. Und das ist hilfreich. Es wird dadurch schwieriger, mich beim Verlassen des Hotels zu beobachten oder zu entdecken, wo ich hingehe. Der Weg ist ja nicht weit – Sie haben's mir doch auf dem Stadtplan gezeigt ...«

»Ich komme mit!« Claire setzte sich auf und tastete auf dem Fußboden nach ihren Schuhen. »Ich decke Ihnen den Rücken ...«

»Sie gehen in Ihr Zimmer, oder ich leg' Sie übers Knie ...«

»Sie sind ein idiotisches Mannsbild – und leiden kann ich Sie auch nicht. Aber passen Sie trotzdem auf sich auf, verdammt noch mal!«

Martel wartete, bis sie gegangen war, bevor er selbst das Zimmer verließ. Die quietschende Bahnhofstür hatte er absichtlich nicht erwähnt. Wenn er es getan hätte, wäre er Claire überhaupt nicht losgeworden.

Martel spürte die Bedrohung schlagartig, sobald er das Hotel verließ. Nebeltröpfchen bedeckten bald sein Gesicht. Die Kälte drang feucht durch seinen dünnen Mantel. Als er sich nach rechts wandte und auf die Ludwigstraße zuhielt, konnte er das massive Gebäude des Hauptbahnhofs gerade noch im Dunst erkennen. Die Ludwigstraße war eng, kopfsteingepflastert und führte direkt zum Polizeirevier.

Niemand war zu sehen, aber er hörte es wieder – das Geräusch, das er schon von seinem Zimmerfenster im dritten Stock ausgemacht hatte – das Quietschen einer der Bahnhofstüren. Er vermied es, den Kopf in diese Richtung zu drehen, während er jetzt wiederum nach rechts abbog und mitten auf der Fahrbahn der Ludwigstraße entlang ging. Soweit wie irgend möglich hielt er sich von dunklen Ecken und finsteren Hauseingängen entfernt.

Obwohl er fest auftreten mußte – die Straße war glitschig vor Feuchtigkeit –, machten seine Gummisohlen auf den Pflastersteinen kein Geräusch. Seinen graufarbenen Regenmantel, der ihn fast mit der Umgebung verschmelzen ließ, trug er nur lose umgehängt. Jeder, der ihn von hinten packte, würde dann bloß den Mantel in der Hand halten. Den Colt in seinem Schulterhalfter konnte er blitzschnell erreichen. Martel blieb stehen.

Vom See her tönte wieder das Nebelhorn. Aber Martel hatte noch ein anderes Geräusch ausgemacht – das wispernde Rascheln eines Mantelärmels aus irgendeinem gummierten Material. Direkt hinter ihm.

Der Posten im Hauptbahnhof hatte nichts gehört, aber er war zufrieden. Selbst bei dem Nebel würde er Martels Silhouette wenigstens für ein paar Sekunden im Licht der Lampen des Hoteleingangs gesehen haben – falls er das Gebäude verlassen hätte.

Das wispernde Rascheln hatte jetzt aufgehört. Der Verfolger hatte gemerkt, daß Martel angehalten hatte. Der Ärger war, daß die Schweine wahrscheinlich Lindau kannten wie ihre Westentasche. Aber deren Problem war wiederum, daß sie nicht wußten, wohin Martel wollte.

Plötzlich setzte sich Martel wieder in Bewegung, irgendwie spürte er, daß mehrere Männer im Nebel versteckt sein mußten. Natürlich würden es mehrere sein: Delta schickte doch immer gleich eine ganze Kompanie. Martel hatte Zürich nicht vergessen, wo sie sogar mit zwei Wagen erschienen waren. Er war jetzt mehrmals abgebogen und stand nun bei einer Straßenlaterne, einer milchigen Kugel, die mit einem Metallarm an einer Hauswand befestigt war. Krummgasse.

Martel hatte keine Wahl. Um hinüber zur Hauptstraße, der Maximilianstraße, zu kommen, mußte er die zweifelhafte Sicherheit der engen Ludwigstraße verlassen und seinen Weg durch die noch schmalere Krummgasse nehmen. Er trat aus dem verwaschenen Schein der Lampe heraus und starrte in die Finsternis vor sich. Wenn er die Krummgasse erst hinter sich hatte, dann war er schon in Rufweite von der Polizei.

Wieder hörte er hinter sich ein Rascheln von Stoff. Der

Ring zog sich zu. Reinhard Dietrich würde schon viele Kilometer entfernt sein – und niemand würde seine Anwesenheit am Vorabend mit dem Mord an einem zweiten Engländer in Lindau in Verbindung bringen. Martel ging in die Krummgasse hinein – er machte jetzt längere Schritte, um den Mann hinter sich zu verwirren, der an sein bisheriges, langsameres Tempo gewohnt sein mußte.

Martels Nachtsicht war außergewöhnlich gut, und er starrte angestrengt voraus. Für den Augenblick hatte er seinen Verfolger abgehängt. Wieder hielt er an, und diesmal hörte er das Rascheln nicht. Sein taktischer Plan war es, die breite Maximilianstraße zu erreichen und dann die letzten Meter bis zur Polizei zu rennen. Aber jetzt hörte er einen Schuh knarren – vor sich.

Die klassische Mausefalle. Jemand – vielleicht mehrere? – kam von hinten. Und jetzt war der Gegner auch vor ihm; gerade, als er das Ende der Krummgasse fast erreicht hatte. Delta hatte gut geplant. Gleich, als er in die Ludwigstraße eingebogen war, mußten sie vermutet haben, wo er hin wollte – oder wenigstens waren sie sich über das Gebäude in Lindau klargeworden, das er auf keinen Fall erreichen sollte. Die Polizei.

So hatten sie also an das Ende jeder Gasse, die von der Ludwigstraße zur parallel verlaufenden Maximilianstraße führte, einen ihrer Soldaten aufgestellt. Der knarrende Schuh schien anzudeuten, daß der Mann weiter vorn jetzt die Krummgasse hinunter auf Martel zu ging; und dabei schloß sich die Zange jede Sekunde mehr. Blitzschnell zog sich Martel in einen düsteren Toreingang zurück und flehte Quietschsohle im stillen an, sich zu beeilen.

Irgendeine massive Gestalt tauchte aus dem wirbelnden Nebel auf, die rechte Hand vorgestreckt wie bei einem angreifenden Fechter. Martel zog mit seiner Linken eine Schweizer Fünf-Franken-Münze aus der Tasche und warf sie auf die Straße. Kling!

Das Geräusch war in der Stille überraschend laut, und

der Mann, der Martel bekannt vorkam – da war irgend etwas in seinen marionettenartigen Bewegungen –, hielt direkt vor der Haustür an, in der der Engländer stand, und blickte in die andere Richtung. Das Rascheln des Mantelärmels war noch nicht wieder aufgetaucht – also mußte der ursprüngliche Verfolger noch ein Stück entfernt sein. Martel setzte sich in Bewegung.

Der Mann spürte Gefahr, drehte sich um und war sofort wieder bereit, seine Rechte nach vorn schnellen zu lassen. Der Lauf von Martels Colt traf den Möchtegern-Attentäter mit fürchterlicher Kraft. Martel spürte, wie seine Waffe einen Hut mit der Kraft eines Schmiedehammers durchschlug, dann auf Schädelknochen traf und schließlich abprallte. Der Angreifer brach zusammen und lag dann wie ein Haufen alter Kleider mit verrenkten Gliedern auf dem Pflaster.

Martel lief los. Am Ende des Gäßchens bog er rechts ab und konnte dann im Schein einer Straßenlaterne an einer Gebäudemauer das Schild Stadtpolizei entziffern. Der Eingang lag um die Ecke am Bismarckplatz. Er stieß die Tür auf und hielt vor einem Schalter an, hinter dem ein Polizeibeamter überrascht aufblickte.

Er knallte ein Stück Plastik, das wie eine Kreditkarte aussah, auf das Schalterbrett und ließ den Colt zurück in sein Halfter gleiten, während der Polizist schon selbst nach der Pistole fingerte. Immer noch außer Atem stieß Martel die Worte heraus.

»Kommissar Dorner! Und bitte fix! Wenn er zu Hause ist, holen Sie ihn aus dem Bett. Hier ist mein Ausweis. Und schicken Sie ein paar Leute in die Krummgasse. Die müßten da über jemanden stolpern . . .«

»Wir haben schon nach Ihnen gesucht, Herr Martel – eigentlich müßte man Sie an der bayerischen Grenze bemerkt haben . . .«

Martel war von Kommissar Dorner beeindruckt. Er war

vierschrötig, Anfang Vierzig, hatte sandfarbene Haare, listige Augen, die ein humorvolles Blitzen zeigten; und er machte überhaupt den Eindruck eines Mannes, der wußte, was er tat und sich nicht vor Entscheidungen scheute.

Martel saß dem Polizeibeamten im zweiten Stock des Gebäudes, das auf den Bismarckplatz hinaussah, an einem Tisch gegenüber. Er hatte eine Tasse starken Kaffee vor sich. Ausgezeichneten Kaffee.

Sie hatten den Mann in der Krummgasse gefunden, den Toten, den Martel als Rolf Groß identifiziert hatte, als einen von den beiden, die später noch im Bayerischen Hof aufgetaucht waren. Aber es war noch mehr gefunden worden. Unter der Leiche – Martels Schlag hatte Groß den Schädel gespalten – hatte etwas gelegen, das Dorner eine ›Stilettspritze‹ genannt hatte. Er hielt den Plastikbeutel mit der Waffe hoch.

»Glück haben Sie gehabt«, meinte Dorner. »Durch das Ding hier sind Sie entlastet. Die Fingerabdrücke von Groß sind auf dem Handgriff. Das muß ja wie ein Filzschreiber aussehen, bevor der Knopf gedrückt wird und die Nadel herausschnellt. Wir haben die Gerichtsmediziner aus den Betten geholt, und die haben mir gesagt, was drin ist . . .«

»Und was ist da drin?«

»Eine Zyankalilösung. Eigentlich sollte man vermuten, daß die Russen sich so etwas ausgedacht haben . . .«

»Vielleicht haben sie's auch . . .«

»Aber diese Burschen gehören doch zu Delta – Neonazis. So ein Mordinstrument habe ich bisher noch nie in der Hand gehabt . . .«

»Aber ich. Ist eine Spezialität von Delta«, erwiderte Martel grimmig. »Wie reimen Sie sich denn zusammen, daß ausgerechnet die Neonazis so etwas benutzen?«

»Kann ich nicht«, gab Dorner zu. »Ich kann mir überhaupt keinen Reim auf das machen, was da passiert. Diese Waffenverstecke mit den Uniformen und Delta-Abzeichen waren doch viel zu leicht zu finden . . .«

»Zu leicht?«

»Ja. Erich Stoller vom BND ist auf dem Weg nach hier. Hab' ihn auch aus dem Bett geholt ...« Dorner senkte die Stimme. »Als Stoller nach der Entdeckung von Warners Leiche hierhergeflogen war, da hat er mir erzählt, daß er einen Informanten hat, der ihm regelmäßig die Lage der Waffenverstecke durchgibt. Immer sind es irgendwelche unbewohnten Plätze – ein verlassener Bauernhof, eine leerstehende Villa.«

»Mit anderen Worten, es gibt die Waffen, die Uniformen – die Pressenotizen –, aber Sie schnappen dabei niemanden?«

»Tja, verrückt, nicht wahr?« Dorner stand auf, zündete sich einen Zigarillo an und blickte aus dem Fenster, das er wegen des Nebels geschlossen hatte. »Wir kriegen niemanden zu fassen, und auch die Eigentumsverhältnisse der Gebäude bringen uns nicht weiter. Genausowenig wie die Tatsache, daß wir bisher noch keinen einzigen Kollegen von Groß geschnappt haben ...«

»Ich habe Ihnen doch gesagt, daß Erwin Vinz im Bayerischen Hof abgestiegen ist ...«

»Hat sein Zimmer bezahlt und das Hotel verlassen – gerade zehn Minuten bevor meine Leute eintrafen. Hat behauptet, er hätte unverzüglich geschäftlich fortgemußt. Meinen besten Mann habe ich vor dem Zimmer von Claire Hofer postiert – als Hausdiener verkleidet. Der schlägt sich jetzt die Nacht mit Schuheputzen um die Ohren.«

»Danke.« Obwohl ihm vor Müdigkeit fast die Augen zufielen, bewunderte Martel Kommissar Dorner mehr und mehr. »Und wie ich schon sagte, Reinhard Dietrich hat auch in dem Hotel Station gemacht ...«

»Ist aber nicht da abgestiegen«, berichtigte ihm Dorner. »Er kommt in seiner Mercedes-Staatskarosse an, hat ein gemütliches Abendessen, einen Schwatz mit Ihnen – und dann zieht er wieder ab. Was soll ich ihm denn anlasten?

Daß er zu große Portionen ißt und kubanische Zigarren raucht?« Er setzte sich mit seiner fülligen Hinterbacke auf einen Schreibtisch. »Verdammt frustrierend . . .«

»Dann stellen wir ihnen doch eine Falle – bieten ihnen etwas an, wo sie nicht nein sagen können.«

Dorner nahm den Zigarillo aus dem Mund und runzelte die Stirn. »Was genau schlagen Sie vor?«

Es brauchte eine Stunde, die Ankunft von Erich Stoller, acht Tassen Kaffee und vier Zigarillos, ehe Martel die Unterstützung des Polizeibeamten für seinen Plan hatte.

15. Kapitel
Freitag, 29. Mai

»Claire sagt, Warner hat dreimal das Unternehmen Krokodil erwähnt . . .«

Während Martel nach seiner entscheidenden Begegnung mit Stoller und Dorner endlich im Bayerischen Hof den verlorenen Schlaf nachholte, spielte sich Tweed – in seiner Wohnung in Maida Vale – immer wieder dieselbe Stelle des Tonbands mit Martels Bericht aus St. Gallen vor. Er hörte das Band jetzt zum fünften Male ab, war einsam und müde.

Während des Tages hatte er wieder einmal Krach mit Howard gehabt, der auf dem Sprung nach Paris gewesen war. Dort hatte er an einem Treffen der vier obersten Sicherheitsbeamten teilzunehmen, die für die VIPs zu sorgen hatten, die – in fünf Tagen – ihre Reise an Bord des Gipfelexpreß von Paris nach Wien antreten würden.

Die britische Premierministerin würde zum Flughafen Charles de Gaulle fliegen und von dort aus direkt zum Gare de l'Est gefahren werden. Zur gleichen Zeit würde sich die Kolonne des französischen Präsidenten ebenfalls auf den Weg zum Bahnhof machen.

Kopf des französischen Geheimdienstes und verantwortlich für die Sicherheit seines Präsidenten war Alan Flandres, ein alter Freund von Tweed. Und der amerikanische Präsident, der in seiner Air Force One über den Atlantik direkt nach Orly geflogen kam, würde sich den anderen ebenfalls zügig anschließen.

Der Sicherheitsverantwortliche – der Chef des amerikanischen Geheimdienstes –, und damit für seinen Staatschef verantwortlich, war Tim O'Meara, ein Beamter, dem Tweed nur ein einziges Mal begegnet war. Das war erst kürzlich gewesen. Der vierte VIP – der westdeutsche Kanzler Kurt Langer – sollte den Zug am folgenden Morgen in München besteigen. Erich Stoller würde ein schlafloses Auge auf seinen Schützling halten.

»Warum überhaupt diese blöde Idee mit dem Zug?« hatte Tweed Howard während ihres Zusammenpralls in dessen Büro gefragt. »Die könnten doch alle auf direktem Weg nach Wien fliegen und da den sowjetischen Parteisekretär treffen. Das wäre doch ein ganzes Stück sicherer ...«

»Der französische Präsident«, hatte Howard schroff erklärt, »haßt das Fliegen. Offiziell heißt es dann, die Herren wollten die Gelegenheit nutzen, in Muße ihre Strategie abzusprechen, bevor der Zug in Wien ankommt. Und ich brauche jeden einzelnen Mann. Und Martel ...«

»Wie sieht denn die Fahrstrecke aus?«

»Der direkte Weg«, hatte Howard steif zurückgegeben. Er setzte offenbar voraus, daß Tweeds geographische Kenntnisse begrenzt waren. »Von Paris nach Straßburg ...«

»Ulm, Stuttgart, München, Salzburg – dann Wien ...«

»Warum fragen Sie dann?« zischte Howard.

»Um sicherzustellen, daß kein Umweg eingeplant worden ist ...«

»Und warum zum Teufel sollte einer eingeplant sein?«

»Das wollte ich ja gerade von Ihnen hören«, hatte

Tweed geantwortet und mit innerer Genugtuung zugesehen, wie Howard sein Büro im Sturmschritt verlassen hatte.

Aber Howard hatte schon Grund, sich Sorgen zu machen, dachte Tweed später vor dem Morgengrauen in seiner Wohnung. Der ›Times‹-Atlas lag vor ihm aufgeschlagen. Doppelseite vierundsechzig – Südwestdeutschland und Nordschweiz. Auf dieser Karte konnte er einen großen Teil der Strecke von Straßburg quer durch Bayern bis nach Salzburg verfolgen.

Unternehmen Krokodil ...

Was konnte das nur sein? Er nahm die Brille ab und rieb sich über die Augen. Ohne die Gläser sah er alles – einschließlich der Landkarte – nur noch verschwommen. Alle Formen waren vereinfacht. Gerade wollte er den Atlas zuklappen, als er innehielt, wie festgefroren mitten in der Bewegung. Er hatte das Krokodil vor Augen!

Nach dem Frühstück am Morgen machte Martel eine große Schau daraus, sich im Hafen von Lindau ein Boot zu mieten – im selben Hafen, in dem Warner damals eins für seine letzte Reise gemietet hatte.

Es wurde viel gestikuliert. Ausführliche Diskussionen über die Vorzüge des einen oder anderen Wasserfahrzeugs folgten. Ausgiebig wurde debattiert, für wie lange Martel das Boot mieten wollte. Schließlich einigte man sich nach langem Hin und Her auf den Preis.

Aus einiger Entfernung beobachteten zwei Frauen diese sorgfältig inszenierte Pantomime. Von ihrem Sitzplatz auf der Römerschanze über dem Hafen spielte Claire ihre Rolle als Touristin. Und Martel hatte ihr noch einmal ausdrücklich eingeschärft, daß kein Beobachter auch nur vermuten durfte, daß sie beide sich kannten.

Ganz willkürlich richtete sie ihren Feldstecher mal hierhin, mal dorthin. Der Bodensee wurde wieder einmal seinem Ruf als unberechenbares Gewässer gerecht. Am vergangenen Abend hatte er im Nebel gelegen – und nun war es ein kristallklarer Tag geworden mit einem Himmel, der ans Mittelmeer erinnerte. Im Süden, jenseits des friedlichen Wassers, lag das unvergleichliche Panorama der schneebedeckten Alpen. Darunter die Liechtensteiner ›Dreischwestern‹. Eine Handvoll Touristen, die den Strand entlangstapften, trugen zu der friedlichen Szenerie bei.

Klara Beck, ebenfalls mit einem Fernglas ausgerüstet, saß auf einer Bank am Ufer mit dem Hotel im Rücken. Martel hatte sie keineswegs vergessen und sowohl Dorner als auch Stoller letzte Nacht über ihre Anwesenheit informiert.

»Meine Leute berichten, daß Klara Beck offensichtlich die Nacht über im Hotel bleibt«, hatte Dorner nach einem Telefonanruf an Martel weitergegeben.

»Hatte ich mir schon gedacht«, bemerkte Martel.

»Und wieso, wenn ich fragen dürfte?« wollte Stoller wissen.

»Weil Delta nicht vermutet, daß ich weiß, daß sie dazugehört. Sie hat seit ihrer Ankunft keine Berührung mit Dietrich gehabt, keine Berührung mit Erwin Vinz oder mit Rolf Groß – sie bietet sich geradezu an, als Spionin zurückgelassen zu werden. Und ich benutze sie dann für meine Zwecke . . .«

Und jetzt war Martel gerade dabei, die Beck zu benutzen, stellte Claire fest, während sie ihr Fernglas auf die junge Frau richtete. Genau wie Claire, benutzte auch die Beck gerade ihr Fernglas, das nun seinerseits auf Martel gerichtet war.

»Da werde ich mich jetzt wohl in Bewegung setzen müssen«, murmelte Claire vor sich hin.

Sie verließ ihren Sitzplatz, schlenderte die Stufen zum Wasser hinunter und wanderte langsam im Sonnenlicht auf das Hotel zu. Sie hatte es genau abgepaßt: Gerade als sie die Beck fast erreicht hatte, stand die junge Deutsche auf und hielt rasch auf den Eingang des Bayerischen Hofs zu. Draußen auf der Mole hatte Martel gerade mit dem Bootsvermieter einen übertriebenen Handschlag gewechselt.

Aber hinter der Biegung hielt die Beck dann plötzlich nicht mehr auf das Hotel zu. Statt dessen überquerte sie die Straße, ging an dem hohen Baum vorbei, unter dem die Taxis warteten, und verschwand im Bahnhofsgebäude. Ihr Schatten folgte.

Claire drückte die Tür auf, blickte nach links und sah, was sie erwartet hatte. Die Beck stand in einer der Telefonzellen und machte einen Anruf. Claire ließ sich von der Menge auf einen Kiosk zutreiben und blätterte in den Taschenbüchern. Die neue Entwicklung beunruhigte sie.

In dem Telefonhäuschen wählte die Beck eine Lindauer Nummer, klemmte sich den Hörer an die Schulter und beobachtete den Bahnhofseingang. Niemand Verdächtiges. Am anderen Ende antwortete ein Mann so rasch, als hätte er auf den Anruf gewartet.

»Hagen hier . . .«

»Hier ist Klara.«

»Wir sind bereit. Gibt's was zu melden?«

»Die Ware befindet sich auf einem grauen Motorboot. Abfahrt unmittelbar bevorstehend . . .«

Die Beck legte auf, verließ den Bahnhof und ging langsamen Schrittes zum Hotel hinüber, wobei sie deutlich das warme Sonnenlicht genoß. Auf den Stufen hielt sie dicht neben einem Pflastermaler an, der gerade ein neues Gemälde anfing. Sie zog ein Päckchen Zigaretten heraus.

»Halten Sie Ausschau, ob die Polizei ein graues Motorboot in den Hafen zurückbringt«, murmelte sie. »Sie zündete die Zigarette an und ging ins Hotel hinein. Sie hatte soeben die Exekution des zweiten Engländers in die Wege geleitet.

Kommissar Dorner achtete nicht auf den Weg, während er die Ludwigstraße hinunter auf den Hafen zuging. Er prallte direkt auf die junge Frau und hätte sie wohl zu Boden gestoßen, wenn er sie nicht rasch mit beiden Händen an den Schultern festgehalten hätte. Claire Hofer, die genau im ausgemachten Moment aufgetaucht war, bewegte sich nicht. Dorner, der Zivilkleidung trug, sprach laut.

»Ich bitte um Entschuldigung. Was bin ich doch für ein dämlicher Trottel ...« Seine Stimme wurde ganz leise, die Lippen bewegten sich kaum noch. »Alles läuft wie ausgemacht. In einer Viertelstunde ist die Insel abgeriegelt ...«

Dorner ging weiter, und auch Claire machte sich nach einem Blick auf die Armbanduhr wieder auf den Weg. Minuten, Sekunden zählten jetzt, wenn die Falle erfolgreich zuschnappen sollte. Claire nahm eine Abkürzung zum Hafen hinunter. Martel war schon an Bord seines Bootes. Er war dazu die steile Leiter an der Molenwand hinuntergeklettert.

Claire blickte nach rechts hinüber, sah Braun, den Pflastermaler, der gerade mit hinter den Rücken verschränkten Händen in Sicht kam. Claire nahm ein leuchtendrotes Tuch aus der Tasche und band es sich um den Kopf.

Von Bord seines Bootes aus sah Martel das hellrote Tuch blitzen – das Signal, daß alles auf Gefechtsstation war. Martel erhaschte auch einen Blick auf Kommissar Dorner, der um den Hafen herum zur Anlegestelle der Polizeibarkasse schlenderte. Er zündete sich eine Zigarette an und beobachtete Claire aus dem Augenwinkel. Die ging jetzt eilig auf das Freibad unterhalb der Terrasse der Römerschanze zu.

Als sie an dem Schwimmbecken angekommen war, benutzte sie die bereits vorher gekaufte Eintrittskarte und betrat eine der Umkleidekabinen. Sie schloß die Tür ab, wand sich aus ihrem synthetischen Jerseykleid heraus und stand dann in dem Bikini da, den sie darunter getragen hatte. Sie steckte das fest zusammengerollte Kleid und ihre Pistole in einen wasserdichten Beutel und band ihn dann mit einem Lederriemen ans Handgelenk.

Ihre Handtasche, die jetzt leer war, ließ sie in der Kabine, verschloß die Tür, blickte auf ihre wasserdichte Armbanduhr und ging dann an der äußeren Mauer entlang. Um diese Tageszeit war es hier fast leer. Und dann machte Claire Hofer von der Mauer aus einen Kopfsprung in den See.

Martel machte die Leine los, ging in das enge Steuerhäuschen seines Motorbootes und blickte ebenfalls auf die Uhr – die er vorher mit den Uhren von Claire und Kommissar Dorner verglichen hatte. Noch zwei Minuten. Er steckte eine Zigarette in seine Spitze und zündete sie an.

Die letzten Nebelwölkchen vom vergangenen Abend lagen vor dem österreichischen Ufer. Die Meteorologen hatten einen warmen, sonnigen Tag vorhergesagt. Das war von Martel als bedeutender Faktor in Rechnung gestellt worden, als er seinen Plan mit Dorner und Stoller endgültig festgelegt hatte. Genau in diesem Moment leitete der BND-Beamte das Unternehmen von einem Büro der Stadtpolizei aus.

Martel paßte auf, daß er nicht zur Ostseite des Hafens hinübersah. Dort an der Löwenmole lag die Barkasse der Wasserschutzpolizei festgemacht, die von Kommissar Dorner befehligt wurde. Der Deutsche war schon unter Deck und schlüpfte jetzt, nachdem er unbemerkt an Bord gekommen war, in seine Uniform. Noch einmal blickte Martel auf die Armbanduhr, holte dann tief Atem und steuerte aus dem Hafen hinaus.

In seinem Büro bei der Stadtpolizei stand Erich Stoller am Fenster und blickte auf die Hauptstraße hinaus. Für die Leute draußen war es ein Tag wie jeder andere. Vor dem Café Hauser saßen die Touristen, tranken Kaffee und verspeisten Buttercremetorte. Hinter Stoller saß an einem schweren Tisch ein Funker vor seinen Gerät – Stollers ›Kommandozentrale‹.

Mit diesem Funkgerät konnte er sofort mit den Streifenwagen Kontakt aufnehmen, die unauffällig in der Nähe der Straßenbrücke geparkt waren. Und ebenfalls mit anderen Fahrzeugen, die auf dem Festland, am Ende des Bahndamms, ihre strategischen Posten bezogen hatten.

Über das Funkgerät hielt er auch die Verbindung mit Kommissar Dorner aufrecht, dessen Barkasse immer noch im Hafen lag. Jetzt kam ein Funkspruch.

»Siegfried reitet . . .«

Dorner hatte durchgegeben, daß sich Martel auf den Weg gemacht hatte.

Weiter entfernt, wo das Ufer noch etwas dunstiger war, rannten fünf Windsurfer über den schmalen Strand auf ihre wartenden Geräte zu. Der Punkt befand sich fast in der Mitte zwischen Lindau und dem österreichischen Bregenz. Der Anführer, Werner Hagen, der einsachtzig große blonde Riese, der bisher in einer Telefonzelle in einem verlassenen Lagerhaus auf den Anruf von Klara Beck gewartet hatte, lief auf seine Gefährten zu und gestikulierte in Richtung des Weges.

»Er verläßt gerade den Lindauer Hafen«, rief er, während er auf sein eigenes Surfbrett zurannte. »Graues Motorboot. Martel ist allein an Bord . . .«

Die Windsurfer, die jetzt in der leichten Brise manövrierten, trugen Badehosen. Jeder von ihnen trug ein großes Wurfmesser um den Unterarm geschnallt. Das silberne Dreieck, das Symbol von Delta, trugen sie an ihre Badehosen gesteckt. Das Exekutionskommando hielt unter der Führung von Werner Hagen auf einen Punkt etwa einen halben Kilometer vor dem Hafen von Lindau zu.

»Gott sei Dank, ich hab's bis zu Ihnen geschafft, war nicht ganz einfach . . .«

Claire saß gegen die Bordwand gelehnt, über die Martel sie hereingezogen hatte. Sie hatte die Beine ausgestreckt und atmete nach der Anstrengung noch schwer. Martel knotete den Lederriemen auf und legte den wasserdichten Beutel neben sie.

Das Motorboot dümpelte. Martel war langsam aus dem Hafen herausgefahren und hatte dabei seine Sirene, wie es für ein- oder ausfahrende Boote Vorschrift war, ertönen lassen. Aber etwas länger als nötig, damit Claire ihn besser ausmachen konnte. Jetzt kam Wind auf und machte ein leises, pfeifendes Geräusch, das Claire auf die Nerven ging.

»Sie meinen also, die kommen jetzt?« fragte sie.

»Da können Sie Gift drauf nehmen ...«

Claire nahm ihr Kleid und die Neunmillimeterpistole aus dem Beutel. Martel sah das Kleid an, nahm es auf und brachte es ins Steuerhaus. »Das sollten Sie jetzt besser nicht anziehen ...« Er kam wieder heraus, überprüfte seinen Fünfundvierzigercolt und steckte ihn zurück ins Schulterhalfter.

»Das ist synthetischer Jerseystoff«, sagte Claire. »Ich hab's gewählt, weil es praktisch knitterfrei ist ...«

Sie hielt inne, als sie merkte, daß Martel auf etwas anderes achtete. Der Motor war ausgeschaltet, und Martel blickte angestrengt in den grauen, immer dünner werdenden Nebel hinüber. Der leichte Wind vertrieb die letzten Dunstwolken über dem Ostteil des Sees.

»Meinen Sie, die kommen von da drüben?« fragte Claire.

»Das ist die kürzeste Entfernung zu einem Uferstreifen, an dem sie aller Wahrscheinlichkeit nach nicht entdeckt werden. Und jetzt ziehen Sie bitte die Maske hier über – wenn einer von denen davonkommt, dann möchte ich nicht, daß Sie später wiedererkannt werden ...«

»Und das hier?« Claire zeigte auf ein klobiges Instrument auf dem kleinen Kartentisch im Steuerhaus. »Ist das ein Radargerät?«

»Das ist ein Funkgerät mit einem Tonband; und es bewirkt zweierlei – einmal sagt es Stoller in seinem Hauptquartier, daß wir angegriffen werden, wenn ich diesen Knopf hier drücke. Und dann sendet es noch einen ständigen Peilton aus, mit dessen Hilfe Dorner auf seiner Polizeibarkasse feststellen kann, wo wir gerade sind.«

»Das haben Sie aber prima ausgetüftelt«, sagte Claire.

»Weil ich seit dem Mord an Warner weiß, daß wir einen erstklassigen Kopf als Gegner haben, der seine Hirnrädchen auch ganz schön kreisen läßt ...«

»Reinhard Dietrich etwa?«

»Nein. Ein internationaler Anarchist, der Manfred genannt wird.« Martel stand im Steuerhaus und war dabei, den Motor wieder anzulassen. »Und ich hätte nie zulassen sollen, daß Sie mit auf dem Boot sind ...«

»Haben Sie aber!«

»Dann setzen Sie sich endlich die Maske auf und halten den Mund«, sagte Martel brüsk, und dann brummte der Motor auf.

Im Westen, wo sich der See wie ein öliges, blaues Tuch ausbreitete, war der Nebel schon ganz verschwunden. An der Ostmole des Lindauer Hafens war der bayerische Löwe als massive Silhouette zu erkennen, während sie jetzt losfuhren.

Claire hatte die Gesichtsmaske aufgesetzt und die Pistole nach einer kurzen Überprüfung in das Gummiband ihres Bikinihöschens gesteckt. Martels Anweisungen – die er ihr bereits im Hotelzimmer gegeben hatte – waren äußerst genau gewesen.

»Wenn die auftauchen – so wie sie's bei Warner getan haben –, dann möchte ich, daß ein Mann am Leben bleibt, damit ich ihn mir vornehmen kann. Bei dem, was sie Warner angetan haben, kann der Rest meinetwegen ertrinken ...«

Martel hielt die Geschwindigkeit des Motorbootes niedrig und steuerte geradewegs über den See auf das entfernte Rheindelta zu. Das – davon war er überzeugt –

mußte der einsame Uferstreifen sein, wo Warner hatte an Land gehen wollen.

Etwas machte ihm aber Kummer. Immer noch hielten sich im Osten, zwischen dem Boot und dem österreichischen Ufer, graue Nebelschwaden. Wie konnte ihn denn jemand finden, der aus dieser Richtung kam? Und wenn sie ihn fanden, dann würden sie wahrscheinlich blitzschnell da sein, bevor er sie selbst bemerkte. Er blickte immer noch in Richtung Österreich, als er Bewegung in dem Nebel sah.

Werner Hagen hielt mit einer Hand das Segel fest, während er den Blick auf das kompakte Gerät gerichtet hielt, das am Mast befestigt war. Es war ein Miniaturradarschirm, der in Dietrichs elektronischen Werken in Arizona entwickelt worden war. Martels Boot war deutlich auf dem kleinen Bildschirm zu sehen.

»Er hat denselben Kurs wie Warner«, dachte Hagen.

Er machte eine Geste zu den anderen fünf Windsurfern hinüber, die heute dichter als gewöhnlich zusammen fuhren. Sie durften sich ja auf keinen Fall aus den Augen verlieren. Die Geste sagte den Männern, daß das Ziel in Sicht war. Der Nebel hob sich, als sie über das leichtgekräuselte Wasser des Sees dahinglitten.

Hagen hatte es gut abgepaßt – immer ein Auge auf den Radarschirm, das andere auf die sich langsam auflösende Dunstwand voraus. Die linke Hand hielt das Segel, und mit der rechten lockerte er den rasiermesserscharfen Dolch, mit dem er seinerzeit Warner das ungelenke Delta in den Rücken geschnitten hatte. Dann sah er das Boot, gab wieder ein Zeichen, und die Mannschaft bildete einen Halbkreis, um Martel zum Halten zu zwingen.

Das lief alles mit unangenehmer Schnelligkeit ab. Eine Sekunde lang war vom Steuerhaus aus nur schemenhaft etwas im Nebel zu sehen – Gestalten, die auch Einbildung hätten sein können. Und dann waren die sechs Windsurfer da, drei von ihnen quer auf Martels Kurs, so daß er sofort die Maschine stoppen mußte.

»Die sind da«, rief er Claire zu und drückte auf den Knopf am Funkgerät.

»Ich hab' sie gesehen!«

Claire kniete mit dem Rücken zum Steuerhaus und hielt ihre Pistole versteckt, umfaßte aber den Knauf mit beiden Händen.

»Es geht los!«

Kommissar Dorner hockte auf der Brücke der Polizeibarkasse und sah auf das blinkende, helle Echo, das plötzlich auf seinem Spezialradarschirm erschienen war. Er richtete sich zu voller Größe auf, drehte die Zündung, und der Motor erwachte brüllend zum Leben.

Dorner wußte, daß sich im Augenblick kein Touristendampfer der Hafeneinfahrt näherte, aber er hielt sich trotzdem an die Regeln. Während er mit voller Fahrt ablegte, ließ er die Sirene ertönen – die Leinen waren schon losgemacht worden, als er sich heimlich an Bord geschlichen hatte.

An der Hafenausfahrt drehte er das Rad und schwang die Barkasse in einem Winkel von neunzig Grad hinüber, wobei er das ganze Hafenbecken in ein Durcheinander von Schaum und Wellen verwandelte. Mit voller Fahrt voraus und unaufhörlich plärrender Sirene ging es zwischen den beiden Molen hindurch. Immer schneller schoß die Barkasse vorwärts, während Dorner den Blick nicht vom Radarschirm abwandte.

»Laß mich rechtzeitig ankommen«, betete Dorner.

Klara Beck hatte sich entschieden, daß Braun die ganze Aufregung nicht allein genießen sollte. So hatte sie ihren Sitz am Ufer wieder eingenommen. Zufrieden, daß sie den wichtigen Telefonanruf jetzt hinter sich hatte, hatte sie sich entspannt und ihre Blicke wie eine Touristin hin und her schweifen lassen. Die plötzliche Abfahrt der Polizeibarkasse erschreckte sie.

Sie eilte die Promenade entlang und sauste über die Straße hinüber zum Hauptbahnhof. Sie war schon halbwegs die Reihe der Telefonhäuschen entlang, als sie innehielt. Am Fenster jeder einzelnen Zelle klebte ein gummiertes Schildchen mit der Aufschrift »Außer Betrieb«. Ein Polizist in Uniform kam auf sie zugeschlendert, und sie mußte aufsteigende Panik niederkämpfen.

»Wollten Sie telefonieren?« fragte der Mann.

»Aber die können doch nicht alle außer Betrieb sein«, protestierte sie.

»Aber Sie können doch lesen«, gab der Polizist schon weniger höflich zurück. »An dem Fehler wird gerade gearbeitet.«

»Danke sehr . . .«

Langsam verließ Klara Beck den Hauptbahnhof wieder. Als sie dann hinüber zum Bayerischen Hof ging, wurden ihre Schritte wieder schneller. In ihrem Zimmer nahm sie den Telefonhörer ab und wählte eine Nummer. Die Stimme einer jungen Frau ertönte.

»Ich bedaure, aber die Fernsprechleitungen sind im Augenblick zusammengebrochen. Geben Sie mir bitte die Nummer des Teilnehmers – ich verbinde Sie dann, sobald ich kann . . .«

»Ist nicht so wichtig . . .«

Dank ihrer ungewöhnlichen Selbstbeherrschung war Klara Beck in der Lage, ruhig aufzulegen und sich eine Zigarette anzuzünden. Um Himmels willen, wenn Dietrich nicht gewarnt würde, würde das auf sie zurückfallen. Was, um Gottes willen, ging da vor?

»Unterbrechen Sie sämtliche Telefonverbindungen mit dem Festland . . .«

Im Polizeipräsidium hatte Erich Stoller diesen Befehl gegeben, sobald er Martels Funkspruch aufgefangen hatte. Mit ihm im selben Raum saß ein Polizist mit dem Hörer am Ohr – die Verbindung zum Fernmeldeamt, wo man genau auf diesen Befehl wartete, war ständig offengehalten worden. Drei Schalter wurden umgelegt, und Lindau war vom Fernsprechverkehr mit der übrigen Welt abgeschnitten.

Sobald er diesen Befehl hörte, rannte ein zweiter Polizist aus dem Büro in den Funkraum. Die vorher bereitgestellten Streifenwagen wurden benachrichtigt. Die Straßenbrücke zum Festland war abgesperrt. Andere Wagen tauchten am jenseitigen Ende des Bahndamms auf, sperrten die Schienen und schlossen den Fußweg.

Die Signalanlage für den Zugverkehr mit Lindau zeigte plötzlich einen ›Fehler‹. Alle Züge hielten. Nur jemand mit Stollers Amtsbefugnissen hatte das bewerkstelligen können. Aber jetzt war seine größte Sorge, was da draußen auf dem See passierte.

Werner Hagen war äußerst zuversichtlich, als er das Motorboot mit seiner Mannschaft von Windsurfern einkreiste. Überraschung war alles. Der blonde Riese war der erste, der die Backbordseite des treibenden Motorbootes erreichte, und er stieg barfuß an Bord, bevor er sein Segel losließ. In der rechten Hand hielt er das Messer mit der breiten Klinge – bereit, zuzustoßen.

Als er das Mädchen mit seiner Gesichtsmaske sah, fand er gerade noch Zeit, überrascht zu sein – dann beschäftigte ihn etwas anderes. Martel kam aus dem Steuerhaus und schwang den Bootshaken. Martel hatte vermutet, daß Hagen der Anführer sein mußte – so wie er aussah, war es gar nicht anders möglich.

Der bösartige Hieb mit dem Bootshaken traf Hagen seitlich am Kopf. Hagen fiel der Länge nach auf das Deck und hob gerade rechtzeitig noch einmal den Kopf, um Martels wohlberechneten Hieb mit dem Revolverlauf aufzufangen. Er verlor das Bewußtsein.

Ein zweiter Mann kam jetzt mit dem Messer in der

Hand an Bord. Claire zielte und schoß ihm dreimal in die Brust. Blut spritzte und bildete einen kleinen See auf den Deckplanken. Martel blickte sich um und schätzte die Situation ab. Vier Killer waren übrig. Drei bildeten immer noch einen Halbmond vor seinem Bug, der vierte kam gerade über das Heck geklettert. Martel stemmte Claires Gegner über Bord, huschte zurück in das Steuerhaus und ließ den Motor aufheulen.

Das Trio, das seinen Kurs blockierte, konnte nicht rechtzeitig reagieren. Zu schnell und zu plötzlich bewegte sich das Motorboot. Einen Augenblick trieb es noch dahin, und dann kam es auf einmal wie eine Rakete auf sie zu. Der Bug zerschmetterte die leichten Surfbretter, und gut abgelagertes Holz schnitt auf einmal durch nachgiebiges Körpergewebe.

Einer von den Männern gab noch einen Todesschrei ab und wurde dann buchstäblich kielgeholt, als das Motorboot den bereits schwerverletzten Mann zu Brei zerdrückte. Die anderen beiden trieben dicht beieinander, und das Wasser um sie herum färbte sich plötzlich rot. Ihre verrenkten Körper glichen den zerknäulten Segeln dicht daneben.

»Da hinter uns ist noch einer«, rief Claire.

Aber Martel reagierte schon entsprechend. Er legte den Rückwärtsgang ein und schoß ein Stück zurück, wobei er mit einem Blick über die Schulter steuerte. Das Heck des Motorbootes traf den überlebenden Angreifer. Die Schiffsschraube ging über ihn weg.

»Und jetzt machen wir uns aus dem Staub«, sagte Martel zu Claire. »Ich glaub', da kommt schon Dorner . . .«

16. Kapitel
Freitag, 29. Mai

An dem Tag, als Howard am Flughafen Charles de Gaulle eintraf, herrschte in Paris sonniges und ausgesprochen heißes Wetter. Er wollte an der Konferenz teilnehmen, auf der abschließend die Sicherheitsmaßnahmen an Bord des Gipfelexpreß besprochen werden sollten. Es war typisch für ihn, daß er allein reiste. Und typisch war auch, daß er eine Tweedjacke trug wie ein Gutsbesitzer.

Alan Flandres hatte ihm einen Wagen geschickt, der ihn vom Flughafen in die Rue des Saussaies Nummer elf brachte, das offizielle Hauptquartier des Sûreté. Diese enge, gewundene Straße – nur ein paar Minuten zu Fuß vom Elysée-Palast entfernt – wird von den meisten Touristen überhaupt nicht bemerkt. Unter einem Torbogen bewachen uniformierte Polizisten den Eingang.

Flandres wählte diesen alten, düsteren Gebäudekomplex des öfteren für ein heimliches Treffen. Der Komplex war gut bewacht, Agenten in Zivilkleidung kamen und gingen – und so konnte die Ankunft von drei Zivilisten in getrennten Wagen kaum Aufmerksamkeit erregen. Der Chef des französischen Geheimdienstes erwartete Howard im zweiten Stock. In dem Zimmer standen nur ein Tisch, Stühle und sonst fast gar nichts.

»Schön, Sie zu sehen, Alan«, sagte Howard knapp.

»Ich bin entzückt, Sie in Paris willkommen zu heißen, mein Freund«, erwiderte Flandres enthusiastisch, während er ihm die Hand schüttelte und sich dem Mann zuwandte, der bereits am Tisch saß.

»Sie kennen doch Tim O'Meara? Ist gerade aus Washington angekommen . . .«

»Wir hatten einmal das Vergnügen«, warf der Amerikaner ein. Er streckte seine Hand aus, ohne sich von seinem Stuhl zu erheben, und zog weiter an seiner Zigarre.

Sie saßen um die polierte Tischplatte herum, während Flandres die Drinks eingoß. Howard hielt sich steif aufgerichtet und spielte mit Block und Bleistift herum, die er vor sich liegen hatte. O'Meara gewann bei näherer Bekanntschaft wenig an Sympathie, dachte er. Der Amerikaner war schwergewichtig, Anfang Fünfzig, hatte einen großen Kopf, war glattrasiert, trug eine randlose Brille und strahlte Selbstbewußtsein aus. Er führte sich überhaupt nicht wie ein Neuling in diesem Kreis auf.

Tatsache war, daß Tim O'Meara erst ein Jahr lang die Geheimdienstabteilung leitete, die für die Sicherheit des Präsidenten verantwortlich war. In seiner grellfarbenen karierten Jacke – er spielte nach außen hin offensichtlich den Touristen – saß er gewichtig auf seinem Stuhl, so, als gehöre er schon Jahrzehnte zu diesem Club.

Während er die Getränke eingoß, nahm Alan Flandres all dies mit einer Spur von gallischem Amüsement auf. Flandres war kleingewachsen und schlank, und trotz der Hitze war er untadelig in Krawatte und Anzug gekleidet. Auch er war Anfang Fünfzig. Seine Gesichtszüge waren fein gemeißelt, und er trug einen bleistiftschmal gestutzten Schnurrbart in der gleichen Farbe wie sein gut gebürstetes, dunkles Haar.

»Erich Stoller aus Deutschland muß jeden Moment kommen«, verkündete er, während er sich in seinem eigenen Stuhl niederließ und das Glas hob. »Meine Herren – seien Sie willkommen!«

Er nippte an seinem Cognac und bemerkte dabei, daß Howard gleich einen tiefen Schluck nahm, während O'Meara sein Glas Scotch schon halb ausgetrunken hatte. Flandres bemerkte die Spannung unter der Oberfläche. Hier waren ein paar nervöse Burschen zusammengekommen. Wer würde der Katalysator sein?

Die Tür ging auf, und Erich Stoller wurde in den Raum geführt. Groß und mager, bildete er einen äußersten Kontrast zu den anderen dreien, und genauso entgegengesetzt war sein Benehmen. Er neigte dazu, sehr wenig zu sagen und nur zuzuhören. Er bat für sein spätes Eintreffen um Entschuldigung.

»Ein unerwartetes Problem hat meine Anwesenheit dringend nötig gemacht ...«

Dabei beließ er es. Der halbe Nachmittag war schon vorbei, und Stoller hatte keine Absicht, kundzutun, daß er den Morgen noch in Lindau verbracht hatte, um die Insel abzuriegeln, während Martel seine Fahrt im Motorboot machte. Er hatte sich höllisch beeilen müssen, um noch nach Paris zu kommen – mit dem Hubschrauber direkt zum Münchener Flughafen, wo die Maschine auf ihn gewartet hatte.

»Nur etwas Bier«, sagte er zu Flandres und setzte sich kerzengerade auf seinen Stuhl. Da er ein ausgezeichneter Psychologe war, ging er jetzt daran, Howard völlig von Martels Spur abzubringen, indem er ihn fragte: »Und wie geht's meinem Freund Tweed? Ich habe gedacht, ich treff' ihn hier ...«

»Tweed bleibt diesmal zu Hause«, gab Howard kurz zurück, wobei er seinem Gesicht einen eisernen Ausdruck verlieh. »Kommt langsam in die Jahre, müssen Sie wissen ...«

»Tatsächlich? Ich dachte, Sie beide wären gleich alt«, bemerkte Stoller trocken und trank von seinem Bier.

»Das hier ist nicht sein Gebiet«, entgegnete Howard scharf. »Können wir jetzt vielleicht zur Tagesordnung kommen?«

»Aber natürlich!« stimmte Flandres zu, der seinen Spaß an diesem Schlagabtausch gehabt hatte. »Ich habe hier die Karte mit der Strecke des Gipfelexpreß ...« Er machte sich daran, eine Karte großen Maßstabs von Nordeuropa aufzurollen, auf der die Strecke in Rot markiert war. Dann setzte er sich in seinem Stuhl zurück und zündete sich eine Zigarette an, während er zusah, wie die anderen die Karte betrachteten.

Alan Flandres, dessen Charme und gutes Aussehen ihn so unwiderstehlich bei den Damen machten, hatte auch einen Hang zum Dramatischen. Ganz obenhin machte er eine Bemerkung, und die drei Köpfe zuckten von der Karte hoch.

»Carlos – oder Manfred – nennen Sie ihn doch, wie Sie wollen, ist gestern morgen in London gesichtet worden – am Piccadilly Circus, um genau zu sein . . .«

»Manfred!? Und wie zum Teufel wissen Sie denn, was in London los ist? Und will mir freundlicherweise jemand sagen, ob er tatsächlich mit Carlos identisch ist?«

Es war Howard, der da explodiert war. Flandres bemerkte, daß der Mann noch nervöser war, als er vermutet hatte. Warum, fragte er sich? In beiläufigem Ton gab der Franzose seine Erklärung.

»Renée Duval, eine Agentin von mir, arbeitet im Moment in der Französischen Botschaft. Sie hat dieses Telex hier eben mit einem Auszug aus der Mittagszeitung zusammen geschickt.« Während Howard den Streifen durchlas, den der Franzose ihm hinübergereicht hatte, klärte ihn Erich Stoller über Carlos auf.

»Carlos hat keine feste Basis. Manfred hat keine feste Basis, von der aus er operiert. Niemand weiß, wie Carlos wirklich aussieht. Dasselbe gilt für Manfred. Von Carlos weiß man, daß er sich zeitweise hinter den Eisernen Vorhang zurückgezogen hatte – genau wie Manfred. Beide sind unabhängig und arbeiten mit dem KGB nur dann zusammen, wenn es ihnen paßt . . .«

»Dann sind es also zwei?« unterbrach ihn Howard.

»Oder«, warf O'Meara mit brummelnder Stimme ein, »Carlos hat beide Masken selbst erfunden – und falls das so ist, welcher ist der Wirkliche? Und, Erich, Sie haben ausgelassen, daß beide Männer – falls überhaupt zwei existieren – ausgezeichnete Attentäter sind . . .«

Flandres sah sich den Amerikaner näher an. Da haben Sie aber den Finger auf etwas gelegt, mein Freund, dachte er sich. Bei Stollers nächster Frage wurde Howard rot vor Ärger.

»Können Sie mir etwas Näheres über diese Londoner Beobachtung sagen? Wie war er angezogen? Wieso haben Sie ihn überhaupt so leicht erkannt?«

»Na, seine übliche ›Uniform‹«, murmelte Howard widerstrebend. »Parka, Jeans, dunkle Baskenmütze und Sonnenbrille mit sehr großen Gläsern.«

»Könnten Sie das noch etwas weiter ausführen?« beharrte der Deutsche.

»Ein Polizist auf Fußstreife hat ihn erkannt. Carlos – wenn es tatsächlich Carlos gewesen ist – ist in der Swallow Street verschwunden, die geradewegs zur Regent Street führt. Der Polizist hat ihn verfolgt, hat ihn aber in der Menge verloren. Später hat einer der Verkäufer von Austin Reed, einem Herrenausstatter ganz in der Nähe, auf einem Stuhl den Parka gefunden mit der Baskenmütze und der Sonnenbrille. Unter dem Parka hat eine geladene Achtunddreißiger Smith & Wesson gelegen . . .«

»Ein Polizist auf Fußstreife«, fuhr Stoller fort. »Der ist also immer ein bestimmtes Stück Straße auf und ab gegangen?«

»Ja, ich denke doch. Hat vielleicht nach Verdächtigen von der IRA Ausschau gehalten. Worauf wollen Sie denn hinaus?« wollte Howard wissen.

»Da könnte doch jemand, der genauso angezogen war, dafür gesorgt haben, daß der Polizist ihn gesehen hat, und dann verschwunden sein?«

»Das wäre schon möglich, obwohl ich nicht sehe, wieso . . .«

O'Meara zündete sich eine Zigarre an. »Eine Havanna«, erklärte er. »Ich muß mit der Kiste fertig sein, bevor ich in die Staaten zurückfliege. Sie wissen ja, da sind die Dinger verboten.«

Stoller war nach seinem ungewohnten Redeschwall wieder in Schweigen verfallen, und Flandres hatte den etwas unheimlichen Eindruck, daß der Deutsche nur auf einen einzigen der Anwesenden konzentriert war. Aber er konnte nicht entdecken, wer nun aus unbekannten Gründen die Aufmerksamkeit des Chefs des BND auf sich gezogen hatte.

Sie fuhren mit ihrem eigentlichen Problem fort – der Sicherheitsplanung für die Spitzenpolitiker, die in Wien dabeisein würden. Erst einmal wurde die Eisenbahnstrecke in zwei Sektoren aufgeteilt. Diese Aufteilung wurde in der Karte eingezeichnet.

Von Paris nach Straßburg – französische Angelegenheit. Von Straßburg über Stuttgart und München nach Salzburg – deutsche Sache. Das letzte Teilstück, von Salzburg nach Wien – Aufgabe der Amerikaner, offiziell immer in Zusammenarbeit mit den Österreichern. Alan Flandres hatte in glänzender Laune das Reden übernommen.

Howard bekam die ›bewegliche Rolle‹ zugeteilt – sein Team würde in allen drei Sektoren präsent sein. Flandres harkte seinen Sektor im Detail ab. Er deutete auf sämtliche Gefahrenpunkte für eine mögliche terroristische Attacke – Überführungen, Brücken. O'Meara, der an seiner Zigarre zog, dachte sich, daß der Franzose etwas von seinem Job verstand.

Dann war Erich Stoller dran, und wieder war O'Meara beeindruckt. Als Stoller einen bestimmten Punkt auf der Karte erreicht hatte, hielt er inne und schwieg eine Weile. Er deutete mit dem Finger, und etwas in seinem Benehmen erhöhte noch die Spannung in dem ungelüfteten Raum.

»Hier kommt der Expreß auf bayerisches Gebiet. Die Gegend ist im Augenblick nicht gerade die ruhigste. Unglücklicherweise finden die Landtagswahlen einen Tag später statt, nachdem der Zug hier durchgefahren ist . . .«

»Sie denken an die Neonazis? An Delta?« wollte Howard wissen.

»Tofler«, sagte O'Meara mit Überzeugung. »Jedesmal,

wenn wieder Waffen oder Uniformen von Delta gefunden werden, wächst seine Anhängerschaft. Und Tofler ist praktisch ein Kommunist. Sein Programm schließt Pläne ein, nach denen Bayern von Westdeutschland abgetrennt werden soll und eine Art ›neutrale‹ Provinz oder Staat werden könnte wie Österreich. Damit wäre die Nato am Ende, und die Sowjets hätten Westeuropa auf dem silbernen Tablett . . .«

»Kanzler Langer ist sich dieses Problems voll bewußt«, sagte Stoller ruhig. »Seine Berater haben ihm gesagt, daß Tofler nicht gewinnen wird . . .«

Flandres sorgte dafür, daß die Männer tadellos mit Essen und Trinken versorgt wurden, während sie bis spät in den Abend hinein die Fahrstrecke durchgingen. Der Franzose nippte an seinem Glas Wein und blickte in die Runde seiner Kollegen, die inzwischen alle in Hemdsärmeln dasaßen. Der Abend war warm und schwül. Die Bombe platzte, als Flandres gerade seine nächste Bemerkung gemacht hatte.

»Ich fange an zu glauben, meine Herren, daß die wichtigste Vorbedingung für unsere Arbeit Durchhaltevermögen ist . . .«

Er unterbrach sich, als ein bewaffneter Wachposten den Raum betrat und ihm eine Botschaft übergab. Flandres las sie, runzelte die Stirn und blickte Howard an. »Hier steht, daß der britische Botschafter draußen mit einer dringenden Mitteilung wartet, die er Ihnen unverzüglich übergeben muß.«

»Der Botschafter?« Howard war betroffen, gab sich aber ruhig. »Sie meinen, er hat jemand geschickt.«

»Ich meine, der Botschafter persönlich«, sagte Flandres fest. »Und so wie ich das verstehe, möchte er Ihnen die Mitteilung von Hand zu Hand übergeben, während Sie noch an diesem Treffen teilnehmen.«

»Bitten Sie Seine Exzellenz doch herein«, wandte sich Howard an den Wachposten.

Ein großgewachsener, distinguiert wirkender Herr mit weißem Schnurrbart betrat das Zimmer. In der Hand hielt er ein gefaltetes Blatt Papier. Alles erhob sich, die Männer wurden vorgestellt, und Sir Henry Crawford reichte Howard das gefaltete Blatt.

»Kam direkt zu mir, Anthony – in meinem persönlichen Code. Niemand außer mir kennt ihn. War von der Bitte begleitet, daß ich es selbst überbringen sollte. Verständlich genug – wenn Sie den Inhalt erst mal kennen.« Der Botschafter blickte sich um. »War mir ein Vergnügen, Sie kennenzulernen. Und wenn Sie mich jetzt bitte entschuldigen wollen . . .«

Howard hatte das Papier entfaltet und las es mehrere Male durch, bevor er sich wieder setzte und in die Runde blickte. Sein Gesichtsausdruck war unergründlich, aber die Atmosphäre im Zimmer hatte sich verändert. Der Engländer sprach ruhig, ohne eine Spur von Anteilnahme.

»Die Meldung kommt von Tweed aus London. Er gibt einer Vermutung Ausdruck – und ich betone ausdrücklich, daß er die Anhaltspunkte für seine Vermutung nicht preisgibt. Lediglich die Bedeutung dessen, was er für möglich hält, bringt mich dazu, Sie unter diesen Umständen davon in Kenntnis zu setzen . . .«

»Wenn Tweed eine Vermutung äußert«, bemerkte Flandres, »dann können wir sicher sein, daß er seine Gründe dafür hat. Je gewichtiger sein Verdacht, um so weniger wird er uns die Quelle angeben. Das Leben des Informanten könnte ja bedroht sein . . .«

»Richtig.« Howard merkte, daß seine Achselhöhlen feucht geworden waren. Er räusperte sich, blickte jeden am Tisch an und verlas dann die Mitteilung.

»Aus zuverlässigen Quellen verlautet, daß ein unbekannter Attentäter vorhat, auf einen – ich wiederhole einen – der vier VIPs an Bord des Gipfelexpreß einen Anschlag zu verüben. Es existiert bisher keinerlei Hinweis darauf, wem der Anschlag gelten soll. Tweed.«

17. Kapitel
Freitag, 29. Mai

Am Morgen desselben Tages, an dem nachmittags die Konferenz der vier Sicherheitschefs in Paris stattfand, hielt Martels Motorboot auf einen entlegenen Landungssteg am Ostufer des Bodensees zu.

Werner Hagen, der einzige Überlebende des Exekutionskommandos von Windsurfern, lag hilflos auf den Planken des Bootes. In seinem Mund steckte ein Knebel; Handgelenke, Knie und Fußknöchel waren mit einem starken Seil zusammengeschnürt, und die Augen waren mit einem Stoffstreifen verbunden. Alles, was er hören konnte, war das Brummen des Motors. Alles, was er fühlen konnte, waren die straff angezogenen Fesseln und die warmen Sonnenstrahlen auf seinem Gesicht.

Im Steuerhaus lenkte Martel das Fahrzeug immer näher auf das Ziel zu. Claire, die neben ihm stand, unterstützte ihn dabei. Der Nebel war jetzt völlig verschwunden, das Ufer war klar zu sehen, und Martel drosselte jetzt den Motor, bis sie beinahe nur noch trieben, während er das verlassene, steinige Ufer mit den Augen absuchte. Er entdeckte die halb verfallene, hölzerne Anlegebrücke.

»Sind Sie sicher, daß wir nicht doch irgend jemandem in die Arme laufen werden – Campern oder solchen Leuten«, fragte er besorgt, während das Boot noch mit einem letzten Schwung dahinglitt.

»Jetzt regen Sie sich nicht auf«, schimpfte Claire. »Ich habe Ihnen doch gesagt – ich kenne die Gegend. Hier habe ich Warner getroffen, wenn er aus München kam. Und letzte Nacht habe ich den gemieteten Audi unter den Bäumen dort drüben geparkt, bevor ich zum nächsten Bahnhof getigert bin und den Zug nach Lindau genommen habe.«

»Ich sehe den Audi aber nicht.«

»Ja, zum Kuckuck, Sie sollen ihn auch nicht sehen«, explodierte Claire. »Wann glauben Sie endlich, daß ich auch einmal etwas für mich allein erledigen kann? Wissen Sie, was Ihnen fehlt, Martel?«

»Wenn ich mich nicht selbst um alles kümmere, fange ich an, mir Sorgen zu machen.«

»Exakt! Sie haben zu wenig Vertrauen. Und, bevor Sie mich jetzt fragen – ich kenne tatsächlich den Weg zu der alten Wassermühle, die ich erwähnt habe. Das ist nämlich auch eine Stelle, wo Warner und ich uns immer getroffen haben. Trotzdem weiß ich nicht, warum wir jetzt dahin fahren wollen . . .«

»Um den blonden Knaben hier auszuhorchen . . .«

Er hatte Werner Hagen zum Auto getragen und ihn vor den Rücksitz auf den Wagenboden fallen lassen. Da lag er nun wie eine übergroße Spielzeugpuppe mit verrenkten Gliedern, und nichts von ihm ragte über die Unterkante der Seitenfenster hinaus. Dann konnte Martel ausspannen, während Claire sich ans Steuer setzte und ein Stück weiter zu einer anderen halb verfallenen Konstruktion fuhr – der Wassermühle, die auf einem verlassenen Fleckchen der bayerischen Landschaft stand.

Alles war genauso, wie Claire es beschrieben hatte. Es war nicht zu ahnen, wozu die Mühle irgendwann einmal gedient haben mochte – aber das große Rad drehte sich immer noch gewichtig, weil sich immer noch schäumendes Wasser von der Rückseite des Gebäudes her darüber ergoß. Martel betrachtete das Mühlrad und sah, wie die Schaufeln unter der Wasseroberfläche verschwanden, bevor sie sich triefend erneut auf ihre Kreisbahn machten.

»Ja«, entschied er. »So wird's gehen.«

»Was wird gehen?«

»Meine neue Version der alten chinesischen Wasserfolter. Der Blonde muß einfach zum Reden gebracht werden . . .«

Gemeinsam mußten sie sich abmühen, den Deutschen in die gewünschte Position zu bringen. Bevor sie anfingen, wies Martel Claire an, ihre Gesichtsmaske wieder aufzusetzen. »Damit er richtig verrückt vor Angst wird, muß er sehen können – wir müssen ihm also die Augenbinde abnehmen. Stecken Sie sich auch Ihr Haar unter die Maske. Jetzt, wo Sie die lange Hose tragen, die noch im Auto gelegen hat, da wird er meinen, Sie wären ein Mann . . .«

Nachdem die Gesichtsmaske richtig saß, half Claire Martel wieder, der jetzt auf einer hölzernen Plattform oberhalb des sich langsam drehenden Rades stand. Sie legten Hagen ausgestreckt auf den Teil des Wasserrades, der gerade frei zu erreichen war. Sie mußten schnell arbeiten und banden seine von den früheren Fesseln befreiten Gelenke mit starken Seilen an die Schaufelblätter.

Um es noch schlimmer zu machen, hatte Martel den Deutschen mit dem Kopf nach unten angebunden, so daß er mit dem Kopf schon unter Wasser sein würde, wenn der Rest seines Körpers noch in die Luft ragte. Sie brauchten aber doch zehn Minuten, bis sie Hagen richtig festgezurrt hatten, und dann nahmen sie ihm die Augenbinde ab. Haßerfüllt blickte er Martel an, und dann huschte ein zweifelnder Ausdruck über sein Gesicht, als er Claires finstere Gestalt entdeckte.

Claire stand gerade aufgerichtet da, und sie trug Martels Jacke, um ihre Brüste zu kaschieren. Sie blickte den Deutschen durch den Sehschlitz in ihrer Maske hindurch an. Ihre Pistole hielt sie in der rechten Hand. Sie wirkte wie das Urbild eines Berufskillers.

Dann drehte sich auf einmal das Rad wieder frei, und Hagen holte tief Atem, bevor er untertauchte. Das ärgerliche war, daß sich das Rad so langsam drehte, daß er länger unter Wasser blieb, als er den Atem anhalten konnte. Als er auftauchte, spuckte und keuchte er, und sein Brustkorb hob und senkte sich verzweifelt. Er wußte genau, daß er diese Tortur nicht lange würde durchstehen können.

Es gab noch einen weiteren Faktor, mit dem Hagen nur schwer fertig wurde. Bei der kreisenden Bewegung verlor er die Orientierung, und ihm wurde zusehends schwindlig. Er hatte Angst, das Bewußtsein zu verlieren und dann Wasser in seine Lungen einzuatmen.

Martel machte eine Bewegung, und die beiden zogen sich von der Plattform zum Flußufer zurück. Martel steckte eine Zigarette in die Spitze und zündete sie an, während das Rad seine langsamen, endlosen Drehungen weiter fortführte. Außerhalb des Schattens der Mühle brannte die Sonne aus einem messingfarbenen Himmel.

»Wir können reden; hier kann er uns nicht hören«, bemerkte Martel. »Jetzt ist er natürlich dabei, langsam zu ertrinken . . .«

»Von mir aus«, sagte Claire ruhig. Sie hatte ihre Maske etwas hochgezogen, so daß sie frei sprechen konnte. »Er ist doch wahrscheinlich einer von denen, die Charles zerschlitzt haben . . .«

»Das Weibchen der Gattung . . .«

»Wie lange wollen Sie ihn da noch lassen?« wollte sie wissen.

»Bis ich vermuten kann, daß sein Widerstand gebrochen ist. Wenn wir ihn da befreien, muß er sofort anfangen zu reden. Ich hoffe, daß er wenigstens etwas weiß . . .«

Sie warteten so lange, bis Hagen tatsächlich kurz davorstand, das Bewußtsein zu verlieren. Bei jeder Drehung hatte er beträchtlich Wasser geschluckt. Claire zog sich die Gesichtsmaske wieder zurecht, und dann liefen die beiden zu der Plattform hinüber. Es war keine leichte Aufgabe, Hagen loszuschnüren: Die Seile waren so durchweicht, daß man sie fast nicht mehr aufknoten konnte. Martel benutzte schließlich das Messer, das er in einer Scheide um seinen linken Unterschenkel geschnallt trug.

Als sie den durchweichten Mann zum Ufer getragen hatten, hatte Martel schwer damit zu tun, ihn wiederzubeleben. Claire saß ein Stück entfernt auf einem Felsbrocken und hielt ihre Pistole auf den Deutschen gerichtet. Seine erste Frage stellte Martel aufgrund einer vagen Vermutung.

»Wer sind Sie?«

»Der Neffe von Reinhard Dietrich und sein Erbe ...«

Nur die Gesichtsmaske verbarg Claires Überraschung bei dieser Antwort. Da waren sie ja auf eine Goldader gestoßen. Sie verhielt sich still und wirkte weiter bedrohlich, während Martel die Befragung fortsetzte.

»Name?«

»Werner Hagen – das müßten Sie doch wissen ...«

»Sie sollen hier bloß antworten!« Martel wartete ab, bis Hagen sich wieder einmal ausgehustet hatte. »Bis wann muß Delta mit dem Unternehmen Krokodil fertig sein?«

»Am dritten Juni – dem Tag vor der Wahl ...« Hagen hielt inne, und Claire spürte, wie seine Widerstandskraft sich wieder regte. Sie hob mit der Rechten ihre Pistole, balancierte mit dem linken Arm aus und zielte sorgfältig.

»Um Gottes willen, der soll aufhören!« flehte Hagen Martel an. »Ich antworte ja. Ich will sowieso raus aus der verdammten Angelegenheit. Irgend etwas stimmt dabei nicht. Vinz ...«

»Sie sagten, dritter Juni. Und wollten gerade etwas hinzufügen«, bohrte Martel.

»Ja, der Gipfelexpreß fährt doch dann durch Bayern ...«

»Das wissen wir doch alles bereits«, log Martel. »Warner hat das doch nach London durchgegeben.« Martel sog an seiner Zigarette, damit seine letzte Bemerkung wirken konnte. »Von Ihnen will ich jetzt die Bestätigung, wie Delta mit dem dritten Juni zusammenhängt ...«

»Das haben Sie gewußt!« In Hagens Tonfall zeigte sich die Überraschung. Er war immer noch nicht wieder ganz klar.

»Dann sagen Sie uns doch mal, was Sie bekümmert – das hat doch etwas mit dem Gipfelexpreß zu tun, oder?«

»Einer der vier westlichen Staatsmänner an Bord soll ermordet werden ...«

Der Schock traf Martel, obwohl sein Mienenspiel nichts davon ahnen ließ. Seine Zähne bissen nur etwas fester auf die Zigarettenspitze, und dann setzte er die Befragung fort.

»Wer soll es sein?«

»Ich weiß es nicht! Himmel, Herrgott, ich weiß es wirklich nicht ...!«

Hagens Angstschrei – hervorgerufen durch Martels Seitenblick in Richtung des sich drehenden Mühlrades – war überzeugend.

»Woher wissen Sie das denn überhaupt? Sie sind doch noch fast ein Halbstarker«, spottete Martel. »Aber gleichzeitig auch ein bestialischer Gangster ...«

»Weil ich doch Reinhard Dietrichs Neffe bin!« blitzte Hagen. »Ich gelte doch als sein Sohn; als sein Sohn, den seine Frau ihm nie geboren hat. Er vertraut mir völlig ...«

»Eben haben Sie noch gesagt: ›Ich will raus aus der ganzen Sache. Da stimmt irgendwas nicht.‹, jetzt versuchen Sie nicht, mir was vorzumachen! Sagen Sie's schnell – was stimmt da nicht?«

»Ich bin mir da nicht ganz sicher«, Hagen blickte brütend vor sich hin.

»Ich warte auf Antwort«, erinnerte ihn Martel. »Wissen Sie, ich bin nicht so schrecklich geduldig.«

»Es wird doch angenommen, daß mein Onkel nach der nächsten Wahl in Bayern die Macht übernimmt. Die Wähler kommen doch zu uns, weil sie sich vor Toflers Bolschewiken fürchten.« Er erholte sich jetzt rasch, saß da und runzelte die Stirn. »Aber jedesmal, wenn wir wieder ein Lager mit Uniformen und Waffen für die Miliz angelegt haben, die wir nach dem Wahlsieg aufstellen wollen, dann findet es schon der BND – als ob jemand den Bundesnachrichtendienst auf dem laufenden hielte ...«

»Und wer soll nun den Staatsmann ermorden?«

Als Martel ihm diese Frage zuwarf, stand Hagen langsam auf. »Ich habe einen Krampf...« Er bückte sich, massierte seine linke Wade, richtete sich dann wieder auf und spreizte die Finger.

»Ich habe Ihnen doch gesagt, ich bin nicht sehr geduldig«, fuhr ihn Martel an.

»Der Mörder – und bitte, ich schwöre noch einmal, daß ich nicht genau weiß, wer es machen soll – wird einer der vier Sicherheitschefs sein, die die Staatsmänner beschützen sollen...«

Für einen Augenblick war Martel völlig konsterniert. Das war alles, was Hagen benötigte. Er warf sich nach vorn und versetzte Claire einen Stoß, der sie von ihrem felsigen Sitz herunterwarf. Natürlich hätte sie schießen können, aber sie wußte, daß Martel den Deutschen lebendig brauchte.

Hagen hatte im Sturmlauf hinter der Mühle Deckung nehmen wollen, bevor einer seiner Peiniger Zeit hatte zu reagieren. Sein eigener Schwung riß ihn vorwärts, so wie er das geplant hatte, aber dann stolperte er dicht vor der Mühle über einen vorstehenden Felsstein.

Er schrie und warf die Hände nach vorn, um sich abzustützen. Claire hörte das fürchterliche Geräusch, als Hagens Schädel gegen eine der abwärtsrauschenden, metallenen Schaufelblätter des Mühlrads stieß; und dann wurde der Schrei zu einem Gurgeln. Hagen lag bewegungslos da, Kopf und Schultern unter Wasser. Blut strömte und vermischte sich mit dem friedlich plätschernden Wasserfall.

Claire rannte nach vorn und hielt dann vorsichtig vom Abhang aus den Finger an Hagens Halsschlagader, während Martel hinter ihr herankam. Sie richtete sich auf, sah den Engländer an und schüttelte den Kopf.

»Er ist tot. Und was machen wir jetzt?«

»Schaffen wir ihn in eine zivilisiertere Gegend und setzen uns sofort mit Stoller oder Dorner in Verbindung.

Und ich brauche ein abhörsicheres Telefon, damit ich Tweed anrufen kann.«

Als sie beim Polizeipräsidium Lindau ankamen, hatten sie die Leiche auf dem Rücksitz unter Martels Regenmantel verborgen liegen. Dorner setzte die beiden ohne lange Vorrede ins Bild.

»Erich Stoller hat etwas hochvertraulich, nur für Sie beide, hinterlassen – er ist zur Konferenz über die Sicherheitsmaßnahmen nach Paris geflogen. Ich werde mich um Hagen kümmern – Stoller würde wollen, daß er mit einem speziellen Krankenwagen nach München in ein Leichenhaus gefahren wird. Und was nun das abhörsichere Gespräch mit London angeht, da würde ich doch die Hauptpost vorschlagen . . .«

Dorner fuhr die beiden eigenhändig dorthin. Das Postamt sollte gerade geschlossen werden, aber der Deutsche drückte die Tür sanft noch einmal auf und führte seine beiden Begleiter hinein.

Nur ein paar Worte von Dorner genügten, damit das Mädchen an der Vermittlung die Londoner Nummer anwählte. Martel versuchte es erst in der Wohnung in Maida Vale und war erleichtert, als er tatsächlich Tweeds Stimme hörte. Der Mann wirkte müde. Aber als Tweed dann merkte, wer da anrief, wurde er wieder munter. Er stellte das Tonbandgerät an, brachte eilig die Identifikationsprozedur hinter sich und sprach dann, bevor Martel noch etwas sagen konnte.

»Keith, es geht um das Unternehmen Krokodil. Sie sind mitten drin. Sehen Sie sich mal die Karte von Süddeutschland mit halb geschlossenen Augen an – und konzentrieren Sie sich dabei auf die Umrisse des Bodensees. Das blöde Ding sieht doch genau wie ein Krokodil aus – die Schnauze nach Westen hin aufgerissen, und die beiden Kiefer sind der Überlinger See und der Untersee . . .«

»Das bestätigt meinen Wissensstand – irgend etwas ist

für Bayern geplant. Werner Hagen, der Neffe von Reinhard Dietrich, hat geredet, bevor er sich für immer verabschiedet hat ...«

Über den Tisch in seiner Wohnung gebeugt, packte Tweed den Telefonhörer fester. Die Ereignisse überschlugen sich – so etwas war immer eine empfindliche und gefährliche Phase während eines Unternehmens. Er hörte zu, während Martel fortfuhr.

»Einer der vier VIPs an Bord des Gipfelexpreß' soll während der Zugfahrt ermordet werden. Haben Sie mich verstanden ...«

»Habe ich.« Tweeds Stimme und seine Art zu sprechen waren ruhiger denn je. »Numerieren Sie sie durch – gehen sie geographisch vor von Westen nach Osten. Welche Nummer soll umgebracht werden ...«

»Das wußte der Informant nicht ...«

»Dann sind wir wenigstens auf der Hut. Während der Zugfahrt – soweit hab ich's mitgekriegt. Und wer soll der Mörder sein?«

Das war die Frage, vor der Martel sich gefürchtet hatte. Würde Tweed annehmen, er hätte den Verstand verloren? Er holte tief Atem und war dankbar dafür, daß Dorner bei der Telefonistin geblieben war, so daß wirklich niemand bei dem Gespräch mithören konnte.

»Ich bin davon überzeugt – und das gilt auch für meine Kollegin –, daß die Information, die ich darüber von Hagen habe, absolut echt ist. Sie müssen da auf mein Urteil vertrauen ...«

»Nun legen Sie schon los ...«

»Der Mörder soll einer der vier Chefs der Sicherheitsdienste sein. Und bevor Sie jetzt nachfragen: Ich hab' auch nicht die leiseste Ahnung, wer der faule Apfel ist. Ich hätt' wohl besser mein Maul halten sollen, oder?«

»Also ich meine, jeder vernünftige Vorschlag ...«

Tweed machte Übles durch, möglicherweise die schlimmsten Stunden, an die er sich erinnern konnte. Es gelang ihm, rasch ein Taxi zu finden und zum Park Crescent zu fahren, aber da fingen seine Probleme erst an. Howard, dieser oberflächliche Karrierist, war zu dem Sicherheitstreffen nach Paris geflogen, ohne irgend jemandem zu sagen, wo die Konferenz tatsächlich stattfand. Oberflächlicher Karrierist? Plötzlich ging Tweed auf, daß Howard einer der vier Hauptverdächtigen war ...

Sich niemals ungewöhnlicher Methoden bedienen – Tweed folgte auch jetzt dieser strengen Regelung. Er kannte zwar Sir Henry Crawford, den britischen Botschafter in Paris, aber zuerst rief er doch einen Freund im Foreign Office an.

»... ein Notfall«, erklärte Tweed. »Ich muß einen Funkspruch rausschicken, und der muß den Botschafter innerhalb von zwei Stunden erreichen ...«

»Warum denn nicht zuerst die Botschaft anrufen, um sicherzustellen, daß er auch da ist, um die Mitteilung entgegenzunehmen?« schlug sein Freund vor.

Wenn Tweed das selbst vorgeschlagen hätte, dann wäre das wohl als ein Bruch des Protokolls unweigerlich zurückgewiesen worden – aber wenn die Idee vom Foreign Office selbst kam, dann war ja wohl alles in Ordnung.

Er machte seinen Anruf, sprach mit dem Botschafter, und dieser versicherte ihm, daß es gar keine Probleme gab. Er würde auf Tweeds verschlüsselten Funkspruch warten und dann, da die Angelegenheit so delikat war, den entschlüsselten Text selbst überbringen.

»Ja«, schloß er. »Ich weiß, wo die fragliche Konferenz stattfindet ...«

Crawford war sehr herzlich am Telefon – und gleichzeitig diskret, was den Tagungsort anging. Diese Reaktion hatte Tweed vorausgesehen. Wieder nahm er ein Taxi und fuhr zu seinem Freund ins Foreign Office.

»Ich habe mit Sir William Crawford gesprochen«, verkündete er, als er in dem unbequemen Armstuhl Platz genommen hatte. Jetzt war eine Brücke zwischen dem Botschafter in Paris und seinem Kontaktmann hergestellt – und der Kontaktmann sollte die Brücke jetzt benutzen.

»Was beinhaltet der Funkspruch?« fragte der andere Mann in dem Raum.

»Wir waren übereingekommen, das nur dem Beamten an der Verschlüsselungsmaschine zu sagen. Ich hoffe, das macht Ihnen nichts aus?«

Tweed war von geradezu demütigender Unterwürfigkeit. Deutlich bemüht, die erhabene Institution, durch deren Pforten zu treten ihm das Privileg zuteil geworden war, nicht vor den Kopf zu stoßen. Für jemanden von außerhalb war es nämlich äußerst ungewöhnlich, innerhalb des Foreign Office einen privaten Code zu benutzen. Tweed machte sich die Waffe des Schweigens zunutze und setzte seine Brille richtig auf, während sein Gegenüber nach einem Ausweg suchte. Er fand aber keinen.

»Kommen Sie bitte mit«, sagte er, und sein Ton war deutlich kühler geworden.

Zehn Minuten später war der Funkspruch auf dem Weg nach Paris. Außer Tweed kannte jetzt nur der Beamte an der Entschlüsselungsmaschine den Inhalt. Und der würde zu niemandem etwas sagen. Tweed stieß einen Seufzer der Erleichterung aus, während er sich in Whitehall wieder ein Taxi heranwinkte, die Adresse am Park Crescent angab und sich in den Sitz sinken ließ.

Die gemeine Kriegslist hatte wieder einmal gewonnen. Für den Fall, daß irgendwann einmal ein Zeuge benötigt wurde, daß der Funkspruch wirklich abgesendet worden war, würde der Botschafter ja den Inhalt kennen. Und der Botschafter würde die Mitteilung an Howard im Konferenzraum persönlich übergeben. Damit würde Howard gezwungen sein, die Warnung den anderen drei Sicherheitschefs laut vorzulesen.

»Ich wünsch' mir, ich könnte die Gesichter sehen, wenn

das vorgelesen wird«, dachte Tweed, während das Taxi die Charing Cross Road entlangfuhr. »Einen der vier wird der Schlag treffen ...«

»Jeder der vier könnte es sein. Sie müssen die Akten auf Jahre zurück durchblättern ...«

Tweed gab Miß McNeil diese Instruktion, während sie zusammen an dem Abend dieses schwülen Tages durch den Regent's Park schlenderten. Es war immer noch hell, die Bäume standen in vollem Laub, und das Gras hatte die federnde Elastizität, die Tweed so mochte. Alles war, wie es sein sollte – außer, daß da jetzt irgendwo eine Zündschnur brannte.

»O'Meara, Stoller und Flandres ...«

»Vergessen Sie Howard nicht«, fügte Tweed rasch hinzu.

»Und wonach soll ich suchen?« fragte Miß McNeil beinahe verzweifelt.

»Einen Bruch.« Tweed war unter einem Baum stehengeblieben und blickte über die Rasenfläche hin. »Ein Bruch in den Lebensläufen – in den Akten – eines dieser vier vertrauenswürdigen Herrn. Vielleicht handelt es sich nur um zwei Monate. Ein Zeitraum, über den nichts nachzulesen ist. Der Mann wird eine Ausbildung hinter dem Eisernen Vorhang genossen haben – dessen bin ich sicher. Der Bursche muß vor sehr, sehr langer Zeit ›gepflanzt‹ worden sein ...«

»Also mit Howards Akte wird das eine trickreiche Kiste ...«

»Da müssen wir uns etwas ausdenken – einen Grund, warum Sie sich all diese Dossiers aus der Zentralregistratur kommen lassen. Mir wird schon was einfallen ...«

Er nahm seinen Spaziergang mit hängenden Schultern und glanzlosem Blick wieder auf. »Miß McNeil, es mag witzig klingen, aber ich bin sicher, wir haben unseren Hinweis schon irgendwann einmal bekommen – und zum

Kuckuck noch mal, ich weiß nicht, worauf ich meinen Finger legen sollte . . .«

»Tim O'Meara wird auch nicht leichter als Howard zu überprüfen sein – er ist doch erst seit einem Jahr der Kopf der Sicherheitsabteilung des Präsidenten.«

»Und deshalb werde ich morgen eine Concorde nach Washington nehmen, falls ich noch einen Sitz erwische. Ich kenne da jemanden, der mir da vielleicht helfen könnte. Der mag O'Meara nicht. So eine kleine vorgefaßte Meinung kann manche Türe öffnen . . .«

»Howard wird den Grund wissen wollen«, gab Miß McNeil zu bedenken. »Die Kosten für das Concorde-Tikket tauchen doch in der Buchhaltung auf.«

»Nein, werden sie nicht. Ich zahle das Ticket aus der eigenen Tasche. Ich habe immer noch etwas von meinem Erbonkel übrig. Und bevor Howard zurückkommt, bin ich schon abgezogen. Sagen Sie ihm doch, ich hätte mal wieder mein Asthma – und daß ich in mein Wochenendhäuschen gefahren wäre . . .«

»Aber da wird er bestimmt mit Ihnen Kontakt aufnehmen wollen . . .«

»Wegen meines Funkspruchs via Pariser Botschaft?« Tweed war amüsiert. »Ich hege keinen Zweifel, daß er sofort nach seiner Rückkehr in mein Büro stürmen wird. Lassen Sie ihn ein bißchen im unklaren – wegen meiner Fahrt ins Wochenendhäuschen. Sagen Sie, ich hätte einfach mal aus London rausgemußt. Das paßt dann alles zusammen«, bemerkte er mit eulenhaftem Ausdruck. »Er denkt dann, ich wollte ihm für ein paar Tage aus dem Wege gehen. Nicht im Traum wird ihm einfallen, daß ich über den Atlantik geflogen bin.«

Miß McNeil blickte starr voraus. »Drehen Sie sich nicht um – Mason ist hinter uns – tut so, als müßte er seinen blöden Hund Gassi führen . . .«

Tweed hielt an, nahm die Brille ab, rieb die Gläser sauber und hielt sie dann mit einem prüfenden Blick durch die Linsen hoch. Gespiegelt in den Brillengläsern war deutlich das Bild von Howards hagerem, erst kürzlich von der Special Branche abgestellten Adlatus zu sehen. Der hatte ebenfalls neben einem passenden Baum angehalten, und sein Scotchterrier schnüffelte daran herum.

»Also, ich ziehe den Hund seinem Besitzer vor«, meinte Tweed, während er seine Brille wieder aufsetzte und weiterging. »Setzen Sie ihn mit auf die Liste. Wenn irgend jemand eine Unstimmigkeit in den Akten finden kann, dann sind Sie es . . .«

Howard hatte sich für die Nacht in dem diskreten und gut beleumundeten Hotel de France et Choiseul in der Rue St. Honoré eingemietet. Während er auf seinen Gast wartete, rief er Park Crescent an. Als der Nachttelefonist antwortete, idenfizierte er sich und sprach dann weiter.

»Ich möchte mit Tweed reden«, sagte er brüsk.

»Einen Augenblick, Sir. Ich stell' Sie in sein Büro durch.«

Howard blickte auf die Armbanduhr und sah, daß es zweiundzwanzig Uhr fünfundvierzig war. Er war verwirrt: Das ganze Gebäude war mit Sicherheit verlassen, aber Tweed war noch in seinem Büro. Er hatte gar nicht gewußt, daß es schon so spät war. Die nächste Überraschung erlebte er, als er die Stimme von Miß McNeil hörte. Rasch sagte er ihr, daß er nicht über eine abhörsichere Leitung sprach.

»Ich telefoniere von meinem Hotelzimmer aus. Ich muß dringend mit Tweed sprechen . . .«

»Tut mir leid, aber Mr. Tweed ist krank geworden. Nichts Ernsthaftes – nur ein böser Asthma-Anfall. Er ist für'n paar Tage aufs Land gefahren . . .«

»Kann ich ihn denn nicht irgendwo telefonisch erreichen?«

»Ich fürchte nein, Sir. Wann können wir Sie denn zurückerwarten?«

»Kann ich noch nicht sagen. Gute Nacht!«

Howard hatte das Gespräch etwas steif beendet. Fragen nach dem, was er vorhatte, mochte er nicht. Bei Miß McNeil kam ihm das merkwürdig vor – daß sie eine Frage stellte, von der sie wußte, daß er sie nicht gutheißen würde.

In dem Büro im Park Crescent legte Miß McNeil lächelnd den Hörer auf. Sie war sich sicher gewesen, daß ihre letzte Frage Howard dazu bringen würde, das Gespräch abzubrechen, bevor er weiterbohren konnte. Sie wandte sich wieder der Akte vor ihr zu. Das Dossier war mit einem roten Stern gekennzeichnet – höchste Geheimhaltungsstufe –, und dann stand da ein Name: Frederick Anthony Howard.

Howard ging in seinem Pariser Zimmer ungeduldig hin und her, als er plötzlich an seiner verschlossenen Tür ein unregelmäßiges Klopfen hörte, das Signal, das er mit Alan Flandres ausgemacht hatte. Trotz des Klopfzeichens entnahm er seinem Aktenkoffer die 7,65er-Automatikpistole, mit der Flandres ihn versorgt hatte, und steckte sie sich in die Jackentasche, bevor er zur Tür ging. Er ließ Flandres ein.

»Chez Benoit, mon ami!«

Der schlanke, drahtige Flandres war unschlagbar; immer optimistisch, immer sprühend. Lächelnd ging er einmal durch den Raum und hatte seine Augen überall.

»Chez was?« wollte Howard wissen.

»Benoit! Benoit! Bei denen kriegt man das beste Essen in ganz Paris. Die letzten Bestellungen werden zwar um neun Uhr dreißig abends entgegengenommen – aber der Patron wird für mich schon eine Ausnahme machen. Der Polizeipräfekt ißt da oft. Sind Sie bereit? Gut . . .«

Flandres hatte sein Taxi vor dem Hoteleingang warten lassen. Die Fahrt nahm nur zehn Minuten in Anspruch, und der Engländer blieb in dieser Zeit ruhig und in seine Gedanken versunken. Obwohl er normalerweise so gesprächig war, sagte auch Flandres jetzt nichts; aber dafür sah er sich seinen Begleiter aufmerksam an. Schließlich waren sie da und wurden zu einem Tisch geführt. Sie durchforschten gerade die Speisekarte, als Flandres seine Bemerkung machte.

»Sind Sie wegen meines Telex aus London – daß Carlos heute morgen am Piccadilly Circus gesichtet worden ist – beunruhigt? Sie fragen sich wohl, mit wem er in London verabredet war? Waren Sie heute morgen in London?«

Howard klappte die Speisekarte zu. »Worauf, zum Teufel, wollen Sie da hinaus, Alan?« fragte er ruhig.

»Ach, ich hab' Sie beleidigt?« Flandres war erstaunt. »Ist doch immer dasselbe – ich rede zuviel! Und was diese Renée Duval angeht, die junge Frau, die mir das Telex geschickt hat – ich habe sie von London abgezogen. Es war sowieso nur eine Routineversetzung gewesen. Aber nun ist erst mal wichtig, was wir essen wollen . . .«

Flandres plauderte weiter und steuerte das Gespräch langsam aber sicher von dem Telex weg. Er war nun überzeugt davon, daß den Engländer etwas beunruhigte, etwas, das er vor seinem französischen Kollegen unbedingt verbergen wollte.

18. Kapitel
Samstag, 30. Mai

Washington D. C., Clint Loomis . . .

Tweed dachte daran, daß diese Bemerkung in dem geheimen Notizbuch, das man bei Warners Leiche entdeckt hatte, bisher noch zu nichts geführt hatte.

Die Concorde war planmäßig in Dulles Airport gelandet. Tweed stieg nicht als einer der ersten aus, aber auch nicht als einer der letzten. Er glaubte nicht an die Wirksamkeit von Verkleidungen, aber bevor er von Bord ging, nahm er die Brille ab. Diese schlichte Handlung veränderte immerhin seine Erscheinung.

Clint Loomis wartete draußen. Ohne weitere Umstände schob er Tweed in eine unscheinbare blaue Limousine. Der Amerikaner, der Ende Fünfzig war, hatte sich seit ihrer letzten Begegnung nicht verändert. Er hatte ein ernstes Gesicht, und seine dunklen Augen blickten aufmerksam und durchdringend. Er trug ein offenes Hemd und eine blaßgraue Freizeithose. Sein Haar war etwas dünner geworden.

»Richtig guten Tag können wir uns sagen, wenn wir da sind«, bemerkte er, während sie vom Flughafen wegfuhren. »Ziehen Sie lieber Ihre Jacke aus . . .«

Die Sonne brannte, und die Luftfeuchtigkeit war fürchterlich. Die beiden fühlten sich wie im Kesselraum eines Dampfschiffes.

»Ist es hier im Mai immer so?« wollte Tweed wissen, während er sich aus seiner Jacke wühlte, sich dann umdrehte, um das Kleidungsstück auf den Rücksitz zu werfen, und dann aus dem rechten Seitenfenster heraus den Verkehr beobachtete. »In Washington gibt es kein ›immer‹ «, gab Loomis zurück. »Wir in den Vereinigten Staaten sind eine ruhelose Bande – und dann ändern wir einfach mal das Wetter, wenn wir sonst nicht wissen, was wir ändern sollen. Wir unterhalten uns, wenn wir da sind – und keine Namen bitte, einverstanden?«

»Könnte denn hier im Auto eine ›Wanze‹ sitzen?«

»Abgehört wird doch hier heutzutage alles – selbst abgetakeltes, ehemaliges CIA-Personal. So werden Arbeitsplätze geschaffen. Und dann legt man brav seinen Bericht ab, damit der Boß weiß, daß man auch was tut.«

»Warum diese Eile am Flughafen? So einfach meine Tasche hier auf den Rücksitz zu schleudern . . .«

»Es könnte uns ja einer folgen, deshalb. Wenn wir ankommen, wo wir hinwollen, dann werden wir jeden abgeschüttelt haben . . .«

»Das ist ja, als käme man nach Moskau«, sagte Tweed trocken.

Die Wegweiser sagten Tweed, daß sie in Richtung Alexandria fuhren. Tweed blickte noch einmal durch das Rückfenster, und Loomis sah ihn mit einem verärgerten Stirnrunzeln an.

»Wir werden nicht verfolgt, wenn es das ist, was Ihnen Sorgen macht ...«

»Wenn wir irgendwo halten können, dürfte ich dann mal für eine Weile fahren, Clint?«

»Aber sicher. Wenn Ihnen danach ist ...«

Das war eines von den vielen Dingen, die Tweed an Loomis mochte – wenn er jemandem vertraute, dann stellte er keine Fragen. Er tat, was man von ihm wollte und wartete die Erklärungen ab.

Später, als sie ausgestiegen waren und gerade die Plätze tauschen wollten, blickte der Engländer über den Highway zurück. Ein grüner Wagen hatte ebenfalls auf dem Seitenstreifen angehalten, und einer der zwei männlichen Insassen machte sich an der Motorhaube zu schaffen. Ein blauer Wagen, ebenfalls mit zwei Männern besetzt, fuhr vorbei – keiner der beiden Insassen würdigte die geparkte Limousine eines Blickes, beobachtete Tweed. Er setzte sich hinter das Steuer und fuhr los.

»Welche Marke ist denn der grüne Wagen hinter uns – der hinter dem Lastwagen? Jetzt in der Kurve können Sie ihn sehen ...«

»Ein Chevrolet«, erwiderte Loomis. »Er hat mit uns zusammen angehalten ...«

»Ich weiß. Und der blaue Wagen da vor uns – der jetzt wieder einen Zahn zulegt, damit er seinen Vorsprung behält. Die haben uns zwischen sich, Clint. Vom Flughafen an waren die beiden immer bei uns. Und tauschen immer die Positionen aus – mal der eine vorne, dann wieder der andere ...«

»Jesus Maria! Ich werde wohl alt ...«

»Kommt nur, weil ich hier neu bin, daß mir alles auffällt«, versicherte ihm Tweed. »Wir sollten unsere Freunde jetzt wohl besser einzeln loswerden, meinen Sie nicht auch?« Sie näherten sich jetzt der Verkehrsampel an einer Kreuzung, und der grüne Chevrolet hing immer noch eine Fahrzeuglänge zurück, als Tweed loslegte. Rechts von ihm befand sich einer dieser gewaltigen Sattelschlepper, die die Hälfte aller amerikanischen Warentransporte von Küste zu Küste bewerkstelligen. Tweed drückte das Gaspedal durch ...

»Passen Sie auf – die Ampel ...« schrie Loomis.

Gummi quietschte, als Tweed wie ein Torpedo vorwärtsschoß. Der Wagen schlitterte wie verrückt, aber dann war er dem Sattelschlepper ausgewichen, der in dem Moment losgefahren war, als für ihn die Ampel auf Grün umsprang. Wieder ein Kreischen – diesmal von Luftdruckbremsen. Loomis blickte zurück und sah dann wieder Tweed an, der auf seine richtige Fahrspur zurückgefunden hatte. Tweed machte auf den Amerikaner einen reichlich ungerührten Eindruck.

»Sie hätten uns beinahe beide umgebracht ...«

»Den grünen Chevrolet kann ich aber nicht mehr sehen«, meinte Tweed nach einem Blick in den Rückspiegel.

»Geht ja wohl auch schlecht – der ist dem Sattelschlepper frontal in die Seite gefahren. Der wollte uns gerade überholen, als Sie die rote Ampel überfahren haben ...«

»Um mit dem blauen Wagen da vor uns mal wieder den Platz zu tauschen. Und jetzt ...« Tweed trommelte mit den Fingerspitzen auf dem Steuerrad.

»... jetzt werden wir den auch noch los, und dann sind wir wieder allein; das finde ich viel gemütlicher ...«

»Aber bitte nicht noch einmal mit der Methode! Ich dachte, ihr Briten wärt ernsthafte, gesetzestreue Typen. Sie wissen wohl nicht, was ein Streifenwagen mit uns angestellt hätte ...«

»War aber keiner da. Hab' ich überprüft.«

Der Treffpunkt war ein großes weißes Motorboot, das an einer Boje auf dem Potomac festgemacht lag. Tweed war dem Wegweiser nach Fredericksburg gefolgt und war dann unter Anleitung von Loomis nach Osten auf eine Nebenstraße abgebogen. Inzwischen hatten sie den blauen Wagen in einem genauso haarsträubenden Manöver abgehängt, das für den blauen schließlich im Straßengraben geendet hatte.

Als Tweed die Zündung abstellte, war alles ruhig und verlassen. Er stieg aus und genoß für einen Augenblick die Brise vom Wasser her.

»Ist das Ihrer?« fragte er und zeigte auf den Luxuskreuzer.

»Hab' ihn gekauft mit meiner – Abfindung, oder wie würden Sie das nennen? – als ich den Verein verlassen habe. Liegt natürlich noch 'ne Hypothek drauf, von der ich nicht weiß, ob ich sie je zurückzahlen kann. Das Boot gibt mir Sicherheit – hoffentlich ...«

»Sicherheit?«

Tweed verbarg den Schock, den er verspürte. Seine Reise nach Washington entwickelte sich in einer Weise, wie er es nie vermutet hätte. Zuerst einmal waren sie vom Flughafen Dulles an verfolgt worden – und auf eine Weise, die zeigte, daß Geld dahintersteckte. Es kostet immerhin ein paar Dollar, gleich vier Mann zum Beschatten abzustellen. Und außerdem hatte Clint Loomis, der ehemalige CIA-Agent, seit Tweeds Ankunft dauernd nervös gewirkt.

»Der Verein mag es nicht, wenn ihn Leute lebend verlassen.«

Loomis zog ein mit einem Außenmotor bestücktes Beiboot aus dem Gebüsch, wo es am Flußufer versteckt gelegen hatte. Als das Fahrzeug dann startfertig war, lächelte er schief und bat seinen Besucher mit einer Geste an Bord. »Ich glaube, das kommt von all den Idioten, die im Laufe der Zeit ausgestiegen sind und dann Bücher geschrieben haben, die, wie es im Klappentext der Verlage steht, alles enthüllen.«

»Schreiben Sie denn an einem Buch?« fragte Tweed, während er sich vorsichtig in dem Boot niederließ und Loomis den Außenbordmotor anwarf.

»Ich doch nicht«, sagte Loomis und schüttelte den Kopf. »Und wenn wir jetzt auf der ›Oasis‹ sind . . .« Er deutete zu dem weißen Kreuzer hinüber. » . . . dann können wir uns erst mal richtig die Hand geben.«

»Wie Sie meinen«, gab Tweed zurück.

Sie überquerten den Streifen glattes Wasser, und Loomis drosselte den Motor, bis sie nur noch langsam auf den Schiffsrumpf zutrieben. An Bord der ›Oasis‹ tauchte ein gewaltiger Schäferhund auf, rannte auf den Planken auf und ab und bellte sich die Lunge aus dem Hals. Dann stellte sich das Vieh oben an die Jakobsleiter und starrte nach unten. Das Maul stand offen, und Tweed bekam Zähne zu sehen, die ihn eher an einen Haifisch erinnerten.

»Jetzt geben wir uns die Hand«, erklärte Loomis. »Daran erkennt er, daß Sie ein Freund sind, und Sie werden nicht gefressen.«

»Ich verstehe«, sagte Tweed und gab sich Mühe, aus dem vermeintlichen Freundschaftsbeweis eine richtige Zeremonie zu machen. Als er ohne viel Selbstvertrauen die Leiter hochstieg, ging der Hund tatsächlich ein paar Schritte zurück. Loomis machte derweil das Beiboot fest und folgte Tweed an Bord.

»Über die Reling!« befahl Loomis.

Der Hund sprang über Bord und schwamm einmal um das ganze Schiff herum. Loomis beugte sich die Leiter hinunter, packte den Hund am Halsband und half ziehend mit, als sich das Biest ungeschickt die Stufen empormühte. Dann stand der Hund wieder an Deck und schüttelte sich. Tweed stand natürlich genau daneben.

»Sieht aus, als ob er Sie mag«, sagte Loomis. »Jetzt, wo

wir sicher sind, gehen wir besser unter Deck. Ein Bier gefällig?«

»Wäre mir recht«, stimmte Tweed zu und folgte seinem Gastgeber nach unten, wo ihm der Amerikaner schließlich ein Handtuch reichte, damit er sich abtrocknen konnte. Tweed hatte inzwischen ernsthafte Zweifel daran, ob es klug gewesen war, den Atlantik zu überqueren, um diesen pensionierten Agenten zu treffen.

»Was sollte all der Umstand mit dem Hund?« wollte er wissen.

»Daß ich ihn hab' schwimmen lassen?« Der Amerikaner setzte sich mit ausgestreckten Beinen auf eine Bank. Die Füße hatte er gekreuzt. Zum erstenmal machte er einen wirklich entspannten Eindruck. »Waldo hat eine Ausbildung als Sprengstoffhund. Da kommen wir also zurück und finden ihn auf Deck. Schlußfolgerung? Niemand ist auf dem Schiff – sonst wäre entweder Waldo nicht mehr am Leben oder eine Leiche läge mit zerrissener Kehle auf den Planken. Okay?«

Tweed schauderte, und er nahm einen Schluck von seinem Bier. »Okay«, sagte er.

»Nächster Punkt. Waldo ist darauf abgerichtet, unter allen Umständen an Bord zu bleiben. Da benutzt der Gegner dann Froschmänner, die Haftminen am Rumpf anbringen – entweder mit Zeitzünder oder mit Klöppelzünder –, da braucht man nur fest auf die Planke zu treten, dann gehen die schon hoch. Also schicke ich Waldo über Bord, und er schwimmt einmal rund, ohne sich irgendwo aufzuhalten. Schlußfolgerung? Wären Minen angebracht worden, dann würde Waldo bellen; der stellt sich ganz verrückt an, wenn er Explosivstoffe riecht. Und jetzt wissen wir also, daß uns nichts passieren kann . . .«

»Was für eine Art zu leben! Wie lange geht denn das schon so? Und wer würde denn hier schon Haftminen anbringen?«

»Ein Säugling von Tim O'Meara – der hat mich ja damals rausgeschmissen, als er noch Direktor war, bevor er der Boß vom gesamten Geheimdienst wurde.«

»Und warum sollte O'Meara auf den Gedanken kommen?«

»Weil ich weiß, daß er seinerzeit zweihunderttausend Dollar abgezweigt hat, die eigentlich für eine Waffenlieferung nach Afghanistan bestimmt gewesen waren.«

In seiner Münchener Wohnung konzentrierte sich Manfred auf sein Ferngespräch. Wichtig war ihm dabei vor allem, ob er irgendeine Spur von Anspannung in der Stimme des Anrufers entdeckte. Nur Code-Namen waren bisher gebraucht worden.

»Tweed weiß, daß ein Opfer bestimmt worden ist«, berichtete der Anrufer.

»Weiß er, um wen es geht?«

Manfred hatte die Frage sofort gestellt. Seine Stimme war ruhig, fast gelangweilt, aber die Neuigkeit traf ihn doch wie ein Hammerschlag. Er hätte sich denken können, daß es am Ende Tweed sein würde, der die Wahrheit herausroch. Verdammter Kerl!

»Nein«, gab die Stimme zurück. »Nur daß ein Anschlag geplant ist. Empfehlen Sie irgendein Vorgehen?«

»Danke, daß Sie mich auf dem laufenden halten«, gab Manfred in neutralem Ton zurück. »Und rufen Sie mich bitte morgen wieder an. Zur selben Zeit ...«

Manfred legte den Hörer auf, fluchte gotteslästerlich und wurde dann bei dem Gedanken, daß er nicht den geringsten Streß in der Stimme des Anrufers entdeckt hatte, wieder etwas ruhiger. Er sah in seinem kleinen Notizbuch nach und wählte dann eine Londoner Nummer an.

Dies alles spielte sich einen Tag vor Tweeds Abreise nach Washington ab. Spät am Abend desselben Tages, an dem die vier Sicherheitschefs im Gebäude der Sûreté in Paris ihre Konferenz abgehalten hatten.

Tweed merkte, daß er in einen Alptraum hineingeraten war. Die Frage, die er sich selbst gegenüber nicht befriedigend beantworten konnte, war, ob Clint Loomis paranoid war – ob er an einem Verfolgungswahn litt, der ihn überall Feinde sehen ließ. Das hätte diesen ganzen Sicherheitsirrsinn an Bord der ›Oasis‹ erklären können.

Dagegen stand aber die Tatsache, daß sie tatsächlich nach der Abfahrt vom Flughafen Dulles von vier unbekannten Männern in zwei Wagen verfolgt worden waren. Loomis wechselte schließlich das Thema – sehr zu Tweeds Erleichterung.

»Charles Warner hat mich vor zwei Wochen hier besucht – er war an Tim O'Meara interessiert. Und Sie sind auch nur in die Staaten geflogen, um mit mir zu reden? Ich kann das kaum glauben . . .«

»Glauben Sie's mal!«

Tweeds Benehmen war plötzlich brüsk. »Als O'Meara noch Direktor der Operationsabteilung des CIA war – da hat er also dafür gesorgt, daß Sie aus dem Verein ausgeschieden sind?«

»Da bin ich mir todsicher . . .«

»Sie kennen doch seinen Werdegang. Wie war denn das?«

»Früher war er Agent im Außendienst. Ich habe damals zu Hause gesessen und seine Berichte überprüft . . .«

»Nachdem er eine Zeitlang in Langley gedient hat, da ist er doch für einige Jahre nach West-Berlin geschickt worden? Richtig?« wollte Tweed wissen.

»Korrekt. Ich weiß nicht, worauf Sie hinauswollen, Tweed. Und so was beunruhigt mich immer . . .«

»Sie müssen mir vertrauen!« Der Engländer strahlte eine ruhige, überzeugende Autorität aus. Er mußte dafür sorgen, daß Loomis weitersprach – daß er beim Thema blieb. Bei O'Mearas dienstlichem Werdegang. »Sie sagen, Sie haben seine Berichte aus West-Berlin auf dem Schreibtisch gehabt. Spricht er denn deutsch?«

»Fließend. Der könnte als Einheimischer durchgehen ...«

»Ist er mal als Geheimagent tätig gewesen – in Ost-Berlin?«

»Das war strikt verboten.« Loomis war sich seiner Sache offenbar sehr sicher. »Das stand in seinen Arbeitsanweisungen ...«

»Hat damals irgend jemand mit ihm zusammengearbeitet?«

»Jemand namens Lou Carson. Er war O'Meara unterstellt ...«

»Und Sie sind sich sicher, daß sich O'Meara während seiner ganzen Zeit in West-Berlin an die Direktive gehalten hat – daß er unter keinen Umständen in den Osten gehen sollte?«

Tweed beobachtete Loomis genau. Der Amerikaner hatte seine hochgelegten Beine wieder heruntergenommen und öffnete gerade eine neue Bierdose. Tweed schüttelte den Kopf; sein Blick blieb auf Loomis fixiert, der ins Weite schaute.

»Vielleicht hat er mich genau seit damals nicht gemocht«, sagte er schließlich.

Tweed saß ruhig da. Er hatte diesen Augenblick schon manchmal bei Verhören erlebt – man spürte einfach, wenn einem glückliche Umstände etwas in die Hände spielten. Das eigene Schweigen spielte dabei genauso eine Rolle wie das Reden.

Loomis stand auf und sah durch ein Bullauge über das friedliche Wasser hin. Das Boot dümpelte sanft, es bewegte sich kaum. Tweed blickte sich in der ordentlichen Kabine um. Der Amerikaner hielt sein Schiff sauber. Tweed erinnerte sich, daß er seinen Schreibtisch in Langley genauso ordentlich gehalten hatte – und hinter diesem Schreibtisch sollte Loomis eigentlich heute noch sitzen. Jetzt sprach der Amerikaner wieder.

»Diese spezielle Gruppe in West-Berlin bestand nur aus

den beiden Männern – sie sollten den ostdeutschen Nachrichtendienst im Auge behalten. Einmal hieß es damals, Carlos sei in Ost-Berlin ...«

»Tatsächlich?«

»Jeder Agent hatte damals sein eigenes Zeichen«, fuhr Loomis fort. »Und da wußte ich immer genau, wenn ein Funkspruch von O'Meara kam oder wenn er von Lou Carson stammte – und die beiden wußten nicht, daß jeder sein eigenes Zeichen hatte. Wissen Sie, nach dem Debakel damals haben wir uns von niemandem mehr in die Karten gucken lassen ...«

»Lassen Sie mich das noch mal klarstellen. Jeder Agent hatte also sein eigenes Identifizierungsmerkmal, und Sie haben gewußt, wer jeweils den Bericht geschickt hat. Aber sowohl O'Meara als auch Carson haben geglaubt, die Sache mit dem Erkennungszeichen gelte nur für sie selbst – und nicht für den anderen?«

»Sie haben's erfaßt. Wissen Sie, Tweed, man bekommt ein Gefühl dafür, wenn irgend etwas nicht stimmt. Es kamen da auf einmal Funksprüche von O'Meara, aber der ganze Satzbau klang einfach nicht nach O'Meara – obwohl der Erkennungscode stimmte. Also hüpfte ich ins Flugzeug und machte mich unangemeldet auf den Weg nach Berlin. Lou Carson war peinlich berührt. Der stand ganz schön im Regen, als ich ihn da alleine vorfand ...«

»Und wo war O'Meara?«

»Der ist zwei Tage später wieder aufgetaucht. Hat Stein und Bein geschworen, er hätte für ein paar Monate die Stelle eines anderen Agenten im Untergrund übernehmen müssen. Der sei nämlich von den DDR-Sicherheitsdiensten erwischt worden ...«

»Und haben Sie ihm geglaubt?« stieß Tweed nach.

»Nein, aber das war nur, weil ich so ein blödes Gefühl dabei hatte. Und mit einem blöden Gefühl kann man nicht beim Direktor auftauchen. Der verlangt nämlich handfeste Beweise ...«

»Wie hatte denn O'Meara die Sache mit dem persönlichen Erkennungszeichen geregelt?«

»Ganz einfach – er hat Lou Carson schlicht sein Codebuch gegeben, damit dieser Funksprüche aussenden konnte, die so wirkten, als kämen sie von O'Meara. Carson hat auf O'Mearas Anweisung hin bei der Geschichte mitgemacht ...«

»Und was ist dann passiert?« fragte Tweed, solange Loomis noch voll im Redefluß war.

»Beide wurden nach Washington zurückgerufen, und andere Agenten haben ihre Plätze eingenommen. O'Meara hatte in West-Berlin gute Arbeit geleistet; und hier hatte er Kontakte zu den richtigen Leuten; und bei seiner Ausstrahlung schwatzt der doch einen Menschen in den Sack und wieder raus. Also, bevor ich mich versah, war er befördert und mein Vorgesetzter, und dann sendet er mich nach Bahrain per Sonderflug und mit zweihunderttausend Dollar im Koffer ...«

»Sie sagen doch, er hätte das Geld unterschlagen.«

»Lassen Sie mich ausreden, verdammt noch mal! Als die Leute, die die Waffen für Afghanistan hatten, das Geld nachzählen wollten, das ich ihnen gegeben hatte, da hieß es auf einmal, alles wäre gefälscht. Die hatten da so'n schlauen Inder, der schon in einer Banknotendruckerei gearbeitet hatte ...«

»Und die Blüten waren gut genug, um Sie selbst zu täuschen?«

»Ich habe da gar nicht groß drauf geachtet. O'Meara hatte den Koffer in seinem Bürosafe, und dann hat er ihn rausgenommen und mir einfach gegeben. Mit dieser Geschichte hat er mich glatt aus dem Sattel gehoben.« Loomis schäumte. »Die haben mich einfach ganz ruhig vor die Tür gesetzt, weil es schon zu viele Skandale gegeben hatte und sie um ihren Ruf besorgt waren ...«

»O'Meara hat Sie also vor die Tür gesetzt? Und sonst noch jemanden?«

»Lou Carson ist auch gegangen. Und ein paar andere. O'Meara hat seine eigenen Leute dafür reingebracht. Und nachdem er ein halbes Dutzend Existenzen ruiniert hat, da stiefelt er einfach über die Leichen hinweg und wird Sicherheitschef des Präsidenten. Burschen wie den gibt's doch überall ...«

»Kann sein – aber dadurch wird's nicht erträglicher«, murmelte Tweed und wechselte dann das Thema. Er wollte sich in halbwegs freundschaftlicher Stimmung verabschieden, bevor er am nächsten Tag wieder die Concorde nach London bestieg.

Während Tweed noch an Bord der ›Oasis‹ war, bekam Manfred genau zur verabredeten Zeit sein zweites Ferngespräch. Manfred begann die Unterhaltung.

»Sie haben nichts zu befürchten. Tweed ist in Washington.«

»Blödsinn! Woher wollen Sie denn das wissen?«

»Weil ich meine Leute überall habe. Ist kein besonderes Problem. Es sind bereits Maßnahmen eingeleitet ...«

»Sie meinen, Sie wollen Tweed ...«

»Das reicht! Und die Antwort auf Ihre Frage ist nein. Das wäre keine kluge Taktik. Krokodil läuft weiter nach Plan. Und jetzt muß ich mich um etwas anderes kümmern ...«

Es wäre keine kluge Taktik ... Manfred stand da und blickte ruhig vor sich hin. Er war seinem Anrufer gegenüber nicht gerade offen gewesen, aber das war häufig Manfreds Art. Er würde den Teufel tun und zugeben, daß es eine verdammt schwierige Sache werden würde, Tweed aus dem Weg zu schaffen. Was Gefahren anging, war der Engländer mit einem sechsten Sinn ausgestattet.

Da gab es einen viel besseren Weg, um mit dem Problem fertigzuwerden. Er nahm den Telefonhörer wieder auf und wählte eine Washingtoner Nummer.

Es war Sonntag, der 31. Mai. Tweed hatte die Nacht an Bord der ›Oasis‹ verbracht, die der Amerikaner inzwischen an einen anderen Anlegeplatz gefahren hatte. Das bestätigte wieder einmal die Nervosität, die Tweed schon bei seiner Ankunft bei ihm festgestellt hatte.

»Man sollte nie zu lange an derselben Stelle bleiben«, bemerkte Loomis, während er den Kreuzer an der neuen Boje festmachte. »Und Stellungswechsel immer nachts und immer ohne Beleuchtung.«

»Ist doch ungesetzlich, oder?« fragte Tweed. »So ohne Positionslichter herumzuschippern.«

»Äußerst sogar . . .«

Bei einer Mahlzeit, die der Amerikaner in der kleinen Schiffsküche zubereitet hatte, sprachen sie von alten Zeiten. Loomis meinte, er hätte gehört, daß Tweed für den Fall in Reserve gehalten wurde, daß »dieser Howard mal über seine großen Füße stolperte. Und dann sollen Sie wahrscheinlich Kehricht aufschaufeln. Nein, sagen Sie nichts«, sagte Loomis und hob dabei abwehrend den Bratwender. »Meine Zuträger sind in Ordnung.«

Unmittelbar bevor es zum Flugplatz gehen sollte, bemerkte Tweed zwei Dinge, die ihn verstörten. Er war schon mit seinem Koffer an Deck und wartete darauf, daß Loomis zuerst die Leiter ins Beiboot hinunterstieg, als er am Ufer eine Bewegung ausmachte.

»Geben Sie mir den Feldstecher, Clint«, rief er.

Irgend etwas im Tonfall seines Gastes ließ Loomis sich beeilen. Tweed hob das Glas an die Augen, stellte es ein und suchte kurz das Ufer ab. Dann gab er das Fernglas zurück. Seine Lippen waren zusammengepreßt.

»Sind Sie Vogelkundler?« wollte Loomis wissen.

»Drüben in den Bäumen, da waren zwei Männer. Einer hatte eine Kamera mit Teleobjektiv – ein ziemlich gewichtiges Gerät. Ich glaube, er hat die ›Oasis‹ fotografiert . . .«

»Vielleicht nur so ein Fotoamateur. Die machen doch von allem Bilder.«

Sie kletterten in das Beiboot, und Waldo, der Hund, stand oben an der Jakobsleiter und paßte auf, als aus der Richtung der Chesapeake Bay ein Hubschrauber über das Wasser direkt auf sie zugeflogen kam. Während sie von dem Kajütkreuzer wegfuhren, bog Tweed den Kopf zurück, um noch einen Blick auf die Maschine zu erwischen.

»Seit meiner Ankunft ist das jetzt das drittemal, daß dieser Hubschrauber uns überflogen hat«, bemerkte Tweed.

»Die fliegen aber hier die ganze Zeit herum. Küstenwache, Privatmaschinen . . .«

Loomis war voll damit beschäftigt, das Beiboot zu der Stelle zurückzufahren, wo sein Wagen geparkt stand. Tweed, der im Heck kauerte, blickte weiter dem Hubschrauber nach. Das Sonnenlicht wurde in dem Plexiglas der Kanzel reflektiert, und es war unmöglich, in das Cockpit hineinzusehen.

»Ich glaube, es war aber immer dieselbe Maschine«, insistierte er.

Loomis war nicht beunruhigt. »Ist schon in Ordnung – wir haben ja Waldo an Bord gelassen.«

Am Flughafen lief alles ab wie am vorangegangenen Tag – eilig. Tweed stieg aus dem Wagen und ging rasch und ohne einen Blick zurück auf das Flughafengebäude zu. Er hörte, wie Loomis hinter ihm schon wieder wegfuhr.

Nach dem Abheben schien es Tweed an Bord der Concorde, als sei er überhaupt nicht in Amerika gewesen – so schnell ging alles. Und er war so in Gedanken, daß er noch nicht einmal bemerkte, als sie die Schallmauer durchbrachen. Bruchstücke seiner Gespräche mit Loomis kamen ihm wieder ins Gedächtnis.

. . . O'Meara . . . zwei Tage später wieder aufgetaucht . . . war woanders untergetaucht . . . einige Monate . . . hatte Lou Carson sein Codebuch übergeben . . .

Tweed fühlte sich schläfrig. Er schloß die Augen und

schlief ein. Er erwachte, als die Maschine zur Landung ansetzte. Sie waren in London. Alles war nur ein Traum gewesen. Er war überhaupt nie weg. Als er im Park Crescent ankam, bereitete ihn schon der Gesichtsausdruck von Miß McNeil auf den Schock vor.

19. Kapitel
Sonntag, 31. Mai

Als er vom Flughafen Dulles allein zurückkam, parkte Clint Loomis seinen Wagen an einer anderen Stelle. Er kannte jeden Zentimeter des Ufers an beiden Seiten des Wasserweges, und diesmal wählte er einen verlassenen Schuppen am Ende einer unbefestigten Fahrspur, um den Wagen unterzustellen. Dann begab er sich auf den langen Weg dorthin, wo das Beiboot verborgen lag.

Es war wieder einmal heller Sonnenschein, und während Loomis das Boot ins Wasser zog, einstieg und den Motor anließ, brannte die Hitze in seinem Nacken. In einiger Entfernung lag der Kajütkreuzer ›Oasis‹ – er leuchtete regelrecht, die Sonnenstrahlen wurden von dem polierten Messing reflektiert. Als er den Hubschrauber hörte und sah, wie die Maschine in Richtung der Chesapeake Bay verschwand, mußte Loomis für einen Augenblick an Tweed denken. Aber dann wandte er seine Aufmerksamkeit wieder dem kleinen Motorboot zu.

Waldo wartete schon auf ihn. Er bellte wie verrückt an der Reling. Während er das Beiboot festmachte, bemerkte Loomis halb unbewußt einen weiteren Kajütkreuzer, der seinem ganz ähnlich sah und der von der Chesapeake Bay heraufkam. Wieder machte er sich an seine Routineüberprüfung – er scheuchte Waldo über Bord und wartete, bis der Hund einmal um das Schiff herum geschwommen war, bevor er ihn wieder heraufholte.

Merkwürdig war, daß Waldo erst dann wieder Zeichen von Erregung von sich gab, als er wieder an Deck stand. Der Hund schüttelte sich trocken – und Loomis mußte grinsen, als er sich daran erinnerte, wie Tweed am Tage zuvor den ganzen Wasserschwall abbekommen hatte. Aber dann stand der Hund, immer noch triefend, auf einmal ruhig da. Der Körper des Tieres spannte sich, die Ohren legten sich flach, und mit gebleckten Zähnen stieß der Hund ein tiefes, langgezogenes Knurren aus.

»Was ist denn los, Junge? Hat Tweed dich nervös gemacht?«

Loomis folgte der Richtung von Waldos Blick, und sein Gesichtsausdruck veränderte sich. Waldo blickte dem Kajütkreuzer entgegen, der die ›Oasis‹, wenn er nicht sofort den Kurs wechselte, auf seinem Weg stromauf sehr dicht passieren würde. Merkwürdig, Loomis konnte niemanden an Deck ausmachen. An so einem schönen Tag lag doch gewöhnlich immer jemand auf den Planken. Loomis rannte in die Kabine.

In einem verschlossenen Wandschrank unterhielt der Ex-CIA-Agent ein kleines Arsenal. Er öffnete die Tür und sah die Maschinenpistole, die doppelläufige Schrotflinte und drei Pistolen vor sich. Er wählte die Schrotflinte.

Wie ein Geisterschiff sah der Kreuzer aus, dachte Loomis, als er wieder an Deck war. Getönte Scheiben verbargen den Mann im Ruderhaus, der ja einfach dort stehen mußte. Verdammt noch mal, da mußte doch jemand am Ruder stehen! Langsam und bedrohlich stampfend näherte sich das Schiff der ›Oasis‹. Ein Stück Stoff hing über dem Bug und verdeckte den Schiffsnamen.

Waldo stand da wie eine gespannte Feder. Seine Nakkenhaare standen senkrecht, und das sanfte Grummeln tief in seiner Kehle wirkte viel bedrohlicher als ein normales Gebell. Loomis blickte sich nach Hilfe um. Aber da war nur die weite, leere Wasserfläche.

Loomis duckte sich und hielt die Schrotflinte verdeckt.

Wenn es Schwierigkeiten geben würde – eine Ladung ins Ruderhaus, und der Mann da drinnen hatte es hinter sich. Und das würde mit Sicherheit der Rudergänger sein – was bedeutete, daß das Schiff dann seinen unerbittlichen Kurs nicht weiter halten konnte.

Der Kreuzer würde in Meterabstand an Backbord vorbeilaufen, der Schiffsseite, an der Loomis sich aufhielt. Das verflixte war nur, daß er selbst nicht die Initiative ergreifen konnte, denn es war ja immer noch möglich, daß eine friedliche Besatzung an Bord ›der christlichen Seefahrt oblag‹, wie es früher wohl einmal geheißen haben mochte. Er wünschte sich Tweed an Bord zurück. Er hatte das Gefühl, Tweed hätte nicht einfach dagesessen und abgewartet. Aber was zum Teufel konnte er denn tun?

Sich hinstellen und die Burschen durch das Megaphon anrufen? Um damit eine wunderbare Zielscheibe abzugeben? Er war doch tatsächlich drauf und dran, das Schiff für den herannahenden Feind zu halten – und das ohne die Spur eines Beweises. Doch! Waldo war der Beweis – seine Reaktion war ungewöhnlich aggressiv . . .

Sie gingen dann in einer Weise vor, wie Loomis es nicht vorausgesehen hatte. Sie waren fast längsseits der ›Oasis‹, als ein Schwarm von dunklen, ananasförmigen Geschossen den Wasserstreifen zwischen den beiden Booten überquerte und an den verschiedensten Stellen landete. Auf dem Deck, im Bug, am Niedergang. Granaten! Herr im Himmel . . .!

Die Zeitzünder waren knapp gestaffelt. Eine Granate landete dem Hund zwischen den Füßen und detonierte schon beim Aufschlag. Das Tier löste sich in einer wirbelnden Masse von blutigem Fleisch und Knochen auf und klebte überall am Holz der Aufbauten. Loomis verlor fast den Verstand. Er richtete sich auf.

»Ihr Schweine!«

Seine Schrotflinte war schon auf die getönten Scheiben des anderen Schiffes gerichtet, aber bevor er den Finger krumm machen konnte, explodierte die Granate, die direkt hinter Loomis gelandet war. Plötzlich spürte er seine Beine nicht mehr und fiel rückwärts die Kajütstreppe hinunter. Unten landete er gerade in dem Moment, als eine der Granaten, die in die Kabine gerollt waren, hochging. Sie riß ihm den halben Kopf ab.

Als zehn einzelne Explosionen zu hören gewesen waren, wurde die ›Oasis‹ mit einem Bootshaken gepackt. Der Mann, der ihn hielt, trug einen Kampfschwimmeranzug. Die Maschine des Mörderschiffs war abgestellt worden, und ein anderer Mann, ebenfalls wie ein Froschmann gekleidet, tauchte mit der Maschinenpistole in den Händen auf.

Es kostete ihn nur zwei Minuten, die ›Oasis‹ zu durchsuchen, festzustellen, daß Loomis tot war und daß sich sonst niemand an Bord befand. Dann kehrte er gelenkig an Bord des eigenen Kabinenkreuzers zurück, der Motor wurde wieder angelassen, und das Schiff nahm seinen neuen Kurs auf, der es so rasch und so weit wie möglich von der ›Oasis‹ wegführte.

Hoch oben unter dem blauen Brennglas des Himmels drehte ein Hubschrauberpilot seine Maschine ab und flog in die Washington entgegengesetzte Richtung. Über Funk wiederholte er nur ein einziges Wort.

Erledigt . . . erledigt . . . erledigt . . .

20. Kapitel
Sonntag, 31. Mai

Die Zentrale des Bundesnachrichtendienstes liegt nur wenige Kilometer südlich von München in Pullach. Erich Stollers Nervenzentrum war von einem Wall von Bäumen umgeben, und weiter innen gab es noch einen Zaun unter Starkstrom. Stoller nannte das Ganze mit seinem trockenen Humor ›meine ganz private Berliner Mauer‹. Gerade hatte er sich diesen Witz Martel gegenüber bei einer Tasse Kaffee erlaubt.

Tweed, der um dreizehn Uhr fünf zurück nach London fliegen sollte, lag, dank des Unterschiedes zwischen den verschiedenen Zeitzonen, an Bord der ›Oasis‹ noch in tiefem Schlummer. Die beiden Männer saßen in Stollers Büro in dem massiven einstöckigen Betonhaus. Durch die Fensterscheiben aus Panzerglas war ein Streifen kahlen Erdbodens sichtbar, auf dem bewaffnete Posten patrouillierten. Weiter hinten lag der elektrische Zaun und noch einmal dahinter das dichte Kiefernwäldchen. Es war ein heißer Vormittag, und die Temperatur stieg immer noch stetig.

»Ich habe vier Jahre in Wiesbaden bei der Kriminalpolizei verbracht«, sagte der Deutsche zu Martel. »Dann bin ich zum BND versetzt worden.«

»Und danach?«

Martel nahm einen Schluck von seinem schwarzen Kaffee und beobachtete dabei Stollers dunkle Augen. Er war entspannt; seine Stimme drückte freundliches Interesse aus.

»Ein Jahr hier und dann zwei in der Sowjetzone.« Stollers Stimme nahm einen finsteren Klang an, als er sich an die Zeit in der DDR erinnerte. »Sie wissen ja, wie das ist – im Untergrund zu leben. Für mich war das wie zehn Jahre. Den ganzen Tag in ständigem Alarmzustand – in jeder Sekunde erwartet man, daß einem von hinten jemand an die Schulter packt. Und nachts kann man nicht schlafen«, beendete er den Satz mit einem schiefen Lächeln. »Sie haben sicher schon von meinem Werdegang gehört ...«

»Also, alles erzählt mir Tweed auch nicht«, log Martel leichthin. »Und wie lange sind Sie schon wieder zurück in der Zivilisation?«

»Vier Jahre – falls Sie Bayern zur zivilisierten Welt rechnen wollen. Im Augenblick werden doch die Tumulte immer schlimmer. Die Neonazis marschieren, die Linken marschieren dagegen, die beiden treffen aufeinander – und dann peng!«

»Aber die Landtagswahlen in ein paar Tagen sollten dem doch ein Ende setzen«, gab Martel zu bedenken.

»Falls Langers gemäßigte Partei gewinnt. Schwierig ist das Ganze, weil Dietrichs Partei und die dauernden Funde von Delta-Waffen die Leute ganz nach links in Toflers Arme treiben können. Und der macht aus Bayern dann seine eigene Version eines Freistaates – ohne die Bundesrepublik . . .«

»Also, Erich, irgendwie kann ich das Ganze nicht glauben . . .«

»Und ich glaube, daß Sie dabei sind, mich im Augenblick einem ganz privaten Verhör zu unterziehen, und ich frage mich, warum.«

Martel fluchte innerlich. Er hatte riskieren müssen, daß Stoller etwas merkte. Vielleicht war es dumm von ihm gewesen, so etwas bei einem Professionellen und Kollegen zu versuchen. Er machte sich daran, den Schaden wiedergutzumachen.

»Warum so nervös? Ich möchte doch wissen, mit wem ich zusammenarbeite. Vielleicht kann ich Ihnen mal meine eigene Personalakte zu lesen geben . . .«

»'tschuldigung!« Stoller hob die Hand und verzog den Mund langsam und bewußt zu einem Lächeln. Unbewußt tat der Deutsche überhaupt nichts. Sogar wenn er seinen Kaffee schlürfte, wirkte das, als habe er den Verdacht, man hätte ihm etwas hineingemischt.

»Ich bin im Streß«, fuhr er fort. »Wären Sie auch, wenn Sie kurz vor einer so entscheidenden Wahl stünden – und gerade in dem Moment, wenn ein Gipfelexpreß mit den bedeutendsten Staatsmännern des Westens durch Ihre Gegend rollt. Ich bin für den Streckenabschnitt von Straßburg bis nach Salzburg verantwortlich . . .«

»Und der Bundeskanzler?«

»Kurt Langer steigt am Münchener Hauptbahnhof zu – aber auf die anderen drei muß ich hinter Straßburg auch eine ganze Nacht aufpassen.«

»Hört sich an, als ob Sie Ärger erwarten«, tippte Martel an.

»Tu ich auch.« Stoller stand hinter seinem Schreibtisch auf. »Sollen wir jetzt Ihre Freundin Claire Hofer holen und nach München fahren?«

»Kann ich London anrufen, bevor wir gehen?«

»Dann gehe ich schon mal und kümmere mich um Fräulein Hofer. Nein, nein! Sie wollen doch sicher bei Ihrem Gespräch allein sein.« Wenn er so dastand, überlegte Martel, war der Deutsche schon eine eindrucksvolle Gestalt; eigentlich nicht der Mann, von dem man erwarten konnte, daß er zwei Jahre hinter dem Eisernen Vorhang unentdeckt blieb.

»Ich geh' dann schon mal rüber in die Kantine, wo wir Mademoiselle geparkt haben«, meinte Stoller. »Geben Sie der Telefonistin nur Ihre Nummer, und drücken Sie dann den roten Knopf, damit haben Sie den Zerhacker eingeschaltet . . .«

Während er auf seine Verbindung mit Park Crescent wartete, sah sich Martel die Wandkarte von Bayern an. Überall, wo Waffen und Uniformen von Delta gefunden worden waren, waren die Stellen markiert. Kleine Fähnchen gaben das Funddatum an.

Ihm kam es merkwürdig vor, daß die Funde sich in letzter Zeit so häuften. Kein Wunder, daß die Meinungsumfragen anzeigten, daß Toflers Partei um so mehr Unterstützung fand, als sich der Wahltag näherte. Jeder neue Fund erhöhte die Furcht der Wähler vor einem Wahlsieg von Delta. Das Telefon klingelte, und er hörte Miß McNeil am anderen Ende der Leitung. Er bat sie um Fotos ›der vier leitenden Herren . . .‹

»Tweed ist nicht in London«, ließ sich Miß McNeil rasch hören. »Hat gesagt, ich soll Ihnen etwas ausrichten,

Keith. Montag, also morgen, sollen Sie den frühestmöglichen Flug nach Heathrow nehmen, und da werden Sie abgeholt. Ob Sie mir die Flugnummer durchgeben könnten? Gut. Und die voraussichtliche Ankunftszeit? Und bringen Sie ein Paßbild von Miß Hofer mit. Unmittelbar nach dem Treffen fliegen Sie wieder zurück nach Bayern. Die Zeit läuft uns davon . . .«

»Als ob ich das nicht wüßte«, gab Martel zurück.

In Paris war es schon am Sonntagmorgen heiß.

Howard war in der Stadt geblieben, nachdem Alan Flandres dringend noch einmal ein Gespräch mit O'Meara über die Sicherheitsmaßnahmen an Bord des Gipfelexpreß angeregt hatte. Der Zug sollte den Gare de l'Est am Abend vom Dienstag, dem zweiten Juni verlassen – in nur noch drei Tagen.

Trotz Howards Protest hatte Flandres darauf bestanden, seinen britischen Kollegen persönlich zum Flughafen Charles de Gaulle zu fahren, damit er seinen Flug nach London erwischte. Als Howard reisefertig und mit der Tasche in der Hand aus dem Lift in die Halle des Hotels de France et Choiseul hinaustrat, traf ihn der Schock.

»Tim fliegt mit Ihnen nach London«, verkündete der Franzose.

»Hab' mich entschlossen, zur Londoner Botschaft zu fliegen und da ein paar Dinge zu erledigen. Und dann hierher zurück zu unserem großen Tag«, erklärte O'Meara. »Und wir beide haben dabei die Gelegenheit, uns besser kennenzulernen . . .«

Howard sagte gar nichts und sah sich die beiden unterschiedlichen Männer nur an. Es waren Gegensätze – der schlanke, elegant gekleidete Alan, jedes Härchen an seinem Platz, die Bewegungen gelenkig und präzise – und dagegen der massive Amerikaner mit seinem karierten ›sportlichen‹ Jackett und seinem nicht kleinzukriegenden Selbstbewußtsein.

»Ich muß noch bezahlen«, sagte Howard und ging zum Empfangsschalter hinüber. Sein Blick überflog die Gäste, die in der Halle saßen. Eine schlanke, blonde junge Frau saß da und las in der ›Vogue‹. Sie war elegant gekleidet und hatte ein paar phantastische Beine übereinandergeschlagen. Ein blaues Köfferchen von ›Vuiton‹ stand neben ihrem Stuhl, und als Howard vorbeiging, blickte sie kurz auf.

Er brauchte nur einige Augenblicke, um die Rechnung zu begleichen; dann nahm er sein Gepäck auf und ging zum Hoteleingang, von wo Flandres zu einem blauen, geparkten Citroën vorausging. Flandres öffnete die hintere Tür, und Howard war gezwungen, sich mit O'Meara den Fond zu teilen. Als der Wagen losfuhr, tauchte die Blondine mit ihrem ›Vuiton‹-Köfferchen auf und kletterte in ein wartendes Taxi.

Während der Fahrt ließ der Engländer O'Meara reden und verharrte selbst in nahezu ununterbrochenem Schweigen. Ohne daß er sich den Anschein gab, beobachtete er Alan hinter dem Steuer. Der seinerseits warf häufige Blicke in den Rückspiegel. Howard gewann den Eindruck, daß sie verfolgt wurden.

Er wollte schon fragen, ob der Franzose irgendeinen ›Schatten‹ ausgemacht hatte, aber irgend etwas brachte ihn dann doch dazu, sich ruhig zu verhalten. Am Flugplatz brachte Alan die beiden bis zur Paßkontrolle und nahm dann ausgiebig Abschied.

». . . bis wir uns wiedersehen hier in Paris, im Gipfelexpreß«, murmelte er.

Er sah zu, wie die beiden Männer auf dem Rollband im Inneren der durchsichtigen Röhre steil nach oben gefahren wurden. Eine blonde junge Frau ging an ihm vorbei. Sie trug ein Köfferchen von ›Vuiton‹, und ein kleiner, vierschrötiger Mann mit einem Filzhut auf dem Kopf begleitete sie. Die Posten waren also bezogen. Renée Duval würde melden, was Howard tat und mit wem er sprach. Georges Lepas würde dasselbe bei O'Meara machen. Alan

Flandres war ein Professioneller, und sein Wahlspruch lautete: Traue niemandem – am wenigsten deiner engsten Umgebung. – Und hier stimmte was nicht.

München, Hauptbahnhof. Hier hatte sich Charles Warner bei seinen Besuchen in der bayerischen Hauptstadt herumgetrieben. Martel und Claire hatten Stoller gebeten, sie beim Hotel Vierjahreszeiten in der Stadtmitte abzusetzen. Sobald der Deutsche sich wieder entfernt hatte, nahm Martel die beiden Reisetaschen auf und schüttelte seinen Kopf in Richtung des Hausdieners.

»Wir bleiben nicht hier . . .«

Eine kurze Strecke liefen sie zu Fuß, und dann winkte Martel ein Taxi heran und nannte eine Adresse in der Nähe des Hauptbahnhofes. Nachdem er bezahlt hatte, trennten sie sich – jeder trug seine eigene Tasche. Als sie in die große Bahnhofshalle traten, deutete nichts mehr darauf hin, daß sich die beiden kannten. Claire folgte Martel in einiger Entfernung und dachte dankbar an die Pistole in ihrer Handtasche.

Beide stellten sie ihre Koffer in Schließfächern ab, und dann begann Martel mit seiner Suche. Warum hatte Warner diesen Bahnhof – genau wie das Gegenstück in Zürich – für so wichtig gehalten, daß er es in seinem Notizbuch vermerkt hatte? In dem Bewußtsein, daß er damit jedem, der ihn beschattete, helfen würde, schlenderte Martel mit schräg zwischen die Zähne gesteckter Zigarettenspitze durch das sonntägliche Gewimmel. Hinter ihm hielt Claire nach eben solchen ›Schatten‹ Ausschau. Sie waren nun mitten in dem Spinnennetz.

Erwin Vinz war verzweifelt – und er wußte, das war schlecht, weil das zu Fehlern führen konnte. Nach den beiden Fehlschlägen in Lindau – der wenig erfolgreiche Versuch, Martel während des Nebels umzubringen, und dann auch noch die Ausschaltung der surfbrettbewährten

Henkerbande – war Reinhard Dietrich voller Wut in seine Münchener Penthousewohnung zurückgeflogen.

»Sie haben doch Martel schon gehabt! In Lindau hatten Sie ihn auf dem silbernen Tablett. Und was passiert? Martel legt Groß praktisch vor Ihren Augen um! Werden Sie so langsam zum Amateur? Falls ja, dann wüßte ich da ein gutes Mittel ...«

»Aber ich habe einen Plan ...« begann Vinz.

»Na prima! In Lindau hatten Sie ja auch einen Plan! Und hoffentlich ist Ihnen klar, daß ich Sie zumindest teilweise für das verantwortlich mache, was meinem Neffen Werner zugestoßen ist?« Er hielt inne und erstickte fast an seiner eigenen, inneren Bewegung. Ausgerechnet Erich Stoller hatte ihm die Neuigkeit über Telefon durchgegeben, dieser schmierige Agent, den Dietrich so haßte. Vinz hob noch einmal an.

»Ich bin mir sicher, daß Martel hier in München auftaucht. Und wahrscheinlich kommt er mit dem Zug. Der fährt doch immer Eisenbahn. Ist doch auch von Zürich nach St. Gallen per Bahn gefahren. Und letzten Dienstag hat er St. Gallen im D-Zug nach München verlassen ...«

»Wo Sie ihn aus den Augen verloren haben«, unterbrach ihn Dietrich sarkastisch.

»Ich habe den Münchener Hauptbahnhof voll mit unseren Leuten«, beharrte Vinz. »Die haben seine Beschreibung. In der Bahnhofshalle ist es so voll, daß ein eventueller ›Unfall‹ niemandem auffallen wird. Schon mancher ist vom Bahnsteig vor den Zug gefallen ...«

»Ist aber gefährlich«, meinte Dietrich nachdenklich, während er sich eine Zigarre anzündete. »Direkt im Hauptbahnhof Aufsehen zu erregen ...«

»Nur wenn der Engländer die Bedeutung herausfindet – wenn er überlebt und die Information weitergibt ...«

»Bringt ihn um!« Dietrich schlug mit der Faust auf den Tisch. Sein Gesicht war rot vor Zorn. »Bringt ihn um für das, was er Werner angetan hat! Und jetzt – raus ...«

Der Hauptbahnhof war das reinste Inferno; der Krach, das Chaos waren unglaublich. Martel steckte mitten in dem Strom der Fahrgäste, die am Sonntag aus der Stadt hinauswollten und zu ihren Bahnsteigen hasteten. Züge kamen und fuhren wieder nach draußen ...

Saarbrücken, Bremen, Frankfurt, Zürich, Dortmund, Würzburg ... Die Tafeln zeigten Zielbahnhöfe in ganz Europa an. Unter dem hohen Hallendach lagen die Bahnsteige elf bis sechsundzwanzig. Ein Schild wies die Richtung zu einem zweiten Bahnhof daneben – dem Starnberger Bahnhof. Und es gab sogar noch eine dritte Bahnhofshalle für die Bahnsteige eins bis zehn.

Der Wartesaal. Ganze Reihen von Telefonzellen. Ein Café. Ein Kino – durchgehend geöffnet von neun bis einundzwanzig Uhr, Eintritt etliche Mark, für die man den ganzen Tag und bis in den Abend sitzen bleiben konnte. Zig Ausgänge, darunter einer, der in das verwirrende U-Bahn-System hinunterführte.

Wie ein Schwamm saugte Martel alles in sich auf, rauchte an seiner Zigarette und schlenderte quer durch die drängende, schiebende Menschenmenge. Langsam formte sich ein Gedanke in ihm. Warner hatte diesen Treffpunkt von völlig fremden Menschen als wichtig bezeichnet. Hatte er die Lösung buchstäblich vor Augen?

Der Lärm unter dem gewölbten Dach war fürchterlich, all die Stimmen, das Schlurfen und Trampeln, die Bahnhofslautsprecher. Ein einziger Anschlag auf die Nerven. Und auch die Hitze, die sich in dieser gewaltigen Konstruktion gefangen hatte, war zermürbend – ein feuchter Dunst, der Schweiß von Gott weiß wie vielen dahinhastenden Fahrgästen.

Geduldig, die Tasche unter dem linken Arm, die rechte Hand dicht an der Verschlußklappe und damit an der Pistole, schien Claire Hofer in dem Mahlstrom einfach mitzutreiben, während sie in Wirklichkeit dem Engländer unauffällig folgte. Und dann sah sie ihn. Erwin Vinz ...

Sie war sich sicher, daß der Killer sie nicht erkennen würde. Als er damals spät abends in die Empfangshalle des Bayerischen Hofs gekommen war, hatte er noch nicht einmal in ihre Richtung geblickt. Aber Claire Hofer war darin ausgebildet, keine voreiligen Schlußfolgerungen zu ziehen. Sie nahm eine Sonnenbrille aus ihrer Handtasche und setzte sie auf. Sie mußte Martel warnen.

Keith Martels Aufmerksamkeit war von etwas anderem eingenommen. Er hatte das ungemütliche Gefühl, daß er von feindlichen Kräften umgeben war, daß sich mitten in der wirbelnden Menge auch Männer befanden, die untereinander Zusammenhalt hatten, die regelrecht organisiert waren. Und dann sah er jemanden, der das Abzeichen von Delta am Aufschlag trug, einen Mann, der an dem Bahnsteig wartete, an dem der D-Zug Zürich–München ausrollte.

Noch mehr Menschen strömten jetzt vom Bahnsteig in die Bahnhofshalle. Martel tat so, als ob er den Fahrplan studierte, während er in Wirklichkeit den Mann im Auge hielt. Einer der Fahrgäste, die eben ausgestiegen waren, zeigte dem Mann seinen Fahrschein und nahm ihn dann wieder an sich – also war es eine Rückfahrkarte. Das alles passierte sekundenschnell – das Zeigen der Fahrkarte, das Händeschütteln mit dem wartenden Delta-Agenten, und dann waren die beiden schon hinüber auf dem Weg in das Café. Der Neuankömmling trug ebenfalls ein silbernes Dreieck am Aufschlag.

»Erwin Vinz ist hier. Er trägt dasselbe wie in Lindau. Er steht neben dem beladenen Gepäckwägelchen hinter Ihnen – er hat Sie erkannt . . .«

Claire Hofer rieb sich das Gesicht, um zu verbergen, daß ihre Lippen sich bewegten, während sie neben Martel stehengeblieben war, der immer noch so tat, als sähe er sich den Fahrplan an.

»Passen Sie auf sich selber auf«, sagte er warnend. »Ich

glaube, hier wimmelt es nur so von diesen Delta-Typen. Zwei davon sind gerade ins Café gezogen ...«

Er ließ Claire Hofer vor dem Fahrplan stehen, und sie tat auch für ein paar Augenblicke lang so, als notiere sie sich Abfahrtszeiten in ihrem Büchlein. Als sie sich umdrehte, verschwand Martel gerade in dem Eingang des Cafés. Erwin Vinz hatte offenbar mit einem Mann gesprochen, auf den sie nur noch einen kurzen Blick erhaschte: gebräunte Haut, eine große Sonnenbrille; und dann war der Mann schon in Richtung Ausgang verschwunden.

In dem Café bestellte sich Martel eine Tasse Kaffee, zahlte und suchte sich dann einen Tisch in der Nähe des Eingangs. Er saß mit dem Rücken zur Wand. Die zwei Leute von Delta waren in ihr Gespräch vertieft. Der Neuankömmling übergab seinem Gefährten einen dicken Umschlag, der sofort in der Brusttasche des Mannes verschwand.

Ein Blick, eigentlich nur ein kurzer Augenaufschlag in Martels Richtung, sagte dem Engländer, daß er in eine Falle gegangen war.

Sie hielten sich am nächstgelegenen Ausgang auf und blockierten seinen Fluchtweg – fünf kräftige Kerle mit Tirolerhüten und Maßkrügen in der Hand. Martel griff sich den Pfefferstreuer, während einer der Burschen sich zu ihm an den Tisch setzte. Der Mann setzte seinen Maßkrug an, faßte in die Tasche und zog ein Notizbuch hervor. Das legte er vor sich auf den Tisch. Martel hatte er immer noch nicht angeblickt.

Wieder steckte er die Hand in die Tasche, und als er sie herauszog, hatte er einen Filzschreiber zwischen den Fingern. Den hielt er unter der Tischplatte versteckt, drückte dann auf den Knopf, und die Stilettkanüle schoß gebrauchsbereit nach vorn. Martel riß den Deckel des Pfefferstreuers ab und stieß dem Mann den Inhalt in die Augen. Der schrie – aber der Schrei ging in einem noch lauteren Geräusch unter. Im Explosionsknall von Pistolenschüssen.

Martel sprang auf, stieß den Tisch um und warf dabei sein Gegenüber samt Stuhl zu Boden. Die Männer an der Tür stolperten sich gegenseitig in den Weg, und auf ihren Gesichtern zeichnete sich Furcht ab. Sie wollten so schnell wie möglich fort von dem Eingang, den sie noch Sekunden zuvor so selbstsicher blockiert hatten.

»Hier raus!«

Ganz kurz sah Martel Claire in der Türe, die die Pistole, aus der sie geschossen hatte, in beiden Händen hielt und auf die Delta-Leute zielte. Ihre ersten Schüsse waren noch in die Luft gegangen. Martel rannte los und ließ dann einen Mann, der ihn aufhalten wollte, mit einem Handkantenschlag zu Boden gehen.

Als er draußen war, steckte Claire ihre Pistole schnell in die Handtasche zurück, und Martel griff sie beim Arm. Zusammen hasteten sie über den Vorplatz. Hinter ihnen herrschte schreiendes, fluchendes Durcheinander. Die verängstigten Cafégäste waren in Panik geraten und stolperten ins Freie.

»U-Bahn!«

Martel rief das Wort Claire direkt ins Ohr, während er sie rasch durch die Menge steuerte. Er stieß Menschen mit dem Ellbogen auf die Seite und drängte sich rasch zu der Rolltreppe durch, die zur U-Bahn hinunterführte.

»Fahrscheine . . .« erinnerte ihn Claire.

»Habe ich eben schon ein paar gekauft – damit wir einen raschen Fluchtweg haben . . .«

Bevor man die U-Bahn besteigt, muß man seine Fahrkarte kaufen, sie an einem Automat abstempeln lassen, und dann erst kann man auf der Rolltreppe hinunterfahren. Immer noch sehr rasch und immer noch Claires Arm sehr fest gepackt haltend, hielt Martel auf den U-Bahn-Eingang zu. Wie ein Slalomläufer kurvte er dabei um die anderen Passagiere herum.

Aber dabei paßte er auf, daß er sich nicht allzu ruppig benahm – es sollte ja unauffällig wirken. Immerhin hatten sie einen kurzen Vorsprung; ihre U-Bahn würde schon losgefahren sein, bevor die Delta-Leute vom Hauptbahnhof her ankamen. Die mußten sich erst ihre Fahrkarten kaufen, sie abstempeln und dann nach unten kommen. Sie erschienen auf dem Bahnsteig, als der Zug gerade einfuhr.

Als der Zug wieder losfuhr, war sich Martel sicher, daß ihnen niemand an Bord gefolgt war. Er sah Claire an, die neben ihm saß. Claire nahm ihre Sonnenbrille ab. Auf ihrer Stirn standen Schweißtropfen – aber da ging es anderen Passagieren, die in Hemdsärmel im Wagen saßen, auch nicht besser. Unsicher blickte Claire Martel an.

»Wir gehen jetzt geradewegs zum Clausen«, sagte er ruhig. »Das ist ein kleines Hotel in einer Seitenstraße. Unser Gepäck holen wir dann später – sehr viel später.«

»Und was hat uns das Ganze gebracht?« fragte sie.

»Eine ganze Menge. Ich weiß jetzt, warum Hauptbahnhöfe so wichtig sind.«

Die Concorde ging sonntags von Washington um dreizehn Uhr fünf Ortszeit ab und erreichte Heathrow um einundzwanzig Uhr fünfundfünfzig westeuropäischer Zeit. Das Taxi setzte Tweed am Park Crescent ab, wo Miß McNeil – die er schon telefonisch vom Flughafen Dulles benachrichtigt hatte – in seinem Büro auf ihn wartete. Die Wanduhr zeigte dreißig Minuten vor Mitternacht.

»Die Nachricht ist gerade über Telex gekommen.«

Miß McNeil machte gar keine Anstrengungen, Tweed den Schock, der ihm jetzt bevorstand, zu erleichtern. Jede Art von Getue war schließlich etwas, das ihr Chef verabscheute.

»Was für Nachrichten?« wollte er wissen.

»Ihr alter Freund, Clint Loomis, ist ermordet worden . . .«

Sie gab Tweed das Telex und setzte sich mit aufgeschlagenem Notizblock bereit. Sie wartete und kritzelte vor sich hin. Tweed, der sich langsam in seinen Drehstuhl mit dem abgewetzten Polster sinken ließ, blickte sie nicht an. Tweed las die Meldung dreimal durch.

Ex-CIA-Agent Clint Loomis unbekannten Mördern zum Opfer gefallen ... an Bord Kabinenkreuzer Oasis ... Staatsanwalt, der in der Nähe geangelt hat, hat zweites Wasserfahrzeug längsseits gehen sehen ... Loomis und Wachhund durch Handgranaten getötet ... CIA unterstützt FBI-Untersuchungen ...

»Dieser verdammte Hubschrauber«, murmelte Tweed. »Er wollte ihn ja partout nicht im Auge behalten ...«

»Wie war das bitte?« fragte Miß McNeil.

»Entschuldigung, hab' nur laut gedacht.« Tweeds Stimme wurde wieder lebendiger, er setzte sich aufrecht hin und schob das Blatt aus dem Fernschreiber vor sich auf den Tisch. »Stecken Sie das in den Reißwolf. Soll niemand zu sehen kriegen. Irgendeine Nachricht von Martel?«

»Er hat mich von Bayern aus angerufen. Er kommt morgen früh an, und ich habe für ihn ein Hotelzimmer in der Nähe von Heathrow bestellt. Er hat mir die Einzelheiten des Fluges durchgegeben, und Sie können ihn dann morgen treffen.«

Tweed drehte sich in seinem Stuhl um und blickte auf die heruntergelassenen Rollos. Die Fläche war so leer wie sein Gehirn. Er war aufs äußerste beunruhigt.

»Die Sache spitzt sich so langsam zu«, meinte Miß McNeil.

»Und uns bleiben nur noch zwei Tage, die unmögliche Aufgabe zu lösen. Der Gipfelexpreß verläßt den Gare de l'Est in exakt achtundvierzig Stunden, von jetzt an gerechnet.«

Er drehte sich wieder zu Miß McNeil um. »Sie haben sich doch jetzt sämtliche Akten angesehen. Nichts Greifbares, wie ich vermute ...«

»Doch, da war was«, gab Miß McNeil zurück.

Das Ferngespräch aus Washington kam kurz vor Mitternacht, als Manfred sich in seiner Münchener Wohnung bereits schlafen gelegt hatte. Er knipste die Nachttischlampe an, zog sich die Handschuhe über und nahm ab. Die Erkennungsprozedur war abgeschlossen, und die Stimme mit dem amerikanischen Akzent gab kurz ihre Botschaft durch.

»Der Vertrag von Loomis ist abgeschlossen. Wir haben uns entschlossen, ihn nicht zu erneuern ...«

»Danke sehr ...«

Manfred legte auf, stieg aus dem Bett und tappte im Zimmer umher. Alles lief prächtig. Nichts konnte Krokodil mehr aufhalten. Das große Morden würde genau nach Plan laufen.

21. Kapitel
Montag, 1. Juni

»Uns bleibt noch, was vom heutigen Tag übrig ist, und ein Teil des Dienstags, bevor morgen abend der Gipfelexpreß seinen Weg von Paris nach Wien beginnt«, sagte Tweed.

»Und in diesen wenigen Stunden«, bemerkte Martel, »müssen wir herausfinden, welchem der westlichen Politiker der Anschlag gelten soll. Und wir müssen den Sicherheitschef herausfinden, der den faulen Apfel darstellt – wieder einmal aus vier möglichen Kandidaten ...«

Im Londoner Flughafenhotel hatte Miß McNeil drei Zimmer reserviert – jede Reservierung unter einem anderen Namen. Die Zimmer würden nur in der kurzen Zeitspanne benutzt werden, in der Tweed mit Martel konferierte; aber das würde kein Aufsehen erregen: So etwas war beim internationalen Management durchaus gebräuchlich.

Sie hielten ihr Treffen in dem mittleren Zimmer ab. Zuvor hatte Tweed überprüft, daß die Zimmer zu beiden Seiten tatsächlich leer waren. Nach seiner Bemerkung steckte Martel eine Zigarette in seine Spitze. Er war gerade erst per Flugzeug aus München eingetroffen. Unmittelbar im Anschluß an das Gespräch würde er nach Deutschland zurückfliegen.

»Irgendeine Idee?« fragte Martel. »Sagt uns der Mord an Loomis irgend etwas?«

»Es ist ziemlich sicher, daß, nachdem der britische Botschafter in Paris den Funkspruch während der Konferenz verlesen hat, einer der vier Sicherheitschefs etwas unternommen haben muß. Er hat mich bis zum Londoner Flughafen beschatten lassen, wo ich die Concorde bestieg. Offenbar war einfach nicht genug Zeit, Loomis umzubringen, bevor ich mit ihm sprechen konnte . . .«

»Was ist denn mit Alan Flandres? Über sein Vorleben schweigen sich die Akten ziemlich aus. Und dann haben wir O'Meara – diese zweimonatige Abwesenheit von seinem Berliner Posten, von der Loomis Ihnen erzählt hat. Die Zeit könnte er in Ost-Berlin zugebracht haben.«

»So sehe ich das auch . . .«

»Aber ich habe auch noch einen anderen Kandidaten – Erich Stoller vom BND. Er hat zwei Jahre in dem, was er die ›sowjetische Besatzungszone‹ nennt, im Untergrund zugebracht.«

»Das wußte ich nicht«, gab Tweed zurück. Interessiert beugte er sich über den Couchtisch nach vorn. »Haben Sie das rausbekommen?«

»Nein, er hat es mir freiwillig gesagt. Hat geglaubt, Sie wüßten das bereits. Er hat auch gemerkt, daß ich ihn ausfragte, aber seine Bereitschaft zur Zusammenarbeit schien dabei nicht zu leiden . . .«

»Nun, ich war nicht informiert, aber Erich ist schlau«, sagte Tweed, lehnte sich in dem Stuhl zurück und blickte an die Decke. »Er mag angenommen haben, daß wir es aus seiner Akte herauslesen konnten. Da haben wir also zwei Möglichkeiten – O'Meara und Stoller. Und wenn wir hier fertig sind, dann fliege ich nach Paris und treffe mich mit Alan. Ich möchte mal seine eigene Version von seiner Vergangenheit hören.«

»Und Howard?«

»Wohl kaum.« Tweed nahm seine Brille ab und rieb sich die Augen. Martel bemerkte die Anzeichen der Müdigkeit. »Ich mag ihn nicht«, fuhr er fort. »Aber das hat keine Bedeutung. Wir suchen nach einem Verräter, der seinem ekligen Gewerbe bereits seit Jahren nachgeht . . .«

»Dann wollen Sie also Howard draußen vor lassen?«

Tweed antwortete nicht, sondern suchte in seiner Aktenmappe herum, die er seitlich an seinem Stuhl abgestellt hatte. Er nahm die Fotokopie einer Akte heraus und gab sie Martel. Vorne drauf standen die Einstufungen als Geheimmaterial, eine Registraturnummer und drei Worte. Frederick Anthony Howard.

Martel machte sich daran, die Akte zu überfliegen, und Tweed erklärte. »Dafür müssen wir uns bei Miß McNeil bedanken. Ich habe nicht die blasseste Ahnung, wie es ihr gelungen ist, die Papiere aus der Zentralregistratur herauszukriegen und die Fotokopie zu machen. Ich nehme an, sie besitzt einen zweiten Schlüssel zum Aktenraum . . .«

»Junge, Junge!« Martel blickte auf. Der Gedanke an das Risiko, das Miß McNeil eingegangen war, beunruhigte ihn. »Und davon hat sie Ihnen nie etwas gesagt?«

»Nein«, sagte Tweed ruhig. »So ist sie nun mal. Und ich stelle keine Fragen. Sind Sie schon da?«

»Wo?«

»Auf Seite zwölf. Vor ein paar Jahren hat Howard mal einige Zeit bei der Nachrichtenabteilung der Pariser Botschaft verbracht. Dabei hat er mal Urlaub genommen – sechs Wochen. In Wien.«

»Normalen Erholungsurlaub?«

»Nein, er hatte sich krank gemeldet. Er stand kurz vor einem Nervenzusammenbruch – ›vegetative Dystonie‹

hatte der Medizinmann es genannt. Der ärztliche Bericht liegt an. Von Januar bis Februar war er abwesend. Denken Sie an das Wetter in Österreich. Merkwürdiger Aufenthaltsort für einen Rekonvaleszenten . . .«

»Wenn er sich in Wien auskennt, dann wird ihm das dabei helfen, auf die Premierministerin aufzupassen.«

»Das ist ebenfalls merkwürdig«, gab Tweed zu bedenken. »Diesen Umstand hat er, soviel ich weiß, nie erwähnt.«

Martel gab die Fotokopie zurück, saß da und zog an seiner Zigarette. Tweed nahm einen Umschlag mit vier Hochglanzfotos heraus. »Sie wollten doch Fotos von Flandres, O'Meara, Howard und Stoller . . .« Martel steckte den Umschlag in die Tasche, drückte seine Zigarette aus und sagte ohne sonderliche Begeisterung: »Uns bleibt so wenig Zeit, daß wir alle vier Sicherheitschefs aufs äußerste unter Druck setzen müssen – in der Hoffnung, daß der unbekannte Attentäter eine falsche Bewegung macht. Klopfen wir doch mal ordentlich auf den Busch . . .«

»Aber wie?«

»Indem wir jeden einzeln auf die Seite nehmen und ihm das sagen, was wir bisher ausgelassen haben. Ich erledige das bei Stoller – und Sie müssen mit Howard, Alan und O'Meara sprechen . . .«

»Was soll ich denen denn sagen?«

»Daß wir aus derselben zuverlässigen Quelle, aus der wir wissen, daß einer der westlichen Politiker im Gipfelexpreß ermordet werden soll, auch davon Kenntnis haben, daß einer der vier Sicherheitschefs der Mörder sein wird.«

Aus einer Innentasche zog Tweed eine plastikumhüllte Karte und reichte sie seinem Gegenüber. Martel sah sich die Karte, die sein Foto trug, an, während Tweed, der ruhelos im Raum auf und ab ging, seine Erklärung dazu abgab. Bisher hatte er auf Martels provozierenden Vorschlag noch nicht reagiert.

»Keith, wir werden uns nicht mehr sehen, bevor der Gipfelexpreß morgen abend den Gare de l'Est verläßt. Mit dieser Karte können Sie überall auf der Strecke zusteigen. Niemand könnte Ihnen das verwehren – noch nicht einmal Howard . . .«

Erlaubnis zu passieren . . . Dem Inhaber, Keith Martel, ist jede Hilfe zu gewähren . . . insbesondere Erlaubnis, Waffen jeglicher Art mit sich zu führen . . .

Quer über seine Unterschrift hatte die Premierministerin säuberlich und deutlich lesbar unterschrieben. Den Hinweis auf mögliche Bewaffnung hatte sie noch einmal gesondert paraphiert. Martel starrte Tweed an.

»Um Gottes willen, wo haben Sie denn das her?«

»Ich habe Mylady über den Minister direkt angesprochen. War eine halbe Stunde bei ihr. Ich habe ihr gesagt, daß einer der Sicherheitschefs möglicherweise ein Attentäter ist . . .«

»Da wird sie ja höchst erfreut gewesen sein!«

»Hat es sehr gefaßt aufgenommen«, gab Tweed zurück. »Sie meinte sogar, dann wäre sie ja bei uns beiden in guten Händen. Sie hat Ihre Akte durchgeblättert, während ich da war. Apropos, haben Sie ein gutes Paßbild von Claire Hofer dabei? Gut. Und Sie vertrauen ihr?«

»Selbst wenn es um Leben und Tod geht – ich hatte schon Gelegenheit. Zweimal . . .«

»Geben Sie mir ihr Foto.«

Tweed setzte sich an den Tisch und zog eine zweite Karte heraus. Exakt wie die von Martel, aber ohne das Foto und ohne die Unterschriften. Mit einer Tube Klebstoff, die er aus seiner Tasche holte, befestigte Tweed Claires Foto sorgfältig an seinem Platz. Und dann holte er einen Füller heraus, den Martel bisher noch nie gesehen hatte, und machte sich daran, die Unterschrift der Premierministerin geschickt und sorgfältig zweimal zu fälschen. Über den Brillenrand blickte er Martel an.

»Ich habe ihre Erlaubnis – und sie hat mir dazu sogar

ihre Füllfeder geliehen. So, hier ist die Karte für Miß Hofer. Und jetzt darf ich vor allen Dingen eins nicht vergessen.«

»Und das wäre?«

»Der Premierministerin ihren Federhalter zurückzugeben. Die macht mir die Hölle heiß, wenn ich es vergesse. Und noch etwas beschäftigt mich – bevor wir gehen. Manfred . . .«

»Sie meinen, was er als nächstes vorhat?«

»Das weiß ich«, gab Tweed zurück. »Auf Entfernung habe ich schon mit ihm zu tun gehabt; und eigentlich müßte ich inzwischen wissen, wie er denkt. Versetzen Sie sich für einen Augenblick an seine Stelle. Er ist nun darüber informiert, daß wir wissen, daß einer der vier westlichen Staatsmänner umgebracht werden soll. Und wenn wir jetzt den Sicherheitschefs sagen, daß einer von ihnen der Mörder sein wird, dann wird er reagieren – vielleicht läuft schon die nächste Phase seiner Strategie . . .«

»Und das wäre?«

»Vernebelungstaktik. Um den Killer zu decken, wird er unseren Verdacht auf jemand anderes lenken. Er wird soviel Verwirrung wie möglich bei uns erregen wollen – in einfachen Worten, wir sollen überhaupt nicht mehr wissen, woran wir sind. Damit wir praktisch keine Zeit mehr haben, den Richtigen herauszufinden.«

»Dann stimmen Sie also mit mir überein«, sagte Martel, stand auf und blickte auf die Uhr.

»Ja. Wir sagen den Sicherheitschefs, daß einer von ihnen ein schwarzes Schaf ist. Und wir sehen zu, wie dann die Hölle losbricht . . .«

Reinhard Dietrich schäumte vor unterdrückter Wut, während er den Mercedes 450 SEL von seiner Wohnung zu der Tiefgarage steuerte, die Manfred als Treffpunkt angegeben hatte. Am Telefon hatte sich die Aufforderung, daß Dietrich sofort – allein, und am besten schon vorgestern – zu erscheinen hätte, fast wie ein Befehl angehört.

In der verlassenen Tiefgarage saß Manfred hinter dem Steuer seines BMW, den er unter falschem Namen und mit falschen Ausweisen gemietet hatte. Er war absichtlich etwas zu früh angekommen und hatte seinen Wagen so abgestellt, daß Dietrich bei seiner Ankunft direkt auf ihn zukommen mußte. Er hörte Dietrich mit quietschenden Bremsen herankommen.

Die Garage lag im Dämmerlicht, und Manfred paßte alles genau ab. Als der Millionär auftauchte und auf ihn zusteuerte, schaltete er das Fernlicht ein. Das unerwartet grelle Licht blendete den Industriellen. Er riß eine Hand vor die Augen und fluchte, während er langsamer wurde und neben dem BMW hielt. Sofort knipste Manfred die Scheinwerfer aus, und in der plötzlichen Dunkelheit konnte Dietrich kaum noch etwas sehen.

Undeutlich erkannte er einen Mann in dunkler Baskenmütze, dessen Gesicht mit einer gewaltigen Sonnenbrille unkenntlich gemacht worden war. Dietrich stellte die Zündung ab und ließ das Seitenfenster herunter. Noch während der elektrische Fensterheber surrte, sprach Manfred bereits.

»Wenn Sie die Wahl verlieren sollten, dann geht es mit dem Putsch wie geplant weiter. Ihre Leute in voller Uniform. Sie marschieren auf München – lassen Sie es Hitlers Marsch von 1923 so ähnlich sehen wie nur irgend möglich.«

»Hitler hat es nicht geschafft«, gab Dietrich zu bedenken. »Den haben sie in Landsberg eingesperrt ...«

»Wo ist das neue Waffenversteck?« warf Manfred ein.

»Ich verstehe ...« Er hielt inne. »Wir stehen jetzt so dicht vor der Stunde X, daß wir diesmal bewaffnete Posten aufstellen sollten. Das ist alles ...«

»Einen Augenblick!«

Manfred hatte den flehentlichen Ausruf noch nicht einmal gehört. Er fuhr schon aus der Garage hinaus, und seine roten Rücklichter verschwanden um die Ecke. Dietrich fluchte wieder, nahm eine Zigarre heraus und zündete sie an. Es war abgemacht, daß er nach einer Wartezeit von zwei Minuten ebenfalls hinausfahren sollte.

Wieder am Münchener Flughafen, nahm sich Martel ein Taxi bis an die Einmündung einer Seitenstraße in der Innenstadt. Er wartete, bis das Taxi wieder abgefahren war, und dann hatte er noch knapp vierhundert Meter zu gehen, bevor er am Hotel Clausen war, wo die junge Schweizerin abgestiegen war. Er war erleichtert, als er Claire sicher in ihrem Zimmer vorfand.

»Während Sie weg waren, bin ich nicht untätig gewesen«, verkündete sie. »Ich habe eine Menge Zeit im Hauptbahnhof zugebracht . . .«

»Idiotisch – Sie hätten entdeckt werden können . . .«

»Wann werden Sie endlich mal lernen, daß ich nicht dämlich bin?« fuhr sie auf. »Ich habe mich jedesmal vorher umgezogen. Morgens ein Hosenanzug – Rock, Bluse und Sonnenbrille nach dem Essen . . .«

»Tut mir leid.« Martel warf seine Aktenmappe auf das Bett und reckte sich. »Ich bin einfach angespannt. Der Gipfelexpreß verläßt Paris morgen abend, und wir sind immer noch nicht weiter, was das Opfer, geschweige denn den Mörder angeht . . .«

»Und die Unterlagen, die diese Frau da in London überprüft hat? Sie hat wohl nichts gefunden?«

»Es könnte Flandres sein, Howard, O'Meara – selbst Erich Stoller. Jeder von ihnen. Aber sie arbeitet weiter dran. Der Hauptbahnhof . . .«

»Bevor wir da weglaufen mußten – Sie haben mir noch nicht erzählt, was Ihnen da alles aufgefallen ist«, erinnerte sie ihn.

»Bitte zuerst Ihre Eindrücke.«

Er streifte seine Schuhe ab und setzte sich mit dem Rükken gegen das Kopfende auf das Bett. Während Claire redete, saß er rauchend da und beobachtete sie. Ihm fiel auf, wie frisch und appetitlich sie aussah. Er selbst fühlte sich schlapp, schmutzig und schweißig: In München war es inzwischen noch schwüler geworden.

»Der Hauptbahnhof hier«, begann sie, »und wahrscheinlich auch in Zürich ist – wohl aus demselben Grund – das bewegliche Hauptquartier von Delta. Das ist der Grund, warum Stoller die Zentrale nie gefunden hat. Dietrichs Schloß auf dem Land ist nur eine Sackgasse ...«

»Weiter.«

»Als Hauptquartier sind die Bahnhöfe wegen ihrer Möglichkeiten geradezu ideal. Da ist immer Betrieb. Also wird es keinem auffallen, wenn sich da zwei – oder mehrere – zu einem Treffen verabreden. Kuriere können mit dem Zug kommen, ihre Botschaften abliefern und in einem anderen Zug wieder wegfahren. Richtig nach München hinein muß niemand. Na, wie finden Sie das?«

»Vielversprechend. Bitte weiter.«

»Eins von diesen Treffen haben Sie ja selbst beobachtet – der Mann, der aus dem Züricher D-Zug ausgestiegen ist. Viele mögliche Treffpunkte – weit weniger riskant als ein sogenanntes sicheres Haus, das irgendwann doch entdeckt werden und unter Beobachtung stehen könnte. Das Café, der Imbiß, das Kino und so weiter. Sogar die Nachrichtenverbindungen sind idiotensicher und können praktisch nicht abgehört werden. Die Telefonzellen.«

»Ich glaube, Sie haben recht«, stimmte Martel zu. »Aber wenn die nun doch einmal entdeckt werden?«

»Dann sehen Sie doch mal, wie viele Ausgänge es gibt. Und sogar auf einen Zug, der eben ausfährt, kann man noch aufspringen. Erinnern Sie sich daran, wie wir da rausgekommen sind – einfach in den U-Bahn-Schacht getaucht ...«

»Ich glaube, Warner hat das alles herausgefunden – alles, was Sie eben erzählt haben. Und das erklärt auch die Hinweise auf Hauptbahnhöfe in seinem kleinen Notizbuch.«

»Ich habe etwas beobachtet, das mich beunruhigt hat«, fuhr Claire fort. »Ich habe gesehen, wie mit verschiedenen Zügen Männer ankamen – zähe Burschen, die sich alle sofort auf den Weg zu den Schließfächern machten. Die hatten die Schlüssel schon bei sich und haben große Stoffbeutel herausgenommen – wie man sie nehmen würde, um automatische Waffen zu verstecken. Und dann sind sie in die Stadt gegangen . . .«

Rasch nahm Martel seine Beine vom Bett und zog die Stirn in nachdenkliche Falten. »Sie meinen, Dietrich hat jetzt seine Elitetruppe geschickt – damit die sich vielleicht in der Nähe strategischer Punkte im Hotel einmieten; wie zum Beispiel beim Sender, beim Fernmeldeamt – und in der Nähe ähnlicher Nervenzentren?«

»Das hatte ich vermutet . . .«

»Dann sollten wir uns mit Stoller in Verbindung setzen«, sagte Martel und ging in dem Zimmer auf und ab. »Das schlimme ist nur die Frage, ob Stoller nicht selbst der Killer ist, den wir festnageln wollen. Falls ja, wird er sich herzlich bedanken – und gar nichts unternehmen.«

»Können wir denn nicht irgendwas machen?« protestierte Claire.

»Wir könnten's versuchen . . .«

»Alan«, sagte Tweed ruhig. »Wir wissen, einer der vier Passagiere an Bord des Gipfelexpreß morgen abend nach Wien soll ermordet werden . . .«

»Davon müssen wir wohl ausgehen, mein Freund«, gab Flandres zurück.

Sie aßen in einem kleinen Restaurant am Ende eines Innenhofes neben der Rue St. Honoré zu Abend. Der ›Patron‹ hatte sie zu einem Tisch in einer geschützten Ecke gebracht, wo sie sich ungestört unterhalten konnten. Es war ein exklusives Lokal, und das Essen war ausgezeichnet. Alan war glänzender Laune.

»Was ich Ihnen jetzt sage, muß aber absolut unter uns bleiben – es ist absolut vertraulich –, aber wir kennen uns nun ja schon seit Jahren. Seit wann eigentlich?« wollte Tweed wissen.

»Seit meinem Austritt aus der Armee 1953 – ich war beim militärischen Geheimdienst, erinnern Sie sich? Und dann bin ich zur Direktion der ›Surveillance du Territoire‹ gegangen. Ich bin ein Waisenkind; und mein ganzes Erwachsenenleben lang habe ich mit Geheimnissen gehandelt. Eine merkwürdige Beschäftigung.« Flandres nippte an seinem Glas Wein. »Ich mag Ihren Frederick Anthony Howard nicht«, sagte er plötzlich. »Irgendwie scheint ihn nichts zu berühren – wie jemand, der nicht reden will, weil er befürchtet, damit etwas preiszugeben ...«

»Das ist ein interessanter Eindruck, Alan.« Tweed sprach in aller Ernsthaftigkeit: Er hatte Hochachtung vor der Erfahrung des Franzosen. »Und bei der Armee sind Sie gleich zum Nachrichtendienst gegangen?«

Flandres lachte herzlich. »Mein Gott, nein! Mein ganzes Leben war eine Serie von merkwürdigen Zufällen. Der militärische Geheimdienst hat mich ausgewählt! Können Sie sich das vorstellen? Ich war gerade zwei Wochen in Uniform, da war ich auch schon Offizier. Ganz über Nacht – und weil zwei Dinge zusammentrafen! Mein Vorgänger hatte sich betrunken, war aus dem Fenster gefallen und hatte sich das Genick gebrochen! Und meine zweite Muttersprache war Deutsch – ich stamme aus dem Elsaß. Und so kam ich dann zum Stab von General Dumas. In dem Augenblick, als er aufbrach, um durch Bayern zu marschieren, wurde ich Geheimdienstoffizier. Zu komisch!«

»Und später wurden Sie aus der Armee entlassen ...«

»So ist es. Ich kehre also nach Paris zurück. Meine einzige Trumpfkarte ist die Empfehlung von General Dumas. Die zeige ich dem DST, und, man höre und staune, die nehmen mich. Sogar die Empfehlung war Zufall. Dumas hatte die Papiere verwechselt! Eigentlich wollte er sie für einen ganz anderen Offizier schreiben! Die Welt ist doch verrückt. Und Sie, was wollten Sie mir sagen? Ich hoffe, doch etwas Amüsantes?«

»Im Gegenteil, fürchte ich . . .«

Tweed blickte sich in dem kleinen Restaurant um und schüttelte den Kopf, als der Patron seinen Blick auffing und sich in Richtung der beiden in Bewegung setzte. Er war nicht glücklich über das, was er jetzt sagen mußte – schließlich genoß er gerade einen angenehmen Abend mit einem alten Freund.

»Ich komme mit der Botschaft eines Toten – ich möchte nicht sagen, wer der Mann war. Ich glaube, er hat die Wahrheit gesagt; aber beweisen kann ich es nicht. Der hat mir berichtet, daß der Attentäter, der es im Gipfelexpreß auf einen der westlichen Staatsmänner abgesehen hat, einer der vier Sicherheitschefs ist, die damit beauftragt sind, die Politiker zu schützen.«

»Das sind ja scheußliche Aussichten«, sagte Flandres langsam. Er trank noch etwas von seinem Wein, und seine dunklen Augen wurden nachdenklich. »Irgendwelche Hinweise darauf, welcher der vier der Betreffende sein könnte?«

»Nicht die allergeringsten . . .«

»Dann könnte sogar ich es sein? Ist es das, was Sie denken?«

»Ich bin da ganz offen – man könnte sagen, meine Gedanken sind leer wie eine gekalkte Wand . . .«

»Das kann ich nicht ganz glauben. Sie haben bestimmt Überlegungen angestellt. Wahrscheinlich haben Sie sogar nachgeforscht. Wie lange wissen Sie es schon?«

Flandres hatte einen seiner seltenen, tiefschürfenden

Momente. Aber oberflächlich gesehen hatte seine Stimmung immer schon schnell gewechselt. Nur wer ihn genau kannte, wußte, daß er wahrscheinlich der nachdenklichste Sicherheitschef der westlichen Welt war.

»Seit ein paar Tagen«, antwortete Tweed. »Ich habe es bisher noch niemandem erzählt – noch nicht einmal Howard. Offiziell habe ich ja mit dieser Gipfelkonferenz gar nichts zu tun . . .«

»Und inoffiziell?«

»Ich guck' mich mal um«, antwortete Tweed vage.

»In Europa? In Amerika?«

»In meinem eigenen Kopf. Ich habe einen Hauptverdächtigen. Es gab da, wie sollen wir das nennen, einen Unfall? Der deutet eigentlich nur in eine Richtung. Ich muß das aber weiter überprüfen. Und was den Gipfelexpreß angeht, lassen Sie niemanden in den Zug, der sich nicht ohne den Schatten eines Zweifels ausweisen kann«, warnte Tweed.

»Ein bißchen Schlaf wird es mich schon kosten«, versicherte ihm Flandres. »Ich bin gar nicht glücklich bei dem Gedanken, daß der Zug vom Gare de l'Est erst abends um zweiundzwanzig Uhr fünfunddreißig abfährt und daß immer noch dunkle Nacht herrschen wird, wenn es über die Grenze nach Deutschland hinübergeht.«

»Wenn ich das richtig sehe, ist das doch der normale Schnellzug, nur mit ein paar zusätzlichen, vom Rest des Zuges abgetrennten Wagen für unsere illustren Passagiere? Mit einem extra Speisewagen . . .«

»Ja, das stimmt. Das heißt, vor München wird sechsmal angehalten. Und da steigt Kanzler Langer dann zu . . .«

Flandres warf beide Hände in einer Geste der Hilflosigkeit hoch. »Und alles nur, weil mein Präsident das Flugzeug nicht nehmen wollte – und fix stimmen die anderen zu, weil sie darin eine Chance sehen, schon während der Fahrt zu konferieren und dem sowjetischen Staatsführer dann in Wien geschlossen gegenüberzutreten.«

»Tja, da kann man nichts mehr machen, reden wir also über etwas Vergnüglicheres . . .«

Für den Rest des Abendessens war Flandres wieder quicklebendig wie immer – was lediglich seiner Selbstkontrolle zu verdanken war. Aber Tweed dachte doch, daß er im Blick des Franzosen eine unausgesprochene Frage entdecken konnte. Wen hatte der Engländer unter Verdacht?

Der Anrufer gab dem Telefonisten in Stollers Pullacher Hauptquartier den Code-Namen Franz an und sagte, er würde in zwanzig Sekunden wieder auflegen, wenn man ihn nicht sofort durchstellte. Es war schon spät am Montagabend, aber der BND-Chef saß noch hoffnungsvoll wartend in seinem Büro.

»Hier Erich Stoller . . .«

»Hier noch einmal Franz. Ich hab' eine weitere Information für Sie – die Lage des bisher größten Waffenverstecks. Und diesmal wird es von Delta-Leuten bewacht . . .«

»Einen Augenblick, ich muß mir gerade das Notizbuch holen . . .«

»Halt! Den Trick kenne ich! Machen Sie sich Ihre Notizen hinterher. Warten Sie, bis sie das Lager angelegt haben – und organisieren Sie die Razzia für morgen, den Tag vor der Wahl. Das Waffenlager befindet sich . . .«

Nachdem er nun Stoller mit der Information versorgt hatte, die er von Reinhard Dietrich in der Tiefgarage bekommen hatte, legte Manfred den Hörer wieder auf.

22. Kapitel
Dienstag, 2. Juni

FREISTAAT BAYERN! TOFLER! TOFLER!! TOFLER!!!

Die Transparente und Plakate waren über Nacht erschienen, und sie waren überall. Über den größeren Städten drehten kleine Sportflugzeuge ihre Runden und warfen Tausende von Flugblättern mit derselben Botschaft herab. Zwei Tage vor der Wahl war ganz Bayern in Aufruhr.

Überall marschierten die Männer von Delta in Uniformmützen und braunen Hemden.

Die Hosen hatten sie in Kanonenstiefel gesteckt. Auf ihren Armbinden hatten sie das Delta-Symbol.

Dagegen marschierten Toflers Anhänger. Sie ließen ihre Banner flattern und trugen Zivilkleidung. Jede Marschkolonne wurde von kleinen Gruppen blumenschwingender Mädchen im Alter zwischen zwölf und vierzehn Jahren angeführt – das machte es schwierig für die Polizei, die es vermeiden wollte, diese Mädchen in Gefahr zu bringen.

Ganz München war ein Hexenkessel. Die Autohupen plärrten, und oben kreisten die Flugzeuge, die ihre Pamphlete wie Konfetti verstreuten. Am Fenster des für ihn im Polizeipräsidium reservierten Büros stand Erich Stoller. Seine Miene war grimmig, als er Martel ansprach, der neben ihm stand.

»Die Lage gerät außer Kontrolle. Und morgen wird die Nachricht, daß wir das bisher größte Waffenlager von Delta ausgehoben haben, auch nicht gerade hilfreich sein ...«

»Wieder Ihr Informant?« fragte Claire, die hinter den beiden Männern stand. »Bei diesen vielen Waffenfunden in letzter Zeit müssen Sie doch einfach einen Informanten haben ...«

»Ja, Franz hat wieder angerufen ...«

»Franz?«

»Der Code-Name für meinen Informanten.« Stoller machte eine ohnmächtige Geste. »Ich habe keine Ahnung, wer das ist – aber jedesmal, wenn wir auf seine kurzen Durchsagen reagieren, finden wir ein neues Versteck ...«

»Die Zeitplanung dabei finde ich interessant«, bemerkte Martel. »Diese Waffenfunde sind doch immer mehr geworden – und witzigerweise fällt der Höhepunkt jetzt genau auf den Tag, an dem der Gipfelexpreß durch Bayern fährt. Es gibt da übrigens noch etwas, das ich an Sie weitergeben sollte. Kurz bevor Werner Hagen sich bei der Wassermühle zu Tode gestolpert hat, hat er etwas Beunruhigendes gesagt.«

»Und was war das?« fragte Stoller ruhig, während er zum Tisch hinüberging und noch Kaffee eingoß.

»Er hat behauptet – und sowohl Claire als auch ich haben ihm das geglaubt –, daß ...« Martel drehte sich um und blickte den Deutschen fest an, während er seinen Satz zu Ende brachte, »... der Attentäter, der einen der westlichen Staatsmänner ermorden wird, einer der vier Sicherheitschefs ist, die eben diese Politiker beschützen sollen ...«

Schweigen senkte sich über den großen Raum. Auch Claire verhielt sich ruhig, sie spürte die Spannung. Stoller hielt mitten in der Bewegung des Kaffee-Eingießens inne. Draußen auf dem Fensterbrett ließen sich vier Spatzen nieder, was Claire direkt komisch vorkam. Vier. Um vier Sicherheitschefs ging es.

»Haben – Sie – gesagt – Hagen?« fragte Stoller mit langen Abständen zwischen den einzelnen Worten.

»Ja.«

»Und das hat er kurz vor seinem Tod gesagt?«

»Ja.«

»Was bedeutet, Sie haben mit dieser Information drei Tage lang hinter dem Berg gehalten?«

»Ja.«

Die beiden Männer standen sich wie Kampfhunde gegenüber. Stoller war ganz blaß geworden, seine Arme hingen dicht am Körper herunter. Martel beobachtete den Deutschen und zündete sich eine neue Zigarette an. Dann stellte er leichthin eine Frage.

»Wie war das eigentlich – die zwei Jahre, die Sie im Untergrund in der sowjetischen Besatzungszone – wie Sie das immer noch nennen – verbracht haben? Da müssen Sie doch so eine Art Rekord aufgestellt haben – so lange unentdeckt zu bleiben...«

»Was wollen Sie damit sagen?« fragte Stoller sehr ruhig.

»Schlicht und einfach, daß es meine Hauptaufgabe ist, den faulen Apfel in unserem Fäßchen zu entdecken – O'Meara, Flandres, Howard – oder Sie. Und heute abend fährt in Paris der Zug ab. An Bord werden Sie eine geladene Stimmung vorfinden. Stellen Sie sich das doch mal vor, Erich, wie Sie alle vier vorsichtige Blicke über die Schultern werfen werden...«

»Und warum glauben Sie Hagen?«

»Weil mein Job es so mit sich bringt, daß ich weiß, wann ein Mann lügt – und ich glaube, Hagen hat die Wahrheit gesprochen.«

»Halten Sie mich für unhöflich, wenn ich Sie jetzt bitte zu gehen? Und Sie wenigstens werden ja nicht im Zug sein...«

»Warum haben Sie Stoller das angetan? Weiß Gott, der Mann hat uns doch geholfen«, schäumte Claire.

Sie waren ins Hotel Clausen zurückgekehrt, und Martel saß auf dem Bett, während Claire wütend im Zimmer auf und ab ging. Die junge Schweizerin war richtig zornig. Sie setzte sich vor den Schminktisch und begann grob ihr Haar zu bürsten.

»Alle bekommen das gesagt – und möglichst im letzten

Moment. Das ist der Plan, den Tweed und ich ausgeheckt haben, als wir in London miteinander sprachen. Es wird hoffentlich den Killer aus dem Gleichgewicht bringen; und vielleicht macht er dann einen Fehler ...«

»Und die wissen es jetzt alle? War das eine gute Idee?«

»Sie werden sich jetzt gegenseitig im Auge behalten.«

»Wie Sie schon sagten, die Stimmung wird höllisch sein. Aber eins ist sicher – Stoller haben Sie sich zum Feind gemacht ...«

»Nur, wenn er schuldig ist ...«

Claire drehte sich auf ihrem Hocker um und blickte böse. »Ja, aber erinnern Sie sich doch mal, was Sie zu ihm gesagt haben. Dem können wir doch nicht mehr unter die Augen treten.«

»Sie meinen, wir beide sind jetzt ganz auf uns allein gestellt?«

»Etwa nicht?« sagte Claire herausfordernd.

Als er von Paris zurückkam, hatten sie auf Tweed bereits in seinem Büro gewartet. Hinter ihrem Schreibtisch machte Miß McNeil schmale Augen, um ihren Boß zu warnen. Ärger lag in der Luft.

»Das hier ist Tim O'Meara«, begann Howard sehr förmlich und stellte den großgewachsenen Amerikaner vor, der am Fenster stehenblieb, damit er mit Tweed nicht Hände schütteln mußte. »Als Sie bei Clint Loomis an Bord des Kabinenkreuzers auf dem Potomac waren, hat jemand dieses Foto aufgenommen ...«

Tweed nahm den glänzenden Abzug und studierte ihn sorgfältig. Es war eine sehr geschickt hergestellte Vergrößerung, zweifellos aus den CIA-Laboratorien in Langley. Tweed, der gerade in die Sonne zu blinzeln schien, war auf dem Foto deutlich zu erkennen.

»Also?« wollte Howard wissen.

»Wie sind Sie zu diesem Foto gekommen? Es ist wichtig, daß ich das erfahre.«

Als er sein Büro betrat, hatte Tweed O'Meara nur einen kurzen Blick zugeworfen. Jetzt war die Frage direkt an ihn gerichtet. Bei diesem Verhalten von Tweed lief Howard violett an.

»Herrgott, das werden Sie noch bereuen ...«

»Nein«, korrigierte Tweed ihn forsch. »Sie werden es bedauern, wenn ich auf meine Frage keine Antwort bekomme. Zufälligerweise habe ich es gemerkt, als das Foto aufgenommen wurde.« Er blickte wieder direkt O'Meara an. »Ich muß jetzt wissen, wie Sie zu dem Bild gekommen sind ...«

»Ist durch Boten in Langley eingetroffen«, sagte O'Meara brüsk. »Der Bote ist, glaube ich, am Portal zurückgehalten worden – das wäre auch ganz normal. Er hat gesagt, er sei angerufen worden, und man hätte ihn zum Empfang eines Washingtoner Hotels bestellt, wo unter seinem Namen ein Umschlag niedergelegt worden sei. Ein weiterer Umschlag enthielt die Zustellgebühr und ein dikkes Trinkgeld.«

»Glauben Sie das denn selber?«

»Verdammt noch mal, wir haben die Geschichte überprüft«, brauste der Amerikaner auf. »Was den Fotografen angeht, da tappen wir völlig im dunkeln. Ist doch offenbar aufgenommen worden mit einer ...«

»Einem Teleobjektiv – und dann haben Ihre Techniker diese bemerkenswerte Vergrößerung hergestellt. Hat da noch etwas Schriftliches bei dem Originalfoto und dem Negativ gelegen?«

»Ja«, sagte O'Meara und beantwortete damit unwillkürlich Tweeds Frage, ob sowohl ein Abzug als auch ein Negativ angeliefert worden waren. »Es hieß da, ich würde mich vielleicht dafür interessieren, daß vor dem unglückseligen Geschehen ein Engländer namens Tweed an Bord der ›Oasis‹ gewesen ist. All das Zeug ist unter höchster Dringlichkeitsstufe von Langley zu mir geflogen worden.«

»Manfred«, murmelte Tweed.

»Was war das?« dröhnte Howard.

»Manfred! Der hat das eingefädelt – daß das Foto gemacht wurde, nachdem er mir und Loomis vom Flughafen aus hat nachspionieren lassen. Das wäre doch seine übliche Taktik – Verwirrung zu stiften, bevor das Unternehmen Krokodil losgeht . . .«

Tweed fuhr dann mit seinen eigenen Ablenkungsmanövern fort, bevor Howard ihn weiter nach der Washingtoner Reise fragen konnte. Er schloß eine Schreibtischschublade auf und nahm drei Dinge heraus, die er säuberlich auf die Tischplatte legte. Eine Smith & Wesson Achtunddreißiger Spezial. Eine schwarze Baskenmütze. Eine übergroße Sonnenbrille. Und dieser Sammlung fügte er dann noch einen blauen wattierten Anorak hinzu.

»Die interessante Frage ist nun«, bemerkte Tweed, »wer war am letzten Freitag morgen in London, als dieser Manfred oder Carlos am Piccadilly Circus gesichtet wurde?«

»Wir waren wegen unseres Sicherheitstreffens in Paris. Ich habe den Mittagszug genommen«, sagte O'Meara.

»Ich bin zehn Uhr morgens geflogen . . .«

Genau wie der Amerikaner antwortete Howard rasch, hielt dann aber mitten im Satz inne. Innerhalb von Sekunden hatte Tweed die Rollen getauscht, er war jetzt Inquisitor und nicht mehr Angeklagter. Noch bevor Howard explodieren konnte, nutzte Tweed weiter seinen Vorteil.

»Das entlastet keinen von Ihnen. Der, der das hier getragen hat und dem diese Pistole gehört, ist von einem Polizisten um acht Uhr morgens am Piccadilly gesehen worden. Wie Sie ja wissen, ist diese kleine Sammlung hier kurz danach auf einem Stuhl bei dem Herrenausstatter Austin Reed gefunden worden. Meine Frage ist jetzt, wen wollte dieser geheimnisvolle Mann, der so schnell wieder verschwunden ist, in London treffen . . .«

Er hielt inne, als die Tür aufging und Mason, Howards Stellvertreter, den Raum betrat. Er schloß gerade die Tür, als Tweed abrupt sagte: »Nicht jetzt, Mason. Und das nächste Mal klopfen Sie an. Das ist so üblich.«

»Aber ich sollte hier teilnehmen ...«

»Und jetzt sollen Sie sofort wieder verschwinden.«

Mason starrte Howard an, der seinerseits aus dem Fenster sah. Er leckte seine Lippen, als ob er noch etwas sagen wollte, aber dann begegnete er Tweeds Blick. Der war kalt und furchteinflößend, und Mason merkte plötzlich, daß niemand ihm zu Hilfe kommen würde. Mit einer gemurmelten Entschuldigung verließ er das Zimmer.

»Hatten Sie ihn herbestellt?« fragte Tweed Howard scharf.

»Eigentlich nicht ...« Howard schien fast erleichtert, daß Mason wieder hinausgeschickt worden war. »Er ist natürlich mein Stellvertreter ...«

»Der sich erst einmal seine Sporen verdienen muß«, entgegnete Tweed beißend. »Um auf diesen merkwürdigen Vorfall am Piccadilly zurückzukommen – Special Branch, die Sonderabteilung, hat das Zeug – auf meine Bitte – den Knaben von der Gerichtsmedizin zur sofortigen Untersuchung übergeben. Keine Herstellerzeichen – natürlich nicht. Die Mütze stammt aus Guyana, der Anorak und die Brille aus Venezuela gleich daneben. Herkunft der Waffe nicht feststellbar. Schließen Sie daraus irgend etwas?«

»Südamerika«, sagte O'Meara grimmig. »Schon wieder Carlos?«

»Bis auf die Tatsache, daß alles ein bißchen auffällig ist«, zeigte Tweed auf. »Und wir bekommen zu viele zu offensichtliche Hinweise. Ich suche jetzt nach etwas, das einmal nicht so offensichtlich ist ...«

»Was, zum Kuckuck, meinen Sie?« wollte Howard wissen, der seinen normalen Gleichmut wiedergefunden hatte. »Und was hat das mit unserem vordringlichsten Problem zu tun – dem Gipfelexpreß?«

»Alles nur eine Frage der Zeitplanung.« Tweed wandte

sich immer noch an O'Meara. »Sie sollten sich mehr mit Geschichte beschäftigen. Anfang des Jahres 1919, als Deutschland langsam auseinanderfiel, wurde in Bayern eine sowjetische Republik ausgerufen – das Unternehmen Krokodil hat also Vorläufer. Glücklicherweise nahmen sich die Reste der deutschen Armee und die Freikorps dieser sogenannten Volksregierung an. Sehen Sie doch mal auf die Karte ...«

Tweed schlug den ›Times‹-Atlas auf und zeigte ihnen den Bodensee, wie er in seiner Form einem Krokodil mit aufgerissenem Maul glich.

»Das ist die Bedeutung von Krokodil – es zeigt die Gegend der Verschwörung an. Bayern ist das unmittelbare Zielgebiet. Der Plan sieht vor, eine neutrale Regierung unter dieser Kreatur Tofler zu bilden – der seine Verbindungen zu den Kommunisten hat. Ein schmaler Streifen des Bodensees gehört zu Bayern – und ich habe Berichte gelesen, denen zufolge eine geheime Werksanlage in der Tschechoslowakei dabei ist, Torpedo-Motorboote zu bauen ...«

»Aber die Tschechoslowakei besitzt doch kein Stück von dem Ufer«, protestierte der Amerikaner.

»Das bedeutet, daß die Torpedo-Boote, wenn Tofler erst einmal an der Macht ist, auf gewaltige Sattelschlepper verladen und zum Bodensee gebracht werden. Und nur wenige wären nötig, um das Rheindelta zu beherrschen – oder sogar einen Feldzug zu unterstützen, falls es später einmal um das österreichische Vorarlberg gehen sollte ...«

»Ein bedrückender Gedanke«, murmelte O'Meara.

»Zumindest tollkühn, wie immer bei Manfred«, fügte Tweed hinzu. »Bayern vom Rest der Bundesrepublik zu lösen – und dann wäre ein Drittel der Landfläche von Westdeutschland aus dem Hauptbollwerk gegen Sowjetrußland herausgetrennt. Was da bei Krokodil auf dem Spiel steht, ist enorm ...«

»Könnte sein, daß Sie die Situation doch etwas zu dramatisch sehen«, gab O'Meara zu bedenken.

»Nein, tut er nicht«, sagte Howard zu Tweeds Überraschung. »Wenn Bayern durch irgendeinen politischen Winkelzug aus der Bundesrepublik herausgelöst wird, dann haben die Sowjets Westeuropa praktisch schon erobert. Das ist ein Szenario, vor dem wir uns seit Jahren fürchten. Nicht, daß ich jemals ernsthaft daran gedacht hätte, daß Bayern der Schlüssel sein würde, den der Kreml nur zu nehmen braucht, um sich ganz Westeuropa zu öffnen . . .«

»Dieser Unfug mit der Sowjetrepublik von 1919 . . .« warf O'Meara aggressiv ein. »Ist Geschichte«, beendete Howard den Satz. »Für eine kurze Zeit hat sie existiert. Und nun will ich von Ihnen wissen, woher Sie das alles haben«, sagte er in festem Ton zu Tweed.

»Von Werner Hagen, dem kürzlich dahingegangenen Neffen von Reinhard Dietrich. Und, was keiner von Ihnen weiß«, fuhr er mit unbewegtem Gesicht fort, »ist, daß er mir auch enthüllt hat, daß einer der vier Sicherheitschefs an Bord des Zuges auch der Mörder sein wird . . .«

Howard erholte sich als erster von dem Schock. Sein Gesichtsausdruck wurde starr, er wanderte um den Schreibtisch herum und blickte auf Tweed hinunter. Er war sehr kurz angebunden.

»Dafür werde ich Sie aus dem aktiven Dienst werfen lassen.«

»Wenn ich mich geirrt habe, dann würden Sie das hinkriegen«, stimmte Tweed zu. »Aber wenn ich recht behalte, dann werden Sie sich ganz oben verantworten müssen . . .«

»Der Bursche ist doch verrückt!« brach es aus O'Meara heraus. »Erst ist er irgendwie in diese Mordgeschichte Clint Loomis verwickelt. Und nun kommt er mit diesen wahnwitzigen Anschuldigungen . . .«

»Alan Flandres nimmt das aber sehr ernst«, gab Tweed zu bedenken. »Ich habe erst gestern mit ihm in Paris gesprochen . . .«

»Was haben Sie gemacht?«

Howard hätte fast der Schlag getroffen. Um die Kontrolle über sich wiederzugewinnen, stieß er beide Hände in die Jackentaschen. Tweed blickte Howard über den Brillenrand hinweg an, als sein Chef ihn jetzt mit sehr deutlichen Worten anredete.

»Sie sind nicht befugt, sich in irgendeiner Weise in die Sicherheitsprobleme rund um den Gipfelexpreß einzumischen. Sie haben Ihre Arbeitsanweisungen gröblich verletzt, und Sie werden für diese Pflichtvergessenheit zur Verantwortung gezogen . . .«

»Washington wird von der Geschichte erfahren, Jungchen«, sagte O'Meara scharf. »Die werden interessiert zuhören, wenn sie erfahren, daß ein hoher britischer Agent den obersten amerikanischen Sicherheitsbeamten beschuldigt hat . . .«

»Ich habe gesagt, einer der vier Sicherheitschefs«, erinnerte ihn Tweed. »Es gibt da Präzedenzfälle. Denken Sie an den engsten Mitarbeiter von Kanzler Willy Brandt, Günter Guillaume: Der hat sich als sowjetischer Maulwurf entpuppt – und damit Brandt zu Fall gebracht. Und jetzt, glaube ich, haben sie da jemand anderen eingeschleust.« Er blickte Howard an. »Der Mörder könnte vor vielen Jahren rekrutiert worden sein. Und ich glaube, so war es auch. Von dem Moment an, wo Sie heute abend in den Zug steigen, sollten Sie sich sehr in acht nehmen . . .«

23. Kapitel
Dienstag, 2. Juni

Name: Alan Dominique Flandres. Nationalität: Franzose. Geburtsdatum: 18. Januar 1928. Geburtsort: Straßburg.

Tweed, der wieder mit Miß McNeil allein in seinem Büro saß, sah sich die Akte an, die ihm seine Assistentin gereicht hatte. Es folgten die persönlichen Daten von Alan – seine Größe, Gewicht, Farbe der Augen, Haarfarbe. Es paßte alles. Tweed lehnte sich bequemer in seinem Stuhl zurück, um sich jetzt die Lebensgeschichte zu Gemüte zu führen.

Beruflicher Werdegang: Im April 1944 nach England geflüchtet. Leutnant bei den Streitkräften des ›Freien Frankreich‹. Aufgrund seines fließenden Deutsch zum Militärgeheimdienst abkommandiert. Gegen Kriegsende versetzt zum Stab von General Dumas. Teilnahme an der Besatzung von Vorarlberg und Tirol. Aus dem Militärdienst entlassen und zurückgekehrt nach Frankreich im Mai 1953. Unmittelbar darauf der Direktion der Surveillance du Territoire beigetreten. Übergewechselt zum Geheimdienst im Juli 1980; dort Leiter der Spezialeinheit zum Schutz des Präsidenten.

Tweed hatte zu Ende gelesen und trank noch etwas Tee, während er sich die Einzelheiten noch einmal ins Gedächtnis rief. »Wie ist eigentlich sein Familienstand?« fragte er.

Miß McNeil antwortete aus dem Gedächtnis: »Verheiratet mit Lucille Durand, Tochter eines Textilfabrikanten aus Lille in . . .«

»Das reicht«, warf Tweed ein. »Und wie steht's mit den Flecken auf der Weste?« fragte er mit einem Ausdruck des Widerwillens. »Das gelbe Blatt – genau die richtige Farbe für das, was wir uns da aus dem Leben der Leute herauspicken. Aber manchmal liegt da der Schlüssel . . .«

»Bis heute sieben verschiedene Geliebte...« Miß McNeil las von einem dünnen, gelben Blatt ab. »Möchten Sie die erotischen Details?«

»Nein. Sämtliche Frauen Französinnen?«

»Auf mich wirken die Namen alle französisch. – Wer ist jetzt dran?«

»O'Meara.« Tweed beugte sich in seinem Stuhl vor. Die Augen hatte er vor innerer Konzentration zusammengekniffen. »Das ist wohl eine dünne Akte, wie ich vermute?«

»Hier ist sie.« Sie reichte ihm das dünne Dossier. »Und, wie Sie schon sagen, mager...«

Name: Timothy Patrick O'Meara. Nationalität: Amerikaner. Geburtsdatum: 3. August 1930. Geburtsort: New York City.

Beruflicher Werdegang: Dienst in der Dechiffrierungsabteilung des CIA, Langley, 1960–1965. Zu anderen Aufgaben abkommandiert 1965–1972. 1972–1974 unter Leitung des Heimatbüros von Clint Loomis in der Außenstation West-Berlin. Eine Zweimanneinheit; das andere Mitglied (rangniedriger) Lou Carson. Während der Zeit in Berlin Affäre mit Klara Beck, einer 18jährigen Deutschen. Nach der Rückkehr in die Vereinigten Staaten befördert zum stellvertretenden Direktor der Operationsabteilung in Langley. Übergewechselt zum Secret Service am...

Tweed hörte auf zu lesen. »Verheiratet?« fragte er.

»Ja.« Miß McNeil nahm wieder einen gelben Zettel vor. »Hat's nicht schlecht erwischt. Nancy Margret Chase, zur Schule gegangen in Vassar, und das sagt ja wohl alles. Tochter eines einflußreichen Bankiers aus Philadelphia. Das, was man ›altes Vermögen‹ nennen würde.«

»Seine erste und einzige Frau?«

»Ja. Das gelbe Blättchen deutet an, daß die Verbindungen seines Schwiegervaters zum Weißen Haus ihm bei seinem raschen Aufstieg geholfen haben. Von O'Meara kann man einiges erwarten. Möglicherweise bewirbt er sich als nächstes um einen Sitz im Senat...«

»Das steht auch auf dem gelben Blatt?«

»Nein, das ist Originaltext McNeil. Und Sie haben mir immer noch nicht erklärt, warum Sie heute morgen Howard und O'Meara Feuer unter dem Hintern gemacht haben . . .«

»Ich will nur, daß die wichtigsten Figuren vor dem Eröffnungszug richtig auf dem Spielbrett stehen. Ich fechte doch wieder mal mein Fernduell mit Manfred aus – und der Schweinehund sitzt mir schon wieder im Nacken.«

»Und Ihr Dolch im Gewande – Martel? Ich frage mich, was der jetzt vorhat.«

»Ich werde jetzt mal Reinhard Dietrich in seinem Schloß besuchen«, informierte Martel Stoller, der ihn bei seiner Rückkehr zum Polizeipräsidium München mit Entschuldigungen begrüßte.

»Sie sind ja völlig verrückt«, protestierte der Deutsche.

»Da geht irgend etwas sehr Merkwürdiges vor«, fuhr Martel fort. »Ich vermute, daß Erwin Vinz – ohne daß Dietrich davon Kenntnis hat – eine geheime Zelle innerhalb von Delta leitet, eine Zelle, die direkt von den Ostdeutschen gelenkt wird, und das heißt natürlich letztlich von den Sowjets. Dietrich wird manipuliert, übers Ohr gehauen – und ich meine doch, ich kann ein paar Zweifel in ihm erwecken. Das könnte diese ganze Krokodil-Kiste im letzten Augenblick zu Fall bringen – und da der Gipfelexpreß heute abend Paris verläßt, ist es wirklich der allerletzte Moment . . .«

Der große Deutsche ging mit ausdruckslosem Gesicht zum Fenster hinüber. »Wie kommen Sie denn auf diese bizarre Idee – beruht das auf irgend etwas?«

»Herr im Himmel. Es hat vier Anschläge auf mein Leben gegeben. In Zürich, zwei in St. Gallen und einmal draußen auf dem See vor Lindau. Und jedes unglückselige Mal trugen die Killer die Delta-Abzeichen – ist doch wohl die übelste Art von Publicity für Dietrichs Bewegung. Unter Warners Leiche haben sie sogar ein Abzeichen liegen lassen – und sicher nicht zufällig.«

»Und wie wollen Sie das jetzt machen?« bohrte Stoller nach.

»Ich habe mit Dietrich, der offensichtlich gerade ins Schloß zurückgekehrt war, am Telefon gesprochen. Ich gehe als Auslandskorrespondent. Dietrich genießt solche Aufmerksamkeiten ...«

»Und welche Zeitung vertreten Sie angeblich?«

»Die Londoner ›Times‹. Ich habe immer Ausweise bei mir, die meinen Reporter-Status bestätigen. Ich habe einen für die ›Welt‹ ...«

»Auf Ihren eigenen Namen lautend?«

»Nein, die sind ausgestellt auf Philip Johnson – und den gibt's wirklich ...«

Er unterbrach sich, als das Telefon klingelte. Stoller hob ab, hörte einen Moment zu, sprach dann ein paar Worte und gab den Hörer an den Engländer weiter. »Ist für Sie – aus London ...«

Am anderen Ende wählte Tweed seine Worte sehr sorgfältig. Immerhin war es möglich, daß der Anruf heimlich mitgeschnitten wurde, damit Stoller ihn sich später vorspielen lassen konnte.

»Keith, ein Kurier, der unter dem Schutz diplomatischer Immunität reist, überbringt Ihnen gewisse Dokumente, die Sie sich durchsehen sollten. Vielleicht können Sie den Finger auf irgend etwas legen. Bei dem Kurier handelt es sich um meine Assistentin. Sie wird mit einem Abendflug in München eintreffen. Lassen Sie sie abholen. Und jetzt Flugnummer und Ankunftszeit ...«

»Vielen Dank», sagte Martel. »Und auf Wiedersehen ...«

»Ich glaube immer noch, daß Sie nicht mehr alle Tassen im Schrank haben«, wiederholte Stoller, als Martel den Hörer aufgelegt hatte. »Sie können umgebracht werden, wenn Sie Dietrich in seinem Schloß besuchen.«

Der Engländer blickte zu Claire hinüber, die während der ganzen Unterhaltung geschwiegen hatte. »Wenigstens können Sie sich nicht beschweren, Erich, daß ich Sie über meine Bewegungen auf Ihrem Hühnerhof nicht informiere. Ich fahre jetzt sofort zu Dietrich.«

»Lassen Sie sich nicht aufhalten ...« Stoller hielt inne. »Ganz spät am Abend muß ich heute noch nach Bonn fliegen ...«

»Ich habe nicht verstanden, was da in Stollers Büro eigentlich vor sich gegangen ist«, sagte Claire später, als sie die Vororte von München schon hinter sich hatten. Martel saß am Steuer seines gemieteten Audi. »Ich hatte das Gefühl, daß Sie beide irgendwelche Signale ausgetauscht haben ...«

»Er hat mir damit nur gezeigt, daß ihm sein vorangegangener Ausbruch leid tat. Und Tweed sendet mit dem Abendflug seinen Kurier mit den Akten nach München. Jetzt greifen wir wirklich nach dem allerletzten Strohhalm.«

»Und warum haben Sie Stoller von Ihrem Verdacht gegen Vinz und seine geheime Zelle erzählt? Wenn Stoller nun ›derjenige welcher‹ ist ...«

»Dann wird mir seine Reaktion – oder daß er nicht reagiert – eine ganze Menge sagen. Übrigens, Reinhard war ganz leutselig, als Philip Johnson von der ›Times‹ angerufen hat. Der freut sich darauf, sich mit mir zu treffen.«

»Das ist es ja gerade, was mir Sorgen macht«, gab Claire zurück.

»Sie sagen, dieser britische Reporter, der sich Philip Johnson nennt, hat mit Ihnen eine Verabredung im Schloß? Um wieviel Uhr denn? Dietrich, warum haben Sie eingewilligt, sich mit dem Mann zu treffen?«

In der Münchener Wohnung hielt Manfreds behandschuhte Hand den Hörer fest umklammert, während er auf eine Antwort wartete. Es war reiner Zufall, daß er noch einmal im Schloß angerufen hatte und daß der Millionär freiwillig mit dieser Information herausgerückt war.

»Weil ich überzeugt bin, daß es sich dabei um Martel handelt, der Mann, der den Mord an meinem Neffen auf dem Gewissen hat ...«

»Wieso das denn?«

»Weil ich sofort bei der ›Times‹ in London angerufen habe.« In Dietrichs Tonfall war auf einmal Begeisterung zu spüren. Manfred zweifelte jede Entscheidung an, die dieser Mann fällte. »Die haben mir bestätigt, sie haben gar keinen Korrespondenten dieses Namens in Bayern ...«

»Sie haben keinen Korrespondenten dieses Namens?«

»Das habe ich nicht gesagt!« gab Dietrich böse zurück. »Die haben schon jemanden, der so heißt, er ist auch Auslandskorrespondent – aber im Augenblick hält er sich in Paris auf. Der Mann, der sich Johnson genannt hat, kommt heute nachmittag in einem blauen Audi direkt von München. Brauchen Sie sonst noch Angaben?«

»Seien Sie vorsichtig mit Ihren Äußerungen ...«

Als er einmal München hinter sich hatte, raste Manfred mit seinem BMW wie ein Irrer. Das Gewehr mit dem Zielfernrohr hatte er auf dem Beifahrersitz in einem zugezogenen Golfsack liegen. Seine Gesichtszüge waren hinter einer übergroßen Sonnenbrille versteckt. Sein Haar war unter einem Filzhut verborgen, den er sich tief in die Stirn gezogen hatte.

Er bremste etwa einen Kilometer vom Haupteingang zu Dietrichs Grundstück entfernt. Sein phänomenales Gedächtnis hatte ihn nicht im Stich gelassen. Ja, das Tor in der Mauer war immer noch da. Und dahinter stand schon lange ein halb verfallener Bauernwagen, an den er sich seit seinem Geheimtreffen mit Erwin Vinz an dieser Stelle der Straße erinnerte.

Auch das Gelände war für sein Vorhaben genau richtig. Hinter dem Tor stieg eine Wiese bis zu einem felsigen Hügelkamm an. Ein tadelloser Stand für einen Schützen. Manfred stieg aus, öffnete das Tor, hob die Deichsel des Bauernwagens an und mühte sich ab, ihn in Bewegung zu setzen.

Manfred verfügte über außergewöhnliche Körperkräfte. Einmal hatte er einem Mann, der fast zweieinhalb Zentner wog, das Genick gebrochen. Er zog den Wagen bis auf die Straße, und da stellte er ihn sorgfältig hin. Er hätte die Fahrbahn auch völlig damit blockieren können – aber das wäre psychologisch falsch gewesen.

Wer nicht gerade auf den Kopf gefallen ist und die Straße vor sich plötzlich blockiert findet, der wird wie der Blitz auf dem Bankett wenden und wie der Teufel dorthinfahren, wo er hergekommen ist. Also stellte Manfred den Wagen so auf, daß er die Straße nur teilweise sperrte – damit brachte man ein herankommendes Fahrzeug dazu, abzubremsen und im Schrittempo um das Hindernis herumzufahren.

Diese Methode sorgte auch für den Fall vor, daß zuerst einmal der falsche Wagen kam und die Insassen vielleicht einfach ausstiegen und den Karren auf die Seite schoben. Aber so würden sie einfach darum herumkurven. Als nächstes versteckte Manfred den BMW hinter einer Baumgruppe neben der Straße; und er dachte auch daran, das Tor wieder zu schließen. Der, auf den er es abgesehen hatte, pflegte solche Einzelheiten zu bemerken.

Fünf Minuten später – und nach dem, was Dietrich ihm am Telefon gesagt hatte, war er sicher, rechtzeitig angelangt zu sein – ging Manfred zwischen den Felsen auf dem Hügelkamm in Position und sah probeweise durch das Zielfernrohr. Im Fadenkreuz erschien die Straße so nah, daß er meinte, er könne sie mit Händen greifen. Und dann hörte er das Geräusch eines sich nähernden Wagens. Der blaue Audi von Martel kam in Sicht.

»Also ich kann mich mit der Idee, Dietrich zu besuchen, immer noch nicht anfreunden«, sagte Claire, die neben Martel in dem Audi saß. »Aber sehen Sie doch mal, das hier muß eine der schönsten Stellen auf der ganzen Welt sein.«

Der Karte zufolge, die sich Martel vorher angesehen hatte, waren sie jetzt weniger als drei Kilometer vom Haupteingang zum Schloß entfernt. Um sie herum lag das bayerische Alpenvorland grün in der grellen Sonne. Oben auf den kalksteinernen Höhenzügen, die sich manchmal steil wie Felsvorsprünge erhoben, drängten sich Gruppen von Föhren. Seit einiger Zeit schon hatten sie keinen anderen Wagen mehr zu Gesicht bekommen.

»Aber Sie besuchen doch Dietrich gar nicht«, meinte Martel. »Kurz bevor wir da sind, lasse ich Sie im Auto und gehe selbst den Rest zu Fuß. Wenn ich in einer Stunde nicht wieder da bin, dann fahren Sie wie der Henker zurück nach München und berichten Stoller . . .«

»Ich bin kein Angsthase. Ich gehe mit Ihnen . . .«

»Das heißt dann, daß ich niemanden habe, der Hilfe holt, wenn etwas schiefgeht . . .«

»Der Kuckuck soll Sie holen, Keith Martel! Das ist ja Erpressung . . .«

»Richtig. Und was bitte soll das da sein?«

»Das ist ein Bauernwagen, den jemand auf der Straße stehengelassen hat. Fahren Sie doch einfach über das Bankett daran vorbei.«

Als er das Hindernis bemerkte, fuhr Martel knapp achtzig Stundenkilometer. Er ließ die Geschwindigkeit abfallen, weil er mit Claire übereinstimmte: Auf dem Bankett wäre genug Raum, um das Hindernis zu umfahren. Er warf einen Blick in den Rückspiegel, weil er annahm, daß sich von hinten jetzt doch ein Fahrzeug näherte. Aber der Rückspiegel zeigte nur das endlose Band der verlassenen Landstraße.

Martel blickte nach rechts und sah ausgedehnte Felder

bis zum Fuß einer entfernten Hügelkette. Er blickte nach links und sah weiter vorn, ganz dicht bei dem Bauernkarren, ein geschlossenes Tor. Jenseits des Tors stieg eine Wiese steil an und endete in einem Felsenkamm, der über der Straße emporragte. Mit dem Blick überflog er die Hügelkette und senkte dabei seine Geschwindigkeit weiter, so daß er, wenn er schließlich um den alten Bauernwagen herumkurvte, kaum noch fünfzehn Stundenkilometer fahren würde.

Die Hügel waren verlassen. Claire folgte seinem Blick und schützte dabei die Augen vor der glänzenden Sonne. Der Kamm der Hügelkette war zerrissen. Fast wie ein riesiges Messer mit großen Scharten. In einer dieser Scharten sah Claire eine Bewegung. Sie preßte ihren Rücken fest in den Sitz und rief aus: »Da oben ist jemand ...!«

Im Fadenkreuz von Manfreds Zielfernrohr lag gewaltig die Windschutzscheibe des blauen Audi. Die Sonne war in der idealen Position – hinter ihm. Er krümmte den Finger und nahm Druckpunkt. Das Gesicht des Engländers war klar zu erkennen – selbst die frech in den Mundwinkel gesteckte Zigarettenspitze. Die junge Frau neben ihm trug eine dunkle Brille. Nicht zu erkennen, wer das war. Machte auch nichts. Der Wagen kroch jetzt nur noch ...

»Festhalten!«

Martel schrie das warnend heraus, und dann tat er genau das Gegenteil von dem, wozu ihn sein Instinkt verleiten wollte – nämlich zurückzusetzen und auf dem Bankett zu wenden. Er stieß das Gaspedal bis zum Wagenboden durch. Der Audi schoß vorwärts. Der Bauernwagen flog nur so auf sie zu. Claire verkrampfte sich. Der Zusammenprall würde furchtbar werden. Glas klirrte.

Martel hörte das Pfeifen, als das Hochgeschwindigkeitsgeschoß hinter seinem Genick vorbeizischte. Er hielt das Gaspedal durchgedrückt, schleuderte mit dem Audi um den Karren herum, bekam das Fahrzeug wieder unter Kontrolle, lenkte vom Bankett auf die Fahrbahn zurück und raste dann die nun wieder freie Straße vor ihm entlang.

Vorbeigeschossen! Manfred war wie vom Donner gerührt. Das hatte es noch nicht gegeben. Aber er hatte sich so lange in der Szene halten können, weil er Vorsicht für die Mutter der Porzellankiste hielt – also machte er sich sofort aus dem Staub und fuhr zurück nach München.

24. Kapitel
Dienstag, 2. Juni

Name: Frederick Anthony Howard. Nationalität: Brite. Geburtsdatum: 12. Oktober 1933. Geburtsort: Chelsea, London.

Werdegang: Juni 1958 ins Auswärtige Amt eingetreten ... Mai 1962 der Nachrichtenabteilung zugeteilt ... Mai 1974 Nachrichtenoffizier bei der Pariser Botschaft ... Januar 1978 sechs Wochen Sonderurlaub wegen Arbeitsüberlastung ... Mai 1980 Chef des SIS.

Als sich Tweed die Akten noch einmal mit Miß McNeil in seiner Wohnung in Maida Vale ansah, überflog er noch einmal die einzelnen Angaben zu Howard. Er hätte sie sowieso auswendig gewußt. Dann reichte er die Akte seiner Assistentin zurück.

»Was gefunden?« fragte sie.

»Ich weiß nicht. Ich habe mich an diesen sechs Wochen Krankenurlaub festgebissen, die er in Paris genommen und dann in Wien verbracht hat. Festgebissen deshalb, weil er es nie erwähnt hat ...«

»Hätten Sie das denn von ihm erwartet?«

»Da bin ich mir nicht so sicher.« Tweed nahm die Brille ab und kaute auf einem der Bügel. »Obwohl er sehr extrovertiert erscheint und sehr redselig ist, sagte er bei genauem Hinhören doch eigentlich nicht viel Konkretes.«

»Also der geborene Diplomat?«

»Jetzt werden Sie zynisch«, tadelte Tweed. »Aber die Sache mit Wien erinnert mich an jemanden ...«

»Und wen?«

»Kim Philby.« Tweed setzte die Brille wieder auf. »In Wien hat sich Philby mit der Seuche angesteckt – bei einer Frau. Jetzt bleibt also, Gott sei Dank, nur Erich Stoller übrig – ich fange schon an, doppelt zu sehen. Ziehen Sie noch mal seine Akte raus, und dann werden wir sehen, was wir finden.«

Am Eingangstor zu Reinhard Dietrichs Schloß war der Lärm ohrenbetäubend. Und die Quelle des Lärms war furchterregend. Ein Rudel von Schäferhunden wäre Martel knurrend und bellend fast an die Kehle gesprungen. Nur die Leinen, an denen sie von den Wachposten gehalten wurden, hielten sie zurück. Der Engländer erkannte sofort Erwin Vinz. Der Deutsche kam vor und blieb dicht bei dem Besucher stehen.

»Ja?« sagte er, und seine schiefergrauen Augen sahen Martel prüfend an.

»Philip Johnson von der ›Times‹. Mr. Dietrich erwartet mich ...«

»Wieso kommen Sie zu Fuß?« wollte Vinz wissen.

»Weil mein blödes Auto vor ein paar Kilometern eine Panne hatte. Oder dachten Sie, ich wäre zu Fuß von München gekommen? Ich bin spät dran mit meinem Interviewtermin – könnten wir also damit aufhören, hier die Zeit zu vertrödeln?«

»Ausweis?«

Vinz streckte eine Hand aus und nahm den Presseausweis an sich, den Martel ihm gab. Irgendwo hoch aus dem warmen, blauen Himmel hörte man das entfernte Murmeln eines Hubschraubers. Martel erinnerte das Geräusch an eine summende Biene. Vinz gab die Karte zurück.

»Wir fahren jetzt zum Schloß ...«

Er ging den Weg zu den großen, schmiedeeisernen Torflügeln voraus, die geöffnet wurden und sich dann gleich wieder schlossen. Jetzt waren sie drinnen bei den Hunden und den Wachmannschaften. Die Leute trugen Zivil und hatten die Delta-Abzeichen an ihren Aufschlägen.

Vinz setzte sich hinter das Steuerrad eines Landrover-ähnlichen Geländewagens und bedeutete Martel, sich auf den Beifahrersitz zu setzen. Als sie losfuhren, warf Martel einen Blick zurück und bemerkte, daß die hinteren Sitze von zwei stämmigen Wachleuten eingenommen waren.

Er zündete eine Zigarette an und sah umständlich auf die Uhr. Dabei suchte er unauffälig das blaue, bayerische Himmelsgewölbe ab. Der Helikopter war ein immer kleiner werdender, winziger Punkt.

Es waren gut fünf Minuten durch einen locker mit Bäumen bestandenen Park, bevor sie wieder in eine Einfahrt einbogen und das Schloß in Sicht kam. Kein sehr beruhigender Anblick – das graue, massive Gebäude wirkte wie eine Festung, komplett mit Burggraben, Zugbrücke, Fallgitter und schließlich dem überwölbten eigentlichen Eingang.

Vinz fuhr langsamer, als sie über die hölzerne Zugbrücke rumpelten und dabei den breiten Graben mit seinem grünen Wasser überquerten. Sie fuhren unter dem Torbogen durch, und dann kam das Hauptgebäude in Sicht. Es umschloß den kopfsteingepflasterten Hof. Oben an einer Treppe warteten ein Mann und eine Frau auf den Besucher.

Reinhard Dietrich trug sein bevorzugtes ländliches Kostüm: Reitjacke, Reithosen und diese wieder in glänzende Stiefel gesteckt. In der Rechten hielt er eine Zigarre. Seine eiskalten Augen schauten Martel an, während dieser aus dem Fahrzeug stieg, aber der Anblick der Frau versetzte dem Engländer tatsächlich einen Schock.

Sie war dunkelhaarig, sehr gepflegt und trug einen Hosenanzug, dessen offenes Jackett ihre üppige Figur betonte. Auf dem feingemeißelten Gesicht lag die Andeutung eines Lächelns, eines Lächelns, in dem sich Triumph widerspiegelte. Klara Beck war offensichtlich hoch erfreut, den Gast zu begrüßen.

Sie führten ihn durch die offene Doppeltüre in die riesige Schloßhalle mit ihrem hochglanzpolierten Fußboden, auf dem verstreut kostbare persische Teppiche lagen. Vinz und seine beiden Trabanten hatten Nullachtpistolen gezogen und geleiteten Martel quer durch die Halle in eine große Bibliothek, die auf den Burggraben hinaussah.

Martel amüsierte diese halbmilitärische Schau – Dietrich war es nun einmal nicht ganz gelungen, Hitlers Leibwache nachzuäffen –, und dieses Amüsement half Martel, die kalte Furcht, die in seiner Magengegend wuchs, zu unterdrücken. Mit Klara Beck hatte er nicht gerechnet.

»Bleiben Sie bei uns, Vinz – nur für den Fall, daß unser Gast seine Manieren vergißt.« Dietrich gestikulierte mit der Zigarre, die er jetzt angezündet hatte. »Die anderen beiden können ja den Garten umgraben . . .«

Durch Vinz' ›Nullacht‹ zur Vorsicht gemahnt, nahm Martel sein Päckchen langsam heraus, steckte eine Zigarette in die Spitze und zündete sie an. Er setzte sich in einen knopfgehefteten Lederstuhl, der vor einem großen Empire-Schreibtisch stand. Ein kristallener Aschenbecher war mit Zigarettenstummeln gefüllt.

»Setzen Sie sich doch, Martel«, sagte Dietrich sarkastisch. »Dieses Spielchen mit Philip Johnson können wir ja jetzt wohl lassen . . .«

»Wir sind doch hier alle sozusagen zu Hause . . .«

Martel deutete dabei auf Klara Beck, die es sich auf der Armlehne seines Stuhls bequem gemacht hatte. Sie hatte die Beine übereinandergeschlagen, und nicht einmal die Hose konnte die tadellosen Proportionen verbergen. Als sie jetzt ihre Jacke auszog, enthüllte sie noch ein Stück mehr von ihrem großartigen Busen. Dietrich sah sie scharf an, begab sich dann hinter den Schreibtisch und ließ sich schwer in den Stuhl sinken. Seine Stimme war barsch, als er nun seinen Besucher ansprach.

»Welcher selbstmörderische Einfall hat Sie denn hierhergetrieben? Und jetzt erzählen Sie mir nicht, daß Stoller mit seinen Kumpanen zu Ihrer Rettung eilen wird, wenn Sie in einer halben Stunde nicht wieder auftauchen. Ich lese auch Zeitung. Der BND-Chef fliegt nach Bonn – zweifellos, um der Schmach zu entgehen, meinen Wahlsieg mit ansehen zu müssen . . .«

»Sie meinen Ihre Niederlage . . .«

Während er sprach, hielt Martel die Beck im Auge und sah dabei das Aufblitzen von Überraschung in ihren dunklen Augen. Überraschung – nicht Beunruhigung oder Unglauben. Dietrich explodierte.

»Sie blutiger Anfänger! Was verstehen Sie denn schon von der deutschen Politik? Sie bilden sich doch nicht etwa ein, daß Sie hier lebend wieder rauskommen? Wer soll denn schon bezeugen, daß Sie jemals dieses Grundstück betreten haben, ganz zu schweigen vom Schloß? Warum zum Teufel sind Sie hergekommen . . .«

»Um Ihnen zu sagen, daß Sie aufs Kreuz gelegt werden, Dietrich«, gab Martel genauso barsch zurück. Er drückte seine halb gerauchte Zigarette in dem Aschenbecher aus und zündete sich eine neue an. »Sie sind manipuliert worden. Von Anfang an waren Sie nichts als ein kleiner Bauer in einem Spiel, für das Sie nicht im mindesten gerüstet waren . . .«

Die Atmosphäre in der Bibliothek hatte sich verändert. Martel konnte diese Veränderung spüren, und während er sich in seinem Stuhl zurücklehnte, beobachtete er hinter der Maske äußerer Gleichgültigkeit jeden im Raum. Die Nervosität der Beck spürte er regelrecht körperlich, die plötzliche Muskelspannung, die sich durch die Polsterung des Stuhls übertrug.

Vinz reagierte anders. Er versuchte, seine Aufregung

nicht zu zeigen, aber er verlagerte doch sein Gewicht unruhig von einem Fuß auf den anderen. Dietrich, der schließlich nicht dumm war, bemerkte die Bewegung. Er runzelte die Stirn, aber seinen Zorn hielt er auf Martel konzentriert.

»Verflucht noch mal! Was soll das Gerede . . .«

»Ich rede davon, daß jemand Sie verraten hat«, fuhr Martel im gleichen gelassenen Ton fort. »Jemand, dem Sie vertraut haben. Warum gelingt es denn Stoller dauernd, die Waffenlager von Delta so leicht und so schnell zu finden? Er hat einen Informanten – das ist doch wohl die einzige Antwort . . .«

Vinz machte einen Schritt nach vorn und gestikulierte mit der Nullacht. »Ich soll Ihnen wohl die Zähne einschlagen . . .«

Weiter kam er nicht. Dietrich stand auf und bewegte sich erstaunlich rasch um den Schreibtisch herum. Mit dem Handrücken schlug er Vinz ins Gesicht. Der Deutsche stand kerzengerade, während Dietrich wütete.

»Halten Sie das Maul! Was glauben Sie, wer hier die Befehle gibt? Verlassen Sie diesen Raum, und gehen Sie angeln!«

Martel wartete, bis Vinz gegangen war und sprach dann weiter. »Fragen Sie sich das einmal selbst, Dietrich. Gibt es jemanden, der als einziger sonst noch die Lage der Waffenverstecke kannte? Und falls ja, dann ist das Stollers Informant. Wie würde denn da eine Serie von anonymen Telefonanrufen hineinpassen? Und wenn Sie sich jetzt noch fragen, warum das Ganze – jede neue Schlagzeile, die wieder von einem entdeckten Waffenlager berichtet, bringt die Wähler wieder ein bißchen mehr gegen Sie auf. Ich behaupte, Sie werden von einem brillanten Kopf manipuliert . . .«

Plötzlich kam Bewegung in die Szene. Die Tür zur Bibliothek flog auf, und eine der Wachen stürmte herein. Dietrich blickte den Eindringling böse an.

»Was ist los, Karl?«

»Das Tor. Die haben gerade angerufen. Eine ganze Wagenkolonne nähert sich dem Eingang – die glauben, es ist die Polizei . . .«

Dietrich überlegte ein paar Sekunden und sah Martel an. Dann bellte er einen Befehl, und zwei weitere Männer kamen aus der Halle durch die offene Tür.

»Steckt ihn in den Keller – da kann er schreien, soviel er will, niemand hört ihn. Und durchsuchen Sie ihn erst . . .«

Er ging zum Bücherregal hinüber und zog einen Band heraus. Dahinter lag ein Knopf, auf den drückte er. Ein Teil der Regale glitt unter dem Summen hydraulischer Apparaturen zur Seite. Zweifellos hatten Dietrichs Stuttgarter Techniker diese Spielerei hier eingebaut. Martel sah absichtlich nicht zu Klara Beck hinüber, als er den Zigarettenstummel aus der Spitze nahm und ihn in dem fast vollen Aschenbecher ausdrückte.

»Hoch mit Ihnen!«

Karl hatte das gesagt, und seine Nullachtpistole war auf Martel gerichtet.

In der dunklen Höhlung hinter der Geheimtür konnte Martel eine gewundene Stiege erkennen, die nach unten verschwand. Als Karl eine entsprechende Bewegung mit seiner Pistole machte, folgte Martel einem der Wachposten über den Teppich. Er spürte den Pistolenlauf im Rükken. Als er durch die Öffnung trat, hörte er, wie Klara Beck in dringlichem Tonfall etwas sagte.

»Leeren Sie den Aschenbecher aus – da drin sind seine Zigarettenkippen . . .«

Dieses Biest übersah auch nicht die kleinste Einzelheit. Ein feuchter, dumpfer Geruch kam ihm entgegen, während er – den Wachmann vor sich und Karl hinter sich – die Wendeltreppe hinunterstieg. Dietrich rief noch eine letzte Drohung hinter ihm her.

»Später werden Sie reden – oder wir öffnen die

Schleuse zum Burggraben, und Sie ertrinken langsam in dem Loch da unten ...«

Am Fuß der Wendeltreppe führte eine Tür in einen steingemauerten Keller. Karl stieß Martel die Hand in den Rücken, und Martel verlor die Balance. Er fiel der Länge nach auf den Boden. Als er wieder aufstand, war er allein, und die Tür war zu und abgeschlossen.

Die Kolonne des BND, die aus drei Mercedes-Sechssitzern mit schwerbewaffneten Beamten in Zivilkleidung bestand, hatte vor dem schmiedeeisernen Tor einen Halbkreis gebildet. Drinnen geriet der Wachhabende in Panik und gab einen Befehl.

»Laßt die Hunde los!«

Die Torflügel gingen auf, und das Rudel Schäferhunde stürmte hinaus. Knurrend und mit offenen Fängen sprangen sie an den Wagen hoch. Neben dem Fahrer des ersten Wagens saß Erich Stoller. Sofort gab er sein Kommando.

»Erschießt die Biester ...«

Ein Fenster wurde heruntergedreht, eine Maschinenpistole erschien, und dann ratterten die Schüsse. Als die Kugeln schwirrten, erwischte es manche der gefährlichen Biester mitten im Sprung. Innerhalb von Sekunden lagen alle Hunde bewegungslos da. Stoller stieg mit zwei Mann aus.

»Zerstört die Verbindungen zum Wachhaus«, befahl er.

Die zwei Leute rannten los, aber im Wachhaus war schon jemand dabei, telefonisch das Schloß zu informieren. Einer packte ihn, der zweite riß den Telefondraht aus der Wand. Der Wachposten protestierte nur noch schwach.

»Das ist ungesetzlich ...«

»Sie sind verhaftet. Grund der Festnahme: Widerstand gegen die Staatsgewalt ...«

Draußen rief ein anderer Wachmann Stoller etwas zu. »Dafür bezahlen Sie noch – die Hunde umzubringen ...«

»Ich habe gesehen, wie einer von denen Schaum vor

dem Maul hatte«, gab Stoller zurück. »Tollwutverdacht. Eine veterinärmedizinische Untersuchung wird folgen.« Er ging zu seinem Wagen zurück und sagte etwas zu dem Fahrer. »Und jetzt mit qualmenden Reifen zum Schloß . . .«

Die Autokolonne raste den gewundenen Weg entlang und legte sich in die Kurven. Eine Minute nachdem sie den Eingang hinter sich hatten, sah Stoller die Mauern des Schlosses vor sich.

»Halten Sie das Tempo – vielleicht lassen die das Fallgitter herunter . . .«

Er hatte recht – als sie sich der Zugbrücke näherten, begann sich das hydraulisch betätigte Fallgitter zu senken. Aber alle drei Wagen kamen durch das Tor, und erst hinter ihnen schloß sich das Gitter. Oben auf seiner Schloßtreppe stand wieder Reinhard Dietrich, die Hände in die Seite gestemmt. Stoller sprang aus dem Wagen und rannte, gefolgt von seinen Männern, die Treppe hinauf.

»Hier können Sie nicht rein«, sprach ihn Dietrich an. »Und wenn ich gewählt bin, dann kriegen Sie meinen Stiefel in den Hintern und fliegen aus Bayern raus . . .«

»Diese Vollmacht . . .« Stoller wedelte mit einem Stück Papier vor Dietrichs Gesicht herum. ». . . unterschrieben vom bayerischen Ministerpräsidenten, erlaubt mir, alles zu tun, was ich für richtig halte. Notfalls nehme ich Ihr Schloß Stein für Stein auseinander. Wollen Sie uns jetzt hereinbitten, oder leisten Sie Widerstand?«

Dietrich drehte sich um und ging, Stoller voraus, in die Halle.

Drinnen steuerte der Industrielle auf ein Zimmer an der linken Seite zu. Stoller bemerkte, daß rechts eine Tür halb offenstand. Sofort ging er hinüber und betrat die große Bibliothek. Eine attraktive, dunkelhaarige Frau saß mit einem Glas in der Hand auf dem Sofa und sah ihn, während sie trank, über den Rand des Glases hinweg an.

»Name?« wollte Stoller wissen.

»Also das geht zu weit!« Dietrich war Stoller nachgeeilt und stand nun hinter seinem großen Schreibtisch. »Ich werde mich beim Ministerpräsidenten persönlich beschweren . . .«

»Bitte, da steht das Telefon.« Stoller wandte sich wieder der Frau zu und wurde höflich. »Wir haben Durchsuchungsvollmachten. Würden Sie uns bitte Ihren Namen angeben . . .«

»Sagen Sie nichts«, ließ sich Dietrich hören und fischte nach einer Zigarre.

»Klara Beck«, gab die Frau zurück und lächelte. »Ich bin Herrn Dietrichs Sekretärin und persönliche Assistentin. Kann ich Ihnen sonst noch irgendwie helfen?«

»Sie können mich über den gegenwärtigen Aufenthaltsort eines Engländers aufklären, der innerhalb der letzten Stunde hier eingetroffen ist. Sein Name ist Philip Johnson . . .«

Klara Beck. Das war doch einer der Namen, die Stoller hatte überprüfen lassen, als ihm Martel von dem mitgehörten Telefongespräch am Hauptbahnhof von Lindau berichtet hatte. Die Stuttgarter Nummer war bis zu einer Penthousewohnung zurückverfolgt worden, die der Dietrich GmbH gehörte. Die Beck hatte auch eine ganze interessante Akte, die bis zurück in ihre Jugend in Berlin reichte.

»Ich habe oben in meinem Büro gearbeitet und bin gerade, als Sie kamen, in die Bibliothek hinuntergegangen«, sagte die Beck. »Den Namen habe ich noch nie gehört . . .«

»Leben Sie hier im Schloß?«

»Frechheit . . .!« Dietrich explodierte hinter seinem Schreibtisch regelrecht.

Stoller beachtete den Industriellen gar nicht, sondern wandte seine ganze Aufmerksamkeit darauf, den Raum zu überprüfen und die Beck zu befragen. Seine Männer durchsuchten in diesem Augenblick den Rest des Schlosses. Dietrich wußte das, aber Erich Vinz würde ein Auge auf die Leute haben. Er selbst schien unwillig, die Bibliothek wieder zu verlassen – und das sagte Stoller, daß er bereits genau im richtigen Zimmer war.

»Ich habe eine Wohnung in Stuttgart«, gab die Beck zurück, zog ein Päckchen Zigaretten heraus und steckte sich eine davon zwischen die Lippen. Stoller beugte sich zu ihr hinüber und gab ihr Feuer. Dabei bemerkte er in ihren großen Augen einen einladenden Funken. Eine gefährliche Frau.

»Die Wohnung gehört dem Betrieb«, fuhr sie fort. »Das ist einer der Vorteile, wenn man für den Besitzer arbeitet.« Wieder blickte sie Stoller direkt in die Augen. »Und ich darf sagen, ich bin in jedem Aspekt meiner Aufgaben hervorragend.«

»Das kann ich glauben.«

Stoller verbeugte sich höflich und schlenderte dann langsam durch das Zimmer. Der Aschenbecher auf dem Schreibtisch war vor kurzem hastig gereinigt worden. Er konnte noch verwischte Asche darin entdecken. Als einer seiner Männer zusammen mit einem Kollegen hereintrat, blickte er auf.

»Bis jetzt irgend etwas gefunden, Peter?« wollte Stoller wissen.

Der Mann schüttelte den Kopf, und Stoller wies die beiden an, mit ihm in der Bibliothek zusammen zu warten. Er bemerkte, daß Dietrich langsam Vergnügen an seiner Zigarre bekam und sich bequem zurücksetzte.

»Wer hat Ihnen denn diese phantastische Geschichte von diesem sagenhaften Mann erzählt, der sich irgendwo in der Nähe meines Hauses aufhalten soll?«

»Die Luftkamera – und dazu der Feldstecher des Copiloten. Wenn der Film entwickelt ist, werden wir Beweise haben. Wir haben einen Spezialfilm benutzt, der die exakten Aufnahmezeiten der jeweiligen Bilder angibt – Ihre Gesellschaft produziert doch so etwas, nicht wahr?«

»Kamera? Pilot? Sind Sie verrückt geworden?«

»Ein Hubschrauber ist Johnson bis zum Schloß gefolgt – und eine Filmkamera hat alles, wie ich eben erklärt habe, aufgenommen. Was für Zigaretten rauchen Sie, Herr Dietrich? Die Marke, meine ich.«

»Ich rauche nur Zigarren – Havanna.« Dietrich war sich im ungewissen darüber, welche Wendung die Ereignisse nun nehmen mochten, und er setzte sich unruhig in seinem Stuhl zurecht.

»Und Fräulein Beck raucht ›Blend‹ – wie ich bemerken konnte, als sie ihr Päckchen herausgenommen hat . . .«

Stoller ging die Reihe der Buchregale entlang. Er hielt inne und bückte sich, um einen Zigarettenstummel aufzuheben, der halb verborgen in dem dicken Teppich am Fuß des Regals lag. Den Stummel hatte er schon vor ein paar Minuten entdeckt, und jetzt zeigte er ihn jedem im Raum.

»Interessant. Dietrich – so sagte er jedenfalls selbst – raucht Zigarren. Fräulein Beck raucht ›Blend‹. Und das hier ist ein ›Silk-Cut‹-Stummel – eine britische Zigarette. Er hat hier unten an diesem Buchregal gelegen. Wie kann denn der nur hierhergekommen sein – es sei denn, jemand hat ihn fallen lassen und ist dann durch die Wand weitergegangen. Ob das denn überhaupt eine Wand ist . . .«

Stoller fing jetzt an, Bücher aus den Regalen herauszunehmen und sie auf den Boden zu werfen. Damit das Ganze etwas schneller ging, wischte er ganze Stapel der rindsledergebundenen Bücher auf den Teppich und nickte seinen beiden Männern zu. Die zogen automatische Walther-Pistolen heraus und machten sich schußfertig. Zornig kam Dietrich um seinen Schreibtisch herumgestiefelt.

»Das sind höchst kostbare Bände . . .«

»Dann zeigen Sie mir, wo der Hebel ist, mit dem die Geheimtür geöffnet wird.«

»Sie sind ja wahnsinnig . . .!«

Dietrich hörte auf zu reden, als jetzt ein weiteres halbes Dutzend Bücher zu Boden ging und Stoller plötzlich den roten Knopf in seinem Plastikrähmchen sah, den er freigelegt hatte. Er drückte den Knopf, und ein Teil der Buchregale glitt zur Seite und enthüllte die verborgene Wendeltreppe dahinter.

»Peter«, befahl er, »gehen Sie runter, und gucken Sie nach, was da unten ist. Wenn Sie auf Widerstand stoßen, schießen Sie.« Er blickte sich in dem Zimmer um. »Ich brauche hier ja wohl nicht zu sagen, daß auf jede Art von terroristischer Geiselnahme eine hohe Gefängnisstrafe steht . . .«

»Ich war oben und habe Klara geholfen«, begann Dietrich.

»Stimmt das, Fräulein Beck?« wollte Stoller wissen. »Passen Sie auf, was Sie antworten. Hier kann es um Mittäterschaft gehen.«

»Ich bin ganz verwirrt . . .« Die Beck hatte sich am Zigarettenrauch verschluckt und hustete, aber jetzt brauchte sie nichts mehr zu sagen, weil Martel erschien und sich den Staub von den Ärmeln wischte. Er hatte mit den Fäusten gegen die Steinwände seines Gefängnisses gehämmert, und seine Knöchel waren voll von geronnenem Blut. Hinter ihm kam Peter zurück und wandte sich an Stoller.

»Er war in so einem Schweinestall von Keller gefangen, aber der Schlüssel hat noch außen gesteckt – ich brauchte das Schloß nicht aufzuschießen.«

»Also, Dietrich?« fragte Stoller.

»Das ist doch ein Hochstapler . . . Ich war mir sicher, daß er einen Anschlag auf mich vorhatte . . . Nachdem er die Verabredung mit mir getroffen hatte, habe ich die ›Times‹ in London angerufen . . . Die haben mir gesagt, daß Johnson in Paris ist . . . Ich habe viele Feinde . . .«

Der Führer von Delta redete immer noch wie ein Maschinengewehr, wedelte besorgt mit den Armen, und die Worte strömten nur so heraus, während er sich abmühte, seine Geschichte so überzeugend klingen zu lassen, daß Stoller vielleicht davon Abstand nahm, die Sache an den

Staatsanwalt weiterzugeben. Es war Martel, der Stoller schließlich zu einer Entscheidung brachte.

»Ich glaube, wir verschwinden jetzt mal aus diesem widerlichen Irrenhaus. Hier oben stinkt die Luft ja noch mehr als in dem dreckigen Keller ...«

Die drei BND-Fahrzeuge kamen wieder zum Ausgang, kurvten um den Haufen von Hundeleichen herum, der auf der Straße lag, und machten sich auf den Weg zurück nach München.

»Jetzt gleich«, sagte Stoller zu Martel, »kommen wir zu der Stelle, wo ich Claire Hofer in Ihrem Audi zurückgelassen habe oder besser: wo Sie sie zurückgelassen haben. Sie hat mich erkannt und wie verrückt gehupt, damit wir anhielten. Und dann hat sie mir die Hölle heiß gemacht, damit wir so schnell wie möglich zum Schloß fuhren. Das Mädchen mag Sie«, meinte Stoller noch mit einem Seitenblick.

»Werde ich mir merken – und danke, daß Sie mich per Hubschrauber im Auge behalten haben – und dafür, daß Sie diese Festung gestürmt haben ...«

»Warum haben Sie Dietrich aufgesucht?« fragte der Deutsche.

»Weil ich wollte, daß der Feind sich gegenseitig an die Kehle geht. Um ihn zu überzeugen, daß er verraten worden ist – und ich glaube übrigens, daß das stimmt. Vielleicht haben wir auf diese Weise noch fünf Sekunden vor zwölf einen Schraubenschlüssel ins Getriebe von Unternehmen Krokodil geworfen. Und, Himmel noch mal, viel mehr als fünf Sekunden bleiben uns auch nicht ...«

Claire machte ihre Bemerkung, während Martel sie in dem Audi zurück nach München fuhr. Stollers Kolonne war schon lange verschwunden. Er hatte sich beeilen müssen, um seinen Flug nach Bonn noch zu erwischen.

»Ich nehme an, wir streichen Erich Stoller jetzt von der Liste der möglichen Attentäter?«

»Warum?«

»Ja, Herrgott noch mal, schließlich hat er Sie aus den Klauen dieses Schweinehundes Dietrich befreit . . .«

»Und was wird der Sicherheitschef, der in Wirklichkeit der geheime Attentäter ist, als erstes versuchen?« bohrte Martel nach.

»Da kann ich nicht ganz folgen«, sagte Claire verwirrt.

»Nun, er wird so handeln, daß weder Tweed noch ich vermuten, daß er derjenige ist, nach dem wir suchen.«

»Aber Sie können doch Erich Stoller nicht immer noch im Verdacht haben.«

»Doch. Er ist genauso wenig reingewaschen wie die anderen. Hoffen wir, daß uns die Akten, die wir jetzt am Münchener Flughafen abholen, etwas mehr sagen.«

25. Kapitel
Dienstag, 2. Juni: 14.00 bis 22.00 Uhr

Name: Erich Heinz Stoller. Nationalität: Deutscher. Geburtsdatum: 17. Juni 1950. Geburtsort: Haar/München.

Werdegang: Dienst bei der Kriminalpolizei, Wiesbaden, 1970–1974 . . . Übergewechselt zum BND, 1974 . . . Als Untergrundagent in Ostdeutschland, 1975–1977 . . . Zum Leiter des BND ernannt, 1978 . . .

Tweed überflog noch einmal die Akte, die Miß McNeil ihm gegeben hatte. Das Aktenstudium brachte das so mit sich: Je mehr Material man sich ansah, um so schneller nahm man den Stoff in sich auf. Tweed schob die Akte über den Schreibtisch zu Miß McNeil zurück. Er rieb sich die Augen und gähnte, bevor er seine Frage stellte.

»Was halten Sie von Stoller? Sie haben ihn ja nie kennengelernt – das kann von Vorteil sein. Der persönliche Eindruck verstellt Ihnen dann nicht den Blick auf die Fakten.«

»Er ist bei weitem der Jüngste der Vier – Anfang Dreißig. Ist das nicht ungewöhnlich – in diesem Alter Chef des BND zu werden?«

»Bundeskanzler Langer hat ihn persönlich über die Köpfe von wer weiß wie vielen älteren Kandidaten hinweg befördert. Er gilt als glänzender Kopf . . .«

»Ich höre da ein ›aber‹ in Ihrem Tonfall«, bemerkte Miß McNeil.

»Ja, nun, er hat zwei Jahre hinter dem Eisernen Vorhang verbracht . . .«

»Aber Sie sagten, er sei ein brillanter Kopf . . .«

»Womit wir wieder am Anfang wären.« Tweed legte die Stirn in Falten, beugte sich nach vorn und klopfte auf den säuberlichen Aktenstapel, den Miß McNeil aufgebaut hatte.

»Ich bin überzeugt, in diesen Heftern steckt die Antwort – irgend etwas, das regelrecht mit Fingern auf den Schuldigen deutet. Irgendwie liegt es mir sogar auf der Zunge, aber, verdammt noch mal, es fällt mir einfach nicht ein.«

»Vielleicht entdeckt Martel irgend etwas, wenn er sich die Kopien durchsieht, die ich ihm heute abend nach München bringe . . .«

»Das beunruhigt mich, Miß McNeil«, sagte Tweed ruhig. »Sogar wenn Sie Kopien dieser Akten außer Landes bringen, verletzen Sie damit sämtliche Vorschriften . . .«

»Ich bin ja durch meinen Diplomatenpaß gedeckt. Und ich treffe Martel, sobald ich ankomme. Im Erste-Klasse-Abteil des Flugzeugs wird mir schon nichts passieren. Ich freue mich sogar auf die Reise . . .«

»Ich lasse auf jeden Fall einen bewaffneten Schutz mit nach München fliegen«, entschied Tweed. Er griff nach dem Telefonhörer, wählte eine Nummer, gab kurze Instruktionen und horchte dann. »Der Mann kommt in einer halben Stunde«, sagte er zu Miß McNeil, während er wieder auflegte. »Mason wird es machen – er sagt, er ist der einzige, der zur Verfügung steht.«

»Dann habe ich ja während des Fluges auch noch Gesellschaft.«

Tweed sah Miß McNeil an und wunderte sich wieder einmal. Engländerinnen in den mittleren Jahren waren ja manchmal direkt außergewöhnlich. So eine begab sich auf eine lebensgefährliche Kurierfahrt, als ob es ins Wochenende ginge. Er sah zu, während sie die Akten in einen speziellen Sicherheits-Diplomatenkoffer packte. Ihre eigene kleine Reisetasche war schon seit Stunden fertig.

»Sie sollten sich das Ding aber nicht ans Handgelenk ketten«, sagte er ihr.

»Und warum nicht? Das ist jetzt schließlich meine Sache.« Sie hatte das in scharfem Ton gesagt, verschloß jetzt den Koffer, zog die Kette aus dem Handgriff, legte sich den Stahlreifen ums Handgelenk und ließ das automatische Schloß zuschnappen. Beide wußten sie genau, weshalb Tweed seine Bemerkung gemacht hatte.

Tweed hätte bei dem ganzen Unternehmen lieber eine Niederlage erlitten, als Miß McNeil irgendeiner scheußlichen Geschichte auszusetzen – schließlich hatte es Fälle gegeben, in denen sich der Gegner auf höchst einfache Weise in den Besitz eines angeketteten Aktenköfferchens gebracht hatte. Man brauchte ja nur das Handgelenk durchzuhacken.

Amerikanische Botschaft, Grosvenor Square, 18.00 Uhr. In einem Büro im zweiten Stock stand Tim O'Meara mit seinem Aktenkoffer da, während sein Stellvertreter, James Landis am Telefon ja und nein sagte und dann auflegte.

»Also?« sagte O'Meara ungeduldig.

»Air Force One ist planmäßig über dem Atlantik. Die Maschine wird rechtzeitig in Orly landen, damit der Präsident sofort zum Gare de l'Est und damit zum Gipfelexpreß gefahren werden kann . . .«

»Dann also nichts wie weg von hier, damit wir ebenfalls rechtzeitig in Orly sind . . .«

»Sir, vor etwa einer halben Stunde ist ein merkwürdiger Bericht aus Washington gekommen – es geht um die Nachforschung wegen des Mordes an Clint Loomis auf dem Potomac. Es sieht so aus, als hätte ein vorwitziger Telefonist in Washington einen Anruf mitgehört, der aus . . .«

»Ich habe gesagt, los jetzt!« brüllte O'Meara und schnitt seinem Stellvertreter mitten im Satz das Wort ab.

Elysée-Palast, Paris, 18.00 Uhr. Im Hof zwischen dem Gebäude und den Gittertoren, die zur Straße führten, stand Alan Flandres und sah zu, wie die Sprengstoffabteilung einen glänzenden, schwarzen Citroën durchsuchte. In wenigen Stunden würde der französische Präsident in diesem Auto zum Gare de l'Est fahren.

Wie immer konnte Flandres nicht einfach still dabeistehen – und außerdem traute er niemandem, außer sich selbst. Während zwei Mann an einer langen Stange einen Spiegel unter den Wagen hielten, stellte sich Flandres daneben und sah sich das reflektierte Bild an.

»Moment mal!«

Er sah noch einmal auf das Spiegelbild und rief dann einen in Leder gekleideten Mann aus der Nähe herbei.

»Kriechen Sie unter den Wagen, und suchen Sie jeden Quadratzentimeter ab. Im Spiegel übersieht man leicht etwas . . .«

Er rannte die Stufen hinauf zurück in den Elysée-Palast und ging zum zentralen Befehlsraum, wo ihm ein bewaffneter Posten die Tür öffnete. Zwei Leute hockten über starke Funkgeräte gebeugt da, während der dritte, der Dechiffrierungsbeamte, die entschlüsselten Funksprüche noch einmal überprüfte. Er sah auf, als Flandres den Raum betrat, und wollte seinem Chef einen Stapel Meldungen überreichen.

»Sagen Sie mir nur, was drinsteht, guter Freund! Warum soll ich mir noch die Augen verderben, wenn

Sie schon dasselbe tun und auch noch dafür bezahlt werden?«

Alles grinste bei diesem Scherz, und die Atmosphäre wurde deutlich lockerer. So etwas gehörte zu Flandres' Technik, nirgendwo eine allzu gespannte Stimmung aufkommen zu lassen. Ruhige Leute treffen auch ruhige Entscheidungen.

»Der amerikanische Präsident landet um dreiundzwanzig Uhr in Orly . . .«

»Womit genau eine halbe Stunde bliebe, um ihn vom Flughafen zum Zug zu schaffen. Wir sollten die Straße absperren – die werden wie der Teufel fahren. Das ist die amerikanische Vorstellung von Sicherheitsmaßnahmen. Mr. Tim O'Meara wird mal wieder zeigen, wie fähig er ist! Ein Hoch auf die Yankees!«

»Die britische Premierministerin wird per Sonderflug um zweiundzwanzig Uhr am Flughafen Charles de Gaulle eintreffen . . .«

»Typisch für die Dame – da bleibt genügend Zeit, aber es wird auch keine Minute verschwendet. Ein idealer Passagier!«

»Es ist geplant, daß der deutsche Bundeskanzler morgen früh um neun Uhr dreiunddreißig im Münchener Hauptbahnhof zusteigt . . .«

»Ich weiß – ist schon lange geplant . . .«

»Aber da gibt's einen merkwürdigen Funkspruch aus Bonn, den ich nicht verstehe«, sagte ihm der Dechiffrierungsbeamte. »Wir werden mit Nachdruck gebeten, uns im Funkraum an Bord des Gipfelexpreß während der Nacht für eine dringende Durchsage aus Bonn bereitzuhalten.«

»Und das wäre alles?«

»Ja.«

Flandres verließ den Raum und ging langsam den Korridor entlang. Der Funkspruch aus Bonn deutete eine neue Entwicklung in letzter Minute an, die Flandres nicht verstand – und weil er diesen Funkspruch nicht verstand, war er beunruhigt.

Bundeskanzleramt, Bonn, 18.00 Uhr. Erich Stoller verließ das Arbeitszimmer von Bundeskanzler Langer in dem modernen Gebäude im Süden jener kleinen Stadt am Rhein. Der großgewachsene, hagere Deutsche zeigte einen befriedigten Gesichtsausdruck: Seine Blitzreise im Privatjet von München hierher war der Mühe wert gewesen.

Noch während des Fluges hatte sich Stoller gefragt, ob er es schaffen konnte: Bekanntermaßen war Langer schlecht einzuschätzen, ein hochintelligenter politischer Führer mit einem starken eigenen Willen. Aber es hatte dann doch nur eines Gespräches von zehn Minuten bedurft, um den Kanzler zu überzeugen.

Stoller hatte den codierten Funkspruch bereits im voraus abgesendet – während er sich noch in Langers Arbeitszimmer aufgehalten hatte. Es war der Funkspruch zum Befehlsraum des Elysée-Palastes in Paris gewesen. Alan Flandres würde inzwischen, so hoffte Stoller, davon Kenntnis haben. Aber der zweite Funkspruch, der später abgesendet werden sollte, wenn der Zug sich schon in Bewegung gesetzt hatte, würde der wichtigere sein ...

»Jetzt geht's los«, murmelte Stoller vor sich hin. »Der Plan läuft ...«

Flughafen Heathrow, 18.00 Uhr. Der Flug LH 037 war nach Plan gestartet, und jetzt stieg die Maschine steil in den blauen Abendhimmel. Sie ließ einen Kondensstreifen hinter sich, der sich nur ganz langsam wieder auflöste. Im letzten Moment waren noch zwei Passagiere zugestiegen und hatten es sich in der ersten Klasse bequem gemacht. Die Ankunft des Paares war durch Sonderanweisung vorbereitet gewesen.

Weder Miß McNeil, die ihren Aktenkoffer ans Handgelenk gekettet trug, noch Mason, ihr Gefährte, der eine

Achtunddreißiger Smith & Wesson im Schulterhalfter hatte, durchliefen die normale Abfertigung. Als sie sich ausgewiesen hatten, wurden sie eilig in ein Büro geführt, das an der Tür mit dem Schild ›Eintritt strengstens verboten‹ versehen war.

Die Bürotür wurde hinter ihnen abgeschlossen, und dort blieben sie, bis ein uniformierter Polizeibeamter, der mit ihnen in dem Raum war, die telefonische Durchsage bekam, daß alle anderen Passagiere an Bord waren. Dann liefen sie eilig durch den Tunnelgang bis zum Flugzeug, wo schon die Stewardessen warteten, um sie zu den reservierten Sitzplätzen zu geleiten. –

»Ist doch schön, einmal VIP zu sein, oder?« flüsterte Miß McNeil, während sie einen kleinen Schluck von ihrem Champagner nahm und das Flugzeug seinen Steigflug immer noch fortsetzte.

»Man nimmt's, wie's kommt«, gab Mason ausdrucksvoll zurück.

Flughafen Heathrow, 19.30 Uhr. Der Flug BE 026 nach Paris war planmäßig gestartet. Tweed – der absichtlich in der Economy-Klasse reiste – hatte schwer aufpassen müssen, als er an Bord gegangen war. Wie er von Miß McNeils ›Einmann‹-Geheimdienst wußte, flog Howard in derselben Maschine mit, aber erster Klasse.

Deshalb hatte Tweed den Flugsteig erst betreten, als gerade der letzte der anderen Passagiere die Rampe hinunter verschwand. Der diensttuende Steward winkte hektisch.

»Die Maschine startet sofort!«

»Da komme ich ja gerade noch rechtzeitig«, antwortete Tweed und eilte selbst rasch die Rampe hinunter. Zum Kuckuck, er hatte schließlich ein voll bezahltes Ticket in der Tasche.

Als die Stewardeß ihn ins Flugzeug schob, warf er einen Blick nach links in das Erste-Klasse-Abteil. Howards Hinterkopf war gerade noch zu sehen. Glücklicherweise war es bei der Ankunft üblich, die Erste-Klasse-Passagiere vor der Plebs von Bord zu geleiten.

Tweed wählte sich seinen Platz da, wo er gar nicht gerne saß: im hinteren Teil des Flugzeuges. Er haßte das Fliegen.

Er ließ sich in seinen Sitz zurücksinken, und nach dem Start zwang er sich dazu, aus dem kleinen Bullauge hinauszuschauen. Unten drehte sich im Licht der Abendsonne Schloß Windsor in seiner ganzen Pracht. Ein Hoch auf Königin und Vaterland. Ein bißchen altmodisch heutzutage, aber Tweed kümmerte sich nie darum, welchen Eindruck der Rest der Welt von ihm hatte.

Der Flug LH 037 hatte gerade die deutsche Grenze überquert, als Mason sich bei Miß McNeil entschuldigte. »Ich möchte Martel informieren, daß wir an Bord der Maschine sind – der Pilot kann das für mich durchgeben . . .«

»Aber er erwartet uns doch«, erinnerte ihn Miß McNeil.

»Erwarten bedeutet nicht dasselbe wie zu wissen, daß wir das Flugzeug auch erwischt haben. Bei dem, was Sie da bei sich tragen, dürfen wir kein Risiko eingehen . . .«

Er zwängte sich zur Pilotenkanzel durch, wo er von einer Stewardeß aufgehalten wurde. Er zog seinen Ausweis und gab ihn ihr.

»Zeigen Sie das dem Piloten. Ich muß einen dringenden Funkspruch absenden. Der Pilot weiß, daß wir an Bord sind . . .«

Nach kurzem Warten führte man ihn in die Kanzel, und die Tür wurde hinter ihm sofort wieder abgeschlossen. Mason stellte sich vor und wandte sich dann an den Funker. Der Pilot nickte sein Okay, und der Geheimdienstler bat um einen Notizblock, damit er seinen Funkspruch notieren konnte. Er war an eine Münchener Telefonnummer gerichtet.

»Bei der Unterschrift handelt es sich um einen Codenamen«, erklärte er, als der Funker den Zettel las. Mason nickte dem Piloten dankend zu und verließ die Kanzel wieder, während der Funker schon dabei war, die Meldung durchzugeben.

Münchener Telefonnummer ... Miß McNeil und ich an Bord Flug LH 037 von London. Voraussichtliche Ankunftszeit ... Bitte das Empfangskomitee bereithalten. Gustav.

In der Münchener Wohnung hob eine behandschuhte Hand gleich beim ersten Läuten den Hörer ab. Die Telefonistin überprüfte, ob sie auch die richtige Verbindung hatte und gab dann die Mitteilung durch.

»Miß McNeil und ich an Bord von Flug LH 037 ...«

»Danke sehr«, sagte Manfred. »Alles verstanden. Auf Wiederhören.«

Die behandschuhte Hand unterbrach die Verbindung, hob dann aber wieder ab und wählte eine Münchener Nummer. Erwin Vinz ging an den Apparat. Seine Stimme bekam sofort einen anderen Klang, als er merkte, wer da anrief.

»Sie nehmen sich ein paar Männer und gehen zum Flughafen ...«

Manfreds Anweisungen waren präzise, dabei aber in eine unverfängliche Unterhaltung verpackt. Nach seinem Anruf sah Manfred auf die Armbanduhr. Wie praktisch, daß der Flughafen so dicht bei der Stadt lag – Vinz' ›Exekutionskommando‹ würde schon in Position sein, wenn Flug 037 aufsetzte.

Mason, der sich immer noch mehr als sechstausend Meter hoch über dem Boden befand, wäre entsetzt gewesen, hätte er diese Instruktionen gekannt.

»Erledigen Sie sie beide – den Mann genauso wie die Frau ...«

Martel hielt sich in der Nähe eines Zeitschriftenstands beim Ausgang des Münchener Flughafens auf. Er schien sich ein Taschenbuch anzusehen. Und er schien auch allein zu sein, aber das war nicht der Fall. Am anderen Ende der weiten Halle stand Claire.

Sie trug ihre Sonnenbrille, hatte einen kleinen Koffer zu ihren Füßen stehen und wirkte wie ein Passagier.

Die Ankunft von Flug LH 037 aus London wurde über den Lautsprecher verkündet. Die ankommenden Passagiere eilten durch die Halle zu den Taxis oder zum Flughafenbus. Martel suchte die kleine Gruppe ab und sah Miß McNeil mit dem Aktenköfferchen in der einen und der Reisetasche in der anderen Hand. Und neben ihr sah er auch Mason.

»Wissen Sie was«, sagte Mason gerade zu ihr. »Ich gehe mal grad rüber zu dem Kiosk und hole mir eine Pakkung Zigaretten – gehen Sie schon los, und schnappen Sie sich ein Taxi; wir müssen dann nicht so lange warten . . .«

»Aber wir werden doch abgeholt . . .« Miß McNeil zuckte die Achseln. Mason war schon weg.

Martel sah, wie die beiden sich trennten und runzelte die Stirn. Er ließ das Taschenbuch fallen, nahm es wieder auf und ordnete es rasch in dem Drehständer wieder ein. Claire hatte auf dieses Signal gewartet, und nun erkannte sie Miß McNeil nach der Beschreibung, die Martel ihr gegeben hatte.

Und sie merkte auch, daß irgend etwas nicht stimmte. Daß Martel das Taschenbuch hatte fallen lassen, hatte sie vorgewarnt. Hätte er es einfach nur zurück ins Regal gestellt, dann wäre das nichts weiter als das Signal gewesen, das er mit Miß McNeil ausgemacht hatte. Claire griff in die Handtasche und packte ihre Neunmillimeterpistole. Miß McNeil, eine schlanke Frau, die sich aufrechthielt, ging auf den Ausgang zu.

Ein Mann, der in der Nähe des Ausgangs stand und der die Uniform eines Lufthansa-Piloten trug, zog eine Nullacht mit Schalldämpfer aus einer Aktenmappe. Erwin Vinz, der einen leichten Regenmantel locker über den Arm gelegt trug, kam in die Halle. Er ließ den Regenmantel zu Boden fallen und hielt dann die Maschinenpistole in Händen, die unter dem Kleidungsstück verborgen gewesen war.

»McNeil, hinlegen!« schrie Martel.

Claire war in hohem Maße verwundert, und es war auch tatsächlich erstaunlich. Die Engländerin, die ja nun nicht mehr die Jüngste war, ließ sich einfach vorwärtsfallen. Dabei ließ sie ihre Reisetasche los, benutzte die Hände, um den Aufprall etwas zu dämpfen und lag dann ruhig an den Boden gepreßt da.

Martel zog den Hahn seines Fünfundvierzigercolts durch, den er aus dem Schulterhalfter gerissen hatte, und zielte auf die größte Gefahr – Vinz und seine Maschinenpistole. Er feuerte rasch. Drei schwere Geschosse hämmerten Vinz mit fürchterlicher Kraft in die Brust und warfen ihn nach hinten. Sein Hemd war leuchtendrot, als er auf dem Boden aufschlug. Noch immer hielt er seine Waffe fest, aber er hatte nicht einen einzigen Schuß abgegeben.

Der ›Lufthansa-Pilot‹ zielte mit der Luger, wie abgesprochen, auf sein eigenes Opfer. Das war Mason, der neben einem Zigarettenautomat stand. Zwei Kugeln trafen Mason. Der fiel vorwärts gegen den Zigarettenautomaten und versuchte, sich an dem Gerät festzukrallen, während er langsam zu Boden sackte. Claire zielte und gab ihrer Waffe dabei mit dem linken Unterarm Halt. Das konnte man Schießkunst nennen – quer durch die ganze Halle. Zwei Kugeln trafen den Killer, und er brach vornüber zusammen.

»McNeil, unten bleiben!« schrie Martel wieder.

Drei Männer, die sich den Augenschein gegeben hatten, als wollten sie selbst Fluggäste abholen, hatten Handfeuerwaffen gezogen.

Martel hatte gerade auf Vinz geschossen ... Claire hatte ihren Piloten im Visier.

Die drei Profis von Delta zielten auf die immer noch ausgestreckt am Boden liegende Gestalt von Miß McNeil ... Panik kam unter den anderen Anwesenden auf ... Eine Frau schrie auf, und dann nahm ihr Schreien überhaupt kein Ende mehr ...

Aber dann bellte aufs neue ein ganzer Hagel von Schüssen durch die Halle, und Martel sah erstaunt zu, wie das Mördertrio von Delta zu Boden ging. Männer in Zivilkleidung tauchten an verschiedenen Stellen der Halle auf. In den Händen hielten sie automatische Walther-Pistolen. Einer von ihnen trat auf Martel zu und hielt dabei mit der linken Hand seinen Ausweis hoch.

»BND, Mr. Martel. Josef Gubitz, zu Ihren Diensten, Sir. Die anderen hier sind meine Leute.«

»Woher, zum Kuckuck, haben Sie gewußt ...«

»Der Pilot der Maschine hat die Botschaft, die er für einen englischen Passagier namens Mason durchgeben sollte, wie befohlen an Stoller weitergegeben.«

»Wer hatte ihm denn das aufgetragen?«

»Ein Mann namens Tweed in London. Jeder Funkspruch, den Mason an Bord aufgab, sollte sofort an uns weitergegeben werden. Stoller hat von Bonn aus reagiert und uns hierhergeschickt. Das war alles etwas kompliziert ...« Der Deutsche, ein kleiner gutangezogener Mann, blickte über die Schulter auf das Blutbad in der Halle. »... aber es hat funktioniert.«

»Dem Himmel sei Dank – und Ihnen auch.«

Claire half Miß McNeil auf die Füße, und als Martel zu den beiden trat, blickte die Engländerin gerade an sich hinunter auf ihre abgeschürften Knie. Dann sah sie Martel an. »Sehen Sie sich das an! Meine Nylonstrümpfe sind ruiniert. Meinen Sie, ich könnte ein Paar neue auf Spesen bekommen?«

Martel, Claire und Miß McNeil saßen gemeinsam in dem Zimmer des Engländers im Hotel Clausen. Die zwei Frauen tranken Tee, während Martel die vier fotokopierten Akten durchblätterte, die Miß McNeil ihm gebracht hatte. Miß McNeil saß in einem Sessel neben Claire und stellte ihre Tasche auf den Tisch. Die junge Schweizerin beobachtete ehrfurchtsvoll ihre Gelassenheit.

»Der Tee, den Sie mir eingeschenkt haben, war genau richtig«, verkündete Miß McNeil. »Ordentlich und stark – ein Tropfen Milch und keinen Zucker. Eine Tasse Tee nach einem solchen Wirbel ist durch nichts zu ersetzen.« Sie hielt inne. »Mason hat versucht, mich umbringen zu lassen, was?«

»Ja«, sagte Martel. »Und ihn haben sie erledigt, weil sie seine Talente als Verräter jetzt nicht mehr brauchten. Ich bin sicher, daß er Tweeds Büro abgehört hat. Und ich bin mir genauso sicher, daß er sich Anorak, Baskenmütze und Sonnenbrille angezogen hat, dann sichergestellt hat, daß ein Polizist am Piccadilly Circus ihn gesehen hat und daß er das Zeug dann wieder ausgezogen hat – möglicherweise in einer öffentlichen Bedürfnisanstalt – und die Sachen dann zusammen mit der Pistole auf einem Stuhl bei Austin Reed liegengelassen hat . . .«

»Und warum?« fragte Claire.

»Um uns zu verwirren. Manfred war nie auch nur im Umkreis von London. Und es muß auch Mason gewesen sein, der Tweed zum Londoner Flughafen gefolgt ist, bevor dieser an Bord der Concorde ging – und dann hat er auch das Manfred berichtet. Merkwürdig, daß Howard so einen Burschen eingestellt hat . . .«

Miß McNeil beobachtete Martel, der jetzt die letzte Akte schloß. »Haben Sie irgend etwas gefunden?« fragte sie.

»Tweed hat wohl nichts entdeckt, aber ich glaube, irgendwo muß es da drinstecken . . .«

Martel nahm ein Blatt von dem Notizblock des Hotels,

kritzelte etwas darauf und zeigte es Miß McNeil. Die las, was dastand, riß das Blatt in kleine Stücke, stand auf und ging hinüber zur Toilette. Die beiden hörten, wie sie die Wasserspülung betätigte, und dann kam sie heraus und setzte sich wieder.

»Nun?« fragte Martel.

»Ich hab's mir doch gleich gedacht«, gab Miß McNeil zurück. »Tweed kann man einfach nicht trauen, natürlich nicht – er behält zuviel für sich. Die Schwierigkeiten, die jetzt kommen, werden es an den Tag bringen ...«

»Dann lassen wir Sie also hier, bis alles vorbei ist. Ein bewaffneter Posten von Stoller steht vor der Tür. Claire hat noch einen weiten Weg vor sich – und ich muß auch weg, aber woandershin. Was mir Angst macht, ist, daß wir so wenig Zeit haben ...«

26. Kapitel
Dienstag, 2. Juni: 20.30 bis 23.35 Uhr

Flughafen Charles de Gaulle, 20.30 Uhr. Der Flug BE 026 war planmäßig gelandet. Howard war unter den ersten Passagieren, die ausstiegen. Sein Spezialausweis brachte ihn rasch durch die Zoll- und Paßkontrolle, und Alan Flandres wartete auf ihn mit einem großen Citroën.

»Das nenne ich Service«, bemerkte Howard, während es sich beide auf dem Rücksitz bequem machten und der chauffeurgelenkte Wagen davonglitt.

»Wir sind stolz auf unsere Organisation«, gab Flandres mit einem zynischen Lächeln zurück. »Seit die Regierung gewechselt hat, haben wir nicht mehr viel Grund, auf etwas anderes stolz zu sein.«

»Ist es so schlimm?« Howard sah seinen Begleiter scharf an, der jedoch, wie immer, die Ruhe selbst war. »Läuft alles nach Plan?«

»Da gibt es etwas, was ich nicht verstehe – und in der Lage, in der wir uns im Augenblick befinden, beunruhigen mich die Dinge, die ich nicht verstehe. Ich habe einen Funkspruch aus Bonn erhalten, der uns auffordert, während der Nacht auf eine dringende Nachricht aus Deutschland aufzupassen. Stoller ist nicht in Pullach ...«

»Das ist sein Problem ...« Howard wischte die ganze Angelegenheit mir einer kurzen Handbewegung weg.

»Es könnte aber auch unsere Angelegenheit werden«, gab Flandres zurück.

Gemäß den Anweisungen von Flandres überprüften die Sicherheitskräfte sowohl in Orly als auch am Flughafen Charles de Gaulle alle eintreffenden Passagiere nach bekannten Gesichtern. Aber die eine Person, die mit Flug LH 323 via Frankfurt aus München kam, übersahen sie. Die Maschine landete in Charles de Gaulle um zweiundzwanzig Uhr fünfzehn, und der Passagier, der erster Klasse gereist war, passierte unangefochten alle Kontrollen.

Die Dame trug ein elegantes Kleid von Givenchy mit dazu passender Perlenkette und einen Hut mit Schleier. Gepäckträger beförderten ihren Gucci-Koffer zu einer wartenden Limousine mit Chauffeur. An der Paßkontrolle hob sie kurz ihren Schleier.

»Ich frage mich, auf wieviel Goldbarren die in der Bahnhofstraße sitzt«, murmelte der Paßbeamte seinen Kollegen zu, als er Irma Romer ihren Schweizer Paß zurückgereicht hatte und sie gerade weiterging.

»Ich hätte nichts dagegen, wenn sie auf mir säße«, gab sein Kollege zurück. »Das ist aber auch eine Schönheit ...«

Als der Chauffeur den Wagen vom Flughafengelände fuhr, sprach die Dame, die sich in dem geräumigen Fond niedergelassen hatte, mit dem Fahrer.

»Emil, wir haben noch eine Stunde, bevor der Zug abfährt – fahr also langsam, bring die Zeit irgendwie rum.

Ich muß den Gipfelexpreß fünf Minuten vor der Abfahrt besteigen.«

»Meine Instruktionen waren klar, Madame«, gab Emil zurück. »Es wird keine Probleme geben.«

»Es darf keine Probleme geben.«

Nachdem sie das klargestellt hatte, schlug Klara Beck ihre langen Beine übereinander und entspannte sich. Es war eine höllisch eilige Fahrt von dem bayerischen Schloß nach München gewesen, wo sie ihr Flugzeug noch erwischen mußte, aber sie hatte dabei den Mann, der ihr folgen wollte, erfolgreich abgeschüttelt. Den Burschen hatte sie natürlich Stoller zu verdanken gehabt.

»Stoller der Stinker«, dachte sie sehr undamenhaft und blickte auf ihre diamantenbesetzte Armbanduhr.

Gare de l'Est, 23.00 Uhr. Der Expreßzug mit seinen zwölf Wagen stand im Bahnhof. Die gewaltige Lokomotive, die bald ihre kostbare Fracht ziehen sollte, reflektierte die Bahnhofslichter. Sie war wieder und wieder poliert worden, bis sie wie ein Schmuckstück glänzte. Jacques Foriot, der Oberlokomotivführer, war der erfahrenste Mann in ganz Frankreich. Er überprüfte noch einmal seine Anzeigeinstrumente und Hebel und blickte dann aus seinem Führerstand hinaus.

Direkt hinter der Lokomotive waren die ersten sechs Wagen für die prominenten Passagiere des Zuges reserviert. Typisch, daß die britische Premierministerin zuerst erschienen war. Sie hatte sich sogleich in Wagen eins zu Bett begeben, dem Wagen, der direkt an die Lokomotive angehängt war.

Wagen zwei würde den französischen Präsidenten beherbergen, der gerade in diesem Moment nach seiner schnellen Fahrt vom Elysée-Palast zum Bahnhof an Bord kletterte. Alan Flandres stand auf dem Bahnsteig. Er hatte seine Augen überall, als der kurzgewachsene, vierschrötige Präsident die Stufen hinaufkletterte und drinnen verschwand. Flandres stieß einen hörbaren Seufzer der Erleichterung aus.

»Eine Sorge weniger«, bemerkte er zu seinem Stellvertreter, Pierre Buzier, einem wahren Riesen von einem Mann, der einen buschigen Schnurrbart trug und seinen Chef hoch überragte. »Und jetzt wieder eine Sorge mehr«, fuhr Flandres fort und zuckte die Achseln.

»Aber er ist doch jetzt sicher«, beruhigte ihn Buzier. »Die Fahrt vom Elysée hierher hat uns doch Kummer bereitet ...«

»Und glauben Sie wirklich, daß die nächsten tausend Kilometer quer durch Europa mir keinen Kummer bereiten, mein Freund?« Flandres drückte Buziers gewaltigen Arm und lächelte zynisch. »Das wird noch eine lange Nacht – und dann ein langer Tag ...«

Die Zusammenstellung des Expreßzuges war vom Sicherheitsstab des Elysée-Palastes lange und ausgiebig diskutiert worden. Maximaler Schutz sollte gewährleistet sein. Wagen drei war für den amerikanischen Präsidenten reserviert, der von Orly kommend hier erst im letzten Moment eintreffen sollte. Und Wagen vier sollte Kanzler Langers Reich werden, wenn er am folgenden Morgen um neun Uhr dreiunddreißig in München zustieg.

Hinter diese vier Wagen war der Verbindungs- und Nachrichtenwaggon gehängt, der mit den kompliziertesten Geräten ausgerüstet war. Ein Abteil war ausschließlich der Verbindung zwischen dem Zug und dem Weißen Haus in Washington vorbehalten. Der Präsident würde, wie immer und überall, von einem Offiziellen begleitet werden, der die ›Schwarze Kiste‹ bei sich trug – jener unheimliche Apparat, der dazu diente, je nach Dringlichkeit die verschiedenen Stufen eines nuklearen Alarms auszulösen.

Flandres und seine Techniker hatten eine Menge Energie darauf verwandt, diesen Wagen auszurüsten, und sie hatten dabei mit den Amerikanern zusammengearbeitet, die ihre eigenen Geräte installiert hatten.

Und gleichsam als Gegenstück zu diesem kühlen und ganz auf seinen Zweck ausgerichteten Waggon lag gleich dahinter der Speisewagen, der ausschließlich den vier westlichen Politikern vorbehalten war. Es wurde erwartet, daß sie dort während der Tagesstunden ausgiebig konferieren und eine gemeinsame Strategie schmieden würden, bevor sie der sowjetischen Führung in Wien gegenübertraten.

»Ich will noch ein paar Männer an dieser Barriere haben«, befahl Flandres, während er durch eine zweite Sperre schritt, die vorübergehend auf dem Bahnsteig errichtet worden war. Es war die Sperre, welche die VIP-Waggons vorn vom Rest des Expreßzuges trennte.

»Aber hier stehen doch schon genug Leute«, protestierte Buzier.

»Für die praktische Durchführung, ja«, stimmte Flandres zu. »Aber nicht genug für die optische Wirkung. Amerikaner glauben an große Zahlen. Holen Sie sich noch zehn Leute aus dem Revier. Das wird denen dann Eindruck machen, was meinen Sie, Pierre?« Wieder einmal lächelte er zynisch.

»Wenn Sie meinen . . .«

»Ich kenne doch O'Meara. Und wenn ich mich nicht täusche, höre ich den großen Mann bereits kommen . . .«

»Den amerikanischen Präsidenten?«

»Nein – O'Meara! Begleitet vom Präsidenten!«

Jenseits der zweiten Sperre lag der Rest des Zuges, sozusagen die öffentliche Abteilung, die wieder sechs Wagen umfaßte: zwei Waggons der ersten Klasse (davon ein Schlafwagen), drei Zweite-Klasse-Waggons und, ganz hinten an den Schnellzug angehängt, der öffentliche Speisewagen.

Während er allein den Zug entlangschritt – Buzier war schon losgeeilt, um sich die zehn Männer zu holen –, blickte Flandres durch jedes Fenster. Die meisten Rollos am Schlafwagen waren schon zugezogen, aber im Grunde vibrierte der ganze Bahnhof vor Erwartung. Als er zur eigentlichen Bahnsteigsperre weiterging, ließ der kleine Franzose seinen Blick auch über die anderen Fenster schweifen, und viele neugierige Gesichter schauten ihm entgegen. Er hielt an und forderte, daß ein Fenster geschlossen wurde. Es war strikte Anweisung ergangen, daß sämtliche Fenster geschlossen bleiben mußten, solange der Zug sich noch nicht in Bewegung gesetzt hatte.

In den Gängen auf der anderen Seite des Expreßzuges standen bewaffnete Männer des französischen Sicherheitsdienstes parat. Flandres verzog den Mund, als er an der Sperre Howard stehen sah. Nachdem sein eigener Schützling sicher an Bord war, wollte der Engländer jetzt dabeisein, wenn der amerikanische Präsident eintraf.

Entfernte Sirenen schrillten wie eine sich nähernde Geisterschar. Der muß sich ja richtig zu Hause fühlen, dachte Flandres. Er selbst hatte in Amerika wach gelegen, weil die ganze Nacht lang das höllische Heulen der Streifenwagen zu hören gewesen war.

»Gerade noch rechtzeitig«, bemerkte Howard, als Flandres zu ihm an die Sperre kam. »Warum müssen die Amerikaner immer erst in der letzten Minute kommen?«

»Weil sie nicht einsehen, warum sie warten sollten. Ob sie dann mit der eingesparten Zeit etwas anfangen können, ist eine andere Frage . . .«

Wie es der Franzose vorausgesehen hatte, machte O'Meara die Ankunft zu einer großen Schau. Als die Wagenkolonne vor dem Bahnhof einbog, sprang der amerikanische Sicherheitschef aus dem ersten Wagen, noch bevor dieser angehalten hatte. Mehrere Männer in offenen Mänteln folgten ihm und blickten angestrengt den Bahnsteig entlang. Der Präsident hätte die schöne Wirkung fast verdorben.

»Bevor der Präsident auf den Bahnsteig kommt, möchte ich vor jedem Zugfenster einen Mann«, forderte O'Meara.

»Wenn hier jemand auf mich schießen will, Tim, dann

macht er das auch«, sagte der Präsident, der aus seinem Wagen gestiegen war und so kühl und unbeteiligt wirkte wie ein Angestellter, der von der Arbeit nach Hause geht. »Und Ihre Bemerkung ist nicht gerade ein großes Kompliment für Monsieur Flandres . . .« Er streckte eine Hand aus. »Sie sind Alan Flandres, nicht wahr?«

»Ich freue mich, Sie wiederzusehen, Herr Präsident . . .«

Die beiden schüttelten sich die Hände, während O'Meara ruhelos hin und her lief und die amerikanischen Geheimdienstler anwies, einen Kreis um Flandres und den Präsidenten zu bilden. »Washington, vor zwei Jahren – habe ich recht?« sagte der Präsident.

»Sie haben ein bemerkenswertes Gedächtnis . . .«

Spannung lag in der Luft, als die Prozession von Männern ihren Weg über den Bahnsteig nahm. Gefahr konnte aus so vielen Richtungen auftauchen – und das mögliche Opfer wäre der mächtigste politische Führer der westlichen Welt gewesen. Flandres fühlte sich unsicher und mußte das auch loswerden.

»Ich möchte hier nicht so eingekreist sein . . .«

Der Präsident lächelte entgegenkommend und hielt inne. »Tim, ich denke, wir müssen Alan die Sicherheitsmaßnahmen hier überlassen. Schließlich ist das hier sein Gebiet.«

»Bitte mehr Raum!« sagte Flandres kurz angebunden zu O'Meara. »Im Notfall brauchen wir freies Schußfeld . . .«

Am Fuß der Stufen, die zu seinem Waggon hinaufführten, verharrte der Präsident noch einen Augenblick und sprach mit dem Franzosen. »Ich möchte Ihnen nur noch sagen, wie sicher ich mich in Ihren fähigen Händen fühle. Und jetzt, wenn Sie mich bitte entschuldigen wollen, ich möchte früh schlafen gehen . . .«

Drei Minuten vor Abfahrt des Zuges traten zwei unerwartete Ereignisse ein. Eine Limousine mit Chauffeur fuhr vor, eine elegante Dame stieg aus, und sie zeigte ihren Fahrschein vor, während der Chauffeur die Koffer herantrug. Der Kontrolleur stellte fest, daß für die Dame ein Schlafwagenabteil reserviert war. Zugleich stellte der Paßkontrolleur – der heute alle gewöhnlichen Passagiere überprüfte – fest, daß es sich um eine Schweizerin handelte.

»Sie sollten sich beeilen, Madame«, mahnte der Fahrkartenkontrolleur. »Der Zug fährt in drei Minuten ab.«

Weiter unten auf dem Bahnsteig sah Howard von der zweiten Sperre aus zu, wie die elegante Frau graziös auf ihn zukam, während der Chauffeur das Gepäck trug. Sie verschwand in dem Schlafwagen, und Howard wandte sich an seinen Stellvertreter, Peter Haines, einen kleinen, drahtigen Burschen.

»Ich hätte nichts dagegen, mit der die Koje zu teilen«, bemerkte er und stieg in den Zug.

Der Fahrkartenkontrolleur wollte gerade die Sperre schließen, als ein Taxi vorfuhr.

Eine massive Gestalt mit Brille und einem zerbeulten Hut stieg aus. Er hatte offensichtlich schon vorher bezahlt, denn er rannte mit einem kleinen Koffer in der Hand sofort zur Sperre.

Seinen Fahrschein hielt er schon bereit, und dem Paßbeamten zeigte er eine Plastikkarte. Der Beamte blickte überrascht auf die Karte, die das Foto des Inhabers trug, und dann drehte er sich um und hob die Hand, um der Wache anzuzeigen, daß der Zug noch warten mußte.

Der Spätankömmling bewegte sich rasch den Bahnsteig entlang zu der zweiten Sperre, der gegenüber Howard in der offenen Wagentür stand, weil er nochmals frische Luft schnappen wollte. Als er den Passagier sah, gefroren seine Gesichtszüge, und er stieg noch einmal auf den Bahnsteig hinunter.

»Tweed! Ich weiß nicht, was zum Teufel Sie hier wollen, aber ich verbiete Ihnen, diesen Zug zu besteigen . . .«

»Ich glaube nicht, daß das in Ihrer Macht steht.«

Tweed zeigte seine Karte mit den diagonal verlaufenden grünen und roten Streifen. »Und im Augenblick halten Sie den Zug auf . . .«

»Sagen Sie mal, was geht denn hier eigentlich vor?«

O'Meara erschien hinter Howard. Und nun stieg Flandres am anderen Ende des Waggons aus und rannte auf dem Bahnsteig zu den anderen hinüber. O'Meara lugte Howard über die Schulter.

»Du lieber Himmel! Sie hat den Paß selber unterschrieben!«

»Unverschämtheit!« explodierte Howard. »Ich war nicht informiert . . .«

»Aus Sicherheitsrücksichten sind Sie nicht informiert worden«, gab Tweed zurück. »Wenn Ihnen das nicht paßt, warum wecken Sie dann nicht die Lady auf und prüfen Sie das Ganze nach? Ich bezweifle jedoch, daß sie darüber sehr erfreut sein wird . . .«

»Steig ein, mein Freund.« Alan Flandres hatte Tweed am Ärmel gefaßt und zog ihn zu den Stufen. »Sie sind höchst willkommen.«

Tweed wartete im Gang, während Flandres der Wache zuwinkte, selbst in den Wagen stieg und die Tür schloß.

»Alan, hier gibt es jemanden, den ich unter allen Umständen sofort überprüft haben möchte. Der Paßbeamte an der Sperre hat mir von der Dame erzählt, die im letzten Moment eingestiegen ist. Sie reist mit Schweizer Paß, und der Name ist Irma Romer. Können Sie vom Verbindungswagen aus die Einzelheiten an Ferdy Arnold in Bern durchgeben? Bitten Sie ihn, zu bestätigen, ob wirklich ein Paß auf den Namen Irma Romer ausgestellt worden ist – ob die Frau tatsächlich existiert.«

»Warum machen Sie sich wegen ihr Sorgen?« wollte Howard wissen.

»Weil ihr Wagen einige Zeit in einer Seitenstraße geparkt hat, bevor er am Bahnhof vorfuhr. Ich selbst bin etwas früher gekommen, wissen Sie . . .«

Der Zug war jetzt in Bewegung. Während er aus der großen Wölbung des Gare de l'Est herausfuhr, drehten sich die Räder der Lokomotive langsam schneller. Auf seiner historischen Reise fuhr der Zug nach Osten. Bestimmungsbahnhof Wien. Über tausend Kilometer Fahrstrecke.

27. Kapitel
Mittwoch, 3. Juni: 1.00 bis 8.10 Uhr

»Ist bis jetzt irgend etwas Ungewöhnliches passiert, Haines?« fragte Tweed.

»Ungewöhnlich?« Howards Stellvertreter war vorsichtig. Jetzt, um ein Uhr morgens, wirkte er erschöpft.

»Na sagen wir, unerwartet.«

Sie saßen am Ende des Nachrichtenwaggons, wo zwei Kojen für die jeweils dienstfreien Sicherheitschefs reserviert waren. Haines warf einen Blick zum anderen Ende des Wagens hinüber, wo die drei Sicherheitschefs um den Fernschreiber versammelt waren.

Der Expreßzug hatte Paris seit eineinhalb Stunden hinter sich und donnerte mit etwa einhundertzwanzig Kilometern durch die dunkle Nacht. Der Wagen schwankte in einer Kurve. An Schlaf dachte niemand.

»Die Fragen hätten Sie besser Howard stellen sollen«, sagte Haines.

»Ich frage aber Sie.« Tweed griff in seine Tasche, während er fortfuhr. »Sie kennen vielleicht meine Befugnisse nicht?«

»Da war etwas, Sir«, begann Haines hastig. »Im Elysée-Palast hat Flandres einen Funkspruch aus Bonn bekommen, der uns vorgewarnt hat, daß wir hier an Bord des Zuges noch eine dringende Durchsage bekommen würden. Stoller ist verschwunden . . .«

»Verschwunden?«

»Ja. Wir haben keine Ahnung, wie wir mit ihm in Verbindung treten sollen. Diese Geheimniskrämerei an der ganzen Sache beunruhigt Flandres . . .« Wieder blickte er zum anderen Ende des Wagens hinüber. »Ich glaube, da kommt gerade etwas durch den Fernschreiber.«

Howard, der jetzt langsam einen übernächtigten Eindruck machte, kam mit dem Telexstreifen zu Tweed herüber. Er winkte mit dem Papier und hatte einen befriedigten Gesichtsausdruck.

»Antwort von Ferdy Arnold auf Ihre Anfrage. Die Schweizer können ja verdammt fix sein. Irma Romer hat ihren Paß vor vier Jahren bekommen. Witwe eines Großindustriellen – Maschinenbau. Sie soll irgendwo in Europa auf Reisen sein. Können wir jetzt diese paranoiden Irrwege vergessen?«

»Kann ich mal bitte das Telex sehen?«

»Ich habe Ihnen das verdammte Ding doch praktisch vorgelesen!« Howard warf den Papierstreifen Tweed in den Schoß. »Geben Sie's doch zu«, fauchte er. »Sie jagen doch Gespenster.« Er drehte sich um und trat dabei O'Meara, der hinter ihm hergekommen war, auf den rechten Fuß. »Müssen Sie mir überallhin nachkommen?« wollte Howard wissen.

»Normalerweise entschuldigen sich die Leute, wenn sie mir auf die Füße treten«, gab O'Meara böse zurück.

Tweed sah die beiden über den Rand seiner Brille hinweg an. Schon jetzt gingen sich die beiden auf die Nerven. Schließlich lauerte unter der Oberfläche immer noch der furchtbare Verdacht, daß einer der Sicherheitschefs der Gegner war. Außerdem waren alle Fenster fest geschlossen, damit die Nachrichtenexperten nicht gestört wurden. Die Luft war unerträglich drückend. Irgend etwas mußte mit der Klimaanlage nicht in Ordnung sein.

Flandres, der gesehen hatte, was da vor sich ging, kam schnell herüber durch den Wagen. »Gentlemen, dieser

Auftrag geht uns wohl allen auf die Nerven wie selten etwas zuvor – bewahren wir Ruhe und versuchen wir, einander zu helfen ...«

»Was ich mal wissen möchte«, begehrte O'Meara auf, »ist, wer nun eigentlich die britischen Sicherheitsmaßnahmen leitet – Tweed oder Howard ...«

»Ich würde doch meinen, Alan ist hier im Moment die oberste Instanz«, sagte Tweed schnell. »Wir durchqueren französisches Gebiet ...«

»Das ist immer noch keine Antwort auf meine Frage, verdammt noch mal«, beharrte O'Meara.

Tweed las das Telex aus Bern durch und sah Howard an. »Ein bißchen haben Sie aber ausgelassen, was? Arnold hat noch unten drunter geschrieben: Weitere Einzelheiten folgen, sobald sie verfügbar sind.«

»Was brauchen wir denn noch weitere Einzelheiten?« fragte Howard müde.

»Die Personenbeschreibung der Dame«, gab Tweed zurück.

Während der Expreßzug durch die Nacht fuhr, schlief im Verbindungswagen niemand. Die Luft wurde immer schwüler und drückender, und die Atmosphäre war scheußlich. Die dicke Zigarre, die O'Meara rauchte, während er auf die untere Koje geflegelt dalag, machte die Luft auch nicht besser.

Tweed ging ein Stück weiter weg und setzte sich in einen Drehstuhl, der am Boden festgeschraubt war. Sein Kopf sank nach vorn, und er schien zu schlafen. Aber er bemerkte genau, was um ihn herum vorging, während die Räder des Zuges weiter ihren hypnotisierenden Rhythmus klopften. Was ihn am meisten störte, war Stollers Abwesenheit.

Sie hatten einen Dienstplan aufgestellt, nach dem jeweils ein Sicherheitschef die Gänge der vier Waggons kontrollieren sollte, in denen die VIPs jetzt vermutlich schliefen. Das war Flandres' Idee gewesen, obwohl ja eigentlich schon die bewaffneten Posten der vier Kontingente in den Korridoren ihrer jeweiligen Wagen Wache hielten. Zur Zeit war Flandres selbst auf dem Posten.

Die dringende Nachricht aus Bonn kam zu einer unmenschlichen Zeit: um vier Uhr einunddreißig – nachdem der Expreß Straßburg verlassen hatte und zehn Minuten, bevor er Kehl an der deutschen Grenze erreichen sollte. Tweed richtete sich in seinem Sitz auf, weil er sah, wie der Funkspruch hereinkam.

Er streckte die Hand aus, als ein Beamter zu O'Meara hinübergehen wollte, der zu schlafen schien.

»Ich nehme das.«

»Was zum Teufel ist jetzt wieder los?« wollte O'Meara plötzlich wissen.

Der Amerikaner – der offensichtlich nicht geschlafen hatte – saß inzwischen in Hemdsärmeln da, und das Schulterhalfter unter dem linken Arm war deutlich zu sehen. Er beugte sich über Tweed, und der Engländer konnte den geronnenen Schweiß in seinen Achselhöhlen riechen. Howard, der gerade wieder in den Wagen gekommen war, trat dazu, und alle drei sahen sich den Funkspruch an.

»Gütiger Himmel, was geht da vor?« knurrte O'Meara und zündete sich eine neue Zigarre an. Tweed bemerkte, daß Howard daraufhin seinen Kiefer zusammenpreßte.

»Wichtige Änderung. Kanzler Langer wird den Gipfelexpreß in Kehl besteigen, nicht in München. Wiederhole, Kehl, nicht München. Stoller.«

»Das ist ja wie im Alptraum«, sagte Howard. »Was soll denn das bedeuten?«

Er hatte Ringe unter den Augen, die seine Müdigkeit verrieten. Der untergründige Streß der gegenseitigen Verdächtigungen forderte langsam seinen Tribut von den drei Sicherheitschefs. Flandres stand nun dabei und tupfte sich mit einem seidenen Taschentuch den Schweiß von der Stirn. Langsam konnte man hier Platzangst kriegen. Jeder der Männer war sich bewußt, daß er hier in einem engen Kasten steckte, aus dem er nicht heraus konnte. Während sie sich den Funkspruch noch einmal ansahen, wirkte nur Tweed entspannt.

»Da hat er uns nur zehn Minuten Vorwarnzeit gelassen. Das ist nicht in Ordnung. Wirklich, was soll das nur bedeuten?« wiederholte Howard.

»Es scheint anzudeuten«, schlug Tweed vor, »daß Stoller mal wieder seine beträchtliche Phantasie nutzt, um seinen Politiker zu schützen. Das heißt«, fügte er hinzu, »wenn wir einmal voraussetzen, daß Kanzler Langer das Opfer des Attentäters werden soll . . .«

Während er sprach, beobachtete er die drei Männer und suchte nach irgendeiner Reaktion auf seine brutale Erwähnung des Attentäters. Der Amerikaner kaute an seiner Zigarre und ließ dabei Asche auf sein Hemd fallen.

»Da werde ich nicht klug draus«, beklagte er sich irritiert.

»Der Zeitplan für die Reise der westlichen Politiker nach Wien ist ja allgemein bekanntgemacht worden«, erklärte Tweed geduldig. »Einschließlich der Tatsache, daß Langer in München zusteigen sollte, wo er vor dem Hauptbahnhof eine kurze Rede halten wollte. Wenn er jetzt viel früher zusteigt, dann könnte das den unbekannten Attentäter durcheinanderbringen.« Er blickte in die Runde der Männer, die sich über ihn gebeugt hatten. »Selbst Sie hier sind ja alle schon ganz durcheinander.«

»Dann nehmen Sie also an, daß Langer das Opfer sein soll«, stellte Howard noch einmal fest.

»Richtig«, gab Tweed zu. »Das Opfer kann aber auch schon an Bord sein. Sicher bin ich mir nicht . . .«

»Sie sind so wenig sicher wie irgend jemand sonst von uns«, sagte Flandres freundlich.

»Wiederum richtig. Und der Zug wird langsamer – wir

sind kurz vor Kehl. Dann wird nun also Stoller, der vierte Verdächtige, zu unserer fröhlichen Runde stoßen . . .«

Es gab eine weitere Überraschung, als der Expreß in Kehl einfuhr und Flandres die Tür zu Wagen vier öffnete. Kanzler Kurt Langer stand da und blickte ihm entgegen. Sein hageres Gesicht zeigte einen amüsierten Ausdruck. Wie der französische Sicherheitschef, so sprach auch der Deutsche fließend Englisch und hätte, in seinem tadellos geschnittenen Anzug, durchaus für einen Engländer durchgehen können.

»Alan Flandres, wie schön, Sie wiederzusehen. Ich hoffe, ich habe Sie durch meine frühere Ankunft nicht aus dem Bett geholt?«

»Von uns hat niemand viel Schlaf bekommen . . .«

Rasch führte Flandres den Kanzler weiter den Gang entlang, weg von der offenen Tür. Er hatte kurz in den frühen Morgen hinausgesehen. Der gespenstig wirkende Bahnsteig wirkte wie eine beleuchtete Katakombe. Er war gesäumt von BND-Leuten. Die Männer standen alle mit dem Rücken zum Zug. Flandres runzelte die Brauen und wandte sich an den Kanzler.

»Wo ist Erich Stoller, Herr Bundeskanzler? Er begleitet Sie doch sicher?«

»Ich habe keine Ahnung, wo er ist«, gab Langer betont freundlich zur Antwort. »Der ist doch nicht zu packen. Der Zug kann abfahren, sobald Sie bereit sind – ich muß hier entlang? Danke sehr . . .«

Flandres winkte dem Wachposten und schloß die Tür. Der Zug setzte sich wieder in Bewegung, nahm Geschwindigkeit auf, und die Waggons schwankten leicht, als sie nun ihre Fahrt durch Deutschland in Richtung Bayern begannen. Flandres verschwendete keine Zeit damit, für Langers Bequemlichkeit zu sorgen: Der Kanzler war bekannt dafür, daß er kein Getue mochte. Statt dessen eilte Flandres in die stickige Luft des Verbindungswagens zurück, wo die anderen saßen und auf ihn warteten.

»Stoller ist nicht mit an Bord gekommen«, verkündete er. »Und Langer erzählt mir, daß er keine Ahnung hat, wo er sich aufhält ...«

»Das ist ja Irrsinn«, protestierte O'Meara.

»Es könnte auch sehr ernsthafte Folgen haben«, sagte Tweed.

Seine Bemerkung trug nicht dazu bei, die äußerst nervöse Stimmung zu verbessern, die sich nun unter den Technikern im Verbindungswagen breitgemacht hatte. Howard verließ den Wagen, um gemäß der Einteilung seinen Dienst aufzunehmen, und er blickte Tweed böse an, als er an dem Drehstuhl vorbeiging, wo der Engländer vornübergebeugt saß.

In den frühen Morgenstunden hat die Stimmung immer einen Tiefpunkt, und auch jetzt sprach niemand, wenn er es irgendwie vermeiden konnte. Freundschaftliche Zusammenarbeit war längst allgemeiner Nervosität und andauernder Aufgebrachtheit wegen Kleinigkeiten gewichen. Nur Tweed blieb wachsam in sich zurückgezogen – wie jemand, der auf etwas wartet, das er vorausgesehen hat und das sich nun unausweichlich nähert.

Als sich dann wenigstens eine Art neutrales Schweigen niedergesenkt hatte, kam der zweite Funkspruch aus Bern.

Personenbeschreibung, Irma Romer. Größe: ein Meter sechzig. Gewicht: einhundertzehn Pfund. Augenfarbe: Braun. Alter: Vierundsechzig. Vierunddreißig Jahre lang verheiratet mit dem Industriellen Axel Romer. Reiseziel: Lissabon – Arnold, Bern.

Der zweite Funkspruch, den Bern versprochen hatte, erreichte den Verbindungswagen des Gipfelexpreß, als dieser um acht Uhr fünf in den Ulmer Hauptbahnhof einfuhr. Tweed errechnete die Angaben automatisch vom Dezimalsystem in englische Werte um, und dann las er die Botschaft vor und gab den Zettel an Howard weiter.

»Die elegante Dame, die im letzten Augenblick in Paris zugestiegen ist«, bemerkte er. »Die, von der Sie gesagt haben, sie sei völlig unbedeutend. Die Beschreibung stimmt auch nicht in der winzigsten Einzelheit überein . . .«

»Dann gehen wir am besten sofort zum Schlafwagen hinüber«, sagte Flandres. »Und nehmen bewaffnete Posten mit«, setzte er hinzu. Er blickte zu Tweed. »Kommen Sie mit?«

Die zwei Männer gingen durch den Speisewagen, wo das Frühstück für die vier westlichen Politiker gerade vorbereitet wurde. Sie kamen zu der hinteren Tür. Die war ständig verschlossen und bildete so eine Trennwand zu den Wagen, die dem allgemeinen Reiseverkehr dienten. Ein Posten schloß die Tür auf, und Flandres, gefolgt von Tweed, eilte den Gang des Schlafwagens entlang.

»Kommen Sie mit«, befahl Flandres den zwei Posten, die im Korridor standen. »Machen Sie sich schußfertig. Gut, da ist der Schlafwagenschaffner . . .«

Der uniformierte Schaffner bereitete gerade den Frühstückskaffee vor und blickte ängstlich auf, als Flandres sich daranmachte, ihn zu befragen. Dann erklärte er, daß der Fahrgast Irma Romer in Stuttgart ausgestiegen war. Die Dame hatte sich nicht wohl gefühlt.

Stuttgart . . . Die Einzelheiten des Fahrplanes kamen Tweed ins Gedächtnis. Ankunft sechs Uhr einundfünfzig; Abfahrt sieben Uhr drei. Ein Aufenthalt von zwölf Minuten, der längste auf der ganzen Reise mit Ausnahme von München. Flandres sah Tweed an und machte den Korridor entlang eine Handbewegung.

»Da hatten Sie also wieder einmal recht, mein Freund. Sollten wir ihr Abteil durchsuchen?«

»Ja«, sagte Tweed.

Der Schaffner schloß die Abteiltür auf, die er verriegelt hatte, nachdem der Passagier ausgestiegen war. Tweed voran, gingen die beiden Männer hinein. Der Engländer hob den Deckel des Waschbeckens an.

»Die Seife ist unberührt. Sie hat das Abteil kaum benutzt . . .«

»In dem Bett hat auch niemand geschlafen«, bedeutete Flandres. »Dann ist sie also die ganze Nacht aufgeblieben . . .«

»Und hat darauf gewartet, daß sie nach Stuttgart kam«, sagte Tweed nachdenklich. »Mir gefällt das nicht, Alan, mir gefällt das überhaupt nicht. Warum sollte sie denn ein Schlafwagenabteil buchen, darin die Nacht zwischen Paris und Stuttgart verbringen und dann aussteigen? Das mit dem Unwohlsein ist natürlich Unfug.«

»Tja, sie ist nicht mehr im Zug – und wir fahren wieder, Gott sei Dank. Ich hasse diese Aufenthalte. Lassen Sie uns zurückgehen und uns mit Howard und unserem amerikanischen Kollegen besprechen . . .«

In Ulm betrug der Aufenthalt nur zwei Minuten. Ein wichtiger Punkt bei den Schutzmaßnahmen war es, daß einer der Sicherheitschefs bei jedem Halt ausstieg und sich vergewisserte, wer im öffentlichen Teil des Zuges ein- oder ausstieg. Als sie zurück durch den Speisewagen gingen, stellte Tweed seine Frage.

»Wer hat den Bahnsteig in Stuttgart im Auge behalten?«

»O'Meara, er hatte sich freiwillig gemeldet . . .«

»Und Irma Romer wäre ihm nicht aufgefallen«, bemerkte Tweed. »Er hat sie ja nie zu Gesicht bekommen.«

»Und in Stuttgart war ordentlich Betrieb. Das Ganze wird wohl ein Geheimnis bleiben . . .«

In dem Erste-Klasse-Wagen saß eine Frau und las in einer Nummer der amerikanischen Ausgabe von ›Vogue‹. Ihre Frisur wirkte künstlich in der Färbung, und sie trug eine Hornbrille, deren Gläser ebenfalls getönt waren. Sie war in einen amerikanischen Hosenanzug gekleidet, und im Gepäcknetz über ihr lag ein Koffer mit grellfarbenem Schottenmuster.

Sie reiste mit einem amerikanischen Paß, der auf den Namen Pamela Davis lautete, und als Berufsbezeichnung war Journalistin angegeben. Sie holte ein Päckchen ›Lucky Strike‹ heraus und zündete sich eine neue Zigarette an. Der Aschenbecher neben ihr war voll mit halbgerauchten Zigaretten – aber obenauf lagen zu Ende gerauchte Stummel.

Nachdem sie sich beim Schlafwagenschaffner über ihr Unwohlsein beklagt hatte, war Klara Beck, die Geliebte von Reinhard Dietrich, in Stuttgart mit ihrem großen Gucci-Koffer in der Hand ausgestiegen. Sie wußte, es würde ein Aufenthalt von zwölf Minuten werden. Sie machte sich auf den Weg zur Damentoilette.

Hinter der verschlossenen Toilettentür hatte sie sich dann den Hosenanzug angezogen. Als sie sich die Perücke über ihr dunkles Haar stülpte, hatte sie einen Handspiegel benutzt. Zwar lagen in ihrem Gucci-Koffer noch einige teure Kleidungsstücke, aber im wesentlichen füllte ihn ein kleinerer, schottengemusterter Koffer aus.

Die Schlösser des Gucci-Koffers hatte sie mit einer Nagelfeile aufgebrochen. Wenn er dann gefunden wurde, würde vermutet werden, daß er gestohlen, geleert und dann in der Toilette abgestellt worden war. Es gab keine Möglichkeit, den Koffer mit seiner Eigentümerin in Verbindung zu bringen.

Sie hatte die getönten Gläser aufgesetzt, ihre neue Handtasche mit dem Inhalt der alten gefüllt und ihren Schweizer Irma-Romer-Paß gegen den amerikanischen Paß auf den Namen Pamela Davis ausgetauscht. In ihrer Handtasche befand sich eine vorher gekaufte neue Fahrkarte von Stuttgart nach Wien. Die Verwandlung war nun vollständig.

Klara Beck hatte nichts übersehen. Sie hatte vorausgesehen, daß die Passagiere des Schlafwagens überprüft werden würden; aber nun war sie gegen so etwas abgeschirmt. Sie war bereit für den letzten Schritt des Unternehmens.

Normalerweise hätte sich Tweed während des zweiminütigen Aufenthalts in Ulm auf dem Bahnsteig aufgehalten – und Tweed war in der Lage, Claire Hofer zu erkennen. Martel hatte ihm während des Treffens in Heathrow nicht nur eine mündliche Beschreibung der jungen Schweizerin gegeben; er hatte auch noch die Spezialkarte mit dem Paßfoto dazugelegt. Aber an seiner Stelle war es jetzt Howard, der das Getriebe der Passagiere überwachte.

Claire stand schon auf dem Bahnsteig, als der Gipfelexpreß einfuhr. Sie hatte einen kleinen Koffer und ihre Handtasche bei sich. Und sie trug eine Brille mit Fensterglas, die ihr ein gelehrtes Aussehen verlieh. Als der Zug hielt, ging sie auf den Erste-Klasse-Waggon zu und zeigte dem wartenden Beamten ihren Fahrschein.

»Und Ihren Paß, Madam – oder irgendeinen anderen Ausweis«, verlangte ein zweiter uniformierter Beamter.

Claire zog ihren Schweizer Paß, und sofort war der Deutsche beruhigt. Sie stieg an Bord und machte sich daran, den Gang entlangzugehen, wobei sie in jedes Abteil einen Blick warf. In dem ersten saß nur ein einzelner, großgewachsener Fahrgast in Lederhosen – ein Kleidungsstück, das in Bayern noch oft zu sehen ist. Den Hut hatte er sich in die Stirn geschoben, und er schien zu schlafen. Claire Hofer betrat das Abteil, schloß die Tür und hob ihren Koffer in das Gepäcknetz. Die Tatsache, daß dies ein Raucher-Abteil war, hatte ihre Wahl beeinflußt. Und sie wollte auch einen ruhigen Sitzplatz, wo sie nachdenken konnte. Im nächsten Abteil – die Tür war nur eineinhalb Meter weiter den Gang entlang – saß ein anderer einsamer Fahrgast, eine Frau, die einen Paß auf den Namen Pamela Davis bei sich hatte.

»Was für eine nette Überraschung, Fräulein Hofer . . .«

Claire Hofer war zu Tode erschrocken. Mit der Hand zuckte sie zu ihrer Tasche hinüber, welche die Neunmillimeterpistole enthielt. Der großgewachsene Mann schob seinen Hut zurück, und als er dann sprach, hatte seine

Stimme einen sanften Tonfall. »Die Artillerie brauchen wir nicht. Ich bin harmlos«, setzte er hinzu.

Völlig verblüfft erkannte Claire Hofer Erich Stoller. Und er blickte genauso intensiv zurück. Der Expreßzug setzte sich wieder in Richtung Osten in Bewegung. Es war exakt acht Uhr sieben.

28. Kapitel
Mittwoch, 3. Juni, 8.00 bis 8.45 Uhr

»Zum Friedhof an der Blumenstraße. Ich habe nicht viel Zeit . . .« sagte Martel zu dem Taxifahrer in Bregenz.

»Da wo Sie hinwollen, haben die Leute aber normalerweise Zeit wie nie zuvor . . .«

Der Taxifahrer hatte eine typisch österreichische Antwort gegeben. Man nahm das Leben eben, wie es kam – und ging. Aber Martels Dringlichkeit übertrug sich doch, und das Taxi fuhr sofort sehr rasch dahin.

Der Engländer versuchte, seine Ungeduld zurückzuhalten. Weiter im Norden raste jetzt der Gipfelexpreß quer durch Deutschland und würde, falls er den Fahrplan einhielt, jetzt nahe bei Ulm sein. Am Ostufer des Bodensees verdeckten graue Wolken und Nieselregen den Blick auf die Berge. Durch das offene Wagenfenster drangen einzelne Tropfen ein und setzten sich auf sein Gesicht.

Am Eingang zum Friedhof bezahlte Martel das Taxi, fügte ein großzügiges Trinkgeld hinzu und bat den Fahrer zu warten. Dann tauchte er in das Gräbermeer ein und versuchte, sich in dem Labyrinth zurechtzufinden. Fast war es einfach ein Versuch ins Blaue hinein – aufgrund einer Bemerkung, die ein Totengräber gemacht hatte, als Martel das letztemal in Bregenz gewesen war.

Aber der Tag war richtig. Martel blickte auf seine Uhr. Die Zeit war auch richtig: acht Uhr in der Früh.

»Sie kommt jede Woche, unweigerlich«, hatte der Totengräber gesagt. »Immer am Mittwoch und immer um acht Uhr morgens, wenn sonst niemand da ist . . .«

Martel knöpfte in dem Nieselregen den Kragen seines Mantels zu. Das einzige Geräusch war ein leichtes Sausen des Windes. Die Wolken waren wie grauer Rauch und hingen so niedrig, daß man meinte, man brauche nur hinzufassen, um sie berühren zu können.

Wenn der Dunst sich einmal teilte, hatte man einen kurzen Blick auf den Wald und die steilen Wände des Pfänder. Dann sah Martel hinter einem Grabstein die gebeugte Gestalt des Totengräbers. Er war mit seinem Spaten an der Arbeit und häufte frisch abgestochene Erde auf.

»Schon wieder da, der Herr?«

Der alte Mann richtete sich auf und drehte sich um. Sein Schnurrbart tropfte vor Feuchtigkeit, und seine Kappe war durchweicht. Amüsiert bemerkte er Martels überraschten Ausdruck.

»Sie haben mich nicht erschreckt. Ich hab' Sie kommen sehen, gleich als Sie durch das Tor waren. Danke verbindlichst, der Herr . . .«

Er steckte das kleine Bündel von österreichischen Banknoten ein, das Martel schon vorher aus seiner Brieftasche abgezählt hatte, und dann stützte er sich auf seine Schaufel. Martel hielt eine Hand hinter dem Rücken. Die Fingernägel bohrten sich in seine Handfläche, so ungeduldig war er. Aber das brachte gar nichts, sofort gezielte Fragen zu stellen: So lief das nicht in Vorarlberg.

»Arbeiten Sie bei jedem Wetter?« wollte Martel wissen.

»Die Kunden warten nicht . . .« Dann überraschte ihn der Totengräber. »Sie suchen wohl die Frau, die hier jede Woche herkommt? Da kommt sie gerade durch das Haupttor. Drehen Sie sich nicht um – die geringste Veränderung hier könnte sie vergrämen . . . «

Martel wartete und warf dann einen vorsichtigen Blick über die Schulter. Jenseits einer Reihe von hohen Grabsteinen ging eine Frau sehr rasch. Sie trug ein rotes Kopftuch. Außerdem hatte sie einen Pelzmantel an, und in den Händen hielt sie einen Strauß Blumen, während sie jetzt diagonal auf die beiden Männer zukam.

»Hunger leidet die nicht«, flüsterte der Totengräber zu Martel. »Habe sie mal in der Stadt gesehen – meine Frau hat gesagt, der Pelz ist Zobel.«

»Irgendwo in Bregenz?«

»Kam aus einem Haus in der Gallusstraße. So, jetzt haben Sie Ihre Chance.«

Die Frau hatte sich mit dem Rücken zu den beiden hingehockt und legte die Blumen auf ein Grab. Geduckt lief Martel durch das Labyrinth der Grabsteine, die ihn an gewaltige Schachfiguren erinnerten.

Seine gummibesohlten Schuhe machten kein Geräusch, während er hinter der Frau herankam und dann anhielt. Es war dasselbe Grab. Alois Stohr. 1930–1953. Die Frau stand auf, drehte sich um und sah ihn.

»Du lieber Gott!« Panik! Eine schmale, gutgeformte Hand fuhr zum Mund, als sie einen Schrei unterdrückte. Große, leuchtende Augen starrten Martel furchtsam an. So eine Reaktion war ja wohl kaum gerechtfertigt. Überrascht – ja, Martel hätte das erwartet. Aber sie benahm sich viel zu übertrieben – wie jemand, dessen fürchterliches Geheimnis soeben entdeckt worden ist. Martel redete deutsch.

»Ich muß Ihnen gewisse Fragen stellen . . .«

»Fragen?«

»Polizei.« Er zog seinen Spezialausweis für den Gipfelexpreß hervor und zeigte ihn ihr kurz. Solche Dokumente sind dazu erfunden worden, Unschuldige zu überrumpeln. »Sicherheitsdienst aus Wien . . .«

»Wien!«

»Ich brauche Informationen über Alois Stohr – so wie er auf dem Grabstein heißt . . .«

Später hätte Martel nicht erklären können, warum er instinktiv diese Methode der Annäherung gewählt hatte – nur ein anderer geübter Verhörtechniker hätte ihn verstanden. »Siebter Sinn«, hätte Tweed wahrscheinlich knapp zur Antwort gegeben.

»Wieso sagen Sie das?« In der Stimme der Frau lag ein Zittern. Sie war vielleicht Ende Vierzig, schätzte Martel. Immer noch sehr hübsch. Mit achtzehn oder so mußte sie eine Schönheit gewesen sein – 1953, als man Alois Stohr beerdigt hatte. »Ich bin hierhergekommen, um einem alten Freund Blumen auf das Grab zu legen«, fuhr sie fort.

»Ein Freund, der vor fast dreißig Jahren gestorben ist? Und da kommen Sie nach all dieser Zeit jede Woche hierher? Um eines Freundes zu gedenken? Der Mann ist 1953 gestorben, als Vorarlberg noch besetzt war . . .« Die Worte strömten nur so aus Martel heraus, und er zielte blind, in jede Richtung, und hoffte, dabei einen wunden Punkt zu treffen. Er redete weiter, das erste, was ihm so in den Sinn kam. » . . . besetzt durch französische Truppen – das heißt Offiziere, und die anderen waren Marokkaner . . .«

Er hielt inne.

Er hatte tatsächlich getroffen – das konnte er an dem ängstlichen Aufblitzen in den Augen erkennen, das genausoschnell verschwand, wie es aufgetaucht war. Martel spürte, daß er eigentlich etwas Schändliches vorhatte, aber es führte kein Weg darum herum.

»Dann wissen Sie's also?« fragte sie ruhig.

»Ich bin hier«, antwortete er schlicht. Ein falsches Wort jetzt, und sie wäre wieder vom Haken.

»Mein Taxi wartet draußen . . .« Sie bückte sich und nahm das Zellophanpapier, in das die Blumen eingewikkelt gewesen waren, vom Boden auf. Auf das Zellophan war der Name eines Blumenladens aufgedruckt, und es war feucht von dem Dunst. »Wollen Sie mit mir zurückfahren?« fuhr sie ruhig fort. Ihre Stimme war sanft und müde. »Hier . . .« Sie deutete auf die Umgebung, » . . . ist ja wohl kaum der richtige Platz dafür.«

»Natürlich . . .«

Ihr Taxi stand hinter seinem am Tor. Die beiden Fahrer schwatzten miteinander. Martel bezahlte seinen eigenen Fahrer und kletterte dann mit der Frau zusammen auf den Rücksitz des anderen Taxis. Als Adresse gab sie die Gallusstraße an.

Der Buchhändler, mit dem sich Martel bei seinem ersten Besuch unterhalten hatte, hatte ihn darüber informiert, daß dies einer der reicheren Wohnbezirke war. Als sie abfuhren, rief sich Martel die Bemerkung ins Gedächtnis zurück, die der Totengräber über die Frau gemacht hatte. Die muß nicht Hunger leiden. Auf fürchterliche Weise rückte sich langsam alles zurecht.

Die vierstöckige Villa in der Gallusstraße hatte cremefarbene Wände, braune Fensterläden, und im ganzen war sie ein solides, wuchtiges Gebäude. Acht Stufen führten zur Eingangstüre empor. Neben der Tür waren acht Namensschilder, jedes mit seinem eigenen Klingelknopf. Es gab auch das Gitter einer Sprechanlage. Einer der Namen, so bemerkte Martel, während die Frau die Tür öffnete, war Christine Brack.

Sie hatte eine teuer eingerichtete Wohnung im zweiten Stock. Als sie anbot, Kaffee zu machen, lehnte er ab – er hatte furchtbar wenig Zeit. Die Frau legte das Kopftuch ab, den Zobelmantel, und darunter trug sie ein schwarzes Kleid mit chinesischem Stehkragen. Wie Martel erwartet hatte, hatte sie eine ausgezeichnete Figur.

Sie setzte sich ihm dicht gegenüber in einen Stuhl und gebrauchte beide Hände, um ihr langes schwarzes Haar zu lösen. Sie war eine äußerst attraktive Frau.

»Ich glaube, ich habe mein ganzes Leben lang auf Sie gewartet – schon immer, seit es anfing . . .«

»Darf ich rauchen?« fragte Martel.

»Bitte sehr. Sie können mir auch eine geben . . .«

War es eine Reaktion auf die Spannung, die ihn immer

noch gepackt hielt? Jedenfalls hatte er ein verrücktes Verlangen danach, sie zu packen und zu dem Bett hinüberzutragen, das er durch eine halboffene Türe sehen konnte. Sie folgte seinem Blick und schlug ihre wohlgeformten Beine übereinander.

»Wird das mit dem Geld jetzt aufhören?« fragte sie. »Nicht, daß es mich groß berühren würde. Für mich ist es all die Jahre lang blutiges Geld gewesen. Und zur Post zu laufen und die Umschläge in Empfang zu nehmen war irgendwie entwürdigend. Ist das begreiflich, Herr . . .?«

»Stolz, Ernst Stolz . . .«

»Wie Sie ja wohl wissen, führe ich immer noch meinen Mädchennamen Brack.«

»Ja, und ich verstehe Ihr Gefühl mit dem blutigen Geld«, stocherte Martel vorsichtig nach. »Aber ich glaube, Sie sehen das falsch . . .«

»Wir waren so verliebt ineinander, Herr Stolz. Als der Unfall passierte, waren wir gerade frisch verheiratet . . .«

»War es denn ein Unfall?«

Martel wanderte – wieder einmal eine von Tweeds Formulierungen – über sehr dünnes Eis. Die Frau blickte überrascht.

»Aber natürlich. Mein Mann steuerte den amerikanischen Jeep ganz allein über eine gefährliche Straße im Bregenzer Wald, und es war Winter. Er ist ins Schleudern gekommen und über den Felsvorsprung gestürzt . . .«

»Hat das jemand bestätigt, daß es ein Unfall war?«

Verblüffung mischte sich in ihrem Gesichtsausdruck mit aufkeimendem Verdacht, während Martel geradezu darum kämpfte, daß sie endlich ihre Geschichte preisgab. »Trugen die Zivilsachen? Hatten Sie sie je vorher gesehen? Sprachen sie französisch?«

»Um Gottes willen, worauf wollen Sie da hinaus?« fragte sie.

»Es wäre hilfreich, wenn Sie meine Fragen beantworten würden . . .«

»Ja! Die beiden trugen Zivilkleidung. Nein! Ich hatte sie noch nie zuvor gesehen – und wiederum nein! Ich spreche nicht französisch . . .«

»Also konnten Sie der Sprache nach nicht beurteilen, ob es sich bei den beiden tatsächlich um Franzosen gehandelt hat – weil die Unterhaltung natürlich auf deutsch geführt wurde?«

»Das ist richtig. Sie erklärten mir, wie wichtig es sei, daß der Tod meines Mannes geheimgehalten wurde – das gehörte zu einem lange vorbereiteten Unternehmen gegen die Sowjets. Sie sagten, ich sei es seinem Andenken schuldig und daß sein Werk fortgesetzt werden würde – vielleicht noch viele Jahre lang. Sie sagten mir, sein Rang sei in Wirklichkeit sehr viel höher gewesen – er hatte die Uniform eines Leutnants getragen – und daß ich deshalb von nun an jeden Monat per Post eine großzügig bemessene Pension erhalten würde. Der Summe nach muß er wenigstens Oberst gewesen sein . . .«

»Und wie war das mit dem Begräbnis? Wer hat die Leiche identifiziert?«

»Ich natürlich! In der Leichenhalle eines Begräbnisunternehmens in den Bergen. Er hatte sich das Genick gebrochen, aber sonst waren kaum Verletzungen zu sehen.«

»Und wer wurde dann begraben? Alois Stohr?«

»Mein Mann natürlich . . .« Christine Brack zitterte. »Er ist unter einem anderen Namen beerdigt worden, weil dieses langfristige Unternehmen gegen die Sowjets davon abhing, daß er offiziell immer noch am Leben war. Sie haben mir gesagt, er wäre mit dieser Täuschung sicher selber einverstanden gewesen . . .«

Dann hatten sie also zwei Morde begangen, rechnete Martel nach. Der Mann mit dem gebrochenen Genick – und irgendein armer Teufel von Österreicher, der wahrscheinlich mit Gewichten beschwert in einen nahen See geworfen worden war. Es war wichtig gewesen, jenen unbekannten Stohr zu ermorden und die Leiche zu entfernen, und zwar wegen all der amtlichen Totenscheingeschichten und so weiter – alles, was sie benötigt hatten, war ja nur sein Name gewesen.

Christine Brack war natürlich nur um Haaresbreite dem gleichen Schicksal entgangen. Aber ein dritter Mord hätte die Waage des Glücks vielleicht doch zum Kippen gebracht. Statt dessen hatte die Mörderbande sie mit Lügen vollgestopft und für Geld gesorgt. Martel stand nun am entscheidenden Punkt der ganzen Geschichte. Während er in seine Manteltasche griff, um einen Umschlag herauszuholen, merkte er, daß seine Handfläche feucht war.

»Ich möchte, daß Sie sich diese Fotos ansehen und mir sagen, ob Sie jemanden erkennen. Bereiten Sie sich auf einen Schock vor. Die Bilder sind erst kürzlich aufgenommen worden.«

Martel wartete und verbarg die brodelnde Anspannung in ihm. Alles hing jetzt davon ab, was Christine Brack innerhalb der nächsten Minute sagte. Sie verteilte die Hochglanzabzüge in ihrem Schoß, und dann stieß sie einen kleinen Schrei aus. Mit eingefrorenem Gesicht hielt sie eine der Fotografien hoch.

»Das ist mein Mann, Herr Stolz. Älter, ja, aber das ist er. Ich habe dreißig Jahre in einem fürchterlichen Irrtum gelebt. Was bedeutet das . . .«

»Sind Sie sich ganz sicher?«

»Ich bin mir sicher. Und ich sage Ihnen jetzt auch, daß ich vor einiger Zeit schon einmal besucht worden bin, aber dem Mann habe ich nur sehr wenig gesagt.« Martel schloß, daß sie Charles Warner meinte. Dann gab ihm Frau Brack die Fotos zurück.

»Das ist nicht Ihr Mann«, sagte Martel sanft. »Er sieht ihm nur sehr ähnlich. Und Sie haben auch nicht im Irrtum gelebt – Ihr Mann ist tatsächlich vor dreißig Jahren gestorben.« Er stand auf.

»Jetzt, nachdem ich Sie aufgesucht habe, ist es möglich, daß man Sie beobachtet und daß Sie sich in ernsthafter

Gefahr befinden. Können Sie in fünf Minuten eine Tasche gepackt haben und mit mir dahin kommen, wo Sie für ein paar Tage sicher sind?«

Der Schock hatte sie nachgiebig gemacht, und sie ging auf den Vorschlag ein. Und sie war tatsächlich eine Frau, die in fünf Minuten packen konnte.

Martel zog die Frau eilig mit sich die Gallusstraße hinunter zum See, wo er ein Taxi auftrieb und dem Fahrer sagte, er solle sie zu dem nahegelegenen Flugplatz fahren. Der Pilot, der Martel von München nach Bregenz geflogen hatte, wartete dort noch mit seiner kleinen Maschine.

»Um neun Uhr dreißig muß ich in München am Hauptbahnhof sein, und zwar spätestens. Und vorher muß ich die Dame hier in einem Hotel absetzen ...«

»Dann müssen wir uns sputen«, meinte der Pilot.

»Dann sputen Sie sich!«

Als sie in dem Flugzeug saßen, betete Martel zum Himmel, daß sie sich nicht verspäten würden. Mit Sicherheit waren es deutsche ›Sicherheitsbeamte‹ gewesen, die Christine Brack all die Jahre lang getäuscht hatten. Und er wußte jetzt mit Bestimmtheit, wer der Mörder war.

29. Kapitel
Mittwoch, 3. Juni, München

Als Erich Stoller, nachdem der Zug Ulm wieder verlassen hatte, im Verbindungswagen eintraf, war das eine Sensation. Howard war wütend, und zu diplomatischer Ausdrucksweise nahm er erst gar keine Zuflucht.

»Wo zum Teufel sind Sie gewesen? Ihnen ist doch wohl klar, daß wir drei – O'Meara, Flandres und ich selbst – die Verantwortung für die Sicherheit Ihres Kanzlers haben übernehmen müssen ...«

»Der sich im Moment wo befindet?« unterbrach Stoller ihn.

»Immer noch verbarrikadiert in Abteil Nummer zwölf. Die anderen warten ungeduldig auf ihr Frühstück, aber sie meinen, daß sie warten sollten, bis er auftaucht . . .«

»Folgen Sie mir«, schlug der Deutsche vor. »Und das sollte doch sicherlich für Sie alle vier gelten?« Er warf einen Blick auf Tweed, der seltsam ruhig geblieben war. »Wenn also jetzt jemand eine Bombe durch das Fenster von Abteil zwölf geworfen hat, dann, meinen Sie, hätte das nur infolge meiner Nachlässigkeit geschehen können?«

»So sehe ich die Sache«, gab O'Meara zurück.

Sie folgten dem Deutschen, der auf dem Weg vom Verbindungswagen zu Wagen vier voranging. Vor Abteil sechzehn hielt er an, hob die Hand und klopfte an die Tür.

»So ein Blödsinn, das ist doch das falsche Abteil«, schnappte Howard.

Stoller klopfte in einem unregelmäßigen Rhythmus an die Tür, und diese wurde von innen geöffnet. In der Türöffnung stand Kanzler Kurt Langer, völlig angezogen und mit einer seiner unvermeidlichen Zigaretten in der Hand. Er trug einen frischen Anzug und hatte einen fragenden Ausdruck im Gesicht.

»Etwa Zeit fürs Frühstück, meine Herren? Die anderen sollten sich auf gutes deutsches Essen vorbereiten. Ist es mir erlaubt, die Kollegen selbst zu wecken, damit ich sie gleich offiziell auf deutschem Boden begrüßen kann?«

O'Meara, Howard und Flandres – die alle hinter Tweed hergeeilt waren – standen stumm in respektvollem und verwundertem Schweigen. Als Langer freundlich mit seinen Kollegen plaudernd zurückkehrte, gaben die Sicherheitschefs höflich den Weg frei und begleiteten die Politiker bis zum Speisewagen. Erst als sie wieder alleine waren, explodierte Howard.

»Stoller, Sie schulden uns eine Erklärung . . .«

»Gar nichts schuldet er uns«, warf Tweed ein. »Wir sind hier in Deutschland, und was er hier tut, ist seine Sache. Aber es kann sein, daß er uns den letzten Stand der Dinge berichten möchte. Irgend etwas im öffentlichen Teil des Zuges macht Ihnen doch Sorgen, Erich?«

»Ich habe das alles mit dem Kanzler vorher in Bonn abgesprochen«, sagte Stoller zu den anderen, als sie in den Verbindungswagen zurückgekehrt waren. »Ich selbst bin heimlich in Kehl als schlichter Fahrgast zugestiegen, während Sie Ihre Aufmerksamkeit dem Bundeskanzler geschenkt haben . . .«

»Aber warum?« wollte Howard wissen.

»Weil«, Tweed mischte sich wiederum ein, »er gespürt hat, daß Gefahr vom öffentlichen Teil des Zuges ausging. Ich vermute, er hat sich jeden einzelnen Fahrgast angesehen, während er vorgab, selbst einer zu sein . . .«

»Korrekt«, stimmte Stoller zu.

»Und«, fuhr Tweed fort, »ich vermute, Sie haben auch den Schlafwagen überprüft?«

»Wiederum korrekt.« Der BND-Chef erlaubte sich ein frostiges Lächeln. »Für den Schlafwagen habe ich mir eine Schaffneruniform angezogen und mir die Ausweise angesehen, kurz nachdem der Zug Stuttgart um sieben Uhr drei wieder verlassen hatte. Bis dahin mußten alle ja wohl ausgeschlafen sein. Und ich habe etwas Merkwürdiges herausgefunden – eine Frau hat in Stuttgart den Zug verlassen, hat behauptet, daß sie sich nicht wohl fühlt. Ich bin nicht ganz glücklich bei dem Gedanken . . .«

»Keiner von uns«, gab Tweed zurück und erklärte das geheimnisvolle Verschwinden von Irma Romer, von der sich herausgestellt hatte, daß der Name falsch war.

Die Beziehung zwischen den Sicherheitschefs hatte sich seit Stollers Ankunft unmerklich verändert. Bevor er erschienen war, hatte die Persönlichkeit von Alan Flandres die Gruppe dominiert. Und jetzt hatte Tweed, ohne daß es offen den Anschein hatte, die Führung übernommen.

»Ich gehe mal rüber in den Speisewagen, um nachzusehen, ob mit dem Frühstück alles klargeht«, schlug Howard vor. »Wollen Sie mitkommen, Tim?«

Tweed meinte, er würde bei Erich bleiben. Stoller wartete, bis die beiden alleine waren und führte Tweed dann an das eine Ende des Verbindungswagens, wo sie außer Hörweite der Techniker waren. Er setzte sich auf eine der Bänke und zündete sich ein Zigarillo an. Tweed dachte, daß Stoller offenbar dringend Schlaf brauchte. Der Deutsche hielt seine Stimme gedämpft.

»Die Schweizer Assistentin von Martel, Claire Hofer, ist in Ulm zugestiegen – sie sitzt alleine in dem Erste-Klasse-Wagen. Das beunruhigt mich ...«

»Ich gehe sofort hinüber und sehe nach ihr«, gab Tweed zurück.

»Wissen Sie, wo Martel ist? Der steht auf der Verlustliste.«

»Keine Ahnung. Es scheint, als ginge Ihnen etwas durch den Kopf ...«

»Ich weiß, wer das Opfer des Attentäters sein soll – im Grunde ist es mit Händen zu greifen«, sagte Stoller.

»Da stimme ich überein. Aber sagen Sie es mir – und auch, warum Sie es annehmen.«

»Mein eigener Kanzler. Die bayerische Landtagswahl steht auf des Messers Schneide – weil Tofler, diese Kreatur des Kreml, die Neonazis benutzt, um die Wähler derart zu ängstigen, daß sie für ihn stimmen werden. Und was wäre das Ergebnis, wenn Langer heute ermordet würde?«

»Panik. Ein möglicher Erdrutsch zugunsten Toflers, und letztlich würde Bayern eine Sowjetrepublik – wie es 1919 kurz einmal eine gewesen ist.«

»Dann stimmen wir also überein«, sagte Stoller. »Und wissen Sie, wo meiner Überzeugung nach der Mordversuch unternommen werden soll?«

»Machen Sie schon ...« Tweed beobachtete Stoller durch halb geschlossene Augen.

»München. Er besteht darauf, während des Aufenthalts seine kurze Rede draußen vor dem Hauptbahnhof zu halten, und ich kann ihn nicht davon abbringen. Haben Sie irgendwelche Fortschritte bei der Suche nach dem Mörder gemacht?« fragte er leichthin.

»Nein«, log Tweed. »Aber ich gehe jetzt und werde mal ein Wort mit Claire Hofer in ihrem Abteil reden. Haben Sie irgendeins von diesen neuen Alarmgeräten dabei, die Ihre Daniel Düsentriebs erfunden haben?«

»Ein halbes Dutzend davon sind an Bord. Ich hol' Ihnen eins . . .«

Stoller ging zum anderen Ende des Wagens und kam mit einem ziegelsteinförmigen Plastikkasten wieder, den er an einem Handgriff trug. »Das ist ›der Heuler‹. Soll aussehen wie eine starke Taschenlampe – aber wenn Sie diesen Knopf hier drücken, dann heult die Sirene auf. Und der Teufel ist los.«

Tweed nahm die ›Taschenlampe‹ an sich, ging durch den Speisewagen und machte sich weiter auf den Weg durch den dahinrasenden Zug. Die vier westlichen politischen Führer aßen ihr Frühstück, und der amerikanische Präsident, entspannt wie immer, hatte gerade einen Scherz gemacht, über den seine Kollegen lachten. Als Tweed an ihrem Tisch vorbeikam, blickte die Premierministerin auf und lächelte ihn an.

Tweed ging weiter, zeigte den Wachen seinen Paß und betrat dann den Erste-Klasse-Waggon. Er hörte, wie die Verbindungstür hinter ihm geschlossen wurde und nickte dann den beiden Posten davor zu. Langsam schritt er den Gang entlang und blickte dabei in jedes Abteil.

Das letzte Abteil vor Claire war von einer einzelnen Frau besetzt, die einen Hosenanzug trug. Er bemerkte, daß sie einen schottengemusterten Koffer im Gepäcknetz liegen hatte, daß sie rauchte und aus dem Fenster sah. – Als er sich zu Claire Hofer setzte, kam er gleich zur Sache und zeigte ihr den Ausweis mit seiner Fotografie.

»Miß Hofer, mein Name ist Tweed. Keith Martel wird Ihnen von mir erzählt haben. Wo ist er?«

Claire Hofer sah sich die Plastikkarte sorgfältig an, bevor sie sie zurückgab. »Gestern abend spät ist er nach Bregenz in Österreich geflogen. Er hat mir Anweisung gegeben, diesen Zug in Ulm zu besteigen.«

»Bregenz? Dann hatte ich recht. Aber wir brauchen Beweise. Wo wird er zusteigen?«

»In München – heute morgen sollte er zurückfliegen. Ich hoffe, daß er es geschafft hat ...«

»Er muß es schaffen. Das Opfer ist Langer. Das Attentat ist für München geplant. Da gibt es einen Aufenthalt von dreizehn Minuten. Langer besteht darauf, draußen vor dem Hauptbahnhof eine Rede zu halten – vor einer großen Menschenmenge. Der Mörder muß identifiziert und dingfest gemacht werden, bevor Langer das Podium besteigt ...«

»Das heißt, Martel muß schon auf dem Bahnsteig stehen und sofort in den Zug steigen ...«

»Also, ich mag diese sekundengenaue Planung nicht«, gestand Tweed. »Und ich muß jetzt gehen ...« Er klopfte auf den Plastikkasten und erklärte, wie das Gerät funktionierte. »Vergessen Sie den ›Heuler‹ nicht. Wenn irgend etwas nicht in Ordnung ist, drücken Sie auf den Knopf ...«

Als Claire in ihrem Abteil wieder alleine war, packte sie die Angst. Um Gottes willen, was konnte denn jetzt noch dazukommen, was nicht in Ordnung war?

»Verdammt noch mal, schneller! Ich hab' genug bezahlt«, fuhr Martel den Taxifahrer an. »Nehmen Sie doch die Seitenstraßen ...«

»Der Verkehr – das Einbahnstraßensystem ...«

Der Fahrer hob sekundenlang beide Hände vom Steuerrad, um zu zeigen, wie ungehalten er selbst war. München war vollgestopft mit Autos. Leute zu Fuß strömten zum Hauptbahnhof, um Langers Rede zu hören. Und Christine

Brack war inzwischen sicher im Hotel Clausen abgesetzt worden.

Sie fuhren über die Isar, da, wo sich der Fluß in ein kompliziertes Schleusensystem verteilt. Martel erinnerte sich an die Verabredung, die ein Mann namens Stahl im Stickereimuseum von St. Gallen nicht eingehalten hatte. Stoller hatte ihm später erzählt, daß sich die Leiche in einer dieser Schleusen verfangen hatte, eine Leiche, die nur anhand einer Armbanduhr, in die der Name ›Stahl‹ eingraviert gewesen war, hatte identifiziert werden können. Dann war der Erinnerungsfunke vorbei. Martel hatte schon daran gedacht, auszusteigen und den Rest des Weges zu Fuß zu laufen. Dann sah er, daß sie am Hotel Vierjahreszeiten vorbeifuhren. Noch zu weit. Durch diese Horden von Anhängern des Bundeskanzlers würde er nie schnell genug vorankommen.

Wieder blickte er bedeutungsvoll auf seine Armbanduhr, und der Fahrer nahm die Bewegung im Rückspiegel wahr. Es war neun Uhr dreiundzwanzig. Der Gipfelexpreß sollte planmäßig in genau zehn Minuten einlaufen. Der Aufruhr, der der Ermordung des Bundeskanzlers folgen würde, würde fürchterlich werden. Tofler hätte damit die Wahlen praktisch schon gewonnen.

Genau wie Tweed hatte sich auch Martel ausgerechnet, daß nur der politische Führer Deutschlands das Opfer sein konnte. Und jetzt wußte er auch, wer der Mörder sein würde – aber nur er konnte dem Killer gegenübertreten und es ihm beweisen. Martel sah in den Rückspiegel und begegnete dem Blick des Fahrers.

»Hier kann ich's mit einer Seitenstraße versuchen«, sagte der Mann. »Könnte uns ein paar Minuten bringen . . .«

Ein paar Minuten. Die könnten die Zukunft von ganz Westeuropa, der ganzen westlichen Welt bestimmen.

Manfreds Hand in dem Nylonhandschuh nahm den Telefonhörer beim ersten Läuten ab. Er spürte selbst, wie fest er den Hörer gefaßt hielt. Sein gepackter Koffer stand neben der Wohnungstür.

»Hier Ewald Portz«, sagte eine Stimme. »Ich bin in Position . . .«

»Passen Sie auf Ihre Zeitplanung auf – das muß perfekt sein . . .«

»Das haben wir doch schon tausendmal durchgesprochen«, schnappte Portz.

»Dann denken Sie daran – jetzt ist es keine Übung mehr . . .« In einer Telefonzelle des Münchener Hauptbahnhofs starrte Portz, ein kleingewachsener, vierschrötiger Mann Mitte Dreißig den Telefonhörer an, den er immer noch in der Hand hatte. Die Leitung war tot. Der Schweinehund hatte aufgelegt.

In der Wohnung nahm Manfred den Koffer auf, behielt aber die Handschuhe an, während er die Tür öffnete, zudrückte und abschloß. Erst dann zog er die Handschuhe aus und steckte sie in die Tasche. Die Hauptsache war, daß Portz – die Attrappe – bereit und in Position war. Bewaffnet mit einer Pistole, die mit Platzpatronen geladen war, hatte er zu zielen und auf den Kanzler zu feuern – und das im selben Moment wie der wirkliche Attentäter –, dann würde Portz in all der Verwirrung losrennen und in der U-Bahn verschwinden. Dabei sollte er sich so auffällig wie möglich benehmen.

Diese Taktik sollte die Aufmerksamkeit von dem wirklichen Mörder ablenken, der, nachdem er seine Arbeit hinter sich hatte, zum Starnberger Bahnhof hinübergehen sollte, der Station für die Züge in Richtung Gebirge. Dann würde er ein paar Stationen fahren, den Zug wieder verlassen, von einem wartenden Wagen aufgenommen werden, und dann würde man ihn zu einem nahen Flugplatz bringen.

Manfred setzte sich hinter das Steuer seines Wagens,

der am Bordstein geparkt stand, setzte seine Brille gerade und fuhr zu seinem letzten Treffen mit Reinhard Dietrich in die Tiefgarage.

Es war hoffnungslos. Je näher sie zum Hauptbahnhof kamen, um so schlimmer wurde der Verkehr. Martel klopfte dem Fahrer auf die Schulter und bedeutete ihm anzuhalten. Das Fahrgeld – das Trinkgeld hatte er schon vorher gegeben – hatte er abgezählt in der Hand, als er hinaussprang.

»Kriegen Sie Ihren Zug noch?« wollte der Fahrer wissen.

»Dies ist der einzige Zug auf der Welt, den ich absolut erwischen muß . . .«

Martel verschwand, und der Fahrer schüttelte den Kopf. Was für ein großartiger Satz. Die Engländer waren doch alle Spinner. Vielleicht hatten sie deshalb den Krieg gewonnen?

Martel drängte sich durch die Menge. Mit den Ellbogen stieß er die Menschen zur Seite, die dann hinter ihm herschrien, und immer weiter bahnte er sich den Weg durch die wirbelnde Menge. Jetzt konnte er den Hauptbahnhof schon sehen. Es war neun Uhr einunddreißig. Nur noch zwei Minuten, bevor der Gipfelexpreß ankam – bevor der Kanzler, der für seine rasche Art bekannt war, den Zug verließ und sich auf den Weg zu dem extra errichteten Podium machte, das Martel ebenfalls sehen konnte. Martel versuchte, die schiebende und drängende Menschenmenge zu umgehen.

Als er die Straße vor dem Hauptbahnhof erreichte, wurde er mit einem neuen Problem konfrontiert, aber darauf war er vorbereitet. In der linken Hand hielt er den Spezialausweis, der ihm erlaubte, an Bord des Zuges zu gehen. Das neue Problem waren die Polizisten, die die Menschenmenge zurückhielten. Martel schrie so laut er konnte.

»Polizei! Machen Sie Platz! Polizei . . .!«

»Halt . . .!«

Ein uniformierter Polizeibeamter zog seine Walther aus dem Halfter, als sich Martel an ihm vorbeidrängte und über den offenen Platz rannte. Er lief im Zickzack und riskierte dabei eine Kugel im Rücken. Die Stimme rief jetzt dringlicher hinter ihm her.

»Stehen bleiben, oder ich schieße . . .!«

In diesem kritischen Moment hatte Martel wenigstens Glück. Er erkannte den Mann in Zivilkleidung als einen von Stollers Helfern – und der Helfer erkannte Martel. Er hob ein Megaphon und bellte einen Befehl zu dem Polizisten hinüber.

»Nicht schießen! Lassen Sie den Mann durch . . .!«

Martel rannte weiter. Der Bahnhofseingang lag jetzt vor ihm, und dort standen wieder Schaulustige hinter einem Polizeikordon. Sie hofften, einen Blick auf den Kanzler zu erhaschen. Weiter hinten sah er, wie die Lokomotive des Expreßzuges gerade anhielt. Er rannte weiter . . .

Während der Expreßzug langsamer wurde und hielt, ging Klara Beck langsam zur Waggontür. In der Hand hielt sie ihren schottengemusterten Koffer. Sie verschwendete keinen Blick auf Claire Hofers Abteil. Irgend etwas in der Art, wie sie sich bewegte, ließ Claire sich die Frau näher ansehen.

Lindau! Claire hatte gesehen, wie die Beck in der Halle des Bayerischen Hofes eingetroffen war. Von der Terrasse über dem Hafen hatte sie beobachtet, wie die Beck rasch zum Bahnhof hinüberging. Klara Beck!

Claire stand auf, schnappte sich den Heuler, verließ ihr Abteil und folgte der Frau im Hosenanzug. Als sie die Wagentür erreichte, stand sie offen, und Klara Beck bewegte sich bereits über den Bahnsteig zur Sperre. Claire stieg auf den Bahnsteig hinunter.

Als sie halb an dem Wagen vorbei war, hielt die Beck

inne, stellte den Koffer auf den Bahnsteig, drehte den Griff um einhundertachtzig Grad und ging dann weiter. Der Koffer blieb stehen. Alan Flandres war aus dem Speisewagen ausgestiegen und blickte sich rasch um, so, als suche er nach etwas Verdächtigem. Dann ging er eilig durch die Sperre – hinüber zu der einen Seite des Bahnhofs. Bundeskanzler Langer war ausgestiegen und winkte mit einer Hand, als der Jubel immer lauter wurde.

Claire stellte den Heuler auf den Bahnsteig und drückte auf den Knopf. Sie hätte fast einen Herzschlag bekommen, als ein wahrhaft höllisches Heulen wie eine Polizeisirene losging. Der schrille Ton übertönte die Jubelrufe. Langer hielt unsicher inne. Stoller tauchte mit der Pistole in der Hand neben ihm auf, gefolgt von O'Meara. Die Beck blickte zurück und erkannte Claire.

Es gab einen grellen Lichtblitz, als die Magnesiumfakkeln, die hinter dem papierdünnen Deckel des schottengemusterten Koffers lagen, explodierten. Das waren die fünf Sekunden Ablenkung, auf die der Mörder gewartet hatte. Erwin Portz hob die Pistole und feuerte die Platzpatronen ab. Hinter ihm tauchte Martel auf, den Fünfundvierzigercolt in der Hand. Er hielt den Griff mit beiden Händen umfaßt und hob den Lauf.

Von der Seitenwand der Bahnhofshalle her richtete Alan Flandres seine Nullachtpistole mit Schalldämpfer auf Langer. Martel riß seine Waffe herum und drückte in sehr rascher Folge dreimal ab. Die Kugeln trafen den Franzosen nicht, sondern prallten rings um ihn von der Mauer ab. Alan Flandres rannte auf den Eingang des Starnbergers Bahnhofs zu und verschwand.

Klara Beck wollte gerade den Abzug der Pistole durchziehen, die sie auf Claire gerichtet hielt, als Stoller einmal feuerte. Die Beck beugte sich vornüber, die Pistole fiel ihr aus der Hand, und sie sackte zu Boden.

O'Meara hatte den Achtunddreißiger Smith & Wesson gezogen und zielte sorgfältig auf Portz. Nachdem er die

Platzpatronen abgeschossen hatte, flüchtete der Deutsche jetzt in Richtung U-Bahn. Die Kugeln des Amerikaners hämmerten ihm in den Rücken, und Portz schlitterte über den Beton. Er ließ eine blutige Spur zurück und lag dann still.

Alan Flandres rannte den Bahnsteig entlang – gerade in dem Moment, als ein Zug aus dem Starnberger Bahnhof ausfuhr. Diese Zeitplanung war lebenswichtig gewesen. Er packte einen Türgriff und stemmte ihn auf. Ein Schaffner brüllte ihn an, aber da kam Martel schon um die Ecke gerannt. Flandres zog sich die Stufen hoch und wollte gerade in dem Wagen verschwinden. Martel schoß zweimal, und beide Kugeln schlugen dem Franzosen in den Rükken.

Der Zug beschleunigte, und Alan Flandres lag halb im Wagen und noch halb auf den Stufen. Für einen Moment hing er da wie festgefroren. Dann krampfte sich sein Körper langsam zusammen, er fiel nach rückwärts und schlug wie ein Sack Zement auf den Bahnsteig. Als Martel bei ihm war, war er schon tot.

30. Kapitel
Mittwoch, 3. Juni

»Vor dreißig Jahren haben die Sowjets einen jungen französischen Leutnant der Besatzungsarmee in Bregenz durch einen ihrer eigenen Leute ersetzt. Dabei haben sie Ostdeutsche vorgeschickt«, sagte Martel und nahm eine Zigarette von dem deutschen Bundeskanzler an, der ihm gegenüber im Speisewagen des Gipfelexpreß saß.

Der Zug hatte München wieder verlassen und hielt nun nach Osten auf Salzburg und Wien zu. Martel war bei dieser Audienz, die seine eigene Premierministerin, den amerikanischen und französischen Präsidenten und außerdem

Tweed, Stoller, O'Meara und Howard einschloß, nicht im geringsten verlegen. Er war nur furchtbar müde.

»Wie ist ihnen der Betrug denn gelungen?« fragte Langer.

»Durch einen Prozeß der Einkreisung, vermute ich. Jeder Mensch hat einen Doppelgänger. Zufällig weiß ich, daß Sie sich aus Sicherheitsgründen auch jemanden im Hintergrund halten – aber Sie benutzen ihn nie. Die Russen hatten jemanden – ich schätze, es war ein Armenier –, der dem wirklichen Alan Flandres sehr ähnlich sah. Zweifellos haben sie die französischen Truppen in Vorarlberg, Tirol und Wien nach dem Doppelgänger dieses Mannes abgesucht. Der arme Alan hat haargenau gepaßt.«

»Wieso denn?« drängte Langer nach. »Und nehmen Sie noch etwas Cognac . . .«

»Der wirkliche Flandres war ein Waise. In Frankreich kannte ihn niemand gut. Er sollte aus der Armee ausscheiden, und es war geplant, daß er der Direktion der Surveillance du Territoire beitreten sollte – einer Behörde, wo sich zunächst einmal alle fremd waren. Verdammt noch mal, Herr Bundeskanzler – wenn Sie's mir nicht übelnehmen, daß ich noch einmal auf diese Episode zurückkomme – Kanzler Willy Brandt mußte zurücktreten, weil sich sein wichtigster Helfer, Günter Guilleaume, als KGB-Agent entpuppt hat. Das war ein ›Schläfer‹, der noch viel schwieriger einzuschleusen gewesen sein muß als Alan Flandres.«

»Recht haben Sie«, stimmte Langer zu. »Und ich bin äußerst dankbar, daß Sie mir das Leben gerettet haben. Aber wie sind Sie auf Flandres gekommen?«

»Das ist eine tragische Geschichte. Wir hatten hier einen Agenten, Charles Warner; der wurde ermordet. In seinem Notizbuch fanden wir einen interessanten Hinweis auf Bregenz. Ich habe das Foto von Warner in der Stadt herumgezeigt, und das hat mich zu einem Friedhof gebracht – zu einem Grab, zu dem immer noch die Frau kam, die den wirklichen Flandres geheiratet hatte, kurz bevor er ermordet wurde ...«

»Hat Sie gewußt, was da gespielt wurde?« fragte Langer.

»Die Ostdeutschen haben sie an der Nase herumgeführt. Haben ihr weisgemacht, man hätte ihren Mann unter falschem Namen beerdigen müssen. Das war nötig gewesen, weil der falsche Alan Flandres ja nach Frankreich gehen sollte, um dort den Geheimdienst ›zu unterwandern‹ ...«

»Da waren wir ja nicht sehr aufmerksam«, warf der französische Präsident ein.

»Jeder Geheimdienst und alle Sicherheitsbehörden sind irgendwann einmal unterwandert worden – selbst der KGB hat Oberst Oleg Penkowsky übersehen. Auch wir haben die Einkreisungsmethode angewandt ...«

»Was genau meinen Sie damit?« wollte Howard wissen.

»Lassen Sie Mr. Martel fortführen«, wies die Premierministerin Howard scharf zurecht.

»Eine Zeitlang deutete alles auf O'Meara«, sagte Martel und blickte zu dem Amerikaner hinüber. »Als Tweed Clint Loomis besuchte, um O'Mearas Vergangenheit zu überprüfen, da war Loomis bald ein toter Mann ...«

»Also, das will mir nicht in den Kopf ...«

»Dann kriegen Sie's eben aufs Haupt – und alles, was jetzt noch kommt«, sagte der amerikanische Präsident in mildem Ton zu O'Meara.

»Wie gesagt, Loomis war dann tot. Aber das Ganze war nur ein Ablenkungsmanöver – Manfreds Idee, wie wir annahmen. Und dann waren da noch die zwei Monate, als Sie sich in West-Berlin von Ihrem Posten entfernt hatten.« Martel hatte O'Meara angesprochen. Die Tatsache, daß O'Meara auch einige Zeit mit der jetzt dahingeschiedenen Klara Beck verbracht hatte, ließ er taktvoll aus.

»Sie, Sir«, Martel sah jetzt Howard an, »bildeten ein Problem. Während Ihrer Zeit bei der Pariser Botschaft haben Sie einen sechswöchigen Urlaub in Wien verbracht. Diese Tatsache haben Sie seit Beginn unserer gemeinsamen Unternehmungen nicht erwähnt – obwohl Wien doch unser Reiseziel ist.«

»Rein persönliche Gründe«, gab Howard steif zurück und verfiel in Schweigen.

»Und dann hatten wir noch Erich Stoller.« Martel blickte zu Tweed hinüber. »Vielleicht wollen Sie fortfahren . . .«

»Erich zu verdächtigen, lag auf der Hand«, begann Tweed in energischem Ton. »Er hat zwei Jahre in der DDR im Untergrund gelebt. Reichlich Zeit, um vom Staatssicherheitsdienst in Leipzig oder Ost-Berlin ausgebildet zu werden. Aber auch wieder zu augenfällig. Wäre er zur anderen Seite übergewechselt, dann hätten die wohl nach einem Jahr oder so einen kleinen Fall von Enttarnung inszeniert und ihn über die Grenze zurückgeschickt. Das hätte ihm dann hier eine gehörige Portion Vertrauen verschafft. Die Tatsache, daß er zwei Jahre drüben gewesen ist, zeigt eben nur, daß er verdammt gut bei seinem Job ist.«

»So kamen wir also zu Alan Flandres«, erklärte Martel. »Der freundliche, umgängliche Alan, der über jeden Verdacht erhaben schien. Bis uns dann auffiel, daß über die ersten Jahre seines Werdegangs im Gegensatz zu den drei anderen Sicherheitschefs fast nichts Konkretes herauszufinden war. Und wenn Sie's mir jetzt nicht übelnehmen, dann nehm' ich noch 'ne Mütze voll Schlaf. Ich steige in Salzburg aus . . .«

»Da verlasse ich auch den Zug«, sagte Tweed.

»Ja«, warf Howard überschwenglich ein. »Ich denke auch, ich kann die Sicherheitsprobleme für den Rest der Reise unseren eigenen Händen anvertrauen . . .«

»Ja, jetzt, wo die beiden den Mörder gefunden haben«, meinte die Premierministerin sarkastisch.

Manfred erhielt die erste Warnung, als er in die Tiefgarage einfuhr, wo er seine Verabredung mit Reinhard Dietrich hatte. Zu seiner Überraschung entdeckte er, daß der Mercedes von Dietrich schon dastand – obwohl fest vereinbart war, daß Manfred der erste sein sollte.

Er blickte auf seine Uhr. Nein, er war nicht zu spät gekommen – Dietrich war zu früh. In der verlassenen unterirdischen Höhle schwang Manfred seinen Wagen in einem Halbkreis herum und stieß dann rasch zurück, bis er längsseits des Mercedes-Sechssitzers stand. Eine Hand hatte er am Steuerrad, während er mit der anderen das automatische Fenster öffnete und dann vom Beifahrersitz die Nullachtpistole mit dem Schalldämpfer nahm. Als er seinen Motor abstellte, bemerkte er, daß Dietrichs Wagen noch im Leerlauf tickte.

»Sie sind zu früh«, rief Manfred. »Wieder mal ein Fehler – ich nehme an, es ist ganz in Ihrem Sinn, daß das Unternehmen schiefgegangen ist?«

»Und das haben wir nur Ihnen zu verdanken«, gab der Millionär zurück.

Dietrich saß in einem Wagen mit automatischem Getriebe. Der Fahrgang war eingelegt, die Handbremse gelöst – nur sein Fuß auf dem Bremspedal verhinderte, daß der Wagen sich vorwärts bewegte. Das Beifahrerfenster war offen, und Dietrich packte mit der rechten Hand seine Walther-Pistole und mit der linken eine metallische Kugel. Die Beifahrertür war nicht geschlossen.

»Ihre Meinung?« fragte Manfred ruhig. »Wo Langer jetzt nicht ermordet worden ist, wird seine Partei da gewinnen?«

»Das natürlich. Aber es war kein Vergnügen für mich, zu begreifen, daß ich von Anfang an aufs Kreuz gelegt worden bin. Sie haben Delta mit Waffen versorgt; ich habe Ihnen jedesmal das Versteck genannt. Sie ganz allein – und ich – waren im Besitz dieser Information. Stoller muß ja entzückt gewesen sein, wenn Sie ihm die Verstecke durchgegeben haben. Sie sind ein ekelhafter Bolschewik . . .«

Beide Männer handelten in derselben Sekunde. Manfred hob die Luger und feuerte zweimal. Fft-fft. Dietrich stieß mit dem rechten Fuß die Tür weit auf, beugte sich vorwärts und zielte mit der Walther. Aber zu spät.

Manfreds Kugeln schlugen ihm in die Brust, und er sackte seitwärts über den Beifahrersitz. Seine Hand, in der er die große Kugel hielt, lockerte sich, und ohne daß Manfred es merkte, plumpste die ›Rollbombe‹ auf den Betonboden und kullerte unter Manfreds Wagen.

Dieser neue Artikel, den Dietrichs Eierköpfe sich in einem Geheimlaboratorium seiner Stuttgarter Werke ausgedacht hatten, war eine Art übergroße Handgranate. Der Knopf, den Dietrich die ganze Zeit lang gedrückt hatte, war jetzt freigegeben, die Zündung war aktiviert, und bis zur Explosion blieben noch fünf Sekunden. Dietrichs Fuß rutschte von der Bremse, und der Mercedes glitt vorwärts.

Manfred drehte den Zündschlüssel im selben Moment, als die Bombe mit fürchterlicher Gewalt explodierte. Eingedämmt zwischen dem Betonboden und dem Fahrgestell, suchte sich der Explosionsdruck seinen Weg nach oben und schleuderte den Wagen hoch. Der Knall war ohrenbetäubend, die Zerstörung total. Trotz aller Mühe wurde später von Manfred nicht genug gefunden, um eine Identifizierung zu ermöglichen. Es hatte ihn buchstäblich in kleine Stücke zerrissen.

Martel, Tweed und Claire Hofer standen zu dritt auf dem Bahnsteig des Salzburger Hauptbahnhofs und sahen zu, wie der letzte Wagen immer kleiner wurde, als sich der Gipfelexpreß nun auf die letzte Etappe nach Wien machte.

»Ich fliege zurück nach Hause«, verkündete Tweed. »Mit Ihnen rechne ich nicht vor Ablauf von drei Wochen, Keith.« Er warf einen Blick auf Claire. »Ich schätze, ich kann Howard so lange besänftigen, bis Sie zurück sind . . .«

Die beiden sahen Tweeds massiver Gestalt hinterher, die sich rasch entfernte. Er hielt sich aufrecht und wandte den Kopf andauernd hin und her, als ob er immer noch beobachten müßte, was um ihn herum vorging. Martel wandte sich an Claire, die zuerst sprach.

»Das wäre doch ein tadelloser Chef für Ihren SIS. Unter Druck bleibt er so bewunderungswürdig kühl. Als er mir im Zug den Heuler kurz vor München gegeben hat, da muß seine Anspannung mörderisch gewesen sein. Und man hätte denken können, er sei auf einer Ferienreise.«

»Wo wir schon von Ferien reden, wollen Sie zurück nach Bern und Bericht erstatten?«

»Ja . . .«

»Aber andererseits brauchen wir uns auch nicht zu beeilen, oder? Ich hole jetzt Christine Brack wieder vom Hotel Clausen ab und bringe sie zurück nach Bregenz. Ich möchte sie wissen lassen, daß der Kerl, der sich für ihren Mann ausgegeben hat, jetzt tot ist – psychologisch kann das einem langen, schmerzlichen Kapitel ihres Lebens ein Ende setzen. Bregenz liegt doch auf dem Weg nach St. Gallen. Meinen Sie nicht auch, daß das ›Metropol‹ ein ganz angenehmes Hotel ist?«

»Ich glaube, diesmal wird's mir sogar noch angenehmer vorkommen«, gab Claire zurück und hakte sich bei Martel ein.